KB044343

약속

The Promise

약속

데이먼 갤것 장편소설

이소영 옮김

문학사상

일러두기

1. 인명 및 지명은 국립국어원의 외래어 표기법에 따라 표기했으며,
규정에 없는 경우 현지음에 가깝게 표기했습니다.
2. 옮긴이 주는 본문 안에 작은 글자로 처리했고 별도의 표기는 생략했습니다.

오늘 아침 나는 황금 코를 가진 여인을 만났다. 캐딜락 승용차를 타고 온 그녀는 양팔로 원숭이를 안고 있었다. 운전기사가 캐딜락을 멈추자 그녀는 내게 물었다. “당신이 펠리니인가요?” 쇳소리 나는 날카로운 목소리로 그녀는 또 내게 물었다. “어째서 당신 영화에는 정상적인 사람이 단 한 명도 없는 거죠?”

— 페데리코 펠리니

에이전트 일, 요리, 여행 준비 등

그 모든 것을 해준

안토니오와 페트루키오에게

차례

엄마

The Promise

스피커에서 자신의 이름이 흘러나오는 순간, 아모르는 그 일이 일어났다는 것을 알아차린다. 꿈에서 경고를 받았지만 그게 무엇인지 기억해 낼 수 없어서, 그녀는 온종일 머리가 지끈거린다. 의식 바로 밑으로 어떤 신호나 이미지가 떠오른다. 저변에 도사리고 있는 문제. 이를테면 지하에서의 화재 같은 것.

그러나 막상 큰 소리로 듣고 보니 믿기지 않는다. 두 눈을 감고 아모르는 고개를 마구마구 흔들어 댄다. 아니다, 아니다. 사실일 리 없다. 고모가 방금 한 말은 사실이 아니다. 아무도 죽지 않았다. 그냥 의미 없는 단어의 나열일 뿐이다, 그게 전부다. 책상 위에 등을 대고 뻗은 한 마리 벌레를 보듯 아모르는 말없이 방금 들은 말을 응시한다.

여기는 교장실로, 스피커를 통해 들려온 목소리가 아모르에게 가보라고 한 곳이다. 아모르는 오랫동안 이 순간을 생각하고 또 생각했으며, 이 순간을 하도 많이 상상해서 이미 사실처럼 느껴진다. 하지만 정작 이 순간이 실제로 눈앞에 나타나니 멀게만 느껴지고 꿈을 꾸는 것만 같다. 이건 사실이 아니다. 실제로 일어난 게 아니다. 엄마한테는 절대 일어날 수 없는 일이다. 엄마는 항상, 늘 살아 있을 것이다.

참 안타깝구나. 스타키 교장선생님이 얄팍한 입술을 꾹 다물어 커다란 치아를 가리고서 말한다. 다른 여자애들은 교장선생님이 레즈비언이라고 말한다. 하지만 그녀가 어느 누군가와 성적인 행동을 하는 모습 자체가 상상이 안 된다. 아니 어쩌면 그녀는 딱 한 번의 경험으로 이후 평생 그걸 혐오하게 됐을지도 모른다. 이런 일은 모두가 견뎌 내야 하는 슬픔이지. 교장선생님이 진지한 목소리로 덧붙여 말한다. 반면에 마리나 고모는 몸을 부들부들 떨면서 휴지로 연신 눈물을 닦아 낸다. 그동안 엄마를 업신여긴 사람이, 심지어 엄마가 살아 있을 때도 죽거나 말거나 전혀 신경 쓰지 않았던 사람이 고모다.

아모르가 짐을 꾸리기 위해 기숙사에 가야 하므로 고모도 아래층으로 내려가 밖에서 기다린다. 아모르는 지난 칠 개월 동안 기숙사에서 지내면서 그동안 일어나지 않았던 이 상황을 생각하고 있었다. 그녀는 바닥에 리놀륨이 깔린 기숙사의 길고도 차가운 방들이 늘 싫었지만 떠나야 할 때가 되니 가고 싶지 않다. 아모르가 지금 원하는 건 그냥 침대에서 잠이 들어 절대로 절대로 깨어나지 않는 것이다. 엄마처럼? 아니, 엄마는 지금 잠든 게 아니니까 엄마처럼은 아니다.

천천히 옷을 가방에 챙겨 넣은 다음 아모르는 학교 본관 앞으로 가방을 들고 내려온다. 고모는 그곳에 서서 연못을 들여다보고 있다. 저놈 참 크고 실하다. 고모가 연못 속을 가리키면서 말한다. 너, 저렇게 큰 금붕어를 본 적이 있니? 고모의 질문에 아모르는 본 적이 없다고 말한다. 사실 아모르는 고모가 어떤 물고기를 가리키는지도 알 수 없다. 게다가 아모르에겐 그 어떤 물고기도 현실처럼 느껴지지 않는다.

아모르는 도요타 크레시다 자동차에 올라타지만, 그 또한 현실이 아니다. 구불구불한 통학로를 따라 미끄러지듯 내려갈 때 창밖으로 보이는 모든 광경도 꿈같다. 꽃이 만발한 자카란다나무의 밝은 보라색 꽃들이 천박하고 기이하다. 학교 정문에서 고모가 좌회전이 아닌 우회전을 하자 아모르는 도대체 어디로 가는 거예요? 하고 묻는다. 하지만 아모르에게 들려오는 자신의 목소리는 마치 다른 사람이 말하고 있는 듯 메아리처럼 들린다.

우리 집으로 가는 거야, 고모가 말한다. 고모부를 데리러 가려고. 어젯밤, 그게 그러니까 그 일이 일어났을 때 난 서둘러 나와야 했거든.

[아무 일도 일어나지 않았어요.]

마리나 고모가 마스카라를 바른 작은 눈으로 옆을 힐끗 쳐다보지만, 아모르는 아무런 반응이 없다. 나이 든 여인의 실망감이 몰래 뀐 방귀처럼 선연하게 느껴진다. 마리나 고모는 아모르를 데려오기 위해 렉싱턴을 학교에 보낼 수도 있었지만, 본인이 직접 왔다. 모든 사람이 알고 있듯이, 고모는 누군가가 위기에 처했을 때 그 사람에게 도움을 주는 사람이 되고 싶기 때문이다. 그녀는 가부키 배우 같은 화장을 한 동그란 얼굴 뒤로 극적인 사건이나 가십거리, 그리고 싸구려 구경거리를 갈망하고 있다. 텔레비전에서 보는 유혈 사태나 배신행위도 좋지만, 이번에는 현실에서 실제로 짜릿한 상황을 제공받은 셈이다. 여자 교장선생님 앞에서 공개적으로 전달된 그 끔찍한 소식 말이다! 그런데 이 쓸모없고 멍청한 뚱보 조카는 여태 한 마디도 하지 않았다. 정말이지 이 아이는 뭔가 잘못된 게 분명하다. 마리나는 예전에도 의심했었다. 그녀는 조카가 이상해진 것을 벼락 탓으로 돌린다. 아, 애석하게도 저 아이는 그 일 이후 결코 전과 같지 않았다.

비스킷이라도 먹으렴, 고모가 뿌루퉁한 얼굴로 아모르에게 말한다. 비스킷은 뒷좌석에 있단다.

그러나 아모르는 비스킷을 먹고 싶지 않다. 식욕이 전혀 없다. 마리나 고모는 항상 무언가를 구워 사람들에게 먹이려고 애쓴다. 아모르의 언니 아스트리드는 고모가 혼자서만 뚱뚱하기 싫어서 그러는 거라고 말했다. 실제로 고모는 티타임 간식 요리책 두 권을 출간했는데, 그 책들은 요즈음 눈에 띄게 많아진 특정 부류의 나이 든 백인 여성들에게 인기가 많다.

음, 마리나 고모는 적어도 이 아이하고는 대화하기가 쉽다고 생각한다. 아모르는 자신의 말을 가로막거나 대들지도 않고 대화에 주의를 기울이고 있다는 인상을 주는데, 그 정도면 괜찮다. 학교에서 로브셔 가족이 사는 멘로파크까지는 자동차로 가기엔 먼 거리가 아니다. 하지만 오늘은 시간이 늘어지는 것처럼 느껴져 마리나 고모는 차를 타고 가는 내내 감정을 풍부하게 표현할 수 있는 아프리칸스어 네덜란드어에서 발달한 언어로 현재 남아프리카공화국의 공용어로 말한다. 고모에게 좋은 의도가 있지는 않지만, 그녀의 목소리는 비밀이라도 털어놓듯 낮고 은밀하며, 약칭을 남발한다. 평소에 늘 즐겨 삼는 주제, 엄마가 종교를 바꾸면서 온 가족을 배신했다는 내용이다. 정확히 말하자면, 엄마는 예전의 종교로 돌아갔다. 유대인이 되기 위해! 고모는 엄마가 병에 걸린 후 지난 반년 동안 계속해서 이 주제에 대해 매우 시끄럽게 떠들어 댔다. 그래서 아모르가 어떻게 해야 한단 말인가? 그녀는 그저 어린애일 뿐이고, 아무 힘도 없는데. 그리고 누구라도 원한다면 자신의 본래 종교로 돌아가는 게 뭐가 그리 잘못이란 말인가?

아모르는 다른 데로 정신을 돌린 채 고모의 말을 듣지 않으려고 애쓴다. 고모는 운전할 때 자그마한 흰색 골프장갑을 끼는데, 어디서 배웠는지 모르겠지만 허세를 부리는 건지, 아니 어쩌면 세균에 감염될까 두려워서 그러는 건지 모르겠다. 그래서 아모르는 자동차 핸들 위에서 움직이는 창백한 고모의 손에 눈을 고정한다. 고모의 두 손에, 짤막하고 뭉툭한 손가락이 달린 저 손에 계속해서 시선을 집중한다면, 손 위에 있는 입에서 나오는 소리에 귀 기울일 필요는 없을 것이다. 그러면 그 말은 진실이 아닌 게 된다. 유일하게 진실인 것은 두 손, 그리고 그 손을 바라보고 있는 나뿐이다.

……사실을 말하자면 네 엄마는 내 동생을 괴롭히기 위해 네덜란드 개혁파교회를 포기하고 유대교로 돌아갔던 거지……. 그건 네 엄마가 농장에, 자기 남편 옆에 묻히지 않

으려고 그런 거였거든. 그게 진짜 이유란다……. 이 세상에는 올바른 길과 잘못된 길이 있는데, 안타깝게도 네 엄마는 잘못된 길을 선택한 거야…….

집에 도착하자 마리나 고모가 한숨을 내쉬더니 말한다. 그래, 여하튼 이젠 그저 네 엄마가 하나님의 용서를 받고 평안을 누리기를 바라야겠지.

고모가 아름다운 녹색과 보라색, 주황색 줄무늬가 있는 차양 아래 도로에 자동차를 세운다. 저 너머로 볼품없는 정원이 해자처럼 둘러싸고 양철 지붕을 얹은 붉은색 벽돌의 교외 방갈로가 보인다. 백인들이 지배하는 남아공의 평범한 풍경이 입체적으로 펼쳐진다. 커다란 갈색 잔디밭을 쓸쓸히 내려다보는 정글짐, 새들을 위해 만든 콘크리트 물통, 놀이용 집과 트럭 타이어 반쪽으로 만든 그네가 있는 곳. 아마 당신도 이런 곳에서 자랐을 것이다. 바로 여기서 그 모든 것이 시작됐다.

아모르는 고모를 따라간다. 그런데 발이 땅에서 몇 센티미터 붕 뜬 것처럼 어질어질한 채 부엌문을 향해 걸어간다. 집 안으로 들어가니 오키 고모부가 아침부터 콜라를 탄 브랜디를 두 잔째 마시고 있다. 그는 수도국에서 제도사로 정부 업무를 맡아보다가 최근에 은퇴하여 하루하루 무기력하게 지내고 있다. 갑작스러운 아내의 등장에 자신의 행동이 발각되자 고모부는 죄책감이 들었는지 니코틴으로 찌든 수염을 연신 핥아 댄다. 제대로 옷을 차려입을 시간이 충분했음에도 그는 여전히 운동복 바지에 골프셔츠를 입고 슬리퍼를 신고 있다. 성글어진 머리칼에 포마드를 발라 두피를 가로질러 머리를 옆으로 늘어뜨린 미련스러워 보이는 남자. 오키 고모부는 아모르와 끈끈하게 포옹하는데, 두 사람 모두 너무나 어색하다.

네 엄마 일은 정말이지 안됐다, 그가 말한다.

아, 괜찮아요. 아모르는 대답하자마자 울기 시작한다. 엄마가 그렇게 됐기 때문에 사람들은 온종일 그녀를 안쓰럽게 생각할 것인가? 아모르는 자신의 우는 모습이 터진 토마토처럼 추하다고 생각한다. 그래서 그녀는 벗어나야겠다고 생각한다. 나무판으로 시공한 이 끔찍한 방에서, 시끄럽게 짖어 대는 몰티즈 푸들에게서, 자신을 못처럼 찔러 대는 고모와 고모부의 눈길로부터.

아모르는 서둘러 오키 고모부의 음침한 어항을 지나쳐 복도를 따라 올라간다. 복도의 벽은 현재 유행하는 잔물결무늬로 장식되어 있다. 욕실로 들어간다. 이제 눈물을 어떻게 처리해야 할지 걱정할 필요가 전혀 없다. 아모르는 계속 코를 훌쩍거리면서도 약장 문을 열고 그 안을 들여다본다. 이 일은 그녀가 어느 집을 방문하건 늘 하는 일이다. 이따금 눈에 보이는 것들이 흥미롭기도 한데, 이 집 선반에는 틀니 접착 크림과 치질약 같은 우울한 물품들로 가득하다. 약장 속을 들여다본 것에 죄책감을 느낀 아모르는 자신의 죄를 용서받기 위해 각 선반에 놓인 물건들을 하나하나 세어 보고 좀 더 보기 좋게 재배열한다. 그러다가 고모가 눈치를 챌 것 같다는 생각이 들어 그것들을 다시 흐트러뜨린다.

복도를 따라 도로 내려오는 길에 아모르는 문이 열린 사촌 베셀의 침실 앞에서 잠시 발걸음을 멈춘다. 베셀은 마리나 고모의 가족 중 가장 어린데도 덩치는 가장 크고, 유일하게 아직 이 집에서 부모와 함께 살고 있다. 그는 벌써 스물네 살인데, 군복무를 마친 후로는 오로지 집에 틀어박혀 우표를 수집하는 것 외에 아무런 일도 하지 않는다. 세상으로 나가는 데 약간의 문제가 있는 게 분명하다. 그의 아버지는 아들이 우울증을 앓고 있다고 하고, 그의 어머니는 아들이 자신의 길을 찾는 중이라고 말한다. 하지만 아모르의 아빠는 조카가 그저 게으른 응석받이로 자라서 그런 거라며 어떤 일이건 강제로라도 시켜야 한다는 의견을 피력했다.

아모르는 베셀을 좋아하지 않는다. 특히 지금 이 순간은. 크고 퉁퉁한 손이라든지 그의 바가지 머리, 그리고 'S'라는 글자를 발음할 때의 그 수상쩍은 어투가 마음에 들지 않는다. 어차피 그는 절대로 눈을 마주치지 않는 사람이니까 그녀가 문 앞에 서 있는 것을 알아채지 못할 것이다. 게다가 지금은 우표 앨범을 무릎 위에 펼쳐 놓고 그중 가장 좋아하는 것을 돋보기로 들여다보고 있다. 그것은 페르부르트아파르트헤이트의 설계자로 불리는 남아공 제7대 수상가 암살당한 지 몇 개월 후 발행된 기념우표 3종 세트다.

너, 지금 여기서 뭐 해?

고모가 학교로 나를 데리러 오셨어. 우리 집에 가는 길에 식료품을 가져가려고 들른 거야.

아, 그럼 이제 집으로 가는 거야?

응.

네 엄마 일은 정말이지 안됐다, 베셀이 그렇게 말하더니 아모르를 흘깃 쳐다본다. 그녀는 또다시 눈물이 나기 시작했고 어쩔 수 없이 소매에 눈물을 닦는다. 하지만 베셀은 다시 우표로 관심을 돌린다.

많이 슬퍼? 베셀이 아모르를 쳐다보지도 않고 무심하게 묻는다.

그녀는 고개를 가로젓는다. 이 순간 그건 정말이다. 아모르는 아무것도 느끼지 못하고 그저 멍할 뿐이다.

엄마를 사랑했어?

물론이지, 아모르는 말한다. 하지만 마음속에서 아무런 파문이 일지 않는다. 그녀는 자신이 과연 진실을 말하고 있는 것인지 의문이 생긴다.

삼십 분 후 아모르는 오키 고모부의 낡은 크라이슬러 밸리언트 자동차 뒷좌석에 앉아 있다. 교회 갈 때 입는 갈색 바지와 노란색 셔츠를 걸치고 광이 나는 신발을 신은 고모부는 앞자리 운전석에 귀를 착 붙이고 기대앉아 있다. 그의 담배 연기로 앞 유리창이 뿌옇다. 고모부 옆에는 몸을 깨끗이 씻고 쥬뗌므 향수를 뿌린 고모가 앉아 있다. 그녀는 부엌에서 베이킹 용품이 들어 있는 봉투 하나를 챙겨 왔다. 그들은 지금 마을의 서쪽 가장자리에 있는 공동묘지를 지나고 있다. 그곳에는 몇몇 사람들이 땅에 판 구멍 주위에 빙 둘러서 있고, 근처에 유대인 묘지가 있는데, 아니, 그것에 대해서는 생각도 하지 말고 무덤을 쳐다보지도 말자. 어쩔 수 없이 영웅 묘지라는 표지판이 보이지만, 누가 영웅인지는 아무도 설명하지 않았다. 이제 엄마는 영웅인가. 그런 것 또한 생각하지 말아야지. 이제 반대편으로 시멘트 건물과 세차장, 그리고 지저분해 보이는 아파트 단지가 있는 끔찍한 구역을 내려가고 있다. 평소처럼 애터리지빌을 지나간다면 이 도시를 금방 벗어날 텐데, 오늘은 그 마을에 불미스러운 일이 생겨 그럴 수가 없다. 모든 흑인 거주지역에서 문제가 발생하고 있다고 여기저기서 불평하는 소리가 나온다. 심지어 비상사태가 먹구름처럼 땅 위에 드리워져 있고, 뉴스는 검열되고 있다. 놀라거나 불안해하는 분위기 속에서 가느다랗게 지지직거리는 잡음처럼 사사건건 떠들어 대는 목소리를 결코 잠재울 수가 없다. 하지만 그것들, 그 목소리는 누구의 것인가? 왜 지금은 들리지 않는 걸까? 쉿, 주의를 기울이면, 오롯이 귀 기울여 듣고자 한다면, 그 소리를 듣게 될 것이다.

……우리는 이 대륙의 마지막 전초기지다……. 만약에 남아공이 무너진다면 모스크바가 샴페인을 터뜨릴 것이다……. 그 점에 대해 명확히 해두자면, 다수결의 법칙은 공산주의를 의미한다…….

오키가 라디오를 끈다. 지금은 정치 연설을 들을 기분이 아니다. 풍경을 바라보는 게 훨씬 더 좋다. 그는 자신이 소달구지를 타고 천천히 내륙으로 굴러 들어간 부어트레커19세기 중반 남아프리카 내륙을 개척한 네덜란드계 백인 조상들 중 한 명이라고 상상한다. 그렇다, 예측 가능한 방식으로 꿈을 꾸는 사람들이 있다. 평원을 떠도는 용감한 선구자 오키. 강이 가로질러 흐르는 곳을 제외하고는 거대한 하이펠트남아공 트란스발주의 고원의 하늘 아래로 메마른 갈색과 노란색의 전원지대가 펼쳐진다. 말 한 마리와 몇 마리의 소, 닭, 양이 있어 농장이 아닌데도 농장이라고 불리는 그곳이, 저 너머 하트비스푸르트 댐으로 가는 길의 나지막한 언덕들과 골짜기 사이에 있다.

한쪽 울타리 너머로 금속 탐지기를 든 남자들이 땅에 구멍을 파고 있는 원주민 소년들을 지켜보는 모습이 눈에 들어온다. 이 계곡 전체가 한때 폴 크루거전 트란스발공화국의 대통령의 소유였는데, 보어전쟁 당시 이백만 파운드의 금이 저 돌밭 아래 어딘가에 매장됐다는 소문이 지속적으로 떠돈다. 그래서 이곳을 파고 저곳을 파며 과거의 부를 수색한다. 탐욕스럽게 느껴지긴 하지만, 그마저도 오키 고모부에겐 향수를 불러일으킨다. 우리 민족은 용감하고 끈질긴 무리이기 때문에 영국인들보다 오래 버텼고 카피르남아공에서 흑인을 모욕하는 말보다도 오래 살아남을 것이다. 아프리카너남아프리카에 사는 네덜란드계 백인들은 독특한 국민이야, 오키는 정말 그렇다고 믿는다. 왜 마니가 레이철과 결혼해야 했는지, 그는 지금도 이해하지 못한다. 기름과 물은 섞이지 않는 법이다. 그들이 낳은 아이들, 얼빠진 것 같은 저놈들을 오래 보다 보면 알 수가 있다.

이런 면에서 적어도 그의 아내는 오키와 한마음이다. 마리나는 올케를 한 번도 좋아한 적이 없었다. 그 결혼은 모든 것이 잘못됐다. 내 동생은 왜 같은 종족의 여자와 결혼하지 못했을까? 내가 실수를 저질렀어, 동생은 말했었다. 실수를 했다면 대가를 치러야 하는 법이다. 마니는 항상 멍청하고 고집이 셌다. 그런 허영심 많고 교만한 여자 때문에 가족들의 바람을 거스르다니. 게다가 그 여자는 결국 남편과의 관계를 끊었다. 여자 문제 때문에 마니는 여자만 보면 손대지 않고는 못 배겼다. 그런 이성 문제에 마리나는 별로 관심을 가진 적이 없다. 선시티남아공의 인공 휴양도시에서 정비공과 함께 좋은 날을 보냈던 한 번을 제외하고는. 하지만 에이, 그만. 이제 그 문제는 꺼내지도 말아야지. 어쨌든 그것은 언제나 내 동생을 망하게 하는 문제였다. 면도를 하기 시작한 이후로 마니는 어린 호색한이 되어 신나게 놀고 말썽을 일으키더니 마침내 커다란 실수를 저질렀고, 그 후로 모든 것이 바뀌었다. 그 실수의 결과는 지금 저 멀리 어딘가에서 군복무를 하고 있다. 오늘 아침 그 아이에게 소식을 보냈고, 그는 내일이 되어서야 집에 도착할 것이다.

안톤은 내일에야 집에 올 거야, 고모가 아모르에게 말한다. 그런 다음 자동차 안 거울을 보며 립스틱을 고쳐 바르기 시작한다.

차가 집 앞에 도착하자, 아모르는 자동차에서 내려 대문을 열고, 차가 안으로 들어간 다음 그 문을 다시 닫는다. 그런 다음 그들의 차는 군데군데 자갈이 튀어나와 있는 거친 길을 따라 덜컹대며 달려가는데, 금속 같은 게 자동차 바닥을 긁는다. 아모르에게 유난히 크게 들리는 그 쇳소리가 마치 그녀를 물어뜯는 것만 같다. 두통이 한층 더 심해진다. 탁 트인 길을 달리는 동안 아모르는 어느 한곳에 가만히 있는 게 아니라 떠내려가는 중이라고 상상한다. 하지만 그녀의 모든 감각이 곧 도착할 것이라고 말해 주고 있다. 아모르는 집에 가고 싶지 않다. 집에 가면 그녀의 인생에서 바뀐 무언가를 다시 되돌리지 못할 것이 명백해지기 때문이다. 철탑 밑을 지나 코피koppie, 남아프리카 지형에만 있는 언덕을 향해 달리는 그 경로가 평소처럼 진행되지 않으면 얼마나 좋을까. 그녀는 자동차가 오르막길로 올라가는 것도 싫고 건너편 움푹 들어간 곳에 서 있는 그 집을 보고 싶지도 않다. 하지만 거기에 그 집은 서 있고, 아모르는 집을 본다.

한 번도 그 집을 좋아한 적이 없었다. 그녀의 할아버지가 처음으로 그 집을 샀을 때부터 작고 이상한 곳이었다. 어느 누가 여기 덤불 속에다 그런 스타일로 집을 짓는단 말인가? 하지만 할아버지가 댐에서 익사하고 아빠가 그 집을 상속받자 아빠는 일반 주택 양식이라고 하면서 멋이라고는 전혀 없는 방과 별채들을 추가하기 시작했다. 아빠의 계획에는 아무런 논리가 없었다. 하지만 엄마는 아빠가 남자답지 못하다고 생각한 아르데코 양식을 가리고 싶었기 때문에 그런 것이라고 말했다. 아, 무슨 그런 헛소리를 해, 아빠가 말했다. 나는 실용적으로 접근했을 뿐이야. 이건 판타지가 아니라 농장이어야 하거든. 그렇지만 그 집이 결국 어떻게 됐는지 보라. 대참사였다. 밤에 잠가야 하는 바깥쪽 문이 스물네 개나 있으며 여러 스타일이 겹쳐져 있다. 마치 기이한 옷들을 주섬주섬 입은 술주정뱅이가 여기 초원 한가운데에 나와 앉아 있는 것 같다.

그래도 이건 우리 집이야, 마리나 고모는 생각한다. 집을 보지 말고 땅을 생각해야지. 돌이 잔뜩 깔린 쓸모없는 땅이라 아무것도 할 수 없지만 이건 다른 누구도 아닌 우리 가족 소유의 땅이라는 사실 자체에서 힘이 나온다.

그리고 마리나는 오키에게 큰 소리로 말한다. 적어도 이제 그 여편네는 사라지고 없잖아.

그 순간, 아 맙소사, 그녀는 뒷좌석에 앉아 있는 아이를 기억해 낸다. 당신 입조심 좀 해, 마리나. 앞으로 며칠 동안, 장례식이 끝날 때까지는 특히 조심해. 영어로 말하는 게 좋겠어. 그러면 스스로 조절할 수 있을 테니까.

내 말을 오해하지 않았으면 좋겠구나, 고모가 아모르에게 말한다. 난 네 어머니를 존경했단다.

[아니요, 그런 적 없었어요.] 아무 말 없이 자동차 뒷좌석에 앉아 있는 아모르의 몸이 온통 경직된다. 자동차가 마침내 멈추려고 한다. 집 앞에 많은 차들이 주차되어 있어서 고모부는 입구에서 조금 떨어진 곳에 주차한다. 대부분이

낯선 자동차들이다. 대체 저 차들은 여기서 뭘 하는 건가? 엄마의 빈 자리로 사람과 사건들이 모여든다. 아모르가 차에서 내려 쿵 소리를 내며 문을 닫자 그녀의 눈에 자동차 한 대, 기다랗고 검은 차가 시야에 들어오고, 세상이 한층 더 무거워진다. 저 차를 몰고 온 사람은 도대체 누구인가, 왜 우리 집 밖에다 주차해 놓은 거지?

내가 유대인들에게 아직 네 어머니를 데려가지 말라고 부탁했단다, 마리나 고모가 말한다. 그래야 네가 어머니에게 작별을 고할 수 있잖니.

처음에 아모르는 무슨 말인지 알아듣지 못한다. 저벅, 저벅, 저벅 자갈 소리가 들린다. 창문을 통해 그녀는 짙은 안개 같은 한 무리의 사람들을 거실에서 볼 수 있다. 그 가운데에 그녀의 아빠가 허리를 굽힌 채 의자에 앉아 있다. 아빠가 울고 있구나, 그녀는 생각한다. 그러다가 그게 아니고, 아빠가 기도하고 있는 거라는 생각이 든다. 울거나 기도하거나, 요즘 아빠에게 이 둘은 별반 다르지 않다.

그제야 아모르는 눈앞의 상황을 이해한다. 난 안으로 들어갈 수가 없다. 저 검은색 자동차의 운전사는 내가 엄마에게 작별 인사 할 수 있도록 안에서 기다리고 있어서 저 문으로 들어갈 수 없다. 만약에 내가 저 문으로 들어가면 그 일은 진짜가 될 것이고 내 삶은 앞으로 절대로 똑같을 수 없을 거니까. 그래서 그녀가 밖에서 미적거리는 사이 식재료 봉지를 들고 거드름을 피우는 마리나가 따다닥 소리를 내며 앞장서서 걸어 들어간다. 그리고 아내 뒤를 오키가 발을 질질 끌며 따라 들어간다. 그 순간 아모르는 짐 가방을 계단에 떨어뜨리고 잽싸게 집 옆으로 돌아간다. 그런 다음 벽을 우묵하게 파서 만든 곳에 있는 피뢰침과 가스통을, 독일셰퍼드인 토조가 다리 사이로 보라색 고환을 드러내 놓고 햇볕에 누워 잠들어 있는 뒷마당을, 잔디밭에 있는 새들의 물통과 케이폭나무와, 마구간 건물과 그 뒤에 있는 노동자들의 오두막을 지나서 코피를 향해 세차게 달린다.

아모르는 어디 간 거야? 바로 우리 뒤에서 따라오고 있었는데.

마리나는 빌어먹을 그 바보 같은 계집애가 무슨 짓을 했는지 믿을 수가 없다.

맞아, 오키는 아내 말이 사실임을 확인해 준 다음 열심히 돕고 싶은 마음에 다시 한번 그 말을 반복한다. 맞아!

어휴, 아모르는 돌아오겠지. 마리나는 더 이상 친절을 베풀고 싶지 않다. 이제는 이 불쌍한 여자를 사람들에게 데려가라고 해야겠다. 그런 아이한테 그런 기회를 줘봤자 아무 소용이 없다.

검은색 자동차의 운전기사 머빈 글라스는 야물케유대인

남자들이 정수리 부분에 쓰는 작고 동글납작한 모자를 쓴 채로 지난 두 시간 동안 부엌에 앉아 있었다. 그는 우두머리 행세를 하는 그 여자, 그러니까 유가족 누나의 지시를 기다리고 있었는데, 그녀가 이제 그에게 출발해도 좋다고 말한다. 이 사람들은 매우 대하기 까다로운 가족이다. 글라스는 일이 어떻게 진행되고 있는지 알 수 없는데도 크게 개의치 않는 것 같다. 정중하게 침묵을 지키며 기다리는 것이 이 일을 할 때 가장 중요하기 때문에, 그는 실제로 마음이 평온하지 않더라도 깊은 고요함을 흉내 내는 능력을 개발했다. 마음속 깊은 곳에서 머빈 글라스는 정신없이 불안한 사람이다.

이제 머빈 글라스는 벌떡 일어나 위층 침실에서 죽은 사람의 유해를 도우미와 함께 가져가기 위해 준비한다. 여기에는 들것과 시신 운반용 부대가 필요하다. 일이 시작되기 전 마지막으로 죽은 사람의 배우자가 슬퍼하며 울부짖는 시간이 있다. 여기 이 남자는 죽은 아내를 움켜쥐고 제발 가지 말라고 애원한다. 마치 아내가 그녀의 의지로 떠나고 있으며 그녀가 마음을 돌리도록 설득할 수 있는 것처럼 말이다. 나중에 머빈에게 물어보면 답해 주겠지만, 이런 일은 드물지 않다. 예전에도 이런 상황을 셀 수 없이 많이 봤다. 심지어는 시신이 묘하게 사람들을 끌어당겨 사람들이 따라간 적도 있었다. 내일이면 상황은 완전히 바뀔 것이다. 시신은 사라져 없고 시신의 영원한 빈 자리는 계획과 준비, 추억과 시간으로 뒤덮일 것이다. 맞다, 벌써 그렇다. 소멸은 즉시 시작하고 어떤 의미에서 절대로 끝나지 않는다.

하지만 그전에 시신은 모두에게, 심지어 죽은 여자를 좋아하지 않던 사람들에게도—모든 장례식에는 망자를 싫어하던 사람이 몇 명은 나타난다— 상기시켜 준다. 언젠가는 그들 역시 바로 이 여자처럼 모든 것이 비워진 채 단순한 하나의 형체로, 심지어 자기 자신조차 볼 수 없이 누워 있을 거라는 끔찍한 사실을 깨닫게 한다. 그와 동시에 정신이 사라진다는 것에 마음이 움츠러드는데, 자신이 더 이상 생각할 수 없다는 사실조차 생각하지 못한다. 죽은 몸은 가장 차가운 빈 공간에 불과하니까.

다행히 시신은 무겁지 않다. 병으로 속살이 모두 빠져나가서 가볍다. 아래층으로 내려와 돌기 어려운 각도로 빙 돌아서 복도를 따라 부엌까지 쉽게 도달한다. 우두머리 행세를 하는 유가족의 누나가 뒷문으로 시신을 내가라고 지시한다. 시신을 옮길 때 손님들을 지나가지 말고 집의 가장자리를 따라가세요. 혹시라도 방문객들이 시신이 마지막 목적지로 가는 것을 알게 된다면, 기다란 영구차가 밖에서 시동을 거는 소리와 공기 중에 희미한 진동을 남기는 엔진 소리 때문일 것이다.

그렇게 레이철은 가고 없다. 정말로 완전히 사라졌다. 그녀는 이십 년 전 이미 임신한 채 이곳에 와서 한 번도 떠난 적이 없었다. 그리고 이제는 두 번 다시 현관문을 통해서 걸어들어올 수 없을 것이다.

영구차에서, 아니 집에서, 어떤 형용할 수 없는 두려움은 줄어들었다. 왜 두려운지 그 이유가 분명하지 않고 또 그 두려움을 말로 표현한 적도 없지만 말이다. 사실 대부분 두려움에서 벗어나게 해주는 것은 차 한 잔 더 드릴까요? 제가 만든 비스킷을 드셔 보실래요? 같은 말들이다.

물론 주로 마리나가 하는 말이다. 그녀는 넘칠 것같이 사납게 날뛰는 깊은 바다에 기름진 말을 쏟아붓는 일에 아주 능숙하다. 그녀는 그렇게 말하면서 목걸이를 비틀어댄다.

아니, 배고프지 않아.

그렇게 대답하는 사람은 마니다. 마리나보다 훨씬 어린 남동생은 올빼미처럼, 언젠가 어린아이였을 때 그녀가 주워서 키운 새끼 올빼미처럼 누나의 눈을 쳐다보고 있다.

자 어서, 차라도 좀 마셔. 하루 종일 울었는데 탈수증이라도 오면 어쩌니.

아, 제발 제발 제발, 마니가 격렬하게 말하는 것이 마치 화를 내는 것처럼 들린다. 누나에게 말하는 게 아닐 수도 있지만 말이다.

어릴 적 그 올빼미는 어떻게 됐더라? 뭔가 좋지 않은 일이 있었다. 그녀는 기억하고 있는 것 같지만 그것을 정확하게 끄집어낼 수는 없다.

난 두 번 다시 차를 마시지 않을 거야, 마니가 말한다.

아이고 안 돼, 누나가 짜증스럽게 말한다. 말도 안 되는 소리 좀 하지 마.

마리나는 남동생이 아내의 죽음을 힘들게 받아들이는 것을 이해하지 못한다. 그 여자는 반년 전부터 죽어 가고 있었는데 말이다. 마니는 오늘을 위해 준비할 시간이 많았는데도 저런다. 마니는 마치 올이 풀린 스웨터 아랫부분처럼 흐트러지고 있다. 그리고 그녀는 실제로 남동생이 실을 잡아당기고 있는 것을 알아차린다.

그만 잡아당겨, 누나가 동생에게 말한다. 벗어서 주면 내가 수선해 줄게.

마니는 아무 말 없이 누나가 시키는 대로 한다. 그녀는 그 옷을 들고 바늘과 실을 찾기 위해 방으로 들어간다. 레이철이 이런 것을 갖춰 놓기나 할까. 아니, 갖춰 놓았기나 했을까. 뻣뻣한 관절이 제자리로 딱 맞아 들어가는 것처럼 머릿속에서 정정하는 게 만족스럽다. 이제 레이철은 항상 과거시제 속에 있을 것이다.

스웨터를 벗은 마니는 따뜻한 봄날인데도 몸을 부들부들 떤다. 마니의 몸이 다시 녹을 수 있을까? 레이철이 살아 있었을 때 한 번도 지금처럼 맹렬하게 그녀를 필요로 한 적이 없었다. 그런데 이제 아내가 사라지고 없으니까 몸속 깊숙이 강철 같은 차가움을 느끼는 것 같다. 레이철은 나의 가장 깊은 부분까지 도달하는 법을 알고 있어서 거기에다 작은 칼들을 찔러 넣었다. 미움과 사랑을 구별할 수 없었던 거지. 그만큼 우리는 가까웠었다. 우리는 연리지처럼 서로 맞닿아 있었고 뿌리는 운명처럼 잠겨 있었다. 어느 누가 아내에게서 탈출하고 싶지 않겠는가? 하지만 오로지 하나님만이 나를 심판하실 수 있다. 오직 그분만이 아신다고! 신이시여, 저를 용서해 주세요. 아니 레이철, 다른 사람들보다 성욕에 약한 나를 용서해 줘.

또다시 운다. 마리나가 건너편에서 마니를 본다. 결국, 서랍에서 반짇고리를 발견한 그녀는 한구석에 자리를 잡고 앉아 티 나게 사람들을 도우면서 집 안의 움직임을 관찰한다. 바느질과 베이킹, 마리나의 두 손은 재주가 아주 많다. 하지만 새로 따른 술잔을 들고 지나가는 남편을 보자 주의력이 어찌나 산만해졌는지 바늘로 한 손가락을 찌르고 만다.

그리고 바로 그 순간 갑자기 어린 시절의 그 올빼미에게 무슨 일이 일어났었는지 기억난다. 아, 안타까워라. 그 하얀 깃털이 피로 물들었었지.

어어, 내가 다 지켜보고 있어, 마리나가 남편 오키에게 큰 소리로 말한다.

하지만 콧수염에서 브랜디 냄새가 나는 오키는 계속 지나가면서 마음속으로는 닥쳐, 네가 뭔데 그래? 하고 생각한다. 그는 잠시 자신이 여기에 왜 와 있는지를 잊은 채 거실에 있는 한 남자에게 말을 건다. 좋은 시간 보내고 계시죠?

뭐라고요? 그 남자가 말한다.

제정신을 차린 오키는 의자에 앉아 두 발을 앞뒤로 흔든다. 왜 있잖아요, 그런 상황임에도 불구하고요, 그가 말한다.

오키가 말을 건 사람은 네덜란드 개혁파교회의 견습 목사다. 키가 크고 목젖이 뚜렷하게 튀어나온, 초조한 모습의 견습 목사는 지난 한 해 동안 그 누구도 모르게 믿음을 잃어버렸다. 자신이 가시투성이 광야에서 비틀거리고 있다고 느끼는 이 견습 목사는 그냥 헤프게 웃는다. 오키가 말을 걸었을 때 그는 이제 그 무엇도 믿지 않는다는 사실을 곰곰이 생각하면서 속으로 웃고 있었다. 그래서 누군가가 자신에게 말을 걸자 양심의 가책을 느껴 화들짝 놀란 것이다.

아모르는 거실의 미닫이 유리창으로 고모부와 불안한 모습의 견습 목사, 두 사람을 볼 수가 있다. 코피 꼭대기에서 집의 정면과 정면에 있는 창문을 모두 볼 수 있어 그녀는 여기에 앉아 있는 것을 좋아한다. 그러나 이런 행동은 아모르 혼자 해서는 안 되는 일이긴 했다. 지금까지 저기 일 층에서 여러 사람이 장난감 건물에 있는 사람 모양의 장난감처럼 이리저리 돌아다니면서 분주했던 적이 한 번도 없었다. 하지만 그녀가 관심을 갖는 것은 그 사람들이 아니다. 오로지 그녀는 위층 왼쪽에서 세 번째 창문만 바라보면서 엄마는 저기에 있어, 하고 생각한다. 만약에 내가 그냥 언덕에서 내려가 집으로 들어가서 계단을 올라간다면, 엄마는 자기 방에서 나를 기다리고 있을 것이다. 언제나처럼.

누군가가 그곳에서 움직이는 것이 보인다. 분주하게 움직이는 한 여자의 모습. 두 눈을 반쯤 감으면 아모르는 그 사람이 엄마라고 상상할 수 있다. 몸이 다시 튼튼해지고 건강해진 엄마가 침대 옆에서 약을 깨끗이 치워 버리는 모습을 말이다. 이제 약은 더 이상 필요하지 않으니까. 엄마의 몸은 다시 좋아졌고, 시간은 거꾸로 흐르며, 세상은 다시 회복됐다. 아주 간단하게.

하지만 아모르는 그렇다고 가장하고 있고 그 방에 있는 사람이 엄마가 아니라는 걸 잘 안다. 방에 있는 사람은 살로메고 이 농장에서 평생 살았다. 아니, 그냥 그렇다고 생각하는 것이다. 우리 할아버지는 그녀에 대해 항상 이렇게 말씀하셨다. 아, 살로메, 나는 땅과 함께 그녀도 사들였지.

가만히 지켜보고 있으니, 살로메가 침대에서 시트를 벗긴다. 튼실하고 단단한 여인은 수년 전에 엄마가 준 헌 옷을 입고 머리에는 두건을 쓰고 있다. 그녀는 지금 맨발인데, 발바닥은 갈라지고 더럽다. 두 손에서도 흔적들이 보이는데, 그것은 무수한 충돌로 생긴 흠집과 흉터다. 얼굴을 보면 엄마보다 나이가 더 들어 보이긴 하지만, 그녀의 실제 나이는 엄마와 동갑인 마흔 살로 추정된다. 그녀의 나이를 정확한 숫자로 나타내기 힘들다. 그녀의 얼굴에는 드러나는 게 많지 않으며, 자신의 삶을 가면처럼, 우상처럼 착용하고 다닌다.

하지만 그녀를 직접 봤기에 확실하게 아는 게 몇 가지 있다. 살로메는 집을 쓸고 청소하고 집에 사는 사람들의 옷을 빨 때와 똑같이 무표정하게 엄마가 마지막으로 투병 생활을 하는 동안 엄마를 보살폈다. 살로메는 엄마의 옷을 입히고 벗겼으며, 뜨거운 물 한 양동이와 얼굴을 씻는 수건으로 엄마가 목욕하는 것과 화장실에 가는 것도 도와줬다. 그렇다, 심지어 엄마가 요강을 사용한 다음 엉덩이를 닦아 주는 일, 피와 똥과 고름과 오줌을 닦아 내는 일, 더럽고 은밀한 일이라 가족들조차 하고 싶어 하지 않는 그 모든 일을 살로메가 다 했다. 살로메한테 하라고 해, 그러니까 살로메한테 돈을 주는 거잖아, 안 그래? 엄마가 숨을 거두는 순간에도 살로메는 바로 그 자리, 엄마가 누운 침대 옆에 엄마와 함께 있었다. 비록 누구도 살로메를 볼 수 있는 것 같지 않은데도 말이다. 분명히 그녀는 보이지 않는다. 그리고 살로메가 느끼는 것도 전혀 보이지 않는다. 그녀는 깨끗하게 치워, 시트를 빨아 같은 소리를 듣고는 명령에 순종해서 청소하고 시트를 빤다.

그러나 아모르는 창문으로 살로메를 볼 수가 있다. 그러니까 그녀는 보이지 않는 사람이 아니다. 딱 이 주 전 어느 날 오후에 바로 저 방에서 엄마 아빠와 함께 있을 때의 기억을 끄집어낸다. 그 일이 지금까지는 이해가 되지 않았다. 엄마 아빠는 내가 거기 구석에 있다는 사실을 잊었다. 엄마 아빠는 나를 보지 못했으므로, 나 역시 그들에게 흑인 여자와 똑같이 보이지 않는 사람이었다.

[나한테 약속해 줄래, 마니?

엄마는 공포영화에서처럼 아빠한테 매달려 뼈만 앙상한 손으로 아빠를 움켜쥐고 있었다.

그래, 약속할게.

난 정말이지 살로메가 뭔가를 가질 수 있으면 좋겠어. 지금까지 모든 일을 해줬잖아.

알겠어, 아빠가 말한다.

당신이 꼭 하겠다고 나한테 약속해. 직접 말해 줘.

꼭 약속을 지킬게, 아빠가 목이 멘 소리로 말한다.]

아모르는 엄마 아빠가 마치 예수님과 성모 마리아처럼 서로 엉켜 있던 그 모습, 움켜쥐고 우는, 끔찍하게 얽힌 슬픈 매듭을 여전히 보고 있다. 저 높은 곳, 멀리 떨어진 어딘가에서 들려오는 소리, 그 말들은 지금까지는 아모르에게 도달하지 않았었다. 하지만 마침내 아모르는 그 두 사람이 누구에 관하여 이야기하고 있었는지 깨닫게 된다. 물론. 당연하지. 그렇지.

아모르는 그녀가 좋아하는 자리, 그러니까 불에 탄 나무 밑바닥에 있는 바위 사이에 앉아 있다. 벼락이 쳤을 때 내가 있던 곳, 여기서 나는 거의 죽을 뻔했었다. 쾅, 하늘에서 툭툭 떨어지던 하얀 불꽃. 마치 하나님이 너를 겨냥한 것 같았어, 아빠가 말한다. 하지만 그 일이 일어났을 때 아빠는 거기에 없었는데 어떻게 알 수 있겠는가. 주님의 진노는 마치 보복하는 불꽃과 같다. 하지만 나무와 달리 나는 불에 타지 않았다. 내 발은 제외하고.

병원에서 두 달을 회복하며 보냈다. 여전히 발바닥에서 통증이 느껴지고 작은 새끼발가락 하나는 사라지고 없다. 아모르는 그것을 건드려 보고 흉터를 만지작거린다. 언젠가는, 그녀는 소리 내어 말한다. 언젠가는 내가 할 거야.

하지만 그 생각은 중간에서 끊어지고 언젠가 그녀가 하게 될 일은 그대로 멈춘 채 거기에 매달려 있다.

지금 누군가 반대편에서 언덕을 걸어 올라오고 있다. 사람의 모습이 가까이 다가오면서 천천히 그 형태를 드러내는데, 옷처럼 나이와 성별과 인종이 덧입혀지더니 마침내 자신과 같은 열세 살의 흑인 소년이 아모르의 눈앞에 나타난다. 그 아이는 너덜너덜해진 반바지와 티셔츠를 입고 발에는 고무창을 댄 찢어진 캔버스 운동화를 신고 있다.

땀으로 옷이 피부에 달라붙어 있다. 손가락으로 옷을 좀 느슨하게 잡아당기면 좋으련만.

안녕, 루카스, 그녀가 말한다.

어떻게 지내, 아모르.

그는 먼저 막대기로 땅을 치고는 그런 다음 바위 위에 자리를 잡는다. 서로 이야기를 나누기가 쉽다. 여기서 이 아이들이 만난 것은 처음이 아니다. 아직은 어린아이지만 더 이상 어린아이가 아닌 경계에 이르렀다.

네 엄마 일은 정말이지 안됐어, 그가 말한다.

아모르는 또다시 울음이 터질 것만 같은데, 울지 않는다. 루카스가 그 말을 하는 건 괜찮다. 루카스 아버지도 그 아이가 아주 어렸을 때 요하네스버그 근처에 있는 금광에서 돌아가셨기 때문이다. 뭔가가 그들을 함께 아우른다. 방금 기억난 일이 넘쳐 흘러나와 아모르는 루카스에게 그 이야기를 해주고 싶다.

이제 너희 거야, 그 집, 아모르는 말한다.

루카스가 무슨 말인지 이해하지 못한 채 그녀를 쳐다본다.

우리 엄마가 아빠한테 그 집을 너희 엄마에게 주라고 했어. 기독교인은 절대로 약속을 어기지 않아.

루카스가 반대편 언덕을 내려다본다. 거기에 있는 비뚤어진 작은 집에서 그 아이는 살고 있다. 롬바르드 집에서. 모든 사람이 그곳을 부르는 이름이다. 롬바르드 노부인은 수년 전에 사망했는데도 말이다. 아모르의 할아버지는 인도 가족이 그곳으로 이사 오는 걸 막으려고 그 집을 사들였고 살로메를 그 집에서 살게 했다. 어떤 이름들은 붙어 있고, 어떤 이름들은 그렇지 않다.

우리 집이라고?

그건 이제 너희 집이 될 거야.

루카스가 여전히 혼란스러운지 눈을 깜박인다. 그것은 항상 그 아이의 집이었다. 루카스는 거기서 태어났고, 거기서 잠을 잔다. 이 백인 여자애가 무슨 말을 하는 거지? 그 아이는 지루해졌는지 침을 뱉더니 벌떡 일어난다. 그 아이의 다리가 길어지고 탄탄해졌으며, 억센 털이 허벅지에서 자라고 있는 것을 아모르는 알아챈다. 그 아이의 체취, 퀴퀴한 땀 냄새 역시 맡을 수 있다. 이 모든 게 새롭다. 아니, 어쩌면 새삼 알아채는 게 새롭다. 아모르는 혼자서 당황한다. 루카스가 자기를 바라보고 있다는 것을 눈치채기 전부터 말이다.

왜 그래? 아모르는 두 팔을 무릎 위에 올려놓은 채 몸을 웅크리고서 말한다.

아무것도 아니야.

루카스가 그녀가 앉아 있는 바위 위로 뛰어올라 아모르 옆에 웅크리고 앉는다. 그 아이의 맨다리가 다리에 거의 닿을 것만 같아 아모르는 따스함과 오싹함을 동시에 느낀다. 그녀는 무릎을 홱 치운다.

으으, 그녀는 말한다. 너 좀 씻어야겠다.

그 아이가 재빨리 일어나더니 다른 바위로 다시 껑충 뛴다. 아모르는 이제 그 아이를 쫓아낸 것 같아 미안한 생각이 들지만, 무슨 말을 해야 할지 모른다. 루카스가 자기 막대기를 집어 들더니 또다시 친다.

알았어, 그 아이가 말한다.

그래.

그 아이는 올라왔던 길을 다시 걸어서 언덕 아래로 내려가며 막대기로 풀의 하얀 윗부분을 쳐내기도 하고 막대기를 개미집으로 밀어 넣기도 한다. 자신의 존재감을 온 세상에 알리는 것 같다.

아모르는 그 아이가 사라질 때까지 지켜본다. 이제는 기다란 검은색 자동차가 사라지고 그녀에게 올라타 짓누르던 커다란 어둠 역시 사라졌으므로 마음이 한결 가벼워진 것을 느낀다. 그래서 반대쪽 코피로 이리저리 돌아다니며 그녀는 바위나 잎사귀를 보기 위해 여기저기서 발걸음을 멈추기도 하면서 자신의 집으로, 아니 자신의 집이라고 생각하는 곳으로 온다. 뒷문을 통해 집 안으로 들어온 시간은 아모르가 이 집에서 도망쳤을 때부터 백삼십삼 분 이십이 초가 흐른 후였다. 기다란 검은색 차를 포함하여 네 대의 차량이 떠나갔고, 자동차 한 대가 새로 도착했다. 전화는 열여덟 번 걸려 왔고, 초인종은 두 번 울렸는데, 한 번은 이 먼 곳까지 올 것 같지 않은 꽃들을 누군가가 보냈기 때문이다. 지금까지 총 차 스물두 잔, 커피 여섯 잔, 시원한 음료수 세 잔, 브랜디와 콜라 여섯 잔이 소모됐다. 이런 체증에 익숙하지 않은 아래층의 화장실 세 개는 스물일곱 번이나 물을 쏟아 내리면서 소변은 9.8리터, 대변은 5.2리터, 토사물은 한 끼 분량, 그리고 5밀리리터의 정자를 흘려보냈다. 숫자가 계속 이어지는 것에 수학이 어떤 도움을 줄 수 있겠는가? 인간의 삶에는 모든 게 하나만 있을 뿐이다.

아모르가 살그머니 들어간 부엌은 원래 조용한 곳이라 멀리서 말하는 소리가 그대로 들린다. 그녀는 이 층으로 연결된 계단을 올라가, 자기 방으로 가기 위해 복도를 걷기 시작한다. 가다가 엄마의 방을 지나가는데, 그 방은 지금 텅 비어 있다. 살로메는 침구를 빨러 가고 없다. 아모르는 그 일이 이곳에서 일어나지 않았다는 것을 알고 있긴 하지만, 그래도 반드시 방 안으로 들어가 봐야 한다.

어머니의 물건을 바라보고 있는 어린 소녀. 아모르는 엄마가 가지고 있던 모든 물건을 알고 있다. 문에서부터 램프를 켤 수 있는 전등 스위치가 있는 침대까지 몇 걸음인지, 두통의 시작과도 같이 소용돌이치는 카펫의 주황색 무늬 등등. 그녀는 거울에 나타난 엄마의 얼굴을 곁눈질로 보고 있다고 생각한다. 하지만 그녀가 직접 보면 그것은 사라지고 없다. 그 대신 엄마 냄새, 아니 엄마라고 생각되는 그런 혼합된 냄새를 그녀는 맡을 수 있다. 하지만 실제로는 구토, 방향제, 피, 약, 향수 등이 포함된 최근에 있었던 일련의 사건의 흔적이다. 그리고 처음부터 어두운 분위기는, 어쩌면 질병 그 자체의 냄새일지도 모른다. 벽에서 뿜어져 나와 허공을 맴돌고 있는 냄새도.

엄마는 여기에 없어.

그녀의 언니인 아스트리드가 말한다. 동생을 발견한

언니가 뒤따라 들어왔다.

그 사람들이 엄마를 데려갔어.

나도 알아. 나도 봤어.

엄마의 침대는 침구가 전부 벗겨져 있고, 아무것도 덮여 있지 않은 매트리스는 형언할 수 없는 무언가로 얼룩져 있었다. 그것이 마치 매혹적이면서 두려운, 새로운 대륙 지도라도 되는 것처럼 아스트리드와 아모르는 그 강렬하고 어두운 얼룩을 내려다본다.

엄마가 돌아가실 때 난 엄마와 함께 있었어, 아스트리드가 마침내 말한다. 그녀는 거짓말을 하고 있어 목소리가 떨리는 중이다. 엄마가 죽을 때 그녀는 엄마와 함께 있지 않았다. 그녀는 마구간 뒤에서 딘 드 웨트와 이야기를 나누고 있었다. 그 소년은 이따금 마구간 청소 같은 농장 일을 도우러 루스텐버그에서 온다. 딘의 아버지가 몇 년 전에 돌아가셔서 그는 어머니의 죽음에 대해 아스트리드에게 조언을 해주고 있었다. 딘은 평범하고 성실한 소년이고 아스트리드는 그의 관심을 받는 것이 매우 좋다. 그건 아스트리드가 최근 들어 남자를 더 많이 의식하게 되고 남자의 관심을 받아들이게 된 데서 비롯됐다. 그래서 레이철 스와트가 죽음을 맞이할 때 그녀와 함께한 사람은 그녀의 남편인 마니, 그리고 다시 말하지만 살로메라는 중요하지 않은 흑인 여자뿐이었다.

나도 임종의 자리에 있었어야 했는데. 아스트리드는 그렇게 생각한다. 그 대신 딘과 노닥거리고 있었다는 사실은 죄책감만 더해줄 뿐이다. 그녀는 여동생이 자신의 진실을 알고 있다고 오해한다. 이 사실뿐만 아니라 다른 것들도 잘못 알고 있다. 예를 들어, 늘 그러듯이 날씬함을 유지하기 위해 아스트리드가 삼십 분 전에도 점심 먹은 것을 토했다는 사실을 동생이 알고 있다고 말이다. 아스트리드는 이와 같은 편집증적 공포에 쉽게 빠지곤 해서, 이따금 주변 사람들이 자신의 마음을 읽을 수 있다거나 아니면 다른 사람들은 모두 연기를 하고 있지만 자기 혼자만은 연기하고 있지 않은 정교하게 짜인 공연이 바로 자신의 인생이 아닐까 하고 의심한다. 아스트리드는 겁이 많다. 무엇보다도 어둠, 가난, 뇌우, 살찌는 것, 지진, 해일, 악어, 흑인, 미래, 질서 정연한 사회구조가 해체되는 것을 두려워한다. 사랑받지 못하는 것을. 언제나 그래 왔다는 것을 그녀는 두려워한다.

지금 아모르는 다시 울고 있다. 아스트리드가 마치 그 사실이 진짜인 것처럼 말을 내뱉었기 때문이다. 아니다, 그건 사실이 아니다. 비록 이 집에 지금 여기 있어서는 안 되는 사람들, 평상시에는 여기에 있지 않는 사람들, 아니 동시에 이 집을 방문하지 않을 사람들로 가득 차 있기는 하지만 말이다.

우리는 준비해야 해, 아스트리드가 조바심이 나는 듯 말한다. 빨리 교복을 갈아입어.

무슨 준비?

아스트리드는 마땅히 할 대답이 없어서 짜증이 난다.

도대체 넌 어디에 갔었어? 우리가 너를 얼마나 찾았는데.

코피에 올라갔었어.

거기에 혼자 올라가면 안 된다는 것을 잘 알잖아. 그리고 여기서 뭘 하는 거야? 엄마 침실에서?

그냥 보고 있었어.

뭘 보고 있었는데?

나도 몰라.

이게 진실이다, 아모르는 모른다, 그냥 보고만 있을 뿐이다, 그게 전부다.

어서 가서 옷 갈아입어, 아스트리드가 동생에게 명령하며 시험 삼아 어른의 목소리를 내본다. 이제 어른의 자리가 하나 비었지 않은가.

나한테 이래라저래라 하지 마, 아모르가 말한다. 그녀는 아스트리드에게서 벗어나기 위해 방을 나간다. 방에 혼자 남겨진 순간 아스트리드는 팔찌가 침대 옆 탁자에 놓여 있는 것을 보고는 그것을 집어 든다. 파란색과 흰색 구슬을 꿰어 만든 아주 작고 동그란 고리다. 그녀는 엄마가 팔찌를 착용하는 것을 봤고, 예전에도 손목에 차본 적이 있었다. 아스트리드는 팔찌를 다시 자기 손목에 차고는 맥박이 편안하게 잡히는 것을 느낀다. 그녀는 그게 항상 자기 것이었다고 결론을 내린다.

난 예쁘지 않아. 아모르가 그렇게 생각한 게 처음은 아니다. 그녀는 찬장 문 뒤에 붙어 있는 거울로 자기 자신을 바라보며 생각한다. 그녀는 속옷 차림인데 최근에 산 작은 브래지어가 새로이 불어난 살처럼 아직은 불편하다. 엉덩이가 넓어지고, 두툼해지는 게 그녀에게는 무겁고, 지나치고, 외설적인 것 같다. 아모르는 자신의 배와 허벅지와 늘어진 어깨가 싫다. 누구나 그러하듯이, 아모르는 자신의 몸을 싫어하는데, 특히 사춘기 아이답게 격렬하게 싫어한다. 그리고 오늘은 평소보다 더 심해서 그녀의 몸이 더 두껍고, 뜨겁게 존재하는 것만 같다.

그렇게 몸과 마음이 내부에서 모이는 순간에 아모르를 둘러싼 공기에 예지력이 넘쳐 난다. 최근 몇 번이나 천 분의 일 초 전에 미리 상황을 알게 되곤 했다. 그러니까 아모르는 액자가 벽에서 떨어질 것이고, 창문이 휙 열릴 것이며, 연필이 책상 위를 굴러다니리라는 사실을 미리 알 수 있었다. 오늘 그녀는 침대 옆 탁자에 놓여 있는, 불에 검게 그을린 거북이 등 껍데기가 공중으로 들어 올려질 것이라는 확신이 들어 거울 속에 비친 자신의 모습을 지나쳐서 그쪽을 본다. 그녀는 그것이 들어 올려지는 것을 지켜본다. 마치 자신의 눈으로 옮기는 것처럼 아모르는 그것이 방 한가운데로 조용히 움직이는 것을 지켜본다. 그런 다음에는 마룻바닥에 아주 세게 부딪뜨려 부수기 위해 그것을 떨어뜨리거나, 아니 어쩌면 그것을 내던진다.

거북이 등 껍데기는 요즈음, 아니 더 정확히 말해서 예전에 아모르가 수집한 몇 안 되는 물건 중 하나였다. 모두 저 바깥의 초원에서 주운 것들이다. 기이한 모양의 돌, 작은 몽구스 해골, 길고 하얀 깃털. 그것들이 없다면 이 방에는 상투적 징후나 단서 하나 없이 담요, 침대 옆 탁자와 램프, 찬장과 서랍장, 카펫이나 덮개가 없는 나무 바닥과 싱글 침대만 있을 것이다. 벽 또한 벌거벗었다. 아모르가 없을 때, 이 방은 텅 빈 페이지 같다. 무엇이라도 그녀에 대해 말해 줄 수 있는 흔적이나 단서가 거의 없는데, 아마 그것이 그녀를 설명하는 무언가가 될 것이다.

시간이 흘러 계단을 내려가는 아모르는 거북이 등 껍데기 조각 하나를 들고 있다. 아직도 사람들이 이리저리 돌아다니고 있다. 그녀는 앞을 똑바로 보면서 아빠를 향해 발걸음을 뗀다. 아빠는 여전히 의자에 주저앉아 있다.

어디 갔었어? 아빠가 말한다. 걱정했잖아.

코피에 갔었어요.

아모르. 코피에 혼자 가면 안 된다는 걸 잘 알잖아. 왜 항상 거기에 가는 거야?

엄마를 보고 싶지 않았어요. 그래서 도망친 거예요.

손에 뭘 들고 있는 거니?

쪼개진 등 껍데기 조각을 건네주는 아모르는 멍한 상태인지라 그것이 무엇인지, 어디서 난 건지 기억이 잘 나지 않는다. 마치 거대하고 오래된 발톱 같다. 저런, 정말 징그럽네. 저 밖에서 주워 온 것이로군. 아모르는 밖에 나가면 항상 괴상한 부스러기 조각들을 가져온다. 아빠는 그걸 던져버리려고 한다. 하지만 그러려던 충동이 사라지고 아빠는 딸아이가 했던 것처럼 그것을 손에 가만히 들고 있다.

이리로 오렴.

이제 아빠는 딸아이에 대한 엄청난 애정, 그러니까 심오하면서도 감상적인 마음으로 가득하다. 무방비 상태의 소박한 영혼이다. 내 아가, 나의 작은 아이야. 그녀를 품 안에 끌어안자 갑자기 칠 년 전의 비슷한 순간, 그러니까 벼락이 내리친 직후의 그 창백하고 꿈에서 반쯤 깬 것 같은 사고의 여파 속으로 아빠와 딸 모두가 다시 녹아든다. 그 사고로 인해 몽롱하게 반쯤 깨어 있던 상황 속으로 빠져든다. 아모르를 코피 아래로 데려갔다. 저 아이를 구해 주세요. 주님, 저 아이를 구해 주세요. 제가 영원히 주님의 것이 되겠습니다. 그것은 마니에게 마치 모세가 산에서 내려오는 순간과 같았다. 그날 오후 성령께서 그를 만지셨고 그의 삶은 바뀌었다. 하지만 아모르는 그 순간을 다르게 기억한다. 그러니까 바비큐 고기처럼 불에 탄 고기 냄새가 공중에서 진동하는데, 이 세상의 중심에서 풍기는 희생된 제물의 냄새 같았다.

코피. 루카스. 대화. 이 이야기 하려고 아래층으로 내려왔기 때문에 아모르는 자신이 처박혀 있던 아빠의 셔츠와 땀 냄새, 슬픔과 브룻 데오도란트 냄새로부터 몸을 끌어낸다.

아빠는 약속을 지킬 거죠, 아모르가 말한다. 그 말이 단언인지 아니면 질문인지 두 사람 모두에게 분명하지 않다.

무슨 약속?

알잖아요. 엄마가 아빠에게 꼭 하라고 부탁한 것.

마니는 지친 나머지 거의 오돌토돌한 알갱이 상태다. 모래가 모두 다 새어 나가 아빠는 곧 바닥날지도 모른다. 그래, 아빠는 모호하게 말한다. 내가 약속을 했다면 지켜야겠지.

아빠는 약속을 지킬 거죠?

내가 그런다고 했잖아. 아빠는 재킷 주머니에서 손수건을 꺼내 코를 푼다. 그런 다음 코에서 뭐가 나왔는지 보기 위해 손수건을 들여다보고 다시 집어넣는다. 우리 지금 무슨 얘기를 하는 거지? 아빠가 말한다.

[살로메의 집.] 하지만 아모르 또한 힘이 다 떨어져서 다시 아빠의 가슴팍으로 푹 쓰러진다. 아모르는 말하지만, 아빠는 딸의 말을 들을 수가 없다.

뭐라고 했어?

기숙사로 돌아가고 싶지 않아요. 그곳이 정말 싫어요.

아빠는 그 문제에 대해 생각한다. 다시 돌아갈 필요 없어, 그는 말한다. 거긴 그냥 잠깐 있기 위한 곳이었으니까. 엄마가…… 엄마가 아팠던 동안.

그러니까 다시 돌아가지 않는 거죠?

응, 안 가.

진짜요?

진짜로. 내가 약속할게.

이제 아모르는 마치 뜨겁고 조용한 지하 동굴에 있는 것처럼 마음이 잠잠해지고 놓인다. 마음은 간사하다. 오후가 길고 노란 끝을 향해 점점 가늘어지고 있다. 엄마는 오늘 아침에 돌아가셨다. 얼마 지나지 않으면 내일이 될 것이다.

마니는 아모르가 매달리는 것에 지쳐서 아이를 밀어내고자 하는 꼴사나운 충동을 억누른다. 눈에 보이는 확실한 근거가 없음에도 그는 항상 아모르가 진짜로 자기 자식인지 의심했다. 막내로 태어난 아모르는 낳을 계획이 없었는데 그의 결혼 생활 중 가장 어려웠던 시기, 그러니까 그가 아내와 각방을 쓰기 시작하고 난 후에 잉태됐다. 사랑의 행위가 그다지 많지 않았는데, 바로 그때 아모르가 그들을 찾아온 것이었다.

그러나 아모르가 어디에서 왔든, 아이는 틀림없이 천국이 세운 계획의 일부다. 확실히, 이 아이는 마니의 개종을 위해 주신 아이였다. 주님께서 이 아이를 데려갈 뻔했을 때 마니는 마침내 성령님께 마음을 열었다. 그 일이 있고 얼마 지나지 않아 깊은 기도를 드리다가 마니는 자신을 깨끗하게 정화하려면 무엇을 해야 하는지 깨닫게 됐다. 그는, 헤르만 알베르투스 스와트는 아내에게 자신의 모든 잘못을 고백하고 그녀의 용서를 구해야 한다. 그래서 그는 레이철에게 도박한 것과 매춘부를 산 일을 포함한 모든 것을 털어놓았다. 알몸을 드러내고 껍질을 모두 벗겨 냈다. 그랬더니 그의 결혼 생활은 선명하게 변하는 대신 캄캄해졌고, 아내는 용서하는 대신 남편을 비난해서 그가 매우 부족하다는 것을 알게 됐다. 아내는 남편을 따라 빛의 골짜기로 들어가는 대신 다른 방향으로 돌아서서 다시 자기 민족에게로 돌아가 버렸다. 우리를 위하는 주님의 방법은 영원히 불가사의하도다!

마니는 의자에서 몸을 빙글 돌리더니 아모르의 얼굴을 두 손으로 붙잡아 그를 향하도록 위로 치켜든다. 딸아이의 이목구비를 샅샅이 뜯어보며 오로지 자신의 신체, 자신의 세포에서만 나올 수 있을 어떤 흔적을 찾아본다. 이런 행동을 하는 것이 처음은 아니었다. 암울한 별자리의 운명을 타고난 아모르는 겁에 질려 아빠를 빤히 쳐다본다.

마니는 아모르에게 뭔가를 말하려는 참이었을 수도 있다. 하지만 다행스럽게도 심머스 부흥사가 도착하는 바람에 저지된다. 그 선한 목자는 오늘 대부분의 시간을 이곳에 머무르면서 소중한 그의 성도를 위해 기도하고 조언해 줬다. 여호와의 불이 마니를 스치고 지나간 후 마침내 진리로 돌아섰을 때부터 마니가 진리를 탐구하고 빛을 찾아가는 세월 동안 알윈 심머스는 마니의 안내자이자 목자였다. 교회의 엄격함은 나를 똑바로 서게 해주는 들보와 기둥이다.

죄송하지만 이제 가봐야겠습니다, 심머스가 말한다. 하지만 내일 다시 오겠습니다.

부흥사는 마니를 복잡하고 흐릿한 형체로 인식하는데, 요즘 시력을 잃어 가고 있어서 두 눈을 두껍고 어두운 렌즈 뒤로 숨기기 때문이다. 그래서 어디에 가든지 간에 의지할 누군가가 있어야 한다. 말 그대로 그렇다, 이런 상황에서 예수는 단지 비유일 뿐이다. 그래서 믿음을 완전히 잃어버린 그 견습 목사가 있는 것이다. 견습 목사는 두 사람의 대화가 제대로 진행될 수 있게 부흥사를 마니 쪽으로 세우려 애쓰고 있다.

마침내 마니에게 막내딸을 부서지기 쉬운 한 점의 가구처럼 한쪽으로 아주 조심스럽게 밀어 놓을 이유가 생기자 그렇게 한 다음 순식간에 딸의 존재를 잊는다. 제가 부흥사님을 차까지 바래다 드릴게요, 마니가 말한다. 그 두 사람을 천천히 현관문 쪽으로 인도하면서 마니는 작은 탁자 위 액자에 담긴 자신의 사진을 지나쳐 간다. 그 사진은 그의 파충류 공원인 비늘 도시가 개관한 직후인, 지금으로부터 이십 년 전에 찍은 것이다. 비늘 도시라는 말이 첫날부터 만들어졌다는 걸 활짝 웃는 청년의 사진에서 알 수가 있다. 스물일곱 살의 마니. 한창때에는 인기가 많았다. 재미있고, 언제나 광대처럼 사람들을 웃겼으며 또 외모도 잘생겼었다. 못 믿겠다면 사진을 확인해 보라. 기다랗게 축 늘어진 앞머리, 이를 다 드러내며 오만방자하게 웃는 모습. 조금은 나쁜 남자 같다. 왼손에는 검정 맘바, 오른손에는 초록 맘바, 그러니까 맹렬하고 치명적인 독사를 양손에 하나씩 들고서, 젊음과 건강 그리고 자신감을 액자 밖까지 발산한다. 크고 반짝이는 테가 달린 선글라스, 맨가슴에 가득한 털, 같은 색깔의 풍성한 구릿빛 구레나룻. 남성적이고 자유로운 마니를 모두가 잠깐이라도 만나고 싶어 했다. 그러니 레이철이 이 남자 때문에 모든 걸 포기한 것이 조금도 이상하지 않다. 그러다가 마니가 변했을 때 레이철의 마음도 변했다.

바깥에서 부흥사는 가쁜 숨을 몰아쉬면서도 남자답게 포옹하기 위해 마니를 더듬거린다. 그리스도 안에서 힘을 내세요, 부흥사는 마니의 귀에 대고 말한다. 잘 생각해 보면 허망한 말이지만, 마니는 그러겠다고, 그리스도 안에서 힘을 내겠다고 말한다. 마니는 이미 오랫동안 그렇게 해오고 있다. 부흥사님, 내일 다시 오실 거죠? 그리스도만으로 충분할지 확신할 수 없는 마니가 걱정스럽게 묻는다. 심머스는 내일 오겠다고 약속한다.

그런 다음 그들 두 사람은 자동차를 몰아 농가를 떠난다. 견습 목사가 운전대를 잡고 있고 그 옆에 나이 든 부흥사가 앉아 있다. 그들은 정문에서 이어지는 울퉁불퉁한 길을 따라 달리는데 아무 말도 하지 않는다. 하지만 운전하는 견습 목사의 목젖은 마치 할 말이 있는 듯이 낚싯줄에 달린 찌처럼 오르락내리락한다.

대문을 통과하고 방향을 바꿔 타르를 바른 도로로 올라선 다음에야 비로소 알윈 심머스는 몸을 뒤척인다.

멋진 가족이에요, 그는 말한다. 그리고 저 사람은 무너지지 않을 거예요.

운전자는 귀를 기울이며 속으로 부러운 듯 미소를 짓는다. 무너지지 않는다라! 그런 확신이 가능한가? 나로서는 그렇게 하지 못한다. 더군다나 오늘 밤은 아니다. 두 손이 이렇게 미끈거리는데, 그가 이 길을 계속 운전해서 갈 수 있다고 믿는 것조차 지나친 믿음이다.

나이 많은 부흥사는 몸집이 크고 부드러운 사람이고 양옆으로 곱슬곱슬한 갈색 머리가 물결치고 있다. 그는 대체로 구겨져 있다는 느낌을 준다. 집에서 그를 돌보는 여동생 라티샤의 다림질 솜씨가 그다지 좋지 못하기 때문이다. 그리고 눈에 들어오는 모든 부분, 즉 양손과 목, 얼굴 피부가 늘어지고 쭈글쭈글해서 옷 속에 숨겨진 나머지 부분은 정말 보고 싶지 않을 것이다.

부흥사는 천성적으로 무게감 있는 사람이지만, 오늘 오후는 특히 더 신중하다. 처음부터 그에게 반대 의사를 표명한 여인, 그러니까 끝까지 주님에게서 얼굴을 돌려 버린 고집스럽고 거만한 여자가 죽음으로 인해 그가 몹시 원하는 어떤 것에 더 가까이 다가서게 됐기 때문이다. 그 자신을 위한 것은 아니다, 아니다, 정말 그렇지 않다! 오로지 교회를 위해서, 그리고 천국의 일을 돕기 위해서다. 나는 단지 도구

일 뿐이다. 하지만 그 도구는 지금 앞에 놓인 길이 결국엔 선명해질 것이며, 얼마 지나지 않아 바람직한 땅덩어리를 손에 넣게 되리라는 것을 느낀다.

내일 오후 네 시에 데리러 오세요, 부흥사는 결정한다.

저 사람들에게…… 다시 갑니까?

예, 우리는 스와트 가족에게로 갈 겁니다. 할 일이 아직 끝나지 않았거든요.

해가 질 무렵, 특히 강렬한 이곳의 석양이 질 때면 방문객들은 모두 떠나가고 오로지 가족만이 남는다. 오키 고모부는 고르지 못한 그의 미소에 짓눌려 입술의 한쪽 끝만 늘어뜨린 채, 오른쪽으로 조금씩 기울어지고 있다. 오키 고모부와 아빠는 거실에 앉아 텔레비전으로 전국에서 발생한 좋지 못한 뉴스를 지켜보고 있다. 요하네스버그의 림페트 탄광과 흑인 거주지역의 군대 소식. 이따금 아빠는 마치 남아공의 상황에 안타까운 마음이 든 사람처럼 감정을 주체하지 못하고 잠깐씩 흐느껴 운다. 오키는 그저 차를 조금씩 홀짝거리며 미소를 지을 뿐이다.

부엌에서 마리나는 그릇과 컵을 씻고 있는 흑인 하녀를 감독한다. 살로메가 무거운 몸을 끌고 다니는 모습이 너무나도 느려서 가족을 잃은 사람이 그녀라고 생각할 정도다. 이렇게 중요한 날에 게으름을 피운다는 것은 용서할 수 없으므로 돌덩이 같은 하녀를 계속 떠밀어야 하는데 시종일관 지시하는 것도 힘든 일이다. 심사가 뒤틀린 마리나는 마지막으로 행군하듯 집을 가로지르며 남은 음식들을 찾는다. 식당에서 마리나는 아직 혼낼 기회를 찾지 못했던 아모르와 마주친다. 넌 어디로 도망갔었니? 마리나는 자신이 생각했던 것보다 더 화가 많이 난 목소리로 강하게 묻는다. 그러고는 손톱에서 번뜩이는 무자비한 악랄함으로 조카의 팔죽지를 꼬집고 있는 자신을 본다.

아야, 아모르는 신음을 뱉지만 달리 대답은 하지 않는다. 기분 나쁜 만족감을 느낀 마리나는 이 층으로 쿵쾅대며 올라가서는 레이철의 방으로 들어간다. 창문과 커튼을 닫기 전에 잠시 머뭇거린다. 공기 중에서 희미한 팅크 약 냄새가 나는 것 같다. 바깥은 밤이다.

지금은 밤이다. 똑같은 밤이지만 시간은 한참 지나 별들이 이동했다. 달의 한쪽 면이 아주 희미하게 금속성 빛을 발하여 바위와 언덕으로 이루어진 이곳은 액체같이, 수은 바다처럼 보인다. 간선도로의 선은 이따금 자동차의 전조등에 의해 느릿느릿하게 꿰매어지고, 자동차는 어딘가에서 어딘가로 이동하는 사람의 삶을 나르고 있다.

이 집은 진입로와 잔디밭을 밝혀 주는 앞뒤의 투광 조명등을 빼고는 어둡다. 그리고 거실에 램프 하나만 남겨 두었다. 아래층에 있는 여러 방에서는 대체로 아무런 움직임이 없다. 예외가 있다면 어쩌다 날뛰는 곤충들이 있을 뿐이다. 아니, 설치류인가? 그리고 가구의 아주 미세한 팽창과 수축이 있을 뿐이다. 후두두, 후드득, 삐걱, 삐걱.

하지만 위층 침실에서는 불빛이 계속 깜박거리고 있다. 아빠의 매트리스는 불안한 꿈의 물살을 타고 뒤흔들리는 뗏목이다. 닥터 라프가 처방했던 진정제를 복용한 아빠는 수면 바로 아래에 머리가 잠겨 있어서 물 위로 굴절된 영상들을 바라보고 있다. 아내는 많은 영상에 등장하지만, 변형되어 다소 통명스러운 사람으로 등장한다. 그녀에게서 완전히 다른 사람의 흔적이 나타나 그가 알지 못하는 사람이 된다. 어떻게 이럴 수가 있어? 그가 아내에게 외친다, 당신은 죽었잖아. 그건 도저히 용서할 수 없는 말인걸, 마니, 아내가 그에게 말한다. 난 상처받았어. 아내의 말이 그의 마음을 낡은 걸레처럼 쥐어짠다. 미안해, 미안해.

마니의 옆에 있는 벽에서 팔을 하나 쭉 뻗은 만큼 떨어진 곳에 있는 아스트리드가 꿈속에서 잔물결을 일으킨다. 그녀는 최근에 아이스링크에서 만난 소년에게 순결을 빼앗겼다. 성관계의 여운이 금빛 바람처럼 그녀의 온몸을 타고 흘러내린다. 그녀는 그때의 고통을 잊었다. 그 고통은 뻣뻣한 수염을 기른 젊은이들의 얼굴 주위에서, 특히 딘 드 웨트의 얼굴에서 일렁이지만 말이다. 이 꿈에서 깨어 있을 때는 보지 못하는 딘의 핑크빛 입술이 그녀의 저 깊은 내부, 모든 것이 만나는 저 아래를 황홀하게 만들고 있다.

손님 침실에서는 마리나 고모가 꾸벅꾸벅 졸다가 흠칫 놀라고 꾸벅꾸벅 졸다가 흠칫 놀라 깬다. 막 꿈이 시작하려는 참인데, 그녀는 꿈속에서 P. W. 보타와 함께 아주 오래된 요새에서 소풍을 즐기고 있고 그가 하얗고 두툼한 손가락으로 그녀에게 딸기를 먹여 준다. 그 순간 그녀는 발길질 때문에 잠에서 깨어난다. 멘로파크에 있는 집에서는 오키와 한 침대를 쓰지 않는다. 오키는 구급차를 기다리고 있는 뺑소니 피해자처럼 아내 옆에서 경련을 일으키며 누워 있다. 마리나, 무슨 그런 생각을 해. 부끄럽지도 않아? 하지만 당신이 그런 생각을 해도 어쩔 수 없지. 그냥 인간일 뿐이니까. 훨씬 더 나쁜 생각이 당신의 머릿속을 스쳐 갔을 수도 있겠지, 그래, 맞아. 남편의 발이 그녀의 발에 닿자 마리나는 발을 치운다. 한때 짧게나마 사랑했던 사람, 아니 그랬다고 생각했던 사람, 아니 사랑했다고 생각하고 싶은 사람에게 움찔하고 그를 피한다는 건 참으로 끔찍하다. 하지만 어떻든간에 오키에게 평생 족쇄를 채워야 한다.

사슬의 다른 쪽 끝에 있는 오키는 춤추는 곰처럼 홱 움직인다. 그는 꿈을 꾸지 않는다. 정확히 말하자면 꿈이 아니다. 그가 첨벙거리고 있는 얕은 여울이 꿈이 아니라면 말이다. 하지만 아무 일도 일어나지 않고, 그저 색깔만 계속 바뀐다. 기포가 해저에서 솟아 올라와 아내 옆구리에 부딪혀 방귀가 된다. 그러면 아내는 분개하여 뻣뻣해진 콧구멍을 벌름거린다.

그리고 아모르는 복도 끝에 있는 자기 침실에서 몇 시간 동안 잠을 자지 못하고 누워 있다. 내 얘기를 들으면 알겠지만, 그녀에게 드문 일은 아니다. 매일 밤 정신이 흐트러지기 전, 그녀는 몸에서 바깥쪽으로 마음을 움직인다. 침대에 등을 대고 특정한 장소에 있는 특정한 물건에 손을 뻗고 특정한 순서를 따른다. 그렇게 한 다음에야 비로소 긴장을 충분히 풀 수 있다. 하지만 오늘 밤은 효과가 전혀 없다. 오늘 하루에 겪은 여러 다른 이미지들이 너무나 강력하게 밀치고 들어온다. 꽉 다문 스타키 교장선생님의 입술, 땅을 치던 루카스의 막대기, 고모가 꼬집어 아픈 그녀의 팔. 고모의 손가락에 들어 있는 엄청난 분노는 고통스럽게 뛰는 심장박동을 우주로 내보내고 있다. 누가 나를 알아주기를, 나 아모르 스와트는 1986년 여기에 있으니. 내일이 절대로 오지 않으면 얼마나 좋을까.

어쩌면 이 꿈들이 모두 합쳐져 하나의 더 큰 꿈, 즉 온 가족의 꿈이 될 수도 있지 않을까? 하지만 누군가가 빠져 있다. 바로 이 순간 그는 요하네스버그 남쪽에 있는 군사기지의 보병 기동차에서 갈색 군복을 입고 소총을 들고 밖으로 나오는 중이다. 그는 어제 아침 캐틀홍에서 그 소총으로 한 여자를 쏴 죽였다. 살면서 그런 행동을 저지를 것이라고는 한 번도 상상해 본 적이 없었다. 그리고 그 이후로도 놀라고 절망하여 계속해서 그 순간을 되풀이해 떠올리는 것 말고는 아무런 생각을 하지 못하고 있다.

스와트.

네, 상등병님.

목사님이 너를 만나고 싶어 하신다.

목사님이요?

안톤은 군목과 한 번도 대화를 나눈 적이 없었다. 그러니까 군목은 내가 저지른 일을 듣고는 그 일에 관해 이야기하고 싶겠지, 그는 생각한다. 여하튼 그의 죄는 전달됐을 거다. 한 생명을 빼앗았으니 대가를 치러야 한다. 그러려던 건 아니었는데. 하지만 그런 짓을 저지른 건 맞으니.

그 여자는 돌을 던지고 있었고, 돌을 집기 위해 몸을 굽혔는데, 그녀의 분노와 맞닿아 안톤의 마음속에서도 분노가 섬광처럼 꿰뚫고 지나갔다. 그는 아무 이유 없이 그녀를 증오했고 그녀를 죽였다. 모든 게 단 몇 초, 순식간에 완전히 끝났고 완료됐다. 전혀 끝나지 않았고 전혀 완료되지 않았다.

그래서 심지어 군목과 상담을 한 다음에도 안톤은 여전히 자기 책임이라고 믿는다. 저희 어머니는 죽었어요, 제가 어머니를 죽였어요. 어제 아침에 제가 그녀를 총으로 쏴서 죽였어요.

우리는 자네한테 계속 연락하려고 노력했다네, 군목이 말한다. 무선전신을 보냈지. 자네가 그걸 받았다고 생각했어.

안톤은 군목의 집무실 책상 앞에 앉아 있다. 벽에는 기독교 포스터가 임시 접착제인 프레스틱으로 붙여져 있다. 내가 곧 길이요 생명이니. 하지만 포스터를 제외하면 방은 칙칙하고 평범하다. 너무 평범한 방이라 그의 마음속을 마구 휘젓고 있는 감정을 억누를 수가 없다.

저는 캐틀홍에 있었습니다, 안톤이 말한다. 사건이 발생했습니다.

그럼, 그럼, 물론이지. 귀에서 털이 비쭉 나온 군목은 자그마하고 신경질적이다. 계급이 대령인 그는 지금 운동복을 입고 있으며 얼굴은 졸려서 흐릿하다. 그는 고통스러운 의무를 다했기에 다시 잠자리로 돌아가기를 간절히 원한다. 시계는 새벽 세 시를 가리키고 있다.

여기 칠 일짜리 통행증이 있네, 군목이 징집병에게 말

한다. 자네 어머니 일은 참으로 유감이야. 하지만 어머니는 이제 평화로울 거라 확신하네.

젊은이는 그의 말에 귀를 기울이지 않는 것 같다. 그는 창문 밖 어둠 속을 응시하고 있다. 우리는 상황을 통제해야 했습니다, 안톤이 천천히 말한다.

그럼, 물론 그랬겠지. 그래서 자네가 여기에 와 있는 거잖아. 바로 그런 것 때문에 군대가 있는 거지. 군목은 지금까지 이런 종류의 문제들로 마음속에서 씨름해 본 적이 한 번도 없었기에, 그 해답은 항상 명백해 보였다. 군목은 막연하게 이 청년이 혹시 반체제주의자는 아닌지 궁금해한다. 자넨 기간이 더 긴 통행증을 원하나? 그가 말한다. 열흘짜리?

아, 젊은이가 말한다. 아닙니다, 그러지 않아도 될 것 같습니다.

그럼 됐네.

어머니는 유대교로 개종하셨습니다. 아니, 다시 유대인으로 되돌아가셨습니다. 그리고 그들은 죽은 사람을 빨리 묻고 싶어 합니다. 가능하면 죽은 날에요. 하지만 그들은 제가 집에 도착할 때까지 기다렸다가 내일 묻을 겁니다.

알겠네.

그 모든 게 그렇게 계획되어 있습니다. 어머니는 몇 달째 죽어 가고 있었습니다. 모두가 그저 이 상황이 끝나기를 원합니다.

그럼 됐네, 군목은 거북하게 되풀이한다.

젊은이는 마침내 자리에서 일어선다. 저희 부모님은 절대로 결혼하지 말았어야 했습니다, 그가 말한다. 부모님은 비슷한 점이 없었어요.

안톤은 컴컴한 야영지 도로를 통해서 자기 천막으로 되돌아간다. 텐트 속에는 그와 같은 수백 명의 다른 군인들이 여러 줄로 채워져 있다. 엄마가 죽었다. 내가 세상으로 들어올 때 통과했던 입구가. 이제 돌아갈 길은 없다. 그것은 다른 때에도 없었다. 나는 어제 그녀를 총으로 쏘아 죽였다. 절대로 그러려던 건 아니었다. 하지만 넌 그런 짓을 하지 않았다. 넌 너희 엄마를 죽이지 않았다. 네가 죽인 사람은 다른 사람의 엄마다. 그래서 내 엄마도 죽어야만 한다.

그는 매우 지쳤다. 마흔 시간 동안 잠을 전혀 자지 못했는데 집에 도착할 때까지도 잠들지 못할 것이다. 톡톡 소리가 나더니 불이 타오른다. 퓨즈가 켜져 있다. 그의 콧구멍에서 계속해서 냄새가 난다. 고무 타는 냄새가 그의 내면 어딘가에서 솟아오른다. 그는 침대가 기다리고 있는 천막으로 온다. 하지만 그는 길에서 들려오는 자신의 군화 소리가 좋아서 계속해서 걷는다. 잠을 자라, 꼬마 병사들아, 미노타우

로스가 발을 쾅쾅 구르며 걸어가는 동안. 프리스테이트주의 베들레헴을 향해 구부정한 자세로 걸어가는 동안.

캠프의 가장 끄트머리 울타리에서 군인 한 명이 보초를 서고 있다. 안톤과 마찬가지로 이등병이다. 무엇을 원하십니까? 그는 겁에 질린 듯 말한다.

저는 당신의 금과 당신의 여자들을 원합니다, 안톤이 말한다. 그는 상대방이 영국인이라는 것을 알면서도 무슨 이유에서인지 아프리칸스어로 말한다. 내 아버지의 언어가 나에게 한없이 낯설다. 아뇨, 마음을 바꿨습니다. 전 싸우러 온 게 아닙니다. 저를 당신 상관에게 데려다주세요.

여기에 오면 안 됩니다.

저도 압니다. 태어났을 때부터 알았습니다. 안톤은 철망에 자기 손가락을 걸고 그의 체중을 싣는다. 노란색 투광 조명등이 포장도로를 가로질러 이상한 그림자를 내보낸다. 울타리 반대편에는 군용 차량으로 가득하다. 그중 다수는 사건이 발생했을 때 그가 타고 있던 것과 같은 보병 기동차다. 어제, 고작 어제였다. 아직도 넘어야 할 삶이 너무 많다.

저는 어머니를 잃었습니다, 그가 말한다.

어머니를 잃어요?

나라를 지키기 위해 소총으로 그녀를 쐈습니다.

당신이 당신의 어머니를 쐈다고요?

이름이 어떻게 돼요?

페인Payne입니다.

아, 좋네요. 그는 영어로 바꿔서 말한다. 우리는 예전에도 만난 적이 있어요. 당신은 알레고리인가요? 실존 인물인가요? 당신의 성은 어떻게 되나요?

내 성요? 왜 그걸 알고 싶은 거죠?

안톤은 두 손을 든다. 항복합니다, 페인 일병Private Payne과 private pain의 언어유희.

괜찮으세요?

당신이 보기에 괜찮아 보이나요? 아니, 괜찮지 않습니다. 제 어머니가 죽었어요. 함께 해줘서 감사합니다, 페인. 나중에 봅시다.

안톤은 자신이 왔던 방향으로 휘청거리며 걸어간다. 그리고 대체로 그렇듯이 두 사람의 대화는 공중이나 땅속으로 사라진다. 대화는 가라앉거나 아니면 떠올라서 절대로 다시 돌아오지 않을 것이다. 네 시간 후 열아홉 살의 소총수 안톤 스와트는 앨버턴에서 가까운 길가에 서 있다. 자동차가 집까지 태워다 주기를 바라면서 그는 군인용 픽업 구역에 있다. 그는 초췌하고 창백하다. 갈색 눈과 갈색 머리의 잘생긴 청년, 그의 얼굴에 절대로 편안해지지 않을 뭔가가 서려 있다.

안톤은 프리토리아에 있는 공중전화 부스에서 농장으로 전화를 건다. 아침 여덟 시 반. 아빠가 멍한 목소리로 전화를 받는다. 그는 안톤의 목소리를 알아듣지 못한다. 누구신가요?

저예요, 아버지 아들이자 후계자입니다. 렉싱턴 좀 보내 주시겠어요?

안톤은 스트레이돔 흉상 근처에 있는 국립극장 밖에서 트라이엄프 자동차가 도착할 때까지 배회한다. 의기양양하게 오네You come in triumph, 그는 자동차에 올라타면서 말한다. 자동차 이름에 관한 그의 상투적 농담이다. 그의 가족은 매주 렉싱턴에게 심부름 거리를 주어 마을로 보내면서도 그가 운전하도록 허용하는 차는 유일하게 이것뿐이다. 렉싱턴, 상점에 다녀와. 가서 내 커튼을 받아 와. 마리나에게 이걸 주고 와. 렉싱턴, 프리토리아에 가서 안톤을 데려와.

레이철 부인 일은 정말로 유감입니다.

고마워, 렉싱턴. 안톤은 창밖으로 포장도로에 서 있는 백인들의 무리를 응시한다. 수염과 제복의 도시, 보어 동상들과 시멘트로 만든 대규모 광장들. 잠시 후 그는 묻는다. 렉싱턴, 어머니는 살아 계셔?

예, 예, 소웨토에서 살고 계세요.

그럼 아버지는?

컬리난에 있는 광산에서 일하고 계십니다.

알 수 없는 인생들이다. 하기야 운전기사 모자와 재킷을 입고 있는 렉싱턴 자체가 해독하기 어려운 상형문자니까. 렉싱턴은 모자와 재킷을 착용해야 해, 아빠는 말한다. 그래야 경찰들이 렉싱턴이 범죄자가 아니고 우리 집 운전기사라는 것을 알 수 있을 테니까. 그리고 같은 이유로 명확히 구분할 수 있도록 안톤은 반드시 뒷좌석에 타야만 한다.

왜 이 길로 가는 거야, 렉싱턴?

마을 근처에서 문제가 생겼기 때문이에요. 주인님께서 먼 길로 돌아가라고 하셨어요.

난 그냥 갔으면 좋겠어.

렉싱턴은 두 주인 사이에서 망설인다.

이거 봐, 안톤은 소총을 볼 수 있도록 들어 올리면서 말한다. 나는 소총이 있어. 그는 소총을 무릎 위에 놓는다. 군복을 입은 그의 무릎에.

안톤이 말하지 않는 사실은, 소총에 총알이 하나도 없다는 것이다. 총알이 없으면 소총은 아무것도 아니다. 껍데기일 뿐. 그건 단지 총알을 쏘기 위해서만 있을 뿐이다. 어제 내가 아무 생각 없이 그녀에게 발사했던 것처럼 말이다. 그런데 바로 그 순간 그녀는 내 인생을 통해 굴곡을 만들기 시작했다.

다시 돌아서 가길 원하세요?

응, 그렇게 해, 렉싱턴.

아무런 일도 일어나지 않을 것이다. 그는 지금 너무 피곤해서 먼 길로 돌아가는 걸 견딜 수가 없다. 내게 더 이상 기나긴 길은 없었으면 좋겠다. 심지어 직접 가는 길조차 그를 지치게 한다. 그 익숙함이, 갈색 바위 사이에 피어난 노란 풀이. 내가 얼마나 증오하는가, 이 가혹하고 추악한 나라를. 어서 빨리 떠나고 싶다.

애터리지빌 분기점에 도착했을 무렵 안톤은 마침내 꿈속을 표류하기 시작했다. 이틀 만에 처음으로 경험하는 꿀맛 같은 잠. 길가에 있는 소규모 군중은 마치 꿈에서 보는 영상과도 같다. 저 사람들은 버스를 기다리고 있는 건가? 아니다, 그들은 달리고 있고, 그들은 소리치고 있다. 무슨 일이 어디선가 일어나고 있다. 하지만 그 모든 게 무중력 상태다.

무중력 상태가 아닌 것은 안톤에게로 갑자기 날아든 돌멩이다. 그 돌은 현장에서 몸을 내민 한 남자가 던진 것으로, 그의 충혈된 두 눈이 오로지 내게 고정되어 있다. 세상이 순식간에 현실이 된다. 옆 유리가 깨지고, 그 충격으로 안톤은 아주 잠깐 기절한다. 그러다가 렉싱턴이 속도를 높일 때 그는 정신을 차리고 줄줄이 이어지는 띠 모양의 도로를 인식한다.

세상에, 안톤 주인님, 이럴 수가.

[지금까지 나를 주인님이라고 부른 적은 한 번도 없었다.] 계속 운전해, 렉싱턴, 달려.

안톤의 두 눈으로 물기가 흘러 들어간다. 만져 보니 물기가 빨간색이다. 방금 무슨 일이 일어났는지 이해해 보려고 조각들을 이어 맞춰 본다. 그리고 이제야 비로소 그것을 느끼게 된다. 한쪽 모서리에서 피어나는 쓰라린 고통의 꽃봉오리를.

주여!

의사한테 가야 할까요?

의사? 안톤이 웃는데, 그 웃음소리가 빠르고 발작적으로 변한다. 자신이 뭐 때문에 웃고 있는지도 모른다. 그 어디에도 우스운 건 하나도 없다. 어쩌면 그게 우스운 것일 수도 있겠다. 그는 깔깔대며 웃다가 운다. 웃음과 울음에 거의 차이가 없다. 안톤은 눈물을 닦으며 말한다. 아니야, 고마워, 렉싱턴. 어서 집으로 가자.

그의 아빠는 거실에서 고모, 고모부와 일종의 은밀한 대화를 나누고 있다. 안톤이 들어서자 그들이 벌떡 일어선다. 그가 새까맣게 잊은 피 때문이다. 얼굴에서 계속해서 흘러내리는 핏방울이 그의 소총, 총알이 들어 있지 않아 아무

쓸모 없는 텅 빈 소총뿐만 아니라 그의 군복 위로도 방울방울 떨어지고 있다.

별일 아니에요, 안톤이 말한다. 돌멩이에 맞았는데 크게 다치진 않았어요.

닥터 라프를 불러야겠다, 마리나 고모가 말한다. 꿰매야 할 것 같은데.

제발 소란들 피우지 마세요.

젠장, 먼 길로 돌아서 오라고 말했는데, 아빠가 말한다. 왜 내 말을 안 들은 거지?

제가 그러지 말라고 했어요.

왜? 너는 왜 항상 내 명령을 거역하는 거지?

안전할 거라 생각했어요, 안톤이 또다시 웃으면서 말한다. 그런데 심지어 여기서도 원주민들은 안절부절못하며 지배자들과 싸우고 있네요.

이 사람아, 제발 헛소리 좀 하지 말게, 오키가 말한다. 그러자 그의 조카는 한층 더 큰 소리로 깔깔대고 웃는다.

혼란과 소동에 대해서만 이야기할 뿐, 안톤이 귀가한 이유에 대해서는 전혀 언급하지 않는다. 그런 가운데 닥터 라프가 등장한다. 아마 의사는 먼 길을 돌아왔을 것이다. 마리나 말이 맞다. 안톤의 이마를 꿰매야 한다. 이 작업은 비위가 약한 사람들의 눈에 띄지 않도록 부엌에서 이루어진다. 그리고 상처에 깨진 창문의 작은 조각들이 들어 있어서 핀셋으로 골라내야만 한다.

닥터 라프는 의료 기구와 잘 어우러져서 평소보다 더 능숙한 솜씨로 핀셋을 휘두른다. 의사의 움직임은 정밀하고 반듯하며, 그의 옷은 완벽하게 청결하다. 의사가 말끔해야 환자들이 안심한다. 하지만 혹시라도 환자들이 닥터 월리 라프의 꿈을 알기라도 한다면, 그에게 순순히 진찰받을 사람은 거의 없을 것이다.

2인치만 아래로 내려갔다면 눈에 맞을 수도 있었습니다, 닥터 라프가 명랑하게 말한다.

1971년에 미터법으로 바뀌었는데요, 안톤이 말한다.

자신이 봉합한 선처럼 입을 가늘게 꽉 다문 닥터 라프가 환자를 차갑게 노려본다. 최근 들어 스와트 가족이라는 이름만 들어도 신물이 날 지경이라서 의사는 이 청년을 황산 욕조에 넣어 녹이는 것을 마다하지 않을 것이다. 하지만 유감스럽게도 공공장소에서는 예의범절을 지켜야 한다.

훌륭한 의사가 자동차를 타고 진입로를 따라 사라진 후에야 비로소 정적이 감돈다. 벌써 늦은 아침이다. 봄날이 때 아니게 덥고, 벌레들이 윙윙거리며 집을 에워싸고 있다.

밀크 타르트를 조금 구워 놓았어, 마리나 고모가 조카에게 말한다. 몇 개 먹지 않을래? 고모는 조카의 허리를 꼬

집으면서 넌 너무 말랐어, 하고 교태를 부리며 덧붙인다.

나중에 먹을게요.

정리할 일이 좀 있어서 우리는 지금 그 유대인 장례식장에 가야 해. 너도 같이 갈래?

저는 좀 자려고요, 안톤이 말한다. 전 잠이 필요해요.

안톤은 자야만 한다. 일종의 흰 터널에 갇힌 채 밖에서 들려오는 희미한 목소리를 들으며 계단을 올라 자신의 방으로 간다. 천천히 옷을 벗어서 마치 자신의 한 조각인 것처럼 옷을 하나하나 의자 위로 던진다. 샤워를 하며 지난 이틀 동안 씻지 못한 것들을 씻어 내는데, 똑바로 서 있을 수도 없을 지경이다. 여전히 축축한 몸으로 침대로 기어 올라간 그는 램프처럼 스위치가 꺼지면서 바로 잠에 빠져든다.

다른 사람들은 모두 다 깨어 있는 시간에 안톤은 뒤늦게 자신의 꿈을 혼합된 꿈에다 들이민다. 잃어버렸던 덩굴 모양의 머리카락이 때에 맞지 않게 머리에서 솟아오르더니 연기 속에서 그림을 그린다. 수많은 똑같은 침대로 가득 찬 기다란 방에서 안톤이 자신의 것과 다르지 않은 침대에 누워 있는데, 저편 문간에 어머니가 나타난다. 그녀는 천천히 그를 향해 다가오는데, 요리조리 침대들 사이를 헤치며 온다. 도착한 어머니는 몸을 굽히고 아들의 이마에 서늘한 키스를 한다. 이렇게 죽은 사람이 꿈속에서 우리에게로 되돌아온다.

결혼 전 성은 콘인 레이철 스와트의 영혼이 혼란 상태에 빠져 있는 집 주변을 배회한다. 빛이나 분위기가 적절하게 맞는 어떤 특정한 순간에 그녀는 희미하게나마 형태를 드러낸다. 그렇지만 오로지 그녀를 보고자 하는 이들만이, 그것도 가장자리에서 간접적으로만 볼 수 있다. 그녀는 얼마 전에 거울에서 빠져나가는 아모르를 눈여겨봤다. 그녀가 정말로 보고 있던 것은 마지막 퇴장 장면에 불과했고, 그것을 받아들이기가 힘들었다. 이는 드문 일은 아니다. 죽은 자들은 종종 자신의 상황을 받아들이지 못한다. 그런 점에서 그들은 살아 있는 사람과 유사하다. 하지만 죽은 자들은 자신이 그리워하는 것이 무엇인지 잊는다. 저세상으로 건너가는 과정에서 많은 것을 잃게 되므로 당신을 보더라도 알아보지 못한다.

독일종 셰퍼드인 토조는 레이철이 오고 가는 것을 아무렇지 않게 지켜본다. 왜냐하면, 개는 그녀가 오가는 것이 가능하지 않다는 것을 배우지 못했기 때문이다.

레이철은 부엌 커튼을 들어 올리고 그저 아주 잠깐 주변에서 비춰 주는 희미한 불빛으로 살로메를 슬쩍 훔쳐본다.

아스트리드는 복도를 따라가면 나타나는 엄마의 방에

서 언제나 최악의 순간에 도움이 필요하다고 외치는 엄마의 목소리가 들린다고 생각한다. 하지만 그것은 그저 바람에 흔들리는 창문의 경첩 소리일 뿐이다.

레이철은 과거에 그랬던 것처럼 지갑 속에 들어 있는 작은 동전을 달가닥거리고 있다. 그렇지만 마니가 욕조에서 소리쳐 불러도 그녀는 대답하지 않는다.

안톤이 잠을 자는 동안 레이철은 자신의 차가운 입술을 아들의 이마에 대고 누른다.

궁극적으로 그 집에 싫증이 난 레이철은 프리토리아의 거리들, 그러니까 그녀가 좋아했던 장소에서 사람들 눈에 뜨인다. 레이철은 매그놀리아 델에 있는 연못에서 물장난을 치고 바클리 광장에 있는 카페에서 차를 마신다. 그녀는 또한 오스틴 로버츠 새 보호구역의 울타리를 통해 땅바닥에서 반짝이는 어떤 것을 쪼아 먹고 있는 슬픈 푸른색 학을 바라본다.

당신도 무슨 말인지 알 것이다. 한때 자신의 마음을 사로잡았던 장소에 발을 내딛지만, 레이철은 더는 견고하지 않은 수채화처럼 희미한 여인이다. 군중 속에 있는 또 다른 얼굴일 뿐, 그녀는 그다지 뚜렷하지 않다. 마치 방에서 방으로 가는 것처럼 멀리 떨어진 거리를 가로지르며 잃어버린 뭔가를 찾고 있다. 이렇게 눈앞에 나타날 때 레이철은 옷장에서 다른 옷가지들을 꺼내어 입는다. 이브닝드레스, 얇은 여름 드레스, 심지어 언젠가 트루워스에서 먼저 둘러 보고 마음에 들면 산다는 조건으로 구매했다가 그다음 날 다시 돌려준 숄까지 착용한다. 레이철은 현실처럼, 다시 말해서 평범해 보인다. 그녀가 유령인지 어떻게 알겠는가? 살아 있는 사람들도 다수가 희미하고 방황하므로, 그것이 죽은 사람들에게만 해당하는 결함은 아니다.

궁극적으로 레이철은 예전에 와본 적이 없는 어떤 곳에 도달한다. 하지만 그녀는 이미 그곳에 도착해 테두리가 있는 금속 테이블 위에 벌거벗은 채 누워 있다. 그 여자의 모습은 그녀를 쏙 빼닮았지만, 죽은 사람처럼 납빛이고 차갑다.

레이철은 죽은 사람이다. 그녀는 테이블 위에 누워 있는 자신의 모습을 내려다보고 그 사실을 이해하기 시작한다.

한 나이 든 여성 자원봉사자가 벌써 몇 시간째 그녀의 몸에 작업을 하고 있다. 화학물질 사용이 금지된 것을 고려했을 때, 할 수 있는 일에 한계가 있다. 시신을 닦는 일은 매우 중요하다. 육신을 청결하게 만들기 위해 물을 붓고 그다음으로는 젖은 몸을 말린다. 종교적인 의식과 청결을 모두 필요로 하는 작업이다. 그리고 이 일을 하는 데에는 상당한 존경심과 친절이 따르므로 일을 하다 보면 이 나이 든 부인에게 평화로움이 찾아든다. 옷깃에 달린 명찰을 보면 그녀의 이름은 사라다. 머지않아 누군가가 나를 위해 이 일을 해주겠지.

담백하고, 청결하고, 단순하게, 이게 사라가 이 일에 접근하는 방식이다. 인간의 모습이 현재의 모습으로 바뀌었다. 그녀는 시신에 유대인 수의인 타크리킴을 입히고 그것을 띠로 감쌌다. 하지만 그녀가 묶은 매듭의 모양이 조금 틀렸다. 여호와의 이름 중 하나인 엘 샤다이를 나타내는 쉰히브리어 알파벳의 스물한 번째 글자 모양으로 묶어야 하는데, 오늘 그녀의 손가락에 관절염 증세가 특히 심하다.

그냥 두거나, 아니면 한숨을 쉬면서 다시 묶거나. 대부분의 사람은 한숨을 쉬며 다시 하곤 하는데, 사라도 그런 경우다. 물질세계는 반항한다. 인내는 명상의 한 종류다. 사라는 이십이 년 전 남편이 죽은 다음부터 시신 매장을 담당하는 유대인 조직체인 셰브라 카디샤에서 자원봉사자로 일해왔다. 봉사한다는 것은 예배를 드리는 행위다. 또한, 봉사를 하면 시간이 흐르고 새로운 사람들을 만나게 된다.

사라는 그냥 내버려 두기로 마음먹는다. 그래서 여호와의 이름이 아주 조금 틀렸다. 지금 그게 중요한가? 아무도 보지 못할 것이다. 모든 것은 관 속에 숨겨진다. 그리고 그것은 상징일 뿐이다. 그게 조금 틀렸다고 크게 문제 될 것이 있나? 사라에게는 얼굴을 작업하는 것 같은 더 중요한 걱정거리가 남아 있다. 삶보다 죽음을 더 속이기 쉽기에 그녀는 망자의 얼굴에 작업하는 것을 좋아하지 않는다. 하지만 이 사람의 경우는 상태가 매우 나쁘다. 가엾게도 이 망자는 오랫동안 아팠다. 두 팔이 상처투성이고, 머리카락도 얼마 남지 않았으며, 잇몸은 검게 변했고, 매우 수척하다. 이런 모습을 그냥 둔다는 것은 무례한 일인 것 같다. 즉석카메라로 찍은 사진을 달라고 해서 보니까 그녀가 한때 아름다웠다는 것을 알 수 있다. 모든 인간의 생명은 땅 위에 피어난 풀과 같다.

사라의 또 다른 생활을 보면, 약간의 허영심을 부리기도 한다. 그러니까 어쩌다가 액세서리를 착용하고, 약간의 볼 터치를 하기도 한다. 사라도 늙기 전에는 매력적이었다. 남자들이 내게 관심을 보이곤 했다. 그래, 남자들이 나를 주목해서 봤었다. 때때로 갑자기 과거로 돌아가는 듯한 기분이 밀려들면 사라는 나이 든 흔적을 감추기 위해 화장품 상자를 꺼낸다. 그렇지, 사랑스러운 사람아, 좋아. 약간의 연지와 분을 살짝 바른다. 하지만 과도하게는 하고 싶지 않다. 진실이 중요한 법이지만, 이 여자에게 진실은 다름 아닌 고통이었다. 마침내 고통이 끝났으니 축복인 셈이다. 사랑스러운 사람아, 잘 가요. 이제는 편히 쉬길.

마지막으로 사라는 그 여자의 두피에 남아 있는 성긴 머리칼을 빗는다. 부드럽게 율동적으로, 이 행동은 그녀가 평소에는 즐겁게 하는 의식이다. 하지만 오늘은 몇 가닥이 삐져나온다. 부드럽고, 거의 실체가 없어서 마치 거기에 존재하지 않는 어떤 것 같다. 사라는 빠진 머리카락들을 손에 모아 두었다가 나중에 관에 집어넣을 것이다. 모든 것이 중요하다. 떨어진 방울, 머리카락 모든 게.

엄숙한 표정이 마침내 부드러워지고, 더 친절해지고, 더 보기 좋아진다. 심지어 레이철의 영혼은 자신의 닮은꼴에 이끌려 테이블 위에 눕혀진 시신 옆에 서서 그 얼굴을 신기한 듯이 바라보며 그 신원을 알아보려고 애쓴다. 레이철은 방해가 되지 않도록 조심한다. 하지만 어른거리는 반점처럼 레이철의 모습이 사라의 시야에 희미하게 포착된다. 어쩌면 편두통의 시작일 수도 있다. 특히 사라는 자신이 다루는 시신이 녹록하지 않을 때 두통이 오곤 한다. 이봐요, 당신이 한 짓을 한번 봐요, 사라는 테이블 위에 있는 시신을 향해 말한다. 하지만 마음속으로 조용히 말한다. 당신의 본모습을 찾느라 일이 많이 지체됐어요. 레이철도 사라 못지않게 조용히 대답한다. 본모습, 이게 저 여자의 정체인가요? 어디선가 알던 사람인 것 같아서요.

맞다, 확실히 편두통이다. 사라는 고무장갑을 벗고 좌

약을 더듬어 찾으며 한발 물러난다. 적당한 시간에 잡을 수 있으면 꽤 도움이 된다. 속바지를 발목까지 내리고 손가락을 항문에 집어넣고 있는 늙은 여자를 생각할 필요는 없다. 그런 순간 그녀는 여호와로부터 아주 멀리 떨어져 있다고 느끼기 때문이다.

바로 벽돌 두 개 정도 떨어진 옆방에서 유대인의 법적 보호자가 시편을 손에 들고 딱딱한 의자에 앉아서 기다린다. 성적인 매력과 무관해 보이는 외모에 키가 크고 뼈만 앙상한 한 남자가 보수적인 스타일로 몸에 맞지 않게 만든 복장에 기도용 숄을 걸치고 머리에는 야물케를 쓰고 있다. 그의 일이 곧 시작되지만, 지금은 즐거운 준비 기간이라 다른 어느 때보다 더 바쁘게 마음을 비우고자 노력하고 있다.

그리고 저쪽 끝 방에서 죽은 여자의 가족이 랍비 카츠와 협의를 하고 있다. 그 랍비가 내일 레바야 장례식을 진행할 예정이다. 유대교로 되돌아온 레이철을 영적으로 지도한 랍비가 장례식을 집도하는 건 매우 적절한 일이다. 하지만 그가 실제로 레이철의 비유대인 남편과 시누이를 만나는 것은 이번이 처음이다. 레이철이 그들에 대해 많은 이야기를 했지만 말이다. 랍비가 관용의 부족함을 무릅쓰고 꼭 해야 할 말은, 정말이지 자신이 이 우둔한 사람들을 얼마나 준비 없이 만났는가 하는 점이다.

시작은 제법 순조로웠다. 오늘 아침 더반에서 비행기를 타고 온 레이철의 언니 루스가 마니를 반갑게 맞이한다.

안녕하세요, 마니, 루스가 말한다. 클린트 기억하시죠.

마니는 불행히도 기억하고 있다. 클린트는 덩치가 크고 오동통한 친구로, 과거에 웨스턴주에서 럭비를 했으며 지금은 움랑가 락스에서 스테이크 하우스를 경영하고 있다. 어떻게 지내세요, 매니? 클린트가 불필요하게 힘주어 악수하며 인사한다. 좋아 보이십니다.

마니예요, 그의 아내가 남편의 잘못을 바로잡아 주는데, 교정을 하도 많이 해줘야 하니 지긋지긋하다는 말투다. 만나서 반가워요.

예, 저도 그렇습니다.

그리고 그 말이 사실이 아닌 것은 아니다. 레이철의 가족 중에서 루스를 상대하는 게 가장 쉽다. 그녀 또한 종교를 버리고 결혼해서 한동안 추방당했었기 때문이다. 비록 요즘은 그녀도 다시 그 무리로 돌아간 것 같긴 하지만 말이다.

여동생 마르시아와 그녀의 남편 벤 또한 이 자리에 와 있는데 그들과의 만남은 훨씬 더 긴장된다. 양측 모두가 적대심이 있다. 어떤 오래전에 벌어진 상처에 대해 자세한 내용은 잊었지만 피해의식은 여전히 그대로다. 오키가 밖에서 그들과 우연히 마주쳤을 때 명복을 빈다는 말 대신 축복한다고 말한 사실도 전혀 도움이 되지 않는다. 그 이후로 마니는 아내가 자신의 종교로 되돌아간 것이 그들 때문이라고 계속 비난하고 있다.

보세요, 랍비는 지난 삼십 분 동안 이미 두 번씩이나 그들에게 다음과 같이 말했다. 정말로 그건 르바이스 가족의 잘못이 아닙니다. 이건 당신의 아내가 원했던 겁니다. 레이철이 요청한 거예요.

그러니까 레이철은 그렇게 하도록 세뇌당한 거죠, 마니가 말한다.

진정해, 비유대인 누나가 남동생에게 말한다. 닥터 라프가 한 말을 잊으면 안 돼.

저는 아무도 세뇌하지 않았습니다, 랍비 카츠가 말한다. 레이철은 본인의 자유의지로 저에게 온 겁니다.

마니가 마르시아와 벤을 가리키며 이 사람들 때문이라고 주장하자, 그 두 사람은 거북한지 의자에서 들썩거리며 자세를 바꾼다. 그들 모두가 같은 방에 있게 된 것이 몇 년 만인가. 추측건대 저 사람들이 내일 매장하기 전에 분위기를 풀려고 이 모임을 주선한 것 같다. 하지만 그게 지금 어떻게 되고 있는지 보라.

이봐요, 그런 말은 할 필요가 전혀 없잖아요, 벤은 마니를 쳐다보지도 않고 말한다.

솔직히 말해서, 우리가 지금 여기서 뭐 하는 건가요? 마르시아가 말한다. 우리 모두 노력하기로 동의했다고 생각했는데, 제가 틀렸나요?

르바이스 가족은 우리 유대교 신자입니다, 랍비 카츠가 옆에서 한마디 거든다. 그러니 이 문제로 그들이 제게 연락한 것은 당연한 일이에요.

가슴에 손을 얹고 말할 수 있어요, 마르시아가 말한다. 이 모든 게 레이철 언니에서 시작한 거예요. 언니가 갑자기 저를 찾아왔어요. 저는 십 년 동안 언니와 말을 하지 않고 지냈는데…….

이보세요, 당신 때문에 그렇게 된 거잖아요. 그러니 잘하라고요.

아세요? 마르시아가 말한다. 우리가 이번 주 내내 애도주간으로 보냈다는 걸요. 그건 죽은 사람의 집, 그러니까 레이철 언니의 집에서 해야 하는 거예요. 거울은 모두 가리고 촛불을 켜놓고요…….

우리 집에서 수많은 사람이 애도했어요, 마니가 그녀에게 말한다. 하지만 우리는 이교도들처럼 하지 않고 우리의 방식으로 합니다. 그런 다음 마니는 떠받치는 기둥이 없는 천막처럼 가라앉는다. 그들이 옳다는 걸 알고 있기 때문이다. 그들이 레이철을 찾으러 온 게 아니라, 그의 아내 레이철이 그들에게로 가는 길을 찾았다. 그리고 여기로 자동차를 몰고 오는 내내 마리나 누나는 르바이스 가족을 만날 때 흥분하지 않는 게 얼마나 중요한지 마니에게 수도 없이 강조했고 그 역시 누나의 생각에 동의했다. 마니는 여전히 그렇게 생각한다. 그들에게는 잘못이 하나도 없다.

반짝반짝 빛이 나는 이 작은 랍비 역시 책임이 없다. 하지만 마니는 어쨌든 그에게 뭔가를 하고 싶다. 이 모든 부당함 때문에 마니의 속이 부글부글 끓고 있다. 특히 오늘 아침은 이 사람들이 아내를 집어넣을 그 평범한 소나무 상자 때문에 그렇다. 레이철은 그 소나무 상자보다 훨씬 더 좋은 걸 누릴 자격이 있다. 마니는 몇 년 동안 상조 서비스를 위해 돈을 계속 지불했는데 결국은 그럴 필요가 전혀 없었다.

제발 이해해 주세요, 마리나가 아주 부드러운 목소리로 말하지만, 특별히 누구를 향한 것은 아니다. 제 동생의 입장으로는 이게 몹시 어렵습니다.

네, 분명 그러실 거예요, 마르시아가 말한다. 믿으실지 모르지만, 저희도 이 일은 몹시 어려웠어요. 저희가 좋아서 여기 온 거라 생각하세요?

마르시아, 그녀의 남편이 경고하듯 말한다.

제가 원하는 것은요, 마니가 소곤거린다. 레이철이 우리 가족묘에서 제 옆에 안치되는 겁니다. 우리가 뭔가 조처

할 방법이 없겠습니까? 만약 제가 기부라도 하면…….

랍비가 자세를 바로 하고 앉는다. 유감이지만 그럴 순 없어요. 고인이 유대 장례식을 원한다면, 그건 불가능합니다. 우리 전통은 돈으로 살 수 있는 게 아닙니다, 스와트 씨.

레이철은 진정한 유대인이 아니었어요, 마니가 말한다. 그녀의 마음속에서는 아니었어요.

아, 당신은 그걸 아십니까?

예, 전 정말로 알아요. 제 아내는 저를 괴롭히는 방법을 아주 많이 알고 있어요, 그게 그녀의 특기였거든요.

형부가 우리 언니한테 더 잘했더라면 언니가 형부한테 등을 돌리지 않았을지도 모르죠, 마르시아가 특별한 이유 없이 핸드백에서 지갑을 꺼냈다가 다시 집어넣으며 말한다.

마르시아, 남편인 벤이 말한다.

아니, 정말로 그래.

우리가 할 수 있는 게 아무것도 없군요, 랍비가 울 것 같은 심정으로 말한다. 랍비는 이스라엘 문제에 도덕적으로 관여한 이래로 지금까지 자신의 공정심에 대해 이토록 많은 부담감을 느꼈던 적은 없었다.

마니, 어서 가자, 그의 누나가 말한다. 넌 지금 아무것도 아닌 일로 속을 끓이고 있어.

자, 어서, 어서 떠나자. 이제는 이 만남이 시간 낭비라는 게 모두에게 명백해졌다. 레이철은 자기 사람들과 함께 묻힐 것이고 마니는 언젠가 그의 사람들과 함께 묻힐 것이다. 스와트 집안 사람들은 농장으로 돌아가 내일을 위해 준비하는 게 더 나을 것이다.

그리고 그들이 자동차를 몰고 떠날 때, 레이철의 시신은 이미 들려서 마지막 안식처 속으로 들어간다. 관 뚜껑의 나사는 조여졌다. 영원히. 다른 조수들이 모두 떠나간 후에도 유대인 법적 보호자가 그 자리에 남아 벽에 기대어 있는 의자에 앉아 혼자 계속해서 시편을 읊조리고 있다. 죽은 사람은 마지막에 이를 때까지 동무가 함께 있어야 하기 때문이다. 시편은 유대 민족 전체를 대변하므로, 그런 면에서 시편 말씀은 마술 같다. 그는 인간의 유일한 대표자로 다른 훌륭한 대사들과 마찬가지로 자신에게 맡겨진 일을 진지하게 받아들인다.

때때로 이 유대인은 바스락거리는 소리로 그의 말초신경을 압박하고 있는 죽은 사람들의 존재를 감지할 수 있다. 그러면 그는 그들에게, 그러니까 자신의 마음에서 죽은 사람들의 마음으로 직접 말씀을 전하려고 노력한다. 하지만 오늘은 안간힘을 다해 바깥으로 신경을 곤두세우려고 애쓰는데도 다른 어떤 신호도 포착할 수가 없다. 그 방이 비어 있는 것처럼 느껴진다. 그는 아랑곳하지 않고 말씀을 낭독한다. 그가 낭독하는 말씀이 어디로 가는지 누가 말할 수 있겠는가?

그 말씀이 방문을 통해 나가 통로를 따라가다가 창밖으로 날아가는 것을 보라. 그것들이 마을 위로 올라가 시편 모양의 작은 무리를 지어 농장으로, 그 시편 말씀을 듣기 원하는 그 여인을 찾아서 농장으로 날아가는 것을 지켜보라. 말씀은 코피를 빙글빙글 돌다가 잔디밭으로 갑자기 떨어지더니 뒷문을 통해 집으로 들어간 다음 빛을 받아 변신한 것처럼 다부진 다리로 부엌을 통과한다.

식탁에 앉아 있던 안톤이 위를 올려다본다. 저게 뭐였어요? 그는 말한다.

음? 살로메는 여느 때와 마찬가지로 싱크대 앞에 서 있고 유리창에 비친 그녀의 모습이 안톤을 돌아본다.

아무것도 아닌가 봐요. 제 생각으로는……. 그는 아직도 잠이 덜 깼으므로 머그컵으로 진한 커피 한 잔을 마시면서 마리나 고모가 만들어 놓은 밀크 타르트 한 조각을 먹고 있다. 곧바로 설탕이 효과를 발휘하게 되면 그는 열의에 타오를 것이다. 어제 꿰맨 이마의 바늘땀이 내뿜는 고통의 맥박으로 인해 느껴지는 이질감이 신경 쓰여 그는 이마를 만져 본다.

두 사람 사이에 침묵이 돌아도 걱정 하나 없이 편안하다. 안톤이 아장아장 걷던 아기에서 멋진 소년으로 그리고 지금은 그가 뭘 하는 사람이건 간에 오늘에 이르기까지 살로메는 단계마다 그를 돌보며 그가 자라는 것을 지켜봤다. 안톤은 어렸을 때 살로메를 마마라고 부르곤 했으며 그녀의 젖꼭지를 빨려고 했는데, 이는 남아공에서 흔히 볼 수 있던 모습이었다. 두 사람 사이에는 비밀이 전혀 없다.

발작적인 분노가 갑작스럽게 안톤을 덮친다. 그는 지나칠 정도로 달콤한 밀크 타르트 부스러기가 남아 있는 접시를 격하게 내팽개친다.

[어제 저는 아주머니와 똑같은 여자를 죽였어요.] 군복무가 끝나면 전 이 나라를 떠날 거예요.

그래?

두 발바닥에 붙어 있는 이곳의 흔적을 깨끗이 닦아 버리고 절대로 돌아오지 않을 거예요.

그래? 포크하고 나이프들이 짤랑짤랑 부딪치는 소리. 어디로 갈 건데?

어, 이 부분을 결정하지 못한 안톤이 말한다. 어디든지요.

그래?

전 영문학을 연구할 거예요. 여기가 아니라 바다 너머

어딘가에서요. 그런 다음, 저의 주된 목표는 소설을 쓰는 거예요. 나중에는 법조계에 진출할 수도 있고, 아니면 그냥 돈을 많이 벌 수도 있어요. 하지만 제일 먼저 세계 여행을 하고 싶어요. 세상을 구경하고 싶지 않으세요, 아주머니?

나? 내가 그걸 어떻게 한다고 그래? 살로메는 한숨을 쉬더니 커다란 행주로 그릇을 닦기 시작한다. 내가 내 집을 갖게 된다는 게 사실이야? 그녀가 묻는다.

뭐라고요?

루카스가 어제 코피에서 아모르를 만났대. 그 아이가 루카스한테 네 아버지가 나한테 집을 주실 거라고 말해줬대.

그 얘기에 대해 저는 아는 바가 전혀 없는데요.

그렇구나, 살로메가 말한다. 보아하니 그녀는 조금도 동요하지 않는 것 같다. 그 얘기를 들은 이후로 살로메가 다른 생각은 하나도 하지 않은 건 맞지만 말이다. 그녀가 자신의 집을 갖고, 손에 집문서를 쥐게 된다니!

아빠한테 여쭤보는 게 낫겠어요, 안톤이 말한다.

알았어.

안톤은 갓난아기였을 때 무수히 업어 줬던, 헤아리기 어려운 살로메의 등을 지켜본다. 그녀는 지금 부엌의 조리대를 따라 왔다 갔다 하면서 포개어 놓은 접시들을 찬장으로 옮기고 있다.

그래요, 안톤은 멍하니 말한다. 아빠한테 여쭤보는 게 좋겠어요.

집에 대한 문제는 어머니에게서 그의 여동생에게로 루카스에게로 그리고 살로메에게 옮겨 갔고 이제는 그에게도 심어졌다. 아주 작고 검은 씨앗이 방금 싹트기 시작한 것이다. 그것은 몇 시간 후, 도시 반대편에 있는 또 다른 방에서 무작위로, 그러니까 와이셔츠 단추를 채울 때 그에게 되살아난다.

내 여동생이 살로메에게 무슨 말을 했는지 알아?

살로메가 누군데?

그 여자는, 음 우리 집 하녀야.

이 대화는 녹음이 우거진 교외에 있는 커다란 집 위층의 한 침실에서 이루어진다. 안톤은 가슴이 큰 금발 소녀에게 말을 하는데, 그 여자애는 아직 고등학교 마지막 학년을 다니고 있는 학생이다. 그들은 지금 폭발적이고 동물적으로 성관계를 했다. 헝클어진 이불, 반쯤 벗은 상태, 기분 좋은 사타구니의 여운이 그 증거다.

여동생이 무슨 말을 했는데?

우리 아빠가 살로메에게 집을 주기로 약속했다는 말.

아버지가 하셨어?

뭘?

약속.

난 몰라, 안톤이 말한다. 그는 화장대 거울 앞에 서서 느슨한 지퍼나 삐져나온 셔츠 자락과 같이 은연중에 진실을 드러내는 것들, 그러니까 수상쩍어하는 데지레 어머니의 눈에 드러날 단서들을 모두 매만지고 있다. 미용실에 간 어머니는 금방 돌아올 예정이다. 그는 꿰맨 자국을 살펴보기 위해 몸을 기울이다가, 상처로 인해 다시 한번 감명을 받는다. 이제야 내가 군인처럼 보이는군.

아버지가 하녀에게 집을 주지 못하게 해, 데지레가 분개하며 말한다. 하녀는 집을 망칠 거야.

그건 이미 망가진 지 오래됐을걸. 하지만 그게 중요한 건 아니야.

바깥에서 노부인의 것이 틀림없는 재규어 자동차가 부르릉 소리를 내며 진입로를 따라 들어와 아래쪽에 자갈을 약간 뿌려 놓은 곳에 멈춰 선다. 다행스럽게도 그들은 지금 이 층에 있다. 그렇지 않았으면 커튼이 열려 있어서 딸의 남자 친구가 바지 지퍼를 올리는 동안 딸은 온몸을 비틀면서 블라우스를 다시 입는 모습을 들여다볼 수도 있었을 것이다. 이런 광경을 본다면 잘못된 판단을 내릴 여지가 없다.

서둘러, 어머니가 오셨어.

어서 가서 엄마한테 말을 걸어! 난 화장실에 있다고 말하고.

알았어. 안톤은 침대 커버를 똑바로 잡아당기며 데지레를 힐끗 뒤돌아보지만, 욕실 문을 닫고 있는 그녀는 그저 흐릿한 금발의 형체에 불과하다. 지난 몇 달 동안 외로운 부대 생활을 하면서 안톤이 갖고 있던 이미지에는 전혀 비할 바가 못 된다. 데지레의 오빠 레온은 안톤의 고등학교 친구라서, 약간의 호르몬으로 인식에 변화가 생기기 전에는 데지레는 꽤 오랫동안 단순히 얄미운 여동생으로 뒷전에 물러나 있었다. 최근 피그미침팬지처럼 성관계를 하는 것이 최우선 순위가 된 안톤은 고상한 이유는 전혀 없이 오늘 여기로 달려왔다. 성관계를 생각하지 않아도 고통받는 것을 빼면 엄마의 소식을 들은 이후로 유일하게 머릿속에 떠오른 생각은 우습게도 그게, 그러니까 타나토스와 싸우는 에로스가 어떻게 작동하는지였다. 밑바닥에선 자극적이고 허기진 일들이 벌어진다. 저주받은 자들의 고뇌, 절대로 꺼지지 않는 불. 하지만 육체적 욕구에도 불구하고, 안톤은 여전히 말할 수 없는 어떤 감정을 분명 자신이 좇고 있다고 느낀다. 알게 되면 깜짝 놀랄지도 모르지만, 그건 사랑일 수도 있다. 데지레는 오늘 확실히 그에게 위안을 줬다. 그렇다, 포동포동한 그녀의 몸이 파도처럼 굽이치는 가운데 장시간 누워 있는 것, 그것이 평화일 것이다.

그 대신 안톤은 두렵지만 성적으로 흥분해서 반쯤은 부풀어 오른 모습으로 멋지게 장식한 위층 복도를 따라 소리 나지 않게 조용히 걸으며 복도 양편에 있는 다른 침실들과 욕실을 슬쩍슬쩍 들여다본다. 서재를 지날 때는 책상 가장자리와 페르시아 양탄자, 스탠딩 램프가 눈에 들어온다. 가구에서 어떤 일이 벌어지든 가구는 왜 항상 아무런 죄가 없어 보이는 걸까?

안톤은 모든 면에서 매우 은밀한 이런 곳에 올라와 있으면 안 됐다. 그는 데지레에게 순결을 잃었기에 그녀는 항상 그에게 의미 있는 존재로 남겠지만, 이곳을 방문할 때마다 그를 긴장하게 하고 흥분하게 만드는 것은 데지레만이 아니었다. 그녀의 아버지는 중요한 내각 장관으로 양손이 무고한 사람들의 피로 물든 육체적으로나 도덕적으로 혐오스러운 사람이다. 안톤은 분명히 그를 미워하고 싶지만, 권력의 과시에 은밀히 동요되는 자신을 발견하게 된다. 출입구 부스에 있는 비열하게 생긴 경비원들, 높이 평가되어 엄선된 역사 속 식민지 범죄자들의 흉상과 유화, 널리 알려진 두려움을 불러일으키는 사람들을 아무렇지도 않게 입에 올리는 일, 그 모든 게 끔찍하지만 짜릿하다. 가장 기억나는 천둥소리 같은 오르가슴은 법무부 장관의 엉덩이가 최근에

쉬었던 의자에서 맛봤다.

이 끔찍한 남자의 아내인 데지레 어머니는 도시적인 여인으로, 완전히 다른 방식으로 안톤을 휘젓는다. 그녀는 예쁘지만 딱딱한 나이 든 아리안 인형처럼 모든 표면을 깨끗이 씻고 분가루를 발랐으며 헤어스프레이를 뿌리고 가다듬어서, 부서지기 쉬운 그 겉치장을 뚫어 보고 싶은 갈망을 금할 수가 없다. 계단을 쏜살같이 내려온 안톤은 데지레 어머니가 들어오기 직전에 부엌으로 들어가 그녀가 하이힐로 타일에 불꽃을 튀기며 뒷문을 통해 들어올 때 조리대에 기대어 서 있다.

어머, 이게 누구야! 밖에 서 있는 차가 네 작고 귀여운 차일 거라 생각하긴 했단다. 안톤은 데지레 어머니의 한쪽 뺨에 차분하게 키스한다. 그런데 이마는 왜 그러니?

전쟁의 상흔이죠. 그냥 돌멩이에 부딪힌 거라 심각한 건 아니에요.

그러면 지금 병가 중이야?

아니에요. 어머니가 어제 돌아가셨어요.

오, 안톤! 결국 그렇게 됐구나…… 유감이구나. 진심으로 애도하는 것처럼 보이게 하려고 데지레 어머니는 완벽한 겉모습에 살짝 금이 가는 것을 허용한다. 긴장한 그녀의 헤어스타일이 진동한다. 적어도 네 어머니의 고통은 이제 끝이 났구나.

예, 적어도 그건 그래요.

데지레 어머니가 그의 뺨에 손을 가져다 대니 안톤은 실제로 눈물이 나올 지경이다. 나약함이라는 이 작은 허점은 도대체 어디에서 오는 거란 말인가? 다행히 그의 순간적인 과실은 데지레가 새롭게 단장하고 향수도 뿌리고 립스틱도 다시 바르고 나타나는 바람에 덮어진다.

마망! 마인 샤츠독일어로 '내 보물'! 쪽쪽! 최근 유럽 여행에서 돌아온 이후로 그들은 외국식 호칭법을 과장되게 사용한다. 엄마와 딸은 같은 부류로 안톤은 지난해 요하네스버그에서 보냈던 하룻밤을 기억한다. 그들 모녀는 아이스크림을 숟가락에 떠서 서로에게 먹여 주며 난간 위의 비둘기처럼 날개를 파닥거리고 구구 구구 사랑을 속삭였다.

마망은 오늘 저녁 안톤이 제법 마음에 든다, 아니 그를 불쌍히 여긴다. 그녀는 안톤의 어깨라도 주물러 주는 걸 마다하지 않을 것이다. 하지만 대신 그를 종용해 보기로 마음을 먹는다. 신경안정을 위해 발륨 한 알을 먹어 볼래? 우리 집 찬장에 조금 있단다. 조금 전 난 와인 한 병을 딸 생각이었어. 그런데 오늘이 네겐 슬픈 날이잖니, 그러니까 내 생각엔 네가 마시지 않는 게…….

사실, 그는 말한다. 와인 한 잔을 하고 싶어요.

안톤은 지금 농장에 있어야 한다. 어디에 가는지 아무에게도 말하지 않았고 허락도 없이 트라이엄프 자동차를 몰고 나왔다. 아빠가 몹시 화를 낼 것을 잘 알고 있다. 바로 이런 점들이 그가 서둘러 집으로 돌아가지 않고 여기에 머무르면서 발륨 한 알 먹고 포도주 한 잔, 어쩌면 두 잔도 마실 수 있는 충분한 이유가 되는 것이다.

그리고 농장에서는 지금 이 순간 바비큐 파티가 막 시작됐다. 오늘 아침 그 사람들과 만나고 난 후 집으로 돌아오는 길에 아빠는 살아 있는 놈 몇 마리를 도살해야 한다고 생각했다. 이제 아래쪽 잔디밭에 테이블이 설치됐고, 초원 위로 태양이 피를 흘리며 가라앉는데, 그것은 양념장에 재워 사발에 넣어 둔 고깃덩어리와 별반 다르지 않다. 실제로 불 앞에서, 오키는 그릴 안 장작을 관리한다. 고모부는 이렇게 도움을 주고 있다! 격자무늬 판에 고깃덩어리를 올려놓고 손에 맥주병을 들면 사람은 얼마든지 평안할 수 있다. 샐러드는 여자들이 담당할 일이고 귀 기울여 들어보면 마리나가 부엌에서 지시를 내리고 있는 소리가 들릴 것이다. 이건 씻고 저건 썰어. 누가 그녀를 이 세상의 책임자로 앉혔던가?

여기서도 누군가가 적포도주 병을 땄는데 거의 모든 어른이 함께한다. 참 기이한 장면이다. 엄마가 죽은 지 단 하루 만에 이런 조용한 축제가 벌어지다니. 하지만 한편으로 사람들은 먹어야 하고 삶은 계속되어야 한다. 사람들은 당신이 저세상으로 간 후에도 곧바로 술을 마시고 야한 농담을 할 것이다.

가족만 이 자리에 참석하는 것은 아니다. 주위를 어슬렁거리는 사람들이 몇 명 있는데, 그중에는 존경하는 심머스 부흥사와 그를 돕는 견습 목사도 있다. 부흥사는 편안하게 수다 떨고 싶은 기분에 젖어 흐리멍덩하게 웃으며 기지 넘치는 하찮은 발언을 사방팔방으로 던지고 있다. 사람들은 누구나 개인적 접촉을 좋아한다. 문제는, 아빠와 마리나 고모를 제외하고는 알윈 심머스를 좋아하는 사람이 거의 없다는 점이다. 바비큐 파티가 진행되는 동안 공기 중에 지글거리는 소리와 고기 익는 냄새가 진동하는 가운데, 케이폭나무 아래 어두컴컴한 데서 두 눈을 방탄 안경으로 가린 부흥사의 양옆에 그 두 사람이 앉아 있다.

테이블 반대편에서 아모르는 유심히 지켜보면서 듣고 있으나 말은 거의 하지 않는다. 이틀 연속으로 그녀는 여전히 상태가 좋지 못한데, 마치 두개골을 지나칠 정도로 꽉 조이는 어떤 검은 모자라도 쓰고 있는 것 같다. 그녀 옆에서 아스트리드는 손톱의 큐티클을 밀면서 샌들을 신은 한쪽 발을 흔들고 있다.

조금 떨어진 곳에서, 아빠는 그들, 그의 두 딸을 바라본다. 그런데 다른 한 놈은 어디에 있지? 첫째 자식인 아들놈. 일순간 그 아이의 이름이 기억나지 않는다. 그들, 그의 자식들은 모두 이 자리에 있어야 한다. 전깃줄에 앉아 있는 새들처럼 일렬로 정렬해서. 자식들 이름은 모두 알파벳 A로 시작한다. 도대체 그들 부부는 무슨 생각을 했던 걸까? 우리는 그저 그 소리가 듣기 좋았어요, 레이철은 언제나 사람들에게 그렇게 말했다. 하지만 지금은 자식들의 이름을 부르는 소리가 그를 가장 당황하게 만들고 있다. 만약 첫째 자식의 이름이 달랐더라면…….

안톤은 어디 있니? 마니가 갑자기 화를 내면서 따져 묻는다.

아스트리드는 문제를 일으킬 기회를 본다. 오빠는 트라이엄프 자동차를 타고 몰래 나갔어요. 내가 봤는걸요.

어디에 갔는데?

그녀는 도발적으로 어깨를 으쓱한다. 호랑이도 제 말하면 온다더니 지금 희미한 헤드라이트가 능선 너머로 다가오고 있다. 늦은 저녁 시간인데도, 누구 접시든 위에 담겨 있는 음식이 잘 보일 정도다. 자동차 불빛은 집의 앞쪽을 향해 천천히 떠내려 오면서 일순간 그 빛줄기 속으로 그곳에 모인 무리를 붙잡아 둔다. 불빛이 사라지고 엔진이 꺼지고 자동차 문이 열렸다 닫힌다. 그리고 안톤은 세심하게 계획된 것 같으면서도 느슨한 움직임으로 잔디밭 위를 걸어서 그들에게로 다가온다. 무릎이 제대로 펴지지 않는 안톤은 씁쓸한 미소를 짓는다.

그 무릎 문제가 그곳에 모인 몇몇 사람들을 괴롭힌다. 와서 고기 좀 먹어라, 오키가 처조카를 향해 지나치게 큰 소리로 외친다. 어서 와서 다른 죄인들과 함께하렴! 그리고 마리나 고모는 자기 옆에 있는 의자를 두드린다. 이리로 와! 제정신이 아닌 조카, 거대한 실수라고 불리던 저 아이는 최근에 자기 나름대로 몇 가지 실수를 저지른 듯하다. 오늘 밤 이 아이는 그를 인도할 사람이 필요할 수도 있다는 것을 마리나는 알 수가 있다.

안톤이 시야에 들어온 이후로 마니의 시선은 흔들리지 않았다. 그는 타락한 자신의 모습이 그 아이에게서 나타나는 것을 알아채고 암울하게 고개를 끄덕인다. 잘하는구나. 그래. 아주 잘해.

또 왜 그러세요? 안톤이 자동차 열쇠를 탁자 위에 떨어뜨린다.

네 엄마가 어제 세상을 떠났어, 그런데 너는 포도주를 마시고 행실 나쁜 여자들과 놀아날 시간이 있구나. 참 잘한다.

행실 나쁜 여자? 어안이 벙벙해진 오키는 사방을 두

리번거리며 누군가 대답을 해줄 거라는 기대감을 안고 말한다. 심머스 부흥사는 기도하듯 무슨 말을 중얼거리고 안톤은 말없이 웃느라 온몸을 떨면서 미끄러지듯 자리에 앉는다.

그래, 비웃어라. 나를 마음껏 비웃으라고. 모든 죄가 장부에 다 기록되어 있고, 마지막 날에…….

아빠의 죄도 마찬가지예요, 사랑하는 아빠. 아빠도 여자들과 포도주를 좋아하잖아요.

그런 날은 다 지나갔어. 그리고 나는 속마음을 다 토해냈고 용서를 구했단다. 그런 다음 나는 새로운 삶을 살아왔단다. 하지만 너를 한번 봐!

테이블 반대편에서 심머스 부흥사가 눈치채지 못하게 한숨을 쉰다. 저 망할 놈의 아들이 돌아오기 직전에 부흥사는 마니와 대화를 나누고 있었고, 이야기는 잘 진행되고 있었다. 그리고 조금 더 있다가 대화의 주제를 조금씩 중요한 문제로 몰아가려는 참이었다. 분위기가 아주 적절하게 무르익고 있다는 것을 부흥사는 느낄 수 있었다. 그런데 지금 부적절한 멜로디가 끼어들고 말았다. 저 청년에 대한 무언가를, 저 친구 이름을 결코 기억할 수 없다, 안드레, 알버트, 저 청년은 뭔가가 다르다.

자네 아버지는 오늘 마음이 많이 상하셨어, 도움을 주

려는 듯 심머스 부흥사가 안톤에게 설명한다. 유대교식 장례식 때문에.

진짜 싸구려처럼 보이는 그 관을 너도 봤어야 했어, 마리나 고모가 말한다. 게다가 나무 손잡이가 달렸더라니까!

너희 아버지가 지금까지 상조 비용을 얼마나 많이 냈는지 아니, 오키가 흥분해서 말한다. 벌써 이십 년이란 말이다!

내가 원하는 건 말이지, 마니가 투덜거린다. 내가 유일하게 원하는 것은 내 아내 옆에 영원히 눕는 거야. 그게 그렇게 무리한 요구인가?

네 아내는 유대인 공동묘지에 눕게 될 거야, 마리나가 말한다.

참으로 불공평하군요, 부흥사가 의견을 말한다.

그게 어째서 불공평합니까?

자네 아버지 말씀은 사랑하는 자네의 어머니가 이곳 농장에 묻히기를 원하신다는 거야. 나머지 가족들과 함께 아버지 옆에 말이지. 자네 어머니가 속하신 곳에.

레이철의 집이었던 곳에, 아빠가 덧붙여 말한다.

진짜 목회자의 집례하에.

그러니까 부흥사님을 말하는 거군요, 안톤이 말한다.

불 속으로 비계가 떨어지며 나는 쉬잇 소리로 인해 침

묵이 열린다.

그게 자네 아버지가 원하는 거지…….

하지만 그건 엄마가 원한 게 아니에요.

죽은 사람은 아무것도 원하지 않아! 마니가 말한다. 아니, 그는 잠시 예의를 잃고 울부짖는다. 대화가 멈추자 침묵이 찾아들고 음식을 씹는 소리가 듣기 불편할 정도로 커진다. 확실한 목적도 없이 함께 모여 있는 이들 사이로 가벼운 수치심이 끼어들고 대화가 다시 시작하기까지 조금 시간이 걸린다.

마니는 이 주제에 더 이상의 의견을 제시하지 않는다. 분명한 확신이 없어서 그는 털썩 주저앉아 있다. 하지만 오늘 오후에 헛간으로 내려가 지금 그들 입 속으로 들어가고 있는 어린 양을 마니가 도살했다는 사실은 두고두고 기억되어야 한다. 그랬다, 그는 양의 목을 잘랐고, 무기력함 속에서도 자그마한 폭력의 꽃을 피웠다. 아, 기분 좋았다. 그렇기에 자신들이 잃은 것에 대해 슬픔에 젖어 스스로를 불쌍히 여기느라 아주 가까이에서 자신들이 불러온 다른 상실에 대해서는 전혀 인식하지 못한다. 엄마 양의 슬픔, 그게 뭐가 중요하단 말인가? 하지만 그 엄마 양은 슬픔을 인간처럼 대기 중에 흔적으로 남겨 놓았고, 씻어 낼 수가 없다.

아모르가 포크를 내려놓는다.

너 그 고기 안 먹을 거야? 아스트리드는 궁금하다.

아모르는 토할 것 같다고 생각하며 고개를 흔든다. 지난 이틀 동안 정의할 수 없는 어떤 막연한 반항의 경계선에서서 몸이 가렵고 메스꺼운 것 같은 느낌을 받았다. 아모르는 최근에 아빠의 파충류 공원에서 봤던 어떤 장면이 계속 기억에 남아 있다. 악어 사육장에서 먹이를 주는 시간, 그리고 그녀가 지우려고 애썼지만 지울 수 없었던 그 영상, 그것은 사파리 복장을 한 친절한 늙은 아저씨가 한 줌의 흰색 생쥐들을 물에 떠다니는 원시 상태의 악어에게 던져 주는 모습이다. 순간적으로 딱 부러지는 소리. 활짝 웃는 입 밖으로 치실 가닥처럼 늘어진 꼬리. 계속 살아가기 위해서는 다른 동물의 몸을 먹어야만 하는 우리는 도대체 무엇인가? 아모르는 혐오감을 느끼며 아스트리드가 접시에 손을 뻗어 열심히 움직이는 반짝이는 입 속으로 살코기와 지방들을 채워 넣는 꼴을 지켜본다.

이거 엄마 팔찌잖아, 아모르가 말한다.

아니야. 내 거야.

엄마는 언제나 이걸 차고 있었어.

너 지금 내가 거짓말한다고 말하는 거야?

안톤이 접시를 내려놓더니 종이 냅킨으로 아주 조심스럽게 손가락을 닦는다. 그건 그렇고, 안톤이 말한다. 듣자 하니 살로메에게 롬바르드 집을 주신다면서요.

뭐라고? 아주 희미하게 기억이 나는 것 같은데도 아빠는 처음 듣는 소리인 양 반응한다.

하! 마리나 고모가 콧방귀를 뀐다. 설마, 그럴 수가 있을까.

안톤이 몸을 돌려 아모르를 바라보니, 그녀가 의자에서 자세를 고쳐 앉는다.

아빠가 말했어요…….

내가 무슨 말을 했어?

아빠는 살로메에게 집을 줄 거라고 했어요. 아빠가 약속했잖아요.

마니는 이 말에 충격을 받는다. 내가 언제 그런 말을 했지?

그 하녀는 집을 가질 수 없어, 마리나 고모가 말한다. 아니, 아니, 아니야. 유감이다. 그 이야기는 지금 당장 잊어버려. 사람들 모두가 식사를 끝마친 게 아닌데도, 마리나 고모는 분주하게 그릇들을 정리하기 시작하고 포크와 나이프가 부딪치는 소리가 마치 이를 가는 소리처럼 들린다.

아빠는 설명하려고 노력한다. 지금 난 살로메의 아들을 위해 학비도 내주고 있고…… 내가 살로메에게 모든 걸 해줘야 하니?

아모르는 당황해서 머뭇거리고, 그녀의 오빠는 웃고 또 웃는다. 그는 갑자기 알윈 심머스 쪽으로 몸을 기울인다. 우리 잠시 솔직하게 터놓고 이야기해 볼까요?

부흥사가 손바닥을 편다. 물론이지 알란, 그가 말한다. 어서 해보게나.

어머니는 죽는 걸 두려워했고 자신에게 그런 일이 일어나고 있다는 걸 받아들일 수가 없었어요. 하지만 그렇다 하더라도, 어머니는 원하는 것에 대해서는 아주 분명했죠. 그다지 많지는 않았어요. 그저 몇 가지였죠. 그중 하나가 자신의 본래 종교로 돌아가 자기 가족들과 함께 묻히는 거였어요. 어머니는 분명히 그렇게 말씀하셨어요.

사실대로 얘기하는 것이 중요해, 부흥사가 말하는데 쉰 목소리다.

마니가 갑자기 매우 흥분한다. 너 왜 그러는 거냐?

전 항상 제 자신에게 그걸 묻는걸요.

넌 언젠가 지옥 불에 타버릴지도 모른다는 걱정은 하지 않니?

이것이 마니가 생각해 낼 수 있는 최악의 상황이지만 안톤은 종종 그러는 것처럼 즐겁다는 듯이 반응한다. 전 이미 그곳에 와 있는 걸요, 안톤은 환희의 눈물을 닦아 내면서 말한다. 바비큐 냄새 안 나세요?

난 레이철의 남편이야! 내가 너보다 더 잘 알아. 내 아내가 뭘 믿었는지 난 안단 말이다.

정말로요? 저는 제 자신이 무엇을 믿는지 대체로 모르고 지내거든요. 제가 하고 싶은 말은요, 전 지금 싸울 거리를 찾는 게 아니고 일을 단순하게 하려고 노력하는 거예요. 아빠는 엄마가 원하는 대로 해주셔야 해요. 그 모든 걸요. 거기에는 살로메에게 집을 주는 것도 포함되죠. 만약에 그걸 아빠가 약속하셨다면요.

난 절대로 하지 않았어, 아빠가 말한다. 난 절대로 아무것도 약속하지 않았어!

아모르가 진심으로 놀란 듯 아빠를 보면서 눈을 깜박인다. 하지만 아빠는 했어요, 그녀는 아빠에게 말한다. 난 아빠가 하는 말을 들었어요.

도대체 너희들 모두 왜 그러는 거야? 아빠가 소리친다. 그러더니 어떤 이유인지 매우 어렵게 자리에서 일어나 뻣뻣한 다리로 정원으로 걸어가면서 앞뒤가 맞지 않는 소리를 지른다.

마리나 고모가 목이 졸린 것 같은 소리가 날 때까지 목걸이를 비틀어 댄다. 너희 아버지가 울고 있구나, 그녀는 말한다. 너희들 이제 만족스럽니?

만족이요? 안톤은 그 말을 음미하면서 말한다. 아니요,

그렇게 말하진 않겠어요. 하지만 제가 안녕히 주무시라고 인사하면 우리 모두가 만족이라는 단어에 좀 더 근접할지도 모르죠.

안톤이 자리를 떠나자 남은 사람들은 돌연 어수선한 분위기에 휩싸이고 서로를 향해 촉각을 세우며 사소한 말다툼을 벌인다. 최근 들어 안톤이 종종 남겨 놓는 여파다. 그는 책과 서류가 어지럽게 널려 있는 자신의 방으로 올라간다. 그 방의 벽은 인용들과 자필 메모들로 장식되어 있다. 방으로 들어간 안톤은 창을 통해 창문 아래에 붙어 있는 선반 위로 올라가고 거기서 교묘하게 지붕으로 올라간다. 그는 지붕의 맨 꼭대기에 앉는데, 거기에 앉으면 따스한 바람이 스쳐 지나가는 것이 느껴지고, 여기저기서 불빛이 쏙쏙 쑤셔대는 어두운 땅을 내려다볼 수 있다.

그는 느슨한 타일 밑에 숨겨 둔 비닐봉지에서 담배꽁초와 라이터를 찾는다. 불을 붙이고 연기를 내뿜으면서 마음이 편안해지고 넓어지는 느낌을 맛본다. 아 그래, 정말 다행이다. 이제 나는 거의 다른 사람이 됐구나.

맏이 안톤, 외아들. 자신이 모르는 것에 귀속되어 있지만 미래는 그의 것이다. 네가 원하는 게 뭔데? 여행하고, 공부하고, 시를 쓰고, 국가를 이끌고, 그는 모든 것을 붙잡고 싶어 한다. 그 모든 게 가능하다면, 온 세상을 삼키고 싶다.

그의 삶이 우유처럼 순수하고 부드럽다고 해도, 목구멍 안쪽에서 느껴지는 새콤한 맛은 늘 있었던 것 같다. 어디에서 이런 결정이 생긴 걸까? 모든 것의 중심에는 거짓이 있었다. 나는 방금 그것을 내 안에서 발견했다. 그걸 어서 뱉어야 한다. 네 녀석은 왜 그러는 걸까, 무슨 문제라도 있나? 내게는 아무런 문제가 없다. 난 모든 게 잘못됐다.

안톤은 저 아래, 불 주위에서 아직도 손짓 발짓을 하면서 이야기를 나누고 있는 사람들을 본다. 그가 일으킨 소란의 마지막 잔물결이 아직도 가라앉지 않았다. 사람은 자신이 서 있는 발판을 계속 유지하기 위해 얼마나 버둥거리고 얼마나 팔다리를 휘젓고 있는가.

가족 간의 갈등으로 인한 여파 속에서, 알윈 심머스는 그를 둘러싸고 소란이 일어나자 자리에서 일어서려고 발버둥 치다가 안경을 잃어버렸다. 당황한 그는 지금 뼈가 부러지는 것처럼 자기 신발 밑에서 안경이 딱 하고 부러지는 소리를 듣는다. 그 안경이 없으면 부흥사는 지렁이처럼 앞이 안 보인다. 사물의 구조가 안개가 자욱한 것처럼 희미해진다.

지브리츠, 그는 소리친다. 지브리츠!

그는 사실 좋아하지 않는 견습 목사의 이름을 부르고 있다. 하지만 지브리츠는 대답하지 않는다. 바비큐 파티에서 펼쳐진 광경에서 자신의 삶이 연상되자 견습 목사는 기분이 몹시 언짢다. 모든 것이 조화롭게 이어진 위기에 처해 있기에 지금 이 순간 그는 자동차를 타고 마을로 반 정도 돌아간 상태다. 이제 스와트 가족과는 끝났고, 교회와도 끝이 났다. 그리고 무엇보다 이제는 저 부흥사와 끝이다. 여기까지다!

지브리츠! 지브리츠!

도움이 필요할 때 그대는 버림을 받았다, 알윈. 이제 그대는 어디서 도움을 받을 수 있을까? 시험당하는 사람은 오직 정의로운 사람뿐이라는 걸 기억하시라! 기다리면 도움이 올 테니까.

만약 부흥사가 그녀를 볼 수만 있다면, 가까이에서 한 인물이 가만히 앉아 있는 걸 알 수 있을 텐데. 아모르. 다른 사람들 모두가 그 자리를 떠났지만, 그녀는 식탁의 자기 자리에서 조금도 움직이지 않았다. 사실 지난 몇 분 동안 손발이나 눈썹조차 까딱하지 않았다. 그녀는 생각이나 다른 뭔가에 아주 깊숙이 잠겨 있다.

아모르는 자신의 오빠 안톤을 생각하고 있다. 오빠 또한 마찬가지로 저 옥상에서 그녀를 내려다보고 있다. 하지만 그녀의 생각은 마음속에서 이루어진다. 어떤 면에서 상당히 놀랐다. 오빠가 그렇게 말할 수 있다는 것이. 그런 말을 할 수 있다니. 남자가 되는 것은 정말이지 멋지구나! 특이하게도 지금 그녀에게 오빠의 손을 잡고 싶다는 갈망이 생긴다. 그를 어딘가로 인도하려는 게 아니라 그냥 손을 붙잡고 싶다. 아니 어쩌면 어딘가로 인도되거나.

아모르는 모든 사람의 시야 가장자리에 있는 하나의 얼룩으로 취급받는 것에 익숙하다. 진지하게 받아들여지기에는 너무 어리고 너무 철없다. 그리고 이상하기도 하다. 이상한 아이이다. 특이하고 어쩌면 비극적이지만, 간과하기 쉬운 아이이기도 하다. 하지만 오늘 밤 오빠는 높은 곳에 올라가 내려다보면서 나를 주목하는 것 같다.

그 근처에서 마침내 알윈 심머스는 살찐 팔뚝을 내미는 마리나 덕분에 구조됐다. 그런 다음 그녀는 그에게 집에서 만든 감자 샐러드를 한 접시 더 권한다. 괜찮습니다, 감사합니다, 그런데 제 운전기사는 어디 있죠? 그가 사라진 것 같군요. 못마땅하고 실망스러워서 부흥사는 이제 그저 집에, 여동생과 함께 사는 그 자그마한 집으로 돌아가고 싶을 뿐이다. 집으로 얼마나 간절히 돌아가고 싶던지 심지어 잔디밭에 한쪽 발을 구르기까지 한다.

지브리츠가 떠났다는 사실이 곧바로 확실해졌다. 렉싱턴이 모셔다 드릴 수 있어요, 마리나가 손뼉을 치면서 말한다. 그러자 그녀의 팔찌가 시끄럽게 부딪힌다. 렉싱턴! 렉싱턴!

렉싱턴이 모자를 쓰면서 집 뒤에서 서둘러 나온다. 예, 마리나 부인? 부흥사님을 집에 모셔다드리게. 부흥사는 트라이엄프를 타고 떠난다. 그들은 곧바로 운전기사만 볼 수 있는 프리토리아의 반짝이는 노란 불빛을 향하여 고속도로를 따라 달려간다.

부흥사가 묻는다. 자네는 저 사람들을 위해 얼마 동안이나 일했는가?

십이 년입니다.

자넨 저 사람들, 저 가족에 대해 어떻게 생각하나?

렉싱턴은 긴장한 나머지 활짝 웃으면서 주저주저하지만 아무런 소용이 없다. 그분들은 저에게 아주 잘해 주십니다.

그들이 자네한테 잘해 준다고, 그렇지, 그렇지. 그래서 자넨 저 사람들에 대해 어떻게 생각하나?

아니, 저는 그분들에 대해 생각하지 않습니다. 저는 생각하지 않고 오로지 행동할 뿐입니다.

그 발언은 사실이 아니지만, 렉싱턴은 사실대로 답변할 수가 없다. 그는 목회자가 뭔가 원한다는 것을 감지한다. 그렇지만 그가 원하는 것을 주게 되면 자신의 위치가 위태로워질 수 있다. 백인 두 명을 동시에 즐겁게 한다는 것이 언제나 가능한 건 아니다.

글쎄, 난 저 사람들에 대해 이런저런 생각을 한다네, 부흥사가 답변한다. 뭐라고 말하지는 않겠지만 이런저런 생각을 하고 있지. 특히 그 아들에 관해서, 그의 이름이 무엇이든 간에. 아담이던가.

네, 그렇습니다, 렉싱턴은 그의 비위를 맞추기를 간절히 바라면서 말한다.

그 청년은 어딘가 이상한 것 같아. 자네는 내 말을 명심해. 그는 사나운 야생 나귀 같은 친구야. 그의 손은 모든 사람을 대적하고 있고 또 모두가 그에게 맞서고 있지!

심머스 부흥사는 오늘 저녁 몹시 짜증이 나서, 그의 영혼에 부정적 영향을 미쳤다. 그러면 그는 항상 자신이 알고 있는 성경 내용을 끄집어낸다. 주님의 천지창조는 그것을 격정적인 언어로 표현할 때 더 확대된다.

이 나라! 그는 소리친다. 어째서 이 나라가 비난받아야 하는지 확실하지 않지만, 여하튼 그 단어를 반복한다. 이 나라!

네, 그렇습니다, 렉싱턴이 대답한다. 일순간 그 두 사람은 의기투합한다. 남아공은 두 사람 모두를 괴롭히고 있다. 물론 서로 다른 이유 때문이긴 하지만 말이다. 비록 자동차 안에서는 언제나 떨어진 좌석에 앉아야만 하지만, 알윈 심머스는 흑인 동포와 감정적으로 연합되어 있다고 느낀다. 그의 생각으로는 하나님이 보시기에 그들은 동등할 것 같다. 하나님이 그렇게 선포하셨다. 레이철은 그녀가 죽은 시간에 죽어야 하고 그녀의 집은 그녀를 애도하는 사람들로 가득 차야 한다고 신이 선포하신 것처럼 말이다. 또한, 다른 방에서는 함의 아들딸들이 그들의 주인과 여주인을 위해 나무를 자르고 물을 길어 오는 등 무거운 지도자의 멍에를 짊어지고 있는 사람들을 대신하여, 그들이 전반적으로 삶을 영위할 수 있도록 수고해야 한다는 게 신의 소망이기도 하다. 어떤 사람들은 이 잔을 제게서 지나가게 하옵소서 하며 짐을 거절하고 싶어 할지도 모른다. 하지만 만약 그 잔이 당신의 것이라면, 당신은 그것을 마셔야 한다. 그 찌꺼기가 아무리 쓰더라도 신과 절대로 논쟁하지 말아야 한다.

라티샤는 이와 같은 긴급 상황에 대비하여 오빠를 위해 집에 여분의 안경을 보관하고 있다. 그리고 다음 날 아침 알윈 심머스는 다시 시력을 회복하여 첫 번째 커피 잔을 휘젓고 있으며 전반적으로 기분이 한결 좋아진 것 같다. 전날 밤의 일들을 생각하면 할수록 그의 전망은 더 밝아 보인다. 어제의 혼란한 상황은 그에게 유리하게 작용했는데, 아마도 주님이 바라신 상황일 수도 있다. 마니가 그의 배은망덕한 자식들과 한층 더 소원해지게 되면 다른 곳에 자신의 관대함을 베풀려고 할 가능성이 더 커지기 때문이다. 상황이 바뀌기 전에 재빨리 움직이는 것이 중요하다. 가능하다면 오늘! 그런데 마니의 아내가 오늘 매장될 예정인 게 문제다. 그러고 보니, 지금 몇 시지, 심지어 우리가 이야기하고 있는 바로 이 시간에 매장하고 있을 수도 있겠다.

그렇다, 예식은 지금 진행되고 있다. 그 작은 방은 레이철의 관처럼 소박하고 단순하며 사람들로 가득 차 있다. 레이철은 사교적인 사람이었고 친구도 많았지만, 방은 대부분 유대인 가족들로 가득 찬다. 그런 면에서는 남아프리카 태생의 백인들처럼, 피는 가장 강력한 접착제다. 레이철은 몇 년 동안 대부분의 가족을 만나지도, 대화를 나누지도 않았다. 그들은 보이지 않았다. 하지만 그들 모두가 오늘 이 자리에 와 있고, 지난 몇 년 동안 보지 못했던 얼굴들로 가득하다. 몇 사람은 여전히 고모, 삼촌, 사촌이란 이름으로 그들의 자손과 친지들과 함께 자리를 지키고 있다. 마니, 그대의 최대 적인 레이철의 어머니는, 심지어 지금 이 순간도, 그대를 보긴 하지만 용서는 결코 없기에 날카롭게 고개를 돌린다.

마니는 그들에 대해 어깨를 으쓱거린다. 아무렇지도 않은 척하기에는 그동안 너무나 많은 일이 발생했다. 어젯밤 마니는 오랫동안 열심히 기도했고, 주님은 그가 이 자리에 와서 은혜를 베풀고 그리스도인의 모범을 보이기를 원하신다고 믿는다. 믿음이란 자기 자신과의 싸움이어야 하고 그들을 미워하는 것으로 끝낼 수 없다는 것을 의미한다. 하지만 그들의 이상한 관습 때문에 그에게서 아내를 빼앗아 간 이 사람들 사이에 앉아 있다는 것이 마니에겐 힘든 일이다. 상상했던 것보다 훨씬 더 힘들다. 왜 그들은 옷을 찢고 내게 가슴에는 검은 리본을 달도록, 머리에는 테두리 없는 베레모를 쓰도록 강요하는 걸까? 왜 그들은 내가 오래 살기를 원한다고 계속 말하는 걸까? 마니는 긴 인생을 원하지 않는다. 오늘만 그런 것이 아니다. 그는 인생이 더 짧아지기를 원한다. 지금까지 살 만큼 충분히 살았다. 특히 그는 앞으로의 남은 삶에서 장례식이 거행될 몇 시간은 기꺼이 포기할 것이다. 그 시간을 가져다가 잘 보관해 두라. 나는 원하지 않으니까.

마니의 일행은 훨씬 더 적다. 직장 동료인 브루스 겔덴후이스와 몇몇 교회 친구들이 전부다. 거기에 가족이 더해진다. 마니는 아들과 멀리 떨어져 있고 싶어서 의도적으로 자신과 자녀들 사이에 마리나를 집어넣었다. 심지어 아들 안톤의 얼굴은 쳐다볼 수도 없다. 어젯밤 바비큐 파티에서 일어난 일이 마니에게는 아직도 따끈따끈해서, 창자에서 윙윙 소리라도 나는 것처럼 여전히 마음속을 괴롭히고 있다.

히브리어로 잠시 기도를 올리더니 랍비 카츠는 이제 추도사를 읽고 있다. 양쪽 가족의 분열을 치유해 보고자 유대인 장례식의 추도예배 설교로 광범위한 주제를 택한 랍비는 그들을 향해 말한다. 레이철은 반년 전 자신이 죽어 가고 있다는 걸 알았을 때 저를 찾아왔습니다. 그녀는 오랫동안 자기 민족, 자신의 종교에서 멀리 떨어져 지냈습니다. 여러 해를요. 그래서 되돌아오리라고는 생각하지 못했습니다. 하지만 인생은 기묘하게 돌아갑니다. 때때로 인간은 삶이 끝나 가고 있다는 것을 알 때에야 비로소 삶에 의미를 부여할 수 있습니다. 레이철도 마찬가지였습니다. 오늘 이렇게 자신의 양가 가족 모두가 이 자리에 나와 주신 것을 봤다면 그녀가 상당히 기뻐했을 거라고 믿습니다. 유대인과 비유대인, 영어를 말하는 사람들과 아프리칸스어를 사용하는 사람들 모두가 말입니다. 그녀는 자신을 위해 모두가 한자리에 참석하는 게 옳다고 느꼈을 겁니다. 이 세상은 불완전합니다, 그렇습니다. 하지만 이 순간에는 이 세상이 완전해질 수 있습니다…… 등등. 랍비가 하는 말의 요점을 알 수 있다. 그러니까 레이철이 얼마나 근시안적인 선택을 했으며, 그 결과 아주 불만족스러운 삶을 살았지만, 그래도 마지막 순간에 자신이 시작한 곳으로 되돌아왔고 드디어 그 원을 완성했다는 것이다. 랍비는 수학, 특히 기하학적 형태에 매료됐다. 그에게 원은 너무나 명백하게 완벽한 것이어서 모든 분열이 원 앞에서 사라져야만 한다고 생각한다.

랍비는 말하면서 뭉툭한 두 손을 반복적으로 이리저리 흔들지만, 목소리는 치과의사나 스튜어디스들이 사용하는 것처럼 차분하고 고른 톤이어서 믿음직스럽고 공상하는 데에 도움이 된다. 랍비 앞에 모인 사람 중 다수가 마음속에서 샛길로 빠져나가 표류하며 그의 말에서 멀리 떨어져 있다. 자신을 둘러싸고 있는 이교도들에 대항하려고 마리나 고모는 숨죽인 소리로 조용히 주기도문을 외우고 있다. 그녀는 자신의 믿음이 종양처럼 그녀 안에서 부풀어 오르는 것을 느낀다. 아이고, 레이철을 죽게 한 게 종양이야. 오키는 그 종양에 대해, 그러니까 만약에 종양을 들어 올려 불에 비춰 보면 실제로 어떤 모양일지에 대해 종종 생각해 봤다. 싱크대를 막는 물체처럼 고무와 핏덩어리로 되어 있을까, 아니면 더 미묘하게 생겼을까? 몸을 뚫고 들어오는 이물질, 그것에 대한 생생한 기억 때문에 몸의 세포가 마구 휘저어지는 것만 같다. 그리고 아스트리드는 흥분하고 초조해서 딱딱한 좌석에서 자세를 바꾼다. 그녀는 어제 말 훈련소 아래에 있는 한 마구간에서 딘 드 웨트와 성관계를 했다. 신선한 똥 냄새가 나는데도 불구하고 아름다웠다. 옆에 있는 외양간에서는 말이 발을 구르고 씩씩거리면서 발굽으로 짚을 바스락바스락 밟는 소리를 냈다. 제기랄, 저게 바로 그거야, 안톤은 생각한다. 그 모든 게 허튼소리라고, 랍비, 당신이 말하는 모든 게 단 한 마디도 사실이 아니야. 그 여자를 내가 죽였어. 캐틀홍에서 내가 그녀를 총으로 쏴서 죽였어. 때가 되기도 전에 그녀를 데려간 건 신이 아니었어. 하지만 당신은 이 세상에 질서가 있다고, 행위가 중요하다고 생각하나 보군. 마지막 심판대에 올라서면 그 행위의 무게를 달아 심판을 받게 될 것이라고. 하지만 심판은 절대로 없다. 우리 각자에게 죽음은 최후의 날이니까.

그래서 랍비는 레이철에 대해 그녀가 죽을 것을 알게 된 것이 새로운 삶의 시작이었다고 결론을 내린다.

그 줄 끝에 오빠와 언니 사이에 끼어서 아모르는 홀로 있다. 자신이 혼자라고 느낀다. 이렇게 사람들의 숲속에 있을 때보다 더 고독했던 적은 한 번도 없었다. 목관과 그 속에 들어 있는 엄마의 시신을 제외하고 그녀 주위에는 아무것도, 그 어느 것도, 어떤 사람도 없다. 하지만 지금 그런 생각은 하지 말자. 저 관 속에 뭐가 들어 있는지 지금은 생각하지 말자. 저 상자는 텅 비어 있다. 저 상자는 4면, 아니 6면, 아니 더 많은 면이 있다. 그렇지만 저건 땅속으로 들어갈 것인데 그게 무슨 상관인가?

진실은 엄마가 돌아가셨고 저 상자 안에 누워 있다는 것이다. 그런 생각을 하자 단단한 세상이 부서져서 녹기 시작한다. 세상이 미끄러지는 것 같다는 생각이 아모르를 사로잡는다. 그녀는 흐트러지지 않기 위해 이를 악물고 양 허벅지를 밀착한다. 그런 생각을 그만해야 해.

이제 사람들이 모두 자리에서 일어나 노래를 부른다. 하지만 아모르는 갑자기 현기증을 느끼며 다시 의자에 주저앉는다. 처음엔 오빠 쪽으로 몸이 기울어지더니 그다음에는 급격하게 반대 방향에 있는 언니 쪽으로 몸이 기운다. 아스트리드의 팔을 세게 잡아당겨 그녀를 끌어내린다.

무슨 일이야?

아모르가 입을 열고 무슨 말을 하려고 할 때, 마치 뭐가 터지는 것 같은 소리가 입에서 나온다.

뭐라고? 아스트리드가 얼굴을 찌푸리며 날카롭게 되묻는다.

내 생각에 아마도 나…….

뭐라고?

있잖아. 피가 나와. 아래쪽에서.

아스트리드는 천천히 눈을 깜박인다. 아, 설마 진심은 아니겠지. 뭐라도 가지고 온 거 없어? 아스트리드는 여동생을 노려보고는 반대쪽으로 몸을 기울여 고모를 상황 속으로 끌어들인다. 그녀에게 소곤소곤 말한다.

뭐라고? 마리나 고모가 말한다. 쉬잇.

아스트리드는 망설이다가 다시 말을 건다. 이번에는 고모가 너무나 큰 소리로 쉬잇 하는 바람에 그들 뒤에 서 있던 여자, 그러니까 레이철의 학창 시절 친구가 향수를 불러일으키는 몽상에 몰입하고 있던 것이 그만 산산조각 나고 만다.

마리나는 조카에게서 방금 들은 말을 제대로 이해하는 데 다소 시간이 걸린다. 그녀의 경우에는 마지막 월경을 한 게 막내 아이를 출산한 직후여서 아주 까마득한 과거다. 그리고 요즘은 그런 게 여전히 가능하다고 상상하는 것만으로도 불쾌하다. 하지만 분명 그건 가능한 일이고, 바로 지금 그 일이 일어나고 있다. 생각할 수 있는 최악의 순간에 말이다.

그녀는 크게 화를 내며 속삭인다. 정말이지, 저렇게 이기적인 아이를 봤나. 아모르는 갖고 있지 않아……?

아스트리드는 어깨를 으쓱한다. 자기가 여동생을 지키는 자는 아니지 않은가!

이제 모든 사람이 몸을 뒤척이면서 기침을 하기 시작하고, 관을 운구하는 사람들은 관을 들기 위해 앞으로 나가고 있다. 장례식은 끝이 난 것 같고, 바깥에서 매장을 위한 행렬이 있을 것 같다. 마리나는 자신이 조카를 도와줘야 한다는 걸 잘 알지만 지금 이 자리를 떠나는 것은 끔찍할 것이다. 마치 그녀가 미처 시청하기도 전에 오키가 실수로 VHS 플레이어에서 드라마 「댈러스」의 'JR을 누가 쏘았는가'라는 에피소드를 지웠을 때와 유사할 것이다. 그래서 그녀는 아스트리드의 한쪽 팔꿈치를 움켜쥐고 귓속말을 한다. 어서 동생을 밖으로 데리고 나가서 보살펴 줘. 그 문제는 행사가 끝난 다음에 처리할 테니.

제가요? 제가 왜 그래야 해요?

네 동생이잖아.

아스트리드는 깜짝 놀란다. 아모르를 가슴과 피와 자신만의 의견을 지닌 어엿한 한 사람, 그러니까 그 아이를 하나의 성인으로 받아들일 수 있다고 생각해 본 적이 단 한 번도 없었다. 하물며 아모르가 어머니의 장례식 도중에 그녀를 쫓아내고 수치스럽게 만들 수 있는 사람이었다니, 꿈속에서도 그런 상상은 해본 적이 없었다. 지금 그들이 처한 상황을 보니, 다른 사람들은 모두 한 방향으로 느릿느릿 꾸준히 나아가고 있는데, 두 사람만 반대 방향으로 가고 있다. 밖에 나와서 아스트리드는 여동생에게 마구마구 화를 낸다. 너 어떻게 이럴 수가 있어?

어쩔 수가 없잖아, 아모르가 말한다. 그리고 바로 그 순간 경련이, 핵심부 가까이에서 격렬한 뒤틀림이 일어나고 있음을 느낀다. 그것은 마치 예전에 풀밭을 달리다가 못을 밟았을 때와 똑같은 느낌이다. 그때 그녀는 얼마나 많이 울었는지 모른다. 엄마, 엄마, 저 좀 도와주세요!

아스트리드는 찌푸린 얼굴로 이런저런 궁리를 해본다. 아무것도 할 수 있는 게 없어, 그녀는 마음먹는다. 가라앉을 때까지 저기에 앉아 있어.

아스트리드는 정문 옆에 있는 의자를 생각했는데, 아모르는 근처에 있는 공중화장실을 발견하고 그 안으로 들어간다. 냄새가 코를 찌르는 녹색의 공간으로 들어간 아모르는 작은 칸을 발견하고 그 속에 틀어박힌다. 여기저기 떨어지는 물방울 소리, 아마도 깨진 파이프에서 나는 소리일 것이다. 깊은 곳에서 또다시 일어나는 경련. 흑백영화처럼 그 장면이 그녀의 주위를 휙휙 돌아간다. 아모르는 지금 일어나는 일을 믿을 수가 없다. 가시넝쿨로 가득한 묘비들 사이로 엄마의 관을 따라 마지막 몇 걸음을 내딛는 대신 공중화장실에서 벽타일에 이마를 식히고 있다니, 어떻게 이런 일이 있을 수 있단 말인가. 화창한 봄날, 꽃봉오리가 무성한 나무들 사이로 스며드는 햇살. 유대교식 장례식인 레바야는 천천히 진행되어, 시편 91편을 낭독하기 위해 잠시 그 자리에 멈춰 섰다가 또다시 발걸음을 떼기 전에 잠깐 늑장을 부린다. 코를 고는 것 같은 벌들의 소리가 들리고, 발밑에서 터무니없이 자카란다 꽃송이가 퍽 하고 터진다. 조금 더 가서는 똑같은 행동이 반복되고, 또다시 시편을 노래한다. 그리고 무덤을 향하여 가는 단계마다 이런 식으로 계속 진행될 것 같다. 그렇지만 그 자리에 없기에 아모르는 그 어떤 것에도 참여하지 못한다. 너무 아파서 몸을 잔뜩 구부린 그녀는 진통제가 필요하다고 생각한다. 진통제가 있어야 해. 하지만 관이 무덤으로 들어가는 동안 그 자리에 함께하지 못했다는 심적 고통은 어떤 약으로 없앨 수 있겠는가? 이제 한 걸음 앞으로 나아가 삽을 잡고 흙을 한 삽 떠서 관 위로 던지는 사람들 속에 끼지 못하는 고통은 또 어떻게 한단 말인가?

퍽! 흙이 나무 위로 떨어지는 소리는 마치 커다란 문이 쾅 소리를 내며 닫히는 것처럼 절대로 돌이킬 수 없다는 최종 선고다.

그런데 아모르와 아스트리드는 어디 있지?

안톤은 삽을 누구에게 넘겨야 할지 몰라서 당황하여 돌아선다.

그 아이들은 갈 곳이 있었어, 마리나 고모가 낮은 목소리로 말한다. 고모부에게 넘겨줘.

그 아이들은 어디에 가야 했을까? 그 질문이 계속해서 안톤을 괴롭히는 한편, 사람들은 천천히 지나가면서 각기 자신의 할당량을 구덩이 속으로 던져 넣는다. 마치 땅이 조금씩 관을 물어뜯기라도 하는 것처럼 관이 서서히 아주 조금씩 사라진다. 우리 기독교 스타일과 크게 다르지 않네. 퍽, 안녕히, 잘 가요.

아스트리드는 멀리서 지켜보고 있다가 마침내 애도자의 기도문 낭독이 끝나고 사람들이 흩어지기 시작할 때 화장실 문을 쾅쾅 두드리면서 동생에게 어서 나오라고 소리친다. 아모르는 검은 옷을 입고 있는 것에 감사하며 양쪽 허벅지를 꽉 붙이고 비틀거리며 나온다. 가족이 점점 더 가까이 다가올수록 그녀에게 올 질문들 역시 점점 더 가까이 다가온다. 너희 어디에 갔었어, 무슨 일이 있었던 거야. 손안에 건네줄 답이 하나도 없는 것 같다.

하지만 마리나 고모가 그 상황을 보고 이해했으므로 남자들이 한 명이라도 도착하기 전에 먼저 그 자리에 있을 수 있게 움직인다. 걱정하지 마라, 내가 처리할 테니. 고모에게는 순종적인 귀들, 그러니까 이 경우에는 남편, 아들, 남동생의 순종적인 귀에 입을 가까이 대고 오랫동안 연습해 둔 신뢰와 지시를 전달하는 방식이 있다. 그러고 나서 오키와 베셀이 마니와 함께 떠나고 마리나는 여자 조카들을 이끌고 자동차를 향해 간다. 자동차로 가는 동안 그녀는 두 손을 자그만 흰색 골프장갑에 쑤셔 넣는다. 그래, 너희한테 말하지 못할 것도 없지 뭐. 난 이게 다 끝나서 정말로 기쁘다.

하지만 사실은 끝이 난 게 아니었다. 왜냐하면, 애프터 파티인지 아니면 그걸 그 사람들이 뭐라고 부르든지 간에 모든 사람이 르바이스 부부의 집에 모이기로 되어 있기 때문이다. 마르시아는 장례식이 끝난 직후 어수선한 순간에 마니를 붙잡고 말했고, 처제의 얼굴이 긴장되고 결단력 있어 보이긴 했지만, 마니는 자신이 그 자리에 가겠다고 말했다는 사실을 아직도 믿을 수가 없다. 마르시아 역시 그럴 거라는 게 분명했다. 그녀는 마니가 오지 않을 거라 믿고 초대했을 것이다. 맞아요, 우리는 여전히 그 집에 살아요. 분명 우리 집을 찾아오는 길이 기억나실 거예요. 물론 그는 기억한다. 잊을 수 있기를 바랄 뿐이다. 하지만 우리는 오래 있지는 않을 거예요, 마니는 자동차에 올라타면서 오키에게 말한다. 잠시 우리 얼굴만 보여 주면 우리의 의무는 다하는 거니까요.

그런데 아스트리드와 아모르는 어디에 있어요? 안톤은 여전히 당혹스럽다. 특히 씻지 않아 언제나 냄새를 풍기는 불쾌한 사촌 베셀과 살을 맞대고 앉아 있어야 하니 더욱 그렇다. 만약에 아들이 던지는 그 어떤 질문에라도 또다시 답변한다면 마니는 사람이 아니다. 그래서 설명하는 일은 오키의 몫이 됐다. 그 아이들은 지금 고모와 함께 차를 타고 가는 중이야, 고모부가 말한다. 그렇지만 그 외의 것은 전혀 말해 주지 않는다. 미스터리다! 왜 자동차를 바꿔 탔을까? 그렇게 중요한 순간에 어머니 장례식이 채 끝나지도 않았는데 무슨 이유로 두 아이는 다른 곳으로 가야만 했을까?

두 아이는 지금 마리나 고모와 함께 자동차를 타고 똑같은 목적지를 향해 가고 있지만, 그곳에 가는 길에 조금 우회해야만 한다. 그들은 몇 블록 떨어진 곳에서 쇼핑몰을 발견하고 태양 아래서 흉겹게 반짝거리는 자동차 행렬을 보게 된다. 시간이 오래 걸리지 않을 테니까 그냥 이중주차를 해야겠다. 고모가 지갑에서 돈을 꺼내어 세더니 아스트리드의 손에 넘겨준다. 난 여기서 기다릴게. 거스름돈을 거슬러 오면 돼. 쇼핑몰로 들어가는 입구에 줄이 늘어서 있고, 혹시 폭탄을 소지하고 있는지 조사하느라 모든 사람의 가방을 금속 탐지기를 통해 통과시키고 있다. 그런 다음 반대쪽 끝에 있는 약국까지 한참을 걸어간다. 아모르는 가는 도중에 경련이 지나갈 때까지 두 번이나 발걸음을 멈추고 벽에 기댄다. 그런 다음 그녀는 약국에서 언니와 함께 줄을 서는데, 선반마다 이것을 멎게 하고, 저것을 완화하고, 또 다른 것을 살균하면서 사람들의 신체 기능을 도와줄 수 있을 다양한 약품들로 그득그득 채워져 있다. 반면에 겁에 질린 아모르는 가벼운 뭉치를 손안에 넣는다. 아스트리드가 슬며시

동생에게 돈을 준다. 자, 돈은 네가 내도록 해. 네 걸 사는 거잖아, 안 그래? 기다리는 시간은 일이 분 정도로 길지는 않았지만, 이제는 경련이 규칙적으로 파도처럼 밀려오고 있다. 그동안 나는 엄마 일로 인해 아픈 줄 알았는데. 두 발 밑이 온 세상이라고 생각하면서 아모르는 자기 발만 내려다본다. 마침내 그녀는 계산대 앞에 섰고 흰 가운을 입은 여자가 그녀를 안쓰러운 표정으로 쳐다본다.

그리고 그들은 이 문제를 쇼핑몰에서 해결해야만 한다. 하지만 아모르는 오늘 또다시 공중화장실을 대면할 수가 없기에 그저 계속해서 버티고 또 버틴다. 그 집에 도착하면 하자. 마르시아와 벤 부부는 워터클루프에서 나무들로 빽빽한 2에이커 땅 한가운데에다 지은 널따란 이층집에서 산다. 그들은 사람들을 초대하는 일에 아주 익숙하다. 그 말이 오늘은 그다지 적절하지 않은 것 같지만 말이다. 그리고 오늘은 단골로 부르는 출장 요리사가 와서 음식을 만든다. 결혼이든, 장례든, 무엇이든 간에 사람들은 먹어야 한다. 뒤쪽 테라스에 긴 테이블 두 개가 설치되어 있고 차와 커피, 그리고 약간의 가벼운 스낵이 제공되고 있다. 모든 게 매우 차분하고 품격 있게 차려져 있으며 심지어 맛있다. 마르시아는 사교계의 안주인 같은 사람이어서 일을 처리하는 방법을 잘 알고 있다.

그리고 여기에서 다시, 현관문을 통과하자마자 마리나가 공모라도 꾸미듯 머리를 숙여 마르시아의 귀에 대고 말한다. 아스트리드와 아모르는 재빨리 옆 통로로 안내받는다. 집 전체에 촛불이 타오르고 있고, 심지어 손님용 욕실에 있는 거울들도 수건으로 덮어 놓아서 마치 누군가가 지켜보고 있는 것처럼 느끼게 하는 소름 끼치는 효과를 발휘한다. 마치 아모르가 좀 더 남의 시선을 의식할 필요가 있는 것처럼 말이다!

좋아, 난 밖에서 기다릴게, 아스트리드가 말한다. 서로 벌거벗은 모습을 본 것도 오래되어서 그 모습을 상상하는 것만으로도 끔찍하다.

나 좀 도와줘, 아모르가 속삭인다.

아니, 싫어. 그녀의 여동생은 절대 아름다워지지 않을 것이다. 아니, 나와는 같지 않을 것이다. 아스트리드는 동생이 해야만 하는 일을 지켜보고 싶지 않다. 싫단 말이야, 그녀가 말한다. 아이처럼 굴지 말고, 그걸 그냥 팬티 속에 집어넣고 붙여. 생리대니까, 그런 건 너 혼자서도 충분히 할 수 있어. 그냥 설명서를 잘 보면 돼! 난 밖에서 기다리고 있을 거야.

아스트리드는 아모르를 욕실에 혼자 남겨 놓고 밖으로 나가 문을 닫는다. 이 세상에 나 혼자뿐이다. 엄마 어디 있어요? 엄마는 바로 지금, 바로 이 순간에 딸아이를 도와주기 위해 여기에 있어야 하는 게 맞다. 하지만 내가 없는 동안에 엄마는 가버리고 없다.

이 집의 모든 표면은 값비싼 재료인 강철, 대리석 또는 유리로 만들어졌다. 그리고 여기저기 약간의 목재가 보이는 곳은 사포질하고 광택을 내서 부드럽게 굴절시켜 놓았다. 아스트리드는 이런 것을 원한다. 온 세상이 이처럼 곱게 다듬어진 표면들로 만들어진다면 얼마나 좋을까. 자기 집에 있는 모든 것들이 얼마나 거친지, 모서리와 귀퉁이가 얼마나 날카로운지 생각나게 한다. 아빠는 진품이라고 말할 테지만, 어느 누가 진짜를 필요로 한단 말인가? 이런 게 훨씬 좋다. 아스트리드는 손끝으로 벽지 위를 따라가면서 벽지 패턴의 튀어나온 부분들을 느껴 본다.

한 남자가 통로를 내려와 머뭇거리며 가까운 곳에서 발걸음을 멈춘다. 안에 누가 있니?

네, 제 동생이 있어요.

그 남자는 어슬렁거리면서 두 눈으로 아스트리드의 몸, 특히 그녀의 가슴과 다리를 훑어본다. 나이 든 아저씨로, 적어도 마흔 살은 된 것 같은데, 매력적이지도 않고 피부도 좋지 않고 대머리다. 하지만 그녀는 그의 시선에 반응하지 않을 수가 없다. 한쪽 엉덩이에서 다른 쪽 엉덩이로 체중을 옮겨 싣고, 머리카락 한 가닥을 귀 뒤로 넘긴다. 언제나 남자의 관심을 감지하는 건 재미있다. 특히 그게 은밀할 때 그렇다. 아스트리드는 이 늙은 남자가 자신에게 뭔가를 말하고 싶어 한다고 생각한다. 큰 소리로 말하고 싶은 더러운 말이 있을 것도 같은데, 그녀 역시 그 말이 조금은 듣고 싶어진다.

아스트리드는 잠시 후 화장실 문을 두드린다. 빨리 해!

그 남자는 아무 말도 하지 않고 계속해서 빤히 쳐다본다. 바로 그때 아모르가 나온다. 해야 할 일을 마친 그녀는 신체의 중심에 가해지는 희미한 압박감 같은 변화를 느낄 수 있다. 내부에서 느껴지는 이질감, 그것을 중심으로 나머지 부분도 재구성됐다.

다 했어? 아스트리드는 지나칠 정도로 큰 목소리로 말한다. 이제 그거면 되는 거야? 너 때문에 중요한 걸 또다시 놓치지 않으면 정말 좋겠다. 그녀는 아모르보다 앞서서 걸어가면서 엉덩이를 흔든다.

거실은 벌집처럼 윙윙거리는 사람들로 가득하다. 아스트리드는 그들 속으로 곧바로 뛰어드는데, 아모르는 발걸음을 멈춘다. 거실로 들어가지 않고 그냥 출입구에 있는 게 더 나을 것 같다. 문지방은 여기도 저기도 아니고 이것도 또 다른 것도 아니라서 그녀가 있기에 가장 적합한 장소일 것 같다.

안톤은 방 건너편에서 아모르를 본다. 그는 얼마 동안 그 자리에 서서 마치 수족관에서 벌어지는 사건들을 보듯 거실에서 펼쳐지고 있는 몸짓들을 지켜보고 있었다. 가까이서 또 멀리서 어머니를 조문하러 온 친척들이 있다. 아버지는 나를 보면 고개를 돌려 버리고 출입구에 내 여동생이 서 있는데, 그 아이는 뭔가가 달라진 것 같다. 그는 곧바로 그걸 찾아낼 수 있을 것이다.

머리 스타일을 바꿨어?

아니.

상의를 바꿔 입었어?

아니.

안톤은 호기심에 가득 차서 다시 한번 여동생을 훑어본다. 그는 자기가 맞다는 것을 알고 있다. 그리고 자기가 알고 있음을 여동생이 안다는 사실 또한 알 수 있다. 불편한 나머지 아모르는 몸이 비틀리고 속도 뒤집히지만, 겉으로는 태연한 척한다. 중요한 것을 숨기기 위해서는 그렇게 해야 한다는 것을 아모르는 알게 됐다.

너 뭔가가 바뀌었어, 오빠가 말한다.

이건 나중에 집 밖으로 나와서 한 말이다. 이 말을 할 때 아빠는 그 블록 주변에 자동차를 주차해 놓은 렉싱턴을 찾으러 가고 없었다. 아스트리드 역시 그 자리에 있었지만, 그녀는 아모르와 안톤을 따로 남겨 놓고 고모와 이야기하고 있다. 다들 작별을 고했고, 의식은 행해졌으며, 어머니는 땅 속에 있다.

넌 어디 갔었어?

언제?

장례식 때. 너랑 아스트리드 둘이서. 너희 어디 가느라 그 자리에 없었냐고.

또다시 몸이 비틀리고 속이 뒤집힌다. 무슨 일이 있었다. 오빠는 이해하지 못한다, 아니 절반만 이해한다. 아니 절반만 알고 싶어 한다. 차라리 모르는 게 좋을 텐데! 아니면 다른 방법으로 알게 되든가.

여하튼 마침내 자동차가 나타난다, 운전대는 렉싱턴이 잡고 있고 그 옆에서 아빠가 노려보고 있다. 아빠가 조바심을 내며 경적을 눌러 대기 위해 몸을 기울이고 자녀들은 뒷좌석에 자리를 잡고 앉는데, 양편에 나이 많은 두 아이가 앉고 아모르는 가운데에서 몸속에 들어 있는 뜨거운 장작불 위로 몸을 잔뜩 웅크리고 앉는다. 그런 다음 그들은 조용히 자동차를 타고 떠난다. 엄마를 떠나보낸 스와트 가족, 그들은 각자 나름대로 특별한 방식으로 지치고 슬프고 복잡한 심경이 되어 소위 가정이라는 농장과 집을 향해 다시 달려간다.

지금 이 순간 집은 텅 비어 있다. 그곳은 두어 시간 동안 방치되어 있었고 겉으로 보기에는 활동적이진 않지만 그래도 아주 작은 움직임들이 일어나고 있었다. 방들 사이로 몰래 스며드는 햇빛, 문을 덜컹거리게 하는 바람, 여기서는 확장하고 저기서는 수축하면서 여느 노인네 몸처럼 자그맣게 팝 하고 터지는 소리와 삐거덕거리는 소리 그리고 꺽 하는 트림 소리를 내고 있다. 집은 살아 있는 것 같다. 많은 건물에서 흔히 나타나는 환상이다. 아니 어쩌면 눈과도 같은 창문들을, 분위기나 표정으로 가득한 건물들을 사람들이 어떻게 보는가에 대한 환상일 것이다. 하지만 그걸 목격한 사람은 아무도 없다. 아무것도 움직이지 않는다. 다만 진입로에서 한가롭게 고환을 핥고 있는 개만 있을 뿐이다.

심지어 평소에는 있을 법한 살로메조차 주위에 없다. 그녀를 장례식장에서 볼 수 있으리라 기대할 수도 있었겠지만, 살로메는 참석할 수 없다고 마리나가 아주 분명하게 그녀에게 말했다. 왜 안 돼요? 아이고, 제발 멍청하게 좀 굴지 마. 그래서 살로메는 그 대신 자기 집, 아니, 롬바르드 집으로 돌아가 교회 복장으로 갈아입었다. 그 옷은 그녀가 장례식에 갈 때 입고 갔을 검정 드레스로 헝겊 조각을 덧대고 구멍 난 곳을 꿰맨 것이었다. 그리고 검은 숄과 유일하게 신을 만한 신발, 그리고 핸드백과 모자를 갖추었다. 그렇게 차려입고서 그녀는 자기 집, 아니, 롬바르드 집 앞에 나와 솜이 터져 나올 것 같은 중고 안락의자에 앉아서 레이철을 위한 기도를 드린다.

오 신이시여. 당신이 제 말을 들을 수 있기를 바랍니다. 저는 살로메입니다. 제발 당신이 계신 곳으로 마님을 반갑게 맞아들여 주시고 그녀를 조심스럽게 보살펴 주세요. 언젠가 천국에서 마님을 다시 만나고 싶습니다. 저는 그녀를 오랫동안 알고 지냈습니다. 그녀가 결혼하여 이 집의 마님이 되기 전, 우리 둘 다 젊었을 때부터요. 그리고 최근에 우리는 한 사람처럼 지냈습니다. 이 크나큰 고통을 그녀에게 주셔서 제가 마님을 돌볼 수 있게 하신 분은 당신이셨으니 이해하시리라 굳게 믿습니다. 그래서 그녀는 저에게 이 집을 주겠다고 약속했고 그에 대해 당신께 감사를 드립니다. 아멘.

어쩌면 살로메는 이런 말로, 아니면 말 자체를 사용하지 않고 기도하는지 모른다. 언어 없이도 터져 나오는 수많은 기도가 다른 모든 기도처럼 하늘로 올라간다. 그런데 기도는 결국 비밀스럽고 모두가 똑같은 신에게 기도하는 것이 아니므로 그녀가 다른 것들을 위해 기도했을지도 모르는 일이다. 여하튼 얼마간의 시간이 흘렀다. 이건 분명히 사실이다. 개미집의 그림자가 어떻게 움직였는지 보라. 태양은 이제 더 이상 가장 높은 곳에 있지 않다. 그래서 그녀는 천천히 뻣뻣하게 의자에서 일어나 집 안으로 들어간다. 또다시 셀 수 없는 시간이 흐른 후 집 밖으로 나온 그녀는 평소 입는 옷인 너덜너덜한 드레스로 갈아입고 슬리퍼를 신은 후 머리에 천을 질끈 묶고서 코피 주변의 오솔길을 따라 걸어가기 시작한다.

어떤 날이라도 마찬가지다. 살로메는 아침마다 이 길을 걷고 밤에 되돌아온다. 그사이에 몇 차례 오가는 날도 종종 있다. 날이 밝든 어둡든 날씨가 어떻든 상관없다. 그 여정들을 모두 구별하기는 어렵다. 그녀는 뒷문에 도착하면 슬리퍼를 밖에 두고 맨발로 움직인다. 유니폼인 파란 드레스와 흰 사각형 머리쓰개와 흰 앞치마는 식료품 저장실에 걸려 있고 그녀가 유니폼으로 갈아입을 수 있도록 이 분 동안 화장실을 쓰는 게 허용된다. 그런 다음 그녀는 입고 온 옷을 식료품 저장실 모서리의 보이지 않는 곳에다 걸어 둔다.

그렇게 해야 살로메는 집 안으로 더 깊이 들어갈 수가 있다. 이 가족들이 돌아왔다. 아니 어쩌면 그들은 아예 떠난 적이 없을 수도 있다. 그들은 지금 뿌리를 내린 듯한 분위기, 집 속으로 파고들어 간 것 같은 분위기를 풍기고 있다.

식구들이 식탁에 둘러앉아 있다고 생각해 보자. 아니면 거실에서 각기 다른 곳을 바라보며 서 있거나. 아니면 밖에 있는 앞 베란다로 나가 한 무리는 진입로로 내려가 있고 다른 무리는 위쪽의 좀 더 위엄 있는 위치에 서 있다고 하자. 어차피 상관없다. 어딘가에서 다음과 같은 대화가 마니와 그의 맏이 사이에서 이루어진다.

어젯밤 네가 한 말을 생각해 봤다, 아빠가 말한다. 그런데 난 몹시 화가 난다.

이런 순간이면 아빠는 자신의 어조를 구약의 신을 본떠서 말하기를 좋아하고 상대방이 자신의 말에 순종하기를 기대한다.

예?

나를 위해서가 아니라 다른 사람들을 위해서다. 네가 나에게 무례하게 구는 것은 새로울 게 전혀 없으니 익숙하지. 하지만 네가 어떻게 부흥사님에게 그런 식으로 말할 수 있지! 성스러운 사람이고, 설교자인데.

안톤은 코를 킁킁거리며 웃는다. 바보인 데다 사기꾼이죠.

이제 그만 좀 해라! 무례한 것은 오늘로 끝이다. 이제부터 내 말을 잘 들어라. 그분께 사과하지 않으면 넌 우리 가족에서 추방이다. 난 두 번 다시 너와 얘기하지 않겠다.

마니는 마치 거대한 검은 달걀을 품고 있는 암탉처럼 어제저녁 사건들을 곰곰이 생각해 봤다. 넌 내 결혼 생활과 내 종교를 모욕했으니, 그 대가를 치러야 할 거야.

아빠, 전 절대로 사과할 수 없다는 걸 아빠는 아셔야 해요.

널 어떻게 도와줄 수 없을 것 같구나. 너와 네 양심 사이에서 말이다.

전 그 사람에게 사과하지 않을 거예요. 왜 그래야 해요? 진실을 말했을 뿐인데요.

진실? 마니는 다시 격분한다. 심지어 그의 턱에서 까칠까칠한 수염이 작은 가시처럼 튀어나온다. 내 아내에 대해? 내가 하지도 않은 약속에 대해? 네 편을 골라, 선택은 너한테 달려 있으니까. 하지만 네가 겸손하게 굴지 않는다면 너는 집 밖으로 쫓겨나게 될 거다.

아버지가 요란하게 정의로운 퇴장을 하고 나서야 비로소 그의 막내딸이 마치 연극에 나오는 등장인물처럼 화분 뒤에서 모습을 드러낸다. 안톤 오빠, 안톤 오빠. 아빠가 한 말을 나도 들었어.

무슨 말인데, 아모르?

안톤은 짜증스럽게 말한다. 지금 이 상황이 자신에게 거룩하고 밝은 순간이 될지도 모르는데 저 아이가 망치고 있기 때문이다. 가족들에게 쫓겨나고 이 모든 것에서 벗어날 수 있다니!

아빠가 오빠한테 한 말을 들었는데, 그건 맞지 않아.

뭐가 맞지 않아?

아빠는 정말로 약속했단 말이야. 아빠가 말할 때 내가 들었어. 살로메에게 집을 주겠다고 아빠는 엄마한테 약속했어.

아모르의 작은 얼굴이 확신으로 가득 차서 내면으로부터 빛을 발한다.

아모르, 안톤이 부드럽게 말한다.

왜?

살로메는 집을 가질 수 없어. 아무리 아빠가 그렇게 해주고 싶어도 그 집을 살로메에게 줄 수가 없어.

왜 안 돼? 그녀는 의아해하며 말한다.

왜냐하면, 안톤이 말한다. 그건 불법이거든.

불법이라고? 왜?

너, 진심은 아니겠지. 그렇지만 그녀의 모습을 본 안톤은 여동생이 무척이나 진지하다는 걸 알게 된다. 세상에, 그는 말한다. 넌 지금 네가 어떤 나라에서 살고 있는지 모르는 거야?

모른다, 그녀는 정말로 모른다. 열세 살의 아모르는 아직 짓밟힌 역사를 경험해 보지 못했다. 자신이 어떤 나라에서 살고 있는지 그녀는 전혀 모른다. 그녀는 흑인들이 통행증을 갖고 있지 않아 경찰을 피해 도망치는 것을 본 적이 있었다. 그리고 흑인 거주지역에서 일어난 폭동에 대해 어른들이 다급하고도 나지막한 목소리로 이야기하는 것을 들은 적이 있었다. 지난주에는 학교에서 폭동이 일어났을 때 책상 밑에 숨는 훈련을 받아야 했다. 하지만 아모르는 여전히 자신이 어떤 나라에서 살고 있는지 알지 못한다. 비상사태가 선포되고 사람들이 재판도 없이 체포와 구금을 당하고 있으며 말만 무성하게 떠돌아다닐 뿐 확실한 사실은 전혀 없다. 뉴스가 통제되고 있어서 행복하고 비현실적인 이야기들만 보도되기 때문이다. 그렇지만 그녀는 대체로 이런 이야기들을 믿고 있다. 어제 오빠가 돌멩이에 맞아 머리에서 피를 흘리는 것을 봤다. 그런데도 여전히, 심지어 지금도 누가, 무엇 때문에 돌멩이를 던졌는지 모른다. 벼락 탓인가. 아모르는 항상 느린 아이였다.

그렇지만 한 가지 사실이 그녀의 마음을 불안하게 한다.

근데 왜? 그녀는 말한다. 왜 오빠는 아빠가 할 수 없다는 것을 잘 알면서 그 집을 살로메에게 주라고 말했던 거야?

안톤은 어깨를 으쓱한다. 왜냐하면, 그는 말한다. 그렇게 하고 싶었거든.

정확히 바로 그때, 심지어 자신도 모르는 사이에 아모르는 아주 조금 자신이 어떤 나라에서 살고 있는지 이해하기 시작한다.

그다음 날 아모르는 짐 가방과 함께 다시 기숙사로 보내진다. 몇 달만 더 있어, 막내딸이 항의하려고 하자 아빠는 말한다. 상황이 안정될 때까지. 아모르는 언쟁을 벌일 정도로 그렇게 어리석지 않다. 아빠의 목소리를 들어 보니 항의해 봤자 아무 소용 없다는 걸 알 수 있다. 비록 아빠가 약속했고, 기독교인은 자기가 한 약속을 절대로 깨트리지 않지만, 아모르의 요구는 사소한 일이고 그녀는 중요한 사람이 아니다. 그래서 렉싱턴은 자동차로 아모르를 데리고 학교까지 가서 연못가에 내려 준다. 그리고 그녀는 천천히 좁다란 계단을 올라가 마룻바닥에 차가운 리놀륨이 깔린 기숙사로 들어간다. 그곳에는 똑같은 침대들이 규칙적으로 줄지어 놓여 있고 그녀의 침대는 변함없이 모퉁이에 있다.

그녀의 오빠는 그다음 날 아침에 떠난다. 아니 그다음 다음 날 아침인가. 봄철의 이른 새벽은 모두 다 비슷하다. 안톤은 군용 가방과 소총을 들고 있고 살로메가 그를 위해 다림질해 준 군복을 입고 있다. 물론 군화는 안톤 본인이 직접 광을 냈다. 집에서 그를 배웅해 주는 사람은 한 명도 없다. 아스트리드는 자고 있고 아빠는 이미 일하러 파충류 공원에 나갔다. 렉싱턴은 트라이엄프 자동차를 현관 계단 앞에 대고 안톤은 가방을 트렁크에 싣는다. 만일의 경우를 대비해서 소총은 자기가 직접 들고 자동차에 탄다.

안녕, 집. 안녕, 아빠. 아빠는 물론 대답하지 않으시겠죠. 그들이 덜커덕거리며 길을 따라 달릴 때 새벽이 상처처럼 부풀어 오른다. 안톤이 자동차에서 내려 대문을 열었다 닫자 그들은 마을을 벗어나 외로운 길을 따라 달려간다.

요하네스버그 근처에 군인들을 태우는 곳이 있는데 안톤은 거기서 자신의 길을 가야 한다. 다른 이등병 두 명이 이미 와서 승차하기를 기다리고 있다. 트렁크에서 가방을 꺼낸 후 안톤은 조수석 창가에 서서 몸을 안쪽으로 기울인다. 고마워, 렉스. 의기양양하게 가. 조심히 가세요, 안톤. 다음에 뵙겠습니다.

정오가 다가올 무렵 안톤은 그가 주둔하고 있는 부대에 점점 가까워진다. 마지막으로 그가 탄 차는 오백 미터 떨어진 곳에 그를 내려 줘서 그는 부대 정문을 향하여 기나긴 교외의 도로를 걸어가야만 한다. 꼭대기를 철조망으로 마감한 높다란 울타리 너머로 줄줄이 늘어서 있는 텐트와 조립식 방갈로의 모습이 보인다. 그것들 사이를 오가면서 옷을 빨거나 담배를 피우거나 이야기를 나누는 자신과 비슷한 다른 젊은이들도 볼 수가 있다.

군인들 중 한 명이 서 있던 자리에서 벗어나 울타리로 다가온다. 이봐요, 그가 부른다. 당신!

잠시 후 안톤은 그를 기억해 낸다. 밤늦게 포장도로 위에 있던 그림자들. 페인! 우리가 다시 만날 거라고 제가 말했죠.

어디 다녀오세요?

집이요, 어머니의 장례식 때문에.

아직도 그걸로 농담해요?

페인은 며칠 전 밤에 있었던 그 기이한 만남에 대해 생각해 냈다. 그때 그는 보초 근무를 서고 있었고, 그를 찾아온 손님이 진지하지 않다고 판단했었다. 환한 대낮에 울타리를 사이에 두고 봤을 때 그는 매우 평범한 청년인데, 아마도 대단한 사람은 아닐 것 같다. 분명 두려워할 인물은 전혀 아니다.

안톤은 한 손으로 울타리를 잡고는 눈을 가늘게 뜨고 정문과 그곳에 서 있는 두 명의 보초 쪽으로 쳐져 있는 울타리의 길이를 가늠해 본다. 바로 이 순간 안톤이 그 문으로 들어가 무리에 합류할 수 없다는 것이 너무나도 분명해졌다. 들어갈 수 없다. 하지만 왜 들어갈 수 없는지 이유를 말할 수는 없다. 어떤 이변이 발생했다, 만약에 누군가로부터 질문을 받는다면, 그것이 그가 말해 줄 수 있는 전부다. 나에게 어떤 이변이 발생했다고.

당신은 중요한 순간의 증인이 됐습니다, 안톤이 페인에게 말한다.

뭐라고요?

당신은 지금 제 인생이 한 노선에서 또 다른 노선으로 건너뛰는 장면을 지켜보고 있습니다. 엄청난 변화가 일어나는 것을 지금 보고 있는 거예요.

그게 뭔데요?

절대로 금지된 행위. 여기에 오기까지 아주 오랜 시간이 걸렸어요, 정말이지 이젠 진절머리가 나요. 전 이제야 그걸 거부하고 있는 것이고요.

뭘 거부하는데요?

모든 것을. 제가 하고 싶은 말은, 여기까지라는 것이고, 이제 더 이상은 없다는 거예요. 아냐, 아냐, 아니야! 잠시 생각해 보더니 안톤은 덧붙여 말한다. 물론 당신도 저와 함께 갈 수 있어요.

어디를 가는데요? 심지어 저는 당신을 알지도 못하는데요.

그건 곧 달라지겠죠.

당신 미쳤군요, 페인이 웃으며 말한다. 이 친구 정말 재미있네. 먼저는 자기 어머니를 죽이고, 그런 다음에는 부대로 복귀하는 순간에 탈영하겠다고! 하하하! 그는 스와트가 다른 군인들과 마찬가지로 정문을 향해 계속 걸어갈 것이라 확신한다. 그리고 두 사람은 나중에 서로 부딪힐 것이다. 아마도 식당에서.

하지만 안톤은 페인의 예상대로 행동하지 않는다.

잠깐! 당신 어디로 가는 거예요?

보아하니 그는 자신이 왔던 방향으로 되돌아가는 것 같다. 페인은 그를 따라잡기 위해 울타리를 따라 뛴다.

당신 참 재미있네, 페인이 말한다. 그들한테 붙잡힐 거예요. 그들이 당신을 구금 막사에 처넣을 거라고! 이봐! 무슨 일이야? 하나도 재미없어. 괜찮아? 기다려. 제발 이러지 말라고. 지금 전쟁 중인 거 몰라? 당신은 나라가 걱정스럽지도 않아?

안톤은 그 소리가 들리지 않기 때문에 대답하지 않는다. 도피하고자 하는 하나의 단순하고 맹목적인 욕망 때문에 마치 뒤에서 누군가가 거대한 손으로 미는 것처럼 그는 마구마구 떠밀리고 있다.

이렇게 도피하고자 할 때 군복은 위험한 요소인 동시에 큰 도움이 된다. 군복무 중이라고 하면 자동차를 얻어 타는 일이 매우 쉽다. 하지만 그것은 또한 헌병의 표적이 되므로 그들은 서류를 확인하고 싶어 할 것이다. 그러니 곧바로 옷을 갈아입는 것이 최선일 것이다. 몇 시간 후 남쪽으로 향하는 고속도로 옆에 자리 잡은 24시간 문을 여는 상점에서 안톤은 머리를 가릴 모자 하나를 산다. 서니 사우스 아프리카

Sunny South Africa라는 말이 모자 앞에 쓰여 있다. 그 모자를 쓰니 멍청해 보이긴 하지만 확실히 머리카락과 이마의 꿰맨 자국 일부를 가려 준다. 그 상점 옆에 있는 패스트푸드 체인점 윔피의 화장실에서 민간인 복장의 청바지, 티셔츠와 스웨터로 갈아입고 캐주얼화를 신는다. 거울에 비친 자신의 모습을 바라보며 그런대로 괜찮군, 어디론가 가고 있는 청년으로 보일 수 있겠다고 그는 생각한다.

서니 사우스 아프리카. 안톤은 이 생각을 마음속에 품고 있다. 오늘 아침 군부대에서 걸어 나온 바로 그 순간부터 그의 머릿속에서 강하게 두근거리고 있는 장면이 있다. 오염되지 않은 해변의 하얀 모래 위에 소들이 흩어져서 되새김질하며 음매 하고 우는 모습이다. 그 배경에는 짙은 녹색 카펫 같은 나무들 사이로 안개 자욱한 절벽이 우뚝 솟아 있다. 지금까지 그가 가본 세상은 아니었지만, 몇몇 선배들이 언젠가 학교에서 트란스케이남아공이 남동부 지방에 세운 괴뢰국에 관해, 정글에서 야생 생활을 하면서 물고기를 잡고 서핑을 하고 마리화나를 피우는 것에 관해 이야기하는 소리를 들은 적이 있다. 자신도 당분간 그럴지 모른다는 생각이 든다. 돈은 한 푼도 없고 계획도 전혀 없고 아는 사람도 아무도 없지만, 이 모든 것이 그가 끌리는 이유다. 마음먹기만 하면 그런 곳이야말로 사람이 사라질 수 있을 장소라고 생각한다.

무엇보다 중요한 건, 안톤, 그대는 거기에 도착해야 한다! 지금은 자정이 다 된 늦은 시간이어서 도로에는 자동차가 그리 많지 않다. 가로등에서 멀리 떨어진 곳은 어둠이 밀려 들어와 공허함과 위협으로 가득하다. 옆집 차고 뒤에 진흙밭이 있고 가장자리를 따라 잡초가 가득한 도랑이 흐른다. 그는 도랑에 소총을 던져 버린 다음 군복이 들어 있는 가방도 내던진다. 셔츠와 바지 몇 벌만 비닐봉지에 담아 둔다. 방금 한 행동이 범죄행위라는 생각이 들지만, 그 행동의 무게는 거의 느껴지지 않는다.

이 세상이 얼마나 넓은지 새삼 느끼며 안톤은 순간적으로 밀려드는 두려움을 억누른다. 고속도로로 들어가는 진입로 근처에 있다가 자동차를 얻어 타기에 적합한 지점으로 터벅터벅 걸어간다. 형광으로 빛나는 눈부신 빛 속에 자신의 모습을 드러내고 희망에 찬 엄지손가락 하나를 쭉 뻗는다. 어느 정도 믿음을 가져야 한다! 시간이 조금 걸릴지 모르지만 계속해서 노력하면 조만간 누군가가 자동차를 세워 줄 것이니.

아빠
The Promise

안톤이 막 샤워실에서 나오자 전화벨이 울린다. 이곳은 그의 아파트가 아니니 아마도 그에게 온 전화는 아닐 것이다. 그는 통화하는 걸 적극적으로 피하고 싶은 사람이 몇 명 있기는 하지만 여하튼 얼른 다가가 전화를 받는다. 자신을 찾는 전화일 수도 있겠다는 느낌이 든다. 어떤 윤곽과도 같은 느낌이.

전화를 건 사람은 아스트리드다. 목소리만으로 알 수 있다. 몇 마디만 흘러나오는데도. 아마도 아스트리드는 그렇게 자랑스러워하는 새로 산 휴대폰으로 거는 것 같다. 버튼이 붙어 있는 쓸모없고 무거운 그 벽돌, 금세 유행이 지나 사라질 발명품인데. 안톤은 무슨 말인지 도통 알아들을 수가 없어 여동생에게 말한다. 전화를 받으며 그는 거실에서 몸을 말린다. 집 전화로 다시 전화하겠니?

쉬익 쉿, 끼익 끽 소리가 난다. 짜증이 나서 수화기를 내려놓는다. 아스트리드는 그의 전화번호를 알고 있는 몇 사람 중 하나인데 과하다 싶을 정도로 너무 자주 전화를 한다. 가족 간 침묵의 짐을 스스로 떠맡은 아스트리드는 가족들 사이에서 소식을 전하는 메신저 역할을 자처했다. 그녀는 이 역할을 좋아하지만 한편으로는 억울하다고 생각하는 것 같다. 이 역할 때문에 그녀는 꼭 필요하면서도 동시에 사람들의 원망을 받는다.

안톤은 전화를 기다리며 재빨리 옷을 입는다. 시간은 대낮이고 요하네스버그의 하늘은 흠잡을 데가 없다. 하지만 공기는 한겨울처럼 얼얼할 정도로 차갑다. 또다시 전화벨이 울릴 때 그는 스웨터를 머리 위에서 끌어내리고 있다. 다시 전화를 걸었음에도 여전히 완전한 말이 전화선을 통해 흘러나오지 않는다. 문득 아스트리드가 실제로 말하고 있는 게 아닐 수 있다는 생각이 든다. 그녀가 내는 이상한 소리는 훌쩍거리는 소리처럼 들린다.

여보세요? 그가 말한다. 왜 그래, 무슨 일 있어? 마치 구름에 태양이 가려지는 것 같고, 그 뒤를 따라온 그림자 속에서 그는 직감적으로 느낀다. 희망적인 자그마한 미래를 그린 그림이 굴뚝을 따라 내려오는 것 같다. 참으로 설명하기 힘든 그런 순간이고, 시간이 반대 방향으로 흐르는 것 같다.

아스트리드가 마침내 말하기 시작하자 안톤은 아주 열심히 경청한다. 그녀는 이미 알고 있는 사실, 그러니까 아버지가/오늘 아침/유리 사육장에서/독사에게 물렸다는 이야기뿐만 아니라 자신의 두려움 또한 말한다. 마치 아버지에게 발생한 일이 자신에게도 일어날 것이라는 그런 혼란스러운 공포를 아스트리드가 그림으로 그려서 설명하는 것처럼 안톤은 그녀의 두려움이 아주 선명하게 느껴진다. 마치 운명이 전염이라도 되는 것처럼.

넌 충분히 생각하는 게 아니야, 안톤은 마침내 아스트리드가 말을 마치고 조용해지자 말한다.

뭐라고?

그래서 그렇게 무서운 거야. 네가 두려워하는 걸 받아들이고 매듭지으려면 넌 그걸 충분히 상상해 봐야 해.

내가 두려워하는 게 뭔데?

죽음.

그렇지만 아빠는 아직 죽지 않았어, 아스트리드가 또 다시 훌쩍거리는 소리를 내기 시작한다.

아직은 아니지. 이 역시 안톤이 본 그림의 일부, 즉 미래를 보는 작은 창이다. 하지만 지금 그들은 동생이 그에게 말해 준 사실을 확실하게 알고 있다. 그러니까 아빠는 지금 프리토리아에 있는 H. F. 페르부르트 병원 중환자실에서 의식이 없는 채 누워 있다는 것이다.

난 지금 딘과 함께 병원으로 가는 중이야, 아스트리드가 말한다.

그렇구나.

그러고 나서 또다시 침묵이 흐르는데, 그 밑으로 질문이 하나 깔려 있다.

잘 모르겠어, 안톤이 마침내 말한다. 어쩌면 자기 자신에게 하는 말일 수도 있다. 물론 아스트리드는 그 말을 다르게 듣고 있다.

때가 됐어, 그녀가 오빠에게 말한다.

난 모르겠어. 생각 좀 해봐야겠다.

오빠, 지금이 그때라니까.

내가 알아서 할게, 그는 말한다. 화가 치밀어 오르지만 그 말을 끄집어내기가 힘들다. 안톤의 목소리는 흐릿한 유령의 목소리다. 내가 할 수 있을지 모르겠다.

그냥 와서 아빠를 보면 돼. 아빠는 의식이 없으니까, 오빠는 말할 필요도 없잖아.

거의 십 년이 흘렀어, 아스트리드.

바로 그 말이야! 그만하면 됐잖아. 아, 맘대로 해. 오빠가 하고 싶은 대로 해. 오빠는 항상 그러잖아.

거의 십 년을 아빠와 소원한 관계로 지내는 동안 안톤은 저 머나먼 외곽 지역에서 끔찍한 일을 여럿 겪었다. 그런데 그걸 지금 와서 이런 식으로 끝낸단 말인가? 뱀에 물린 아버지의 침대 곁으로 급히 달려가 어디서부터 모든 게 잘못됐는지 곰곰이 생각한다고? 그렇게 하는 게 무슨 의미가 있지? 혈육에 대한 충성심을 나타내기 위해? 난 아빠를 사랑하지 않아. 아빠는 나를 사랑하지 않아.

그는 아스트리드를 속상하게 만들었다는 걸 동생의 목소리만 듣고도 알 수가 있다. 하지만 그렇게 하지 않으면 수많은 손이 달라붙어 괴롭히는 것처럼 그녀는 그를 들들 볶아 댈 것이다. 애정결핍과 불안의 경계는 매우 희미하다. 그리고 안톤은 자신의 경계를 좋아한다. 아모르에겐 연락했어? 그는 화제를 바꾸기 위해 말한다.

메시지를 남겼어. 아직도 전화번호가 바뀌지 않았다면 듣겠지. 오랫동안 아모르한테서 아무런 소식도 듣지 못했어.

너, 아모르한테도 때가 됐다고 했어? 그 애한테 집으로 오라고 명령했어?

난 오빠한테 한 번도 명령한 적 없어, 아스트리드가 말한다. 그리고 확실히 오빠와 아빠의 경우는 다르잖아. 오빠도 잘 알면서 왜 그래.

통화가 끝난 후 그는 한참을 그 자리에 서서 개미 떼가 줄을 지어 끈질기게 나오고 있는 창문 틈을 응시한다. 몇 마리나 될까? 셀 수 없을 정도로 매우 많다. 이 많은 점들 안에 어떤 의미가 있을까? 어째서 저게 위로가 되지?

아스트리드가 옳다. 때가 됐다. 그 순간이 어떻게든 오리라는 것을 항상 알고 있었다. 하지만 다른 방식으로 일어날 것이라고 상상했다. 아빠와의 화해라는 구원의 손길이 이렇게 애매하고 불확실하게 이루어지리라고는 생각하지 않았다. 어쩌면 다른 방식으로는 불가능할지도 모른다. 집을 떠난 이후 매일같이 그의 집과 가족은 그에게 본능적이고 원초적인 노력으로 각인됐다. 거기에는 곱씹을 맛이 하나도 없으므로 안톤은 그 어느 순간도 생각하려 하지 않는다. 살아남는다는 것은 교훈적이지 않고, 그저 모욕적일 뿐이다. 조금이라도 선명하게 생각나는 것들은 억지로라도 지면 아래로 밀어 넣고 기억하지 않으려고 애쓴다. 앞으로 계속 나아가려면 사람들은 그렇게라도 할 것이다.

계속해서 앞으로 가다 보면 궁극적으로는 끝이 나오므로 사람들은 계속해서 나아간다. 남아프리카공화국은 변했다. 징병제는 이 년 전에 중단됐다. 맙소사, 탈영을 했던 그는 이제 범죄자가 아니라 영웅이다. 얼마나 재빠르게 변했는지 놀라울 뿐이다. 이렇든 저렇든 사실 이제 누구도 그다지 신경 쓰지 않는다. 그건 이미 지나간 일이다. 그저 몇 년 동안 누더기 차림으로 도망 다녔던 또 하나의 인물일 뿐이다. 처음에는 트란스케이의 황야에서, 그다음에는 요하네스버그에서 숨어 지냈는데, 어느 정글이 더 험했는지 말하기는 힘들다. 하지만 생존의 문제가 걸려 있으니 그냥 할 일을 하는 것이다. 그러니까 심지어는 자존감 같은 걸 내동댕이치더라도 말이다. 하, 제발, 안톤, 자존심이야말로 제일 먼저 버렸잖아. 더러운 걸레라도 되는 양 그걸 길가에 던져 버렸다. 그리고 그것은 단지 첫 번째 추락의 정거장이었을 뿐이고, 훨씬 더 나쁜 일들이 뒤따랐다. 더러운 방에서 이루어지는 추잡한 행위들, 육신은 물론 영혼까지 해치는 고통들, 아무런 망설임 없이 행하는 더러운 짓들, 그 모든 게 젊디젊은 인생, 최고의 시절에 아무것도, 절대적으로 아무것도 하지 않으면서도 또 하루를 계속해서 호흡하기 위한 발악이었다……. 그래서 어쩌라는 거지, 누가 신경이나 쓴다고? 다른 사람들은 훨씬 더, 더 많은 고통을 겪었다. 물론 그건 모든 경험에서 어느 정도 사실이긴 하다. 결국, 따지고 보면, 네가 할 수 있는 말은 이 정도까지 시련을 겪었으며 이제는 상황이 바뀌어 더 편하게 살 수 있을 지경에 이르렀으니 이제는 더 이상 숨어 다닐 필요가 전혀 없다는 말이다. 계속 견디고, 어려운 상황에서 계속 버티는 것, 그게 남아프리카공화국의 오래된 해결책이다.

안톤은 몇 시간째 불안하게 아파트를 서성거리며 벌거벗은 나뭇가지 사이로 저 아래 여빌 거리를 내다본다. 찬장문을 열었다가 다시 닫는다. 무언가를 찾고 있는 것처럼 보이지만 실제로는 그렇지 않다. 그는 이미 마음을 정했으니 이제는 물건들을 살펴보며 정리를 하는 중이다. 약간의 옷과 몇 권의 책을 제외하고 그의 물건은 없다. 나머지는 모두 안톤보다 나이가 제법 많은 한 여자의 소유물인데, 그는 수많은 날을 이 몇 개의 방에서 그녀와 함께/그녀에게 기생하며 살았다. 너무 오래 함께했음을 두 사람 모두 진작부터 알고 있었다.

안톤은 그녀에게 쪽지를 써서 식탁 위에 남겨 놓는다. 사랑하는 그대/독사들과 함께 살며 기네스 세계 기록을 깨보겠다는 불운한 야망뿐만 아니라 한 판의 러시안룰렛에 성령의 도움으로 맞서 보겠다고 기를 쓰던 저의 어리석은 아버지가 마침내 혼수상태에 빠졌습니다. 저는 최악의 상황이 일어날 것으로 예측합니다. 당신도 알다시피, 그분과 저는 어머니의 장례식 이후로 서로 말도 하지 않고 지냈지만, 이제는 글쎄요, 집으로 가야 할 때가 온 것 같습니다. 시간이 좀 걸릴지도 모르겠어요. / 이 일 말고도 여러 가지 다른 것들로 인해 미안합니다. 하지만 정말로 마지막이길 바라면서 부탁을 하나 더 해야 할 것 같아요. 돈을 좀 줄 수 있는지 말입니다. 제가 이전에도 마지막이라고 했던 것을 잘 알지만, 제 처지를 이해해 주기 바랍니다. 제가 비록 지금은 정말로 절실한 상황이지만, 어쩌면 머지않아 당신에게 진 빚을 모두 갚을 수 있을지도 모르겠습니다. 제 계좌번호는 이미 알고 있는 것과 같습니다. / 이런저런 못난 모습을 보여 주긴 했지만 저는 여전히 당신을 사랑합니다. A.

그를 태워다 줄 사람을 찾으려면 여기저기 전화를 걸어 몇 사람에게 부탁해야 한다. 그동안 알고 지내던 거의 모든 사람에게 과할 정도로 의존했으므로 모두가 그를 경계하고 지긋지긋하게 생각한다. 그들의 목소리에서 느낄 수 있다. 그를 태워다 주기로 한 친구조차도 이유가 있었다. 요버그요하네스버그의 약자에서 고속도로에 오르자마자 친구는 곧바로 그 이유를 꺼낸다. 이런 시기에 입에 올리고 싶지는 않지만 난 지금 심각한 압박을 받고 있어. 그러니 네가 가능할 때…… 그러면 정말 고마울 거야.

알겠어, 안톤은 그에게 말한다. 빚진 사람들 모두에게 갚을 예정이지만 누구보다 너한테 제일 먼저 갚을게.

최근 몇 달 동안 그는 다른 사람들에게도 똑같은 약속을 했고 항상 진심으로 열렬하게 말했지만, 특히 오늘은 정말로 진심이다. 지금 정말로 전환점에 이르렀음을 느낄 수 있기 때문이다. 스스로 유배를 떠남으로써 그는 끔찍한 실수를 저질렀다. 다시 돌아가는 것만이 유일한 해결책이다. 만약이 아니라 언제가 중요하다. 그리고 그 근원에 점점 더 가까이 다가갈수록 자기 손 밑에서 익어 가는 멜론처럼 그는 벌써 자신의 미래가 희망으로 부풀어 오르는 것을 감지할 수 있다.

미래의 가능성을 생각하자. 이 세상이 빛을 발한다. 엄마가 돌아가신 후 프리토리아로 향하는 이 길을 차를 타고 달리는 것은 이번이 처음이다. 구 년이 흘렀다! 그리고 얼마나 많은 변화가 이루어졌는가. 갈색 초원에는 꽃들이 풍성하게 피고 있고, 고속도로의 가장자리를 따라 새로운 개발이 진행되고 있으며, 사무실과 공장과 타운하우스 등 경제가 한창 무르익고 있으며 대지에서 피가 다시 솟구쳐 오른다. 유니언 빌딩에 새롭게 들어선 민주적 정부! 멀리서 따스한 겨울의 태양이 빛을 비추고 있는 마을로 들어서면서 산등성이를 등지고 서 있는 사암으로 지은 저 고귀한 건물의 전면이 눈에 들어온다. 지금 이 순간 만델라가 저 안에서 업무를 보고 있는지 궁금하다. 감방에서 왕좌로, 평생 보리라고 단 한 번도 생각하지 못한 일이다. 어찌나 빨리 평범해 보이기 시작하는지, 기이하다. 그 이전에는, 젠장.

안톤은 병원의 정문 밖에서 차에서 내린 다음 몇 킬로미터에 걸쳐 장내를 통과하는 조그만 세균처럼 길을 찾아가야 한다. 이런 모습을 연상하다니, 하지만 주어진 환경을 생각하면 나름대로 적절하다. 병원에는 언제나 슬프고 만신창이가 된 사람들이 둘러앉아 있지만, 그들은 방문객에 불과하다. 말할 필요도 없이 환자들은 훨씬 더 많이 악화한 상태다. 이곳에 오는 유일한 이유는 당신이나 당신과 가까운 사람이 아프거나 다쳤기 때문이다. 이 울타리 안에서 환호성이란 있을 수 없다.

중환자실은 푸르스름하고 어두운 침묵의 심연 속에서도 최악의 구역이다. 어디에도 창문 하나 보이지 않는다. 바깥에는 똑같이 슬픔에 잠긴 한 무리의 걱정꾸러기들이 서성대고 있다. 물론 여기에는 걱정할 것들이 더 많긴 하다. 아스트리드가 그를 보는 바로 그 순간 안톤도 그녀를 발견한다. 널따란 그녀의 얼굴이 놀라움으로 한층 더 넓어진다.

오빠가 와서 너무 기뻐, 아스트리드가 너무 꽉 껴안고는 그의 귀에 대고 속삭이는데 역겨운 향수의 유령이 뒤에 남는다. 그동안 그는 아스트리드를 몇 차례 만났고, 그녀는 그에게 금전적 도움을 줬으며 가족과의 유일한 연결 고리였다. 하지만 사춘기 시절과는 달리 농후하게 무르익은 여동생의 모습, 임신 후 결코 되찾지 못한 예전의 몸매, 그리고 이제는 공처럼 동그랗고 자그마한 남편 딘의 메아리가 되다시피 한 아스트리드를 보고 안톤은 다시 한번 놀라움을 금치 못한다. 딘이 손가락이 짧은 손을 쭉 내밀면서 더 가까이 다가온다. 안녕하세요, 안톤 형님을 만나 뵙게 되어 반갑습니다.

이게 누구야, 오키 고모부가 소리친다. 맙소사, 그래, 이런 세상에.

그의 어조는 우스꽝스럽지만 정말로 깜짝 놀란 것 같다. 그동안 처조카가 이토록 변했다니. 하지만 고모부 자신도 예전 모습은 사라지고 폐공기증을 앓아 껍데기만 남아 있다. 모두가 달라졌다. 물론 그들은 변했다. 시간이 흐르며 모두의 얼굴에 자신의 노래를 연주해 놓은 것이다.

모든 사람 중에서 마리나 고모가 가장 덜 바뀌었다. 아마도 조금 더 연약해졌다고나 할까. 그리고 그녀가 갖고 있던 신념에 대한 확신이 다소 약해진 것 같다. 안톤이 불화를 일으켰을 때 고모가 아빠의 편을 들었다는 것을 그는 잘 알고 있고, 그 점에 대해서는 전혀 놀랄 일이 아니다. 오늘은 고모에게 싸울 의지가 없다는 것이 한눈에 보인다. 그녀의 남동생이 한창때에 쓰러졌다. 두고두고 가족들의 마음속에 남아 있는 마음 약한 생각은 그가 그들보다 더 오래 살아야 한다는 것이다! 고모는 계속 울고 있어서 얼굴에 진하게 발랐던 화장품이 흘러 내렸다. 안톤은 고모의 볼에 가볍게 입을 맞추며 콜드크림 냄새와 짠 내를 맡는다.

그런 다음 그들은 더 이상 할 일이 없는 것처럼 그 자리에 막연히 서 있다. 중요한 장면은 모두 지나갔다. 결국, 그의 복귀는 돌아온 탕자가 일으킨 사소한 돌풍에 불과하며, 누구라도 예전에 한 번쯤 봤던 드라마다. 지루함이 재빠르게 자리 잡는다. 누군가가 오랜 기간 사라졌다가 훗날 돌아오면 마치 그가 사라진 적이 전혀 없었던 것처럼 표면은 깨끗하게 정리되어 흔적 하나 남지 않는다. 가족은 모든 걸 파묻어 버리는 모래 더미다.

안톤은 아직 가까이에 있는 아버지라는 인물에 그다지 초점을 맞추지 않았다. 아버지의 상태가 어떤가요?

그다지 좋지 못해요, 딘이 소곤거린다. 어젯밤 아버님의 숨이 잠깐 멈췄었어요.

하지만 지금은 안정 상태야!

뱀이 동맥을 물었다나 봐요, 딘이 말한다. 안타깝게도 말이에요. 닥터 라프가 그러더라고요. 그리고 아버님은 무언가에 대해 알레르기 반응을 일으켰다고 해요…….

내 생각에는 뱀 탓이 아닌 것 같아, 마리나가 단호하게 말한다. 내 동생을 죽인 건 바로 그 부흥사야.

아직 아빠는 죽지 않았어요, 아스트리드가 몸을 부들

부들 떨면서 운다. 다들 왜 계속 아빠가 죽었다고 말해요?

제가 들어가 볼 수 있을까요?

방문객 면회는 한 번에 네 명, 십 분 동안만 허용된다. 아침에 한 번, 저녁에 한 번. 그 병동을 담당하는 간호사가 한 명 있는데, 머리를 빡빡 깎은 그녀는 고지식한 유형으로 안톤에게 형식적인 연민을 느낀다.

아드님인가요? 그녀가 화난 것 같은 목소리로 말한다. 잠깐 들어가셔도 좋습니다.

안톤은 이것을 시간이 얼마 남지 않았을지도 모른다는 하나의 불길한 징조로 받아들인다. 그는 지시한 대로 수술용 마스크와 장갑을 끼고 그녀를 따라 음침하고, 윙윙대는 소리가 나는 동굴 같은 안쪽 방으로 들어간다. 각자 자신의 침대에 누워 고통받는 몸들이 조용하고 부지런하게 작동하는 기운. 한쪽 구석에 누워 있는 아빠를 보니 온갖 종류의 관들이 그에게 이어진 것을 알 수 있다. 그렇지만 그 관들은 어떤 다른 시스템에 전원을 공급하기 위해 아빠의 내부에서 활력을 빨아내어 반대 방향으로, 그러니까 밖으로 흘러나오게 하고 있다는 인상을 준다. 아빠는 녹색 시트 아래에 뉘어 놓은 일그러지고 벗겨진 어떤 물체처럼 보인다. 그렇지는 않겠지만 살가죽만 남아 있는 듯하다. 기억하는 것보다 몰골이 훨씬 더 엉망이다.

안녕, 아빠. 저 안톤이에요.

그가 큰 소리로 말하고 있는가? 여하튼 안톤은 예상치 못한 감정의 역류로 가슴이 두근거린다. 내 속에 있는 무언가가 깊은 연민을 보이고 있다. 그걸 발견한 안톤은 깜짝 놀란다. 그래, 내 안에 있는 뭔가가 정말로 신경을 쓰고 있다.

잠시 혼자 있게 해줄게요, 험상궂게 생긴 간호사가 말한다.

간호사가 그를 위해 사방을 가리는 커튼을 잡아당기지만, 병실 전체를 차단하기에는 충분하지 않다. 안톤은 미라처럼 붕대를 칭칭 감고서 옆 침대에 누워 있는 흑인 남성을 본다. 틀림없이 페르부르트가 무덤에서 벌떡 일어날 일이다. 그런데도 아직 병원 이름을 바꾸지 않았다니! 믿기 어렵다. 옆 침대의 남자는 그를 감싸고 있는 시트 속에서 큰 소리로 신음하는데, 그게 외국어가 아니라면, 말이라기보다는 그저 고통의 언어일 것이다. 아파르트헤이트는 무너졌다. 자 보라, 지금 우리는 바로 옆자리에서 나란히 누워 사이좋게 죽어 가고 있다. 아직도 남아 있는 인종차별 문제는 이제 살아 있는 사람들이 해결해야 할 영역이다.

안녕, 아빠. 그는 다시 말한다.

그런 다음 앉아서 기다린다. 무엇을? 그 어떤 대답도 오지 않을 텐데. 무엇이든 말해야 하는 사람은 나 자신이다.

하지만 안톤이 해야만 하는 말, 그러니까 여기 와서 하려고 했던 말, 그것이 어떤 것인지 모르겠다.

들어 보세요, 그는 아빠를 향해 말한다. 제가 아빠한테 뭔가 말해야 하니까 그들이 우리 둘만 남겨 놓고 나간 거예요. 우선 전 죄송하다고 말해야겠지요. 그렇지만 아빠는 결국 저한테서 그 말을 듣지 못할 거예요. 듣고 계세요?

[나는 듣고 있지 않아.]

엄마가 돌아가셨을 때 저는 미쳐 있었어요. 한동안 저는 실제로 제가 엄마를 살해했다고 믿었으니까요. 제 정신 상태가 좋지 않았어요. 그렇지만 제가 말한 건 모두 진심이었어요. 아빠는 종교를 찾기 전에는 엄마한테 쓸모없는 알코올중독자였고 종교를 찾은 후에는 맨정신으로 쓸모없이 구는 인간이었잖아요. 아빠는 엄마한테 빚을 잔뜩 지고 있었으면서, 심지어 엄마가 돌아가신 후에도 아빠는 그 반대라고 생각하셨어요. 아빠는 엄마한테 잘못하셨고 저한테도 잘못하신 거였어요. 그러니까 저는 아빠한테 미안하다는 말을 절대로 하지 않을 거예요. 제 말 듣고 계세요?

아니, 아빠는 듣고 있지 않다. 두 번 다시 그 어느 것도 마니라는 사람에게 도달할 수 없을 것이다. 비록 중환자실 한가운데에 누워 있지만, 그 어느 것도 그를 위해 존재하지 않는다. 병원, 침대, 커튼, 그의 아들, 그리고 그를 향해 아들이 하는 말들은 결단코 그를 위해 존재하는 것이 아니다. 그 말은 그가 있는 곳에 있지 않다. 그가 어디에 있는지를 설명하는 것이 한층 더 어렵겠지만 말이다.

한 번도 빛이 비친 적이 없었던 지하 터널을 상상해 보라. 터널과 같은 어떤 것, 아빠의 기저에 생긴 균열, 그런 곳으로 아빠는 물러난 것이다. 열정, 아니, 그의 피로 흘러 들어간 독이 아빠를 그곳으로 몰아넣었다. 그리고 그를 더 멀리 몰아갈 것이다. 사악하고 유독한 꿈의 연기를 타고 가겠지. 마지막 깜박임, 마지막 불씨를 동반한 어떤 목소리. 무슨 말을 하는 거지? 아무 말도 하지 않는다. 지금 나는, 예전의 나는, 그와 같은 헛소리일 것이다. 이따금 조잡한 형태가 뛰어올라 반 정도 인식되고 사라져 버린다. 내 인생. 그 시간. 그림자의 그림자. 선명하지 못한 사물의 진실에 이르기까지. 그리고 안으로 들어간다.

헤르만 알베르투스 스와트는 1995년 6월 16일 오전 세 시 이십이 분에 사망했다. 대기실은 비어 있다. 그의 가족은 모두 집으로 돌아가 각자의 침대로 들어갔다. 거기서 그들은 코를 골고 방귀를 뀌고 잠꼬대를 중얼대고 새벽 무렵 몸을 뒤척인다. 스와트가 저세상으로 떠날 때 유일하게 곁에 있어 준 사람은 와히다라는 이름의 이슬람 간호사로, 그녀는 아무도 모르게 죽어 가는 사람을 위해 코란의 한 구절을 외운다. 알라에게 속해 있는 우리는 당신에게로 돌아가나이다. 하지만 이런 개입이 마니의 영혼에 어떤 효과를 가져왔는지에 대해 말하는 것은 불가능하다.

이 소식은 한 시간 후에 아스트리드에게 전달된다. 그녀는 노키아 휴대폰이 울리는 바람에 깊은 잠에서 깨어난다. 그 빌어먹을 전화기를 사용한 지 이 주 정도밖에 되지 않아서 그녀는 아직 그 소리에 익숙하지도 않고 모든 버튼이 어떻게 작동하는지도 잘 모른다. 전등불을 켜고 전화를 받으러 가기까지 이런저런 실수를 저지르는 바람에 시간이 제법 걸린다. 그때쯤이면 그녀는 어떤 일이 다가왔는지 안다. 그게 아니라면 이 시간에 병원에서 전화가 걸려 올 이유가 뭐가 있겠는가? 그녀가 할 수 있는 일은 마치 결과를 바꿀 수 있을 것처럼 항의하는 것뿐이다. 아니야, 그럴 리 없어! 어떻게 그런 일이 있을 수 있어! 하지만 그건 사실이고 이제는 언제나 사실일 것이다.

남편이 그녀를 안아 준다. 이 시점에 꼭 필요한 행동이라고 그는 아주 확신하고 있다. 아스트리드가 창백하고 나약해 보이므로 설탕을 넣은 차 한 잔을 마시는 것이 다음 단계라고 생각한 남편은 아내가 지금 폭풍의 한가운데에 서 있다는 것을 깨닫지 못한 채 차 한 잔을 만들기 위해 기다란 잠옷 바람으로 부엌을 향해 달려간다.

그렇다, 지금 이 순간 아스트리드는 형체는 없지만 온 힘을 발휘하는 높고도 매서운 바람에 휘말려들고 있다. 그 바람은 그녀를 단단한 물체로부터 뜯어내어 그대로 풀어놓는다. 높이높이 날아가며 뭔가를 움켜쥐려고 얼마나 큰 소리로 울부짖는지! 마침내 그녀는 자신이 복도 끝에 있는 문까지 날아가 부딪힌 것을 알게 된다. 그래서 그녀는 힘이 하나도 없는데도 불구하고 온 힘을 다해 방문을 세게 두드린다.

누구세요?

조용하고 차분한 오빠의 목소리. 오빠는 마치 동생이 오기를 기다리고 있었던 것 같다.

아스트리드는 너무 힘이 없어서 문의 손잡이를 돌리지도 못할 지경이다. 안톤은 램프를 켜고 침대에 똑바로 앉아 있고 무릎에는 공책이 놓여 있다. 그는 여동생이 말을 하려다가 하지 못하는 것을 지켜본다.

돌아가셨구나, 안톤이 말한다.

그녀는 거칠게 고개를 끄덕인 다음 침대를 가로질러 몸을 던진다. 그러고는 경련을 일으키며 이불자락을 한 움큼 끌어모은다. 마침내 가까스로 말이 튀어나오긴 했지만, 적절하지 못한 말이다. 이제 우린 모두 고아야!

마음은 다른 곳에 가 있으면서도 안톤은 여동생을 차분

하게 바라본다. 언제래?

언제냐고? 나도 몰라. 방금 병원에서 전화가 왔어. 우리가 아빠와 함께 있었어야 했는데! 왜 우리를 집으로 돌려보냈지?

그게 무슨 소용이 있겠어?

무슨 소용? 오빠가 어떻게 그런 말을 할 수 있어?

오빠가 그녀를 놀라게 한 것이 이번이 처음은 아니다. 마치 망원경을 반대로 놓고 그를 바라보고 있는 것 같다. 아마도 오빠 쪽에서 보면 그녀가 갑자기 아주 명확한 초점에 맞춰지게 될 것이다. 어제만 해도 난 아빠와 함께 있었어, 아스트리드는 생각한다. 아빠는 살아서 숨을 쉬고 있었다. 그런데 어떻게 지금은 아빠가 아무것도 하지 못하는 게 가능하단 말인가? 안톤은 다시 한번 여동생의 속마음, 종의 추처럼 차갑고 선명한 여동생의 내면을 볼 수가 있다. 그녀가 느끼고 있는 것은 그녀 자신의 죽음이라는 것을 안톤은 본다. 만약에 그런 일이 우리 아빠한테 일어날 수 있다면 그건 나한테도 일어날 수 있다. 아무것도 아닌 것이 되는 이 죽음, 이 무의 상태. 그녀는 공포에 질려 그녀 자신을 애도하고 있다.

아스트리드의 남편은 차 쟁반을 들고 복도를 따라 이리저리 헤매다가 슬픔으로 제정신이 아닌 아내가 손님방에서 오빠의 두 발 위로 몸을 쭉 뻗은 채 누워 있는 모습을 본다. 한편 딘이 보기에 안톤은 굉장히 특이한 사람이고, 이런 세상에, 이런 순간에도 공책에 뭔가를 적어 넣고 있다.

[…….]

어젯밤 안톤은 딘에게 집에 가는 대신 아카디아에 있는 그들의 작고 허름한 집에 가서 함께 하룻밤을 보내도 되겠냐고 물었다. 안톤은 집으로 돌아갈 준비가 되지 않았을뿐더러, 또 거기서 밤을 보내는 게 마리나 고모와 오키 고모부와 함께 농장에 머무르는 것보다 나을 것 같다고 생각했다. 아빠가 안 계시는 동안 고모 부부가 농장에서 지내는 중이었다. 하지만 바로 이 순간, 모든 사람이 멍한 상태에 빠져 있는 동안 안톤은 확실하지 않은 어떤 중심으로 끌려 들어가는 것을 경험하고 있다.

괜찮아, 마음이 흐트러진 안톤은 아스트리드의 머리를 손으로 쓰다듬으며 달래듯 그녀에게 중얼거린다. 혹시라도 아빠가 생을 마감하는 방법을 선택할 수 있었더라면, 바로 이것이었을 거야.

뭐라고, 코브라한테 물리는 걸 선택했을 거라고? 무엇 때문에? 심지어 아빠는 기네스 기록에 근접하지도 못했어. 겨우 엿새 만에 그렇게 됐단 말이야!

그의 여동생은 분명 위로받을 수 있는 사람이 아니다,

아니 위로받지 않기로 마음먹은 사람 같다. 그녀를 바라보고 있노라니 생각이 난다. 이 소식을 전해 줘야 할 또 다른 여동생이 있다.

아모르와는 연락이 됐니?

내가 전화해도 아모르는 절대로 전화 안 해. 그래서 나도 안 걸었어. 더 이상 전할 소식이 없었거든! 이제 그 애한테 말해 줘야겠네.

내가 연락할게, 안톤이 말한다. 아모르 전화번호를 나한테 알려 줘. 이 눈물겨운 현장에서 벗어나는 하나의 방법이기도 하지만, 그는 마음속에서 이 소식을 막내 여동생에게 전하고자 하는 순수하고도 흥미로운 욕구를 발견한다. 그 마음을 일기장에 기록해 두었다가 나중에 곰곰이 생각해 볼 것이다. 여하튼 여기서 빠져나가자. 지금쯤이면 온 가족이 깨어 있을 것이다. 일곱 살짜리 쌍둥이 닐과 제시카가 엄마의 괴로움을 주워 담았는지 둘 다 비통하게 울고 있다. 반면에 딘은 무기력하게 서성거리며 두 아이에게 울지 말고 가만히 좀 있으라고 다그친다. 안톤은 좀 더 조용한 곳에서 전화를 걸기 위해 서재로 자리를 옮긴다. 이곳은 겨울의 한복판이자 동트기 직전의 가장 추운 시간이라서 몸이 얼어붙을 것만 같다. 너무 이른 시간이다. 게다가 런던은 이곳과 두 시간 차이가 난다. 그렇지만 소식은, 특히 나쁜 소식은 빠르게 전해지기를 원하고, 바이러스처럼 전파되기를 갈망한다.

벨이 세 번 울리자 잠에 취한 목소리의 남자가 전화를 받고, 강한 영국식 발음으로 깨끗하고 딱딱 끊어지게 말한다. 안톤은 자신이 찾고 있는 사람이 누구인지 말한다.

죄송한데 아모르는 더 이상 이곳에 살지 않습니다. 그녀는 한 달 전에 다른 곳으로 이사 갔습니다.

그 아이를 어디서 찾을 수 있는지 아십니까? 아주 급해서요.

그런데 전화 거신 분은 누구십니까? 전화를 받은 사람은 잠에서 깨어나자 냉랭하고 날카롭게 바뀐 말투로 말한다. 혹시 지금이 몇 시인지 아십니까?

저는 아모르의 오빠 안톤입니다. 이런 시간에 전화해서 정말로 죄송한데, 중요한 일이라서요.

아모르는 오빠가 있다는 말을 한 번도 한 적이 없었는데요.

그것참 흥미롭군요. 하지만 그렇다고 내가 그 아이의 오빠라는 사실이 달라지진 않겠죠.

글쎄요, 안톤, 혹시 아모르에게서 연락이 오면 오빠가 전화했다고 말해 줄게요. 당신이 정말로 오빠라면 아모르는 분명 당신에게 전화할 겁니다.

그는 숨을 들이켠다. 제발 우리 아버지가 뱀한테 물려 죽었다는 사실을 전해 주시기 바랍니다. 기다란 침묵이 뒤따르고 잡음만 들린다. 여보세요? 아직 거기 계세요?

지금 장난하는 건가요?

당신이 지금 그게 진짜냐고 묻는 거라면, 죄송하지만 농담이 아닙니다.

이런, 유감입니다. 전화를 받는 목소리의 어조가 부드러워진다.

어째서요? 당신은 우리 아버지를 한 번도 만난 적이 없잖아요. 제발 아모르에게 집에 전화해야 한다고나 말해 주세요.

아모르는 몇 시간 후에 농장으로 전화를 걸지만, 주변에 그녀의 전화를 받을 사람은 한 명도 없다. 전화벨은 울리고 또 계속해서 울린다. 쓸쓸한 소리가, 해결 방법이 전혀 보이지 않는데 그 소리가 똑같이 반복적으로 울리니 한층 더 쓸쓸해진다. 한쪽 끝에서는 전화벨이 울리고 다른 쪽 끝에는 아모르가 있다. 그녀는 아주 멀리 떨어진 곳에서 전화벨을 울리고 있다.

잠시 후 그녀는 포기한다. 조금 더 앉아 있다가, 다시 한번 시도한다. 지금도 아무도 응답하지 않으리라는 것을 알지만, 그녀는 뭔가 다른 것을 좇고 있다. 귀에 울리는 찌익 찌익 깡통 같은 소리를 듣고 있자니 그녀의 마음속에 물리적으로 그 소리가 울려 퍼지는 텅 빈 방들과 복도들이 떠오른다. 그 모서리. 그 장식품. 그 창틀. 그녀는 두 눈을 감고 귀를 기울인다. 마음속에서 뒤섞이는 그리움과 혐오감. 왜 이렇게 복잡해졌을까? 집은 단 한 가지만을 의미했다. 엄청나게 많은 것들이 전쟁을 일으키는 그런 곳이 아니었다.

아모르는 아주 오랜만에 농장에 대해 생각해 봤다. 앞으로 나아가고 싶다면 뒤돌아보지 않는 게 최선이라는 말을 그녀는 몸소 습득했다. 아니 어쩌면 그녀는 늘 알고 있었는지도 모른다. 남아공을 떠나온 이래로 그녀는 그저 계속해서 앞으로 나아가는 중이다. 아니 앞으로 나아가지는 않더라도 계속 이동 중이다. 방향에 항상 확신이 있었던 건 아니지만, 방과 도시와 지역과 사람들을 계속 바꾸고 있다. 그 모든 게 마치 빠른 속도로 지나가는 풍경처럼 희미하게 지워지는 과거고, 내 마음속에서 그만둘 수 없는 어떤 것이다.

아모르는 물론 표면상으로는 멈춰 섰다. 안락의자에 앉아 오열하는 것을 제외한다면 그녀는 아주 가만히 앉아 있다. 태어난 곳과는 다른 북반구에서 낯선 거리가 내다보이는 창가에 앉아 있다. 그 모든 게 갑자기 아주 고요하게 느껴지고 어떻게 보면 거꾸로 그녀에게 고착된 것 같다. 나는 여기서 무엇을 하고 있지? 그녀는 말로는 하지 않을지라도 그런 생각을 한다. 그녀는 더 이상 소녀가 아니고, 한 여자가 되어 몸의 형태가 완전히 바뀌었다. 겨우 몇 가지 특징으로 아모르인 것을 알아볼 수 있다. 그중에 그녀의 발에 생긴 화상자국이 있다. 희미해지긴 했지만, 여전히 눈에 보이고 어떤 이유에서인지 지금도 아프다. 과거에서 온 오래된 신호인가 보다.

아모르는 바로 그날 밤 남아공으로 돌아가는 비행기에 올라탄다. 돌아간다는 것은 행위라기보다 조건처럼 느껴지고, 그녀는 돌아갈 준비가 전혀 되어 있지 않다. 갑작스러운 귀향, 집으로 돌아간다는 행위를 위해 필요한 모든 마지막 조각들 하나하나가 마치 위대한 백인의 뇌진탕, 일종의 충격처럼 다가온다. 피할 수 없지만, 또한 견딜 수도 없다. 비행 중에 잠을 잘 수가 없는 아모르는 새벽 세 시에 차드공화국 10킬로미터 상공의 비행기 안에서 방황하고 있는 자신을 발견하게 된다. 인간의 삶이란 얼마나 평범하면서 또 얼마나 이상한가. 그리고 얼마나 미묘한 균형을 유지하고 있는가. 자신의 마지막이 바로 앞에, 발밑에 놓일 수도 있구나. 이 비행기는 바로 다음 순간 백만 개의 불타는 조각들로 깨질 수도 있으니까.

그런 일은 일어나지 않는다. 몇 시간 후 아모르는 농장을 향해 달려가는 택시 뒷좌석에 앉아 있다. 그녀는 택시가 사 알폰스와 특별 운임을 내기로 협상했다. 중년에 접어든 그 남자는 최근에 더 나은 삶을 찾아 콩고에서 이곳으로 왔다. 알폰스는 이 경로를 택하지 말았어야 했다. 이 마을에 대해 잘 알지 못해서 마을 한가운데 있는 거리에서 뒤엉키는 바람에 알폰스는 프랑스어로 계속 사과한다. 그렇지만 아모르는 개의치 않는다. 지체되니 오히려 안도감이 생긴다. 두 장소 사이에 있다는 느낌, 출발은 했는데 아직 도착하지는 않은 것 같은 그 느낌이 마음에 든다.

택시 창문으로 내다보는 풍경은 조금 놀랍다. 잘은 모르겠지만, 바깥에는 어쩐지 축제 분위기가 감돈다. 왜냐하면, 어제는 공휴일인 청소년의 날이었기 때문이다. 소웨토 항쟁 이후 십구 년이 지났고, 오늘은 럭비 월드컵 준결승전이 열리는 날이다. 남아프리카공화국은 나중에 프랑스와 경기를 할 것이다. 도로는 인파로 요동친다. 마을 한가운데가 이런 모습을 보인 적은 한 번도 없었다. 이렇게 많은 흑인이 마치 이곳에 속한 사람들인 것처럼 아무렇지도 않게 이리저리 돌아다닌다. 거의 아프리카인 도시 같다!

하지만 일단 농장으로 이어지는 도로로 접어드니 건물들은 사라지고 겉치레가 벗겨진 오래된 흙이 하얗게 탈색되고 헐벗은 모습을 그대로 드러낸다. 매정할 정도로 밝은 하늘에서 매섭게 햇빛이 쏟아져 내리고 있다. 이 모든 것을 그대는 예전부터 알고 있었다. 흑인 거주지역을 지나서 농장이 시작되는 지점을 지날 때, 시선은 곧바로 크고 보기 흉한 교회 건물의 첨탑 꼭대기로 향할 것이다. 아모르가 여기를 떠나기 전에 이미 지어졌음에도 그 건물은 아직도 충격적이며 무단으로 침입한 것처럼 여겨진다. 알윈 심머스가 어떤 계시를 받았는지 정확하게 아는 이는 한 명도 없는데도, 첫 번째 계시 교회가 하이펠트에 세워졌다. 그리고 교회 바깥에는 상당한 군중이 모여들고 찬송가 소리가 공중에 그려진다.

아모르는 지금 변화의 가능성에 주목한다. 하지만 그 밖의 것들은 그다지 달라진 것 같지 않다. 대문이나, 자갈길이나, 즉각적으로 시선을 사로잡는 검고 뒤틀린 나무로 알 수 있는 코피 꼭대기는 전혀 달라지지 않았다. 아모르, 그곳이 그대가 떠나 있는 동안 마음속으로 혹은 꿈에서 되돌아오곤 했던 장소다.

집 주위에 모여 있는 자동차들을 보면서 낯익은 어떤 장면이 떠오른다. 당혹스럽게도 처음에는 잘 생각나지 않는 어떤 불안한 순간으로 되돌아가는 것 같다. 그러다가 상기하게 된다. 엄마, 죽음, 구 년 전 그날. 그 이후로 얼마나 많이 변했던가. 내 몸, 내 나라, 내 마음. 나는 있는 힘껏 가능한 한 멀리 가족들 모두에게서 도망쳤는데. 하지만 과거의 작은 발톱들은 나를 다시 여기로 끌어왔다.

여기 세워 주세요, 그녀가 말한다. 진입로 앞에서 내린다. 아모르는 알폰스에게 돈을 주고 누구와도 대화하는 것을 피하고자 나무들을 가림막으로 삼고서 살금살금 집 옆으로 돌아가 뒷문을 통해 안으로 들어간다. 하지만 부엌에서 아모르는 오빠와 맞닥뜨린다. 두 사람 모두 꼼짝도 하지 않는다.

아니 이런, 아모르 아가씨가 오셨네, 안톤이 마침내 형편없는 남부 억양으로 말한다.

안톤 오빠.

이어지는 침묵 속에서 많은 일이 일어난다.

솔직히 말해서 너를 못 알아볼 뻔했어.

글쎄, 오빠는 하나도 변한 게 없는 것 같은데.

전혀 사실이 아니다. 그는 항상 호리호리했었지만, 한층 더 축소되어 꼭 필요한 요소만 남은 사람 같다. 그리고 헤어라인이 약간 뒤로 물러나는 바람에 예전에 이마에 생긴 흉터가 더 뚜렷하게 보인다. 하지만 다른 의미에서 내면은 바뀌었을지 몰라도, 외형은 예전 그대로다.

이제는 서로 포옹해야 하는 순간이다. 하지만 그들 중 누구도 행동으로 옮기지 않아서 그 순간이 그냥 지나간다.

집에 온 걸 환영해, 안톤이 말한다. 물론 상황이 더 좋을 수도 있었겠지만.

그럼, 그럴 수도 있었겠지, 아모르가 말한다.

불가피한 현실이다, 안톤의 생각으로는 그렇다. 상황은 언제나 더 좋을 수도 있을 것이다. 하지만 지금 당장 안톤은 거북한 분노로 가득 차 있다. 불과 한 시간 전에 도착한 그는 농장 모퉁이가 알윈 심머스의 영적/자본주의적 프로젝트를 위해 사용된다는 사실도 아직 받아들이지 못한다. 그에 대해 아스트리드가 언급한 적이 있지만, 안톤은 진지하게 생각하지 않았다. 마치, 마치, 음, 글쎄, 제대로 비유할 수는 없지만, 그곳에 쪼그리고 앉아 있는 그 끔찍한 교회를 봐야 한다니, 그의 마음이 무척이나 불편했다. 게다가 집에 와보니 아버지가 그의 방을 창고로 사용하고 있었다는 걸 알게 됐으며, 그의 방은 쓸 수 있는 모든 곳에 쓰레기가 잔뜩 쌓여 있었다. 안톤은 지금 이 순간에도 파충류 공원에서 가져온 용품들, 그러니까 책과 그림들과 광고 전단과 유리 눈을 넣어 박제한 늙은 도마뱀 같은 물건으로 가득 채워진 두꺼운 종이 상자를 양손으로 들고 있다. 그는 턱으로 그것을 가리킨다.

내 침실을 정리하는 중이야, 그는 말한다.

고의성이 없었다고 말할 수는 없다. 다른 공간도 굉장히 많은데, 아빠는 나를 파묻고 싶어 했다. 안톤은 한 조각

한 조각 파묻힌 자신의 모습을 끄집어내고 있었고 상자와 물건을 차고로 들고 나가서 던져 버린다. 차츰차츰 모습을 드러내는 친숙한 가구, 침대와 책상과 의자, 어린 시절의 지형이 나타난다. 아직도 갈 길이 멀다.

그럼 내 방은 어때? 아모르가 묻는다. 그 방도 가득 찼어?

네 방? 아니, 아니. 네가 두고 간 그대로야.

당연히 다른 방도 창고로 쓰는지 이 방 저 방을 확인해 봤기 때문에 안톤은 알고 있다.

잘됐다, 그녀가 말한다. 어서 가서 쉬어야겠어.

하지만 그러지 못한다. 두 사람 모두 서성거리고 있다.

앞으로 넌 여기에 머무를 거야?

잘 몰라, 그녀가 말한다. 지금 막 도착했잖아.

이런, 런던에 실연당한 친구를 두고 왔지, 참. 너한테 오빠가 있다는 말을 믿으려 하지 않더라.

아, 아모르는 두 뺨이 달아오르는 걸 느끼며 말한다. 그 점에 대해선 미안해.

그 친구는 누구야?

아무것도 아냐. [제임스.] 그냥 알고 지내는 사람.

아, 첫사랑. 항상 감동적이지. 그럼 말하지 않아도 괜찮아, 국제적으로 신비로운 여인이여. 배낭을 위층으로 올리는 것 좀 도와줄까?

난 저걸 끌고 전 세계를 돌아다녔어. 혼자서도 충분히 할 수 있어.

안톤은 여동생이 이 층으로 올라가는 것을 지켜보며 입술을 씰룩거린다. 그래, 그래. 몇 년 동안 등을 돌리고 있다 보면 스핑크스도 깍쟁이 계집애로 변하는 법이다. 놀라운 변화다. 부적응자 같았던 내 어린 여동생은 알고 보니 다른 사람이었던 것이다.

아모르는, 비록 얼굴에는 아무것도 드러내지 않지만, 표류하는 몇 초 동안 속이 뒤틀리고 울렁거리는 것을 느낀다. 안톤은 그녀의 속을 뒤틀리게 하는 재주가 있다. 그녀는 복도를 따라가며 방문을 하나하나 지나서 마침내 자신의 방에 이른다. 그곳은 그녀가 아는 한 모든 게 그대로 유지되고 있었다. 물론 먼지 조각들이 곳곳에 얇게 내려앉아 있긴 하지만 말이다. 한동안 누구도 이 방을 청소한 적이 없었다. 그녀는 배낭을 방바닥에 내려놓고 가만히 서서 주변을 둘러본다. 짐을 풀기 위해 서두를 필요는 전혀 없다. 아직은 아니다. 터치다운의 순간을 서두를 필요는 전혀 없다. 여전히 집도 없이 이동하는 중이라는 환상에서 벗어나지 말아야 한다.

물론 아모르, 그대는 곧바로 아래층으로 내려가야만

한다. 그녀는 그 순간이 두렵다. 하지만 샤워를 하고 새 옷으로 갈아입으면 도움이 될 것이다. 그녀는 욕실 거울에 비치는 자신의 모습을 언뜻 보는 순간 저 이목구비가 자신의 것이라는 사실에 경이로움을 느낀다. 최근에 그녀는 아름답다는 소리를 몇 차례 듣긴 했지만, 그 말을 믿지는 않는다. 자신의 이름에 걸맞던 기름기 많은 피부의 다소 통통한 소녀를 너무나 잘 기억한다. 그때의 그 소녀가 전혀 나라고 생각되지는 않지만, 나인 게 분명한 또 다른 누군가에게로 넘겨졌다. 적어도 나는 그녀 안에서 살고 있다.

아모르는 언제나 자신의 외모를 잘못 판단하고는 잘 어울리지 않는 옷이나 머리 모양, 목걸이, 또는 향수를 선택한다. 그에 대한 해결책은 일을 단순하게 만드는 것이다. 가장 자연스럽게 따르는 행위는 화장이든 장신구든 타인이 기대하는 여성의 행동을 하지 않고 있는 그대로의 자기 모습을 드러내는 것이다. 아무것도 걸치지 않은 자신의 모습 그대로가 가장 진실한 해결책으로 느껴지는 때가 있다. 하지만 안타깝게도 그 상태로 다닐 수 없을 때가 있어서 약간의 위장은 항상 필요하다. 샤워한 다음 몸을 말리고 나서 그녀는 파란 면 드레스를 입는다. 그녀는 샌들을 신고 싶지만, 다친 발, 특히 없는 발가락을 드러내고 싶지 않다. 그래서 그 대신 벽장에서 앞이 막힌 신발을 고른다. 기다란 머리는 걸리적거리지 않도록 뒤로 묶는 걸 선호한다. 그녀가 보기에 전반적으로 불쾌함은 주지 않으면서 단정하고 깔끔하다는 인상을 줄 수 있을 것 같다.

그녀는 거실로 걸어 들어가면서 그곳에 모여 있는 사람들에게 마치 연못의 잔물결처럼 자신의 외모가 육감적으로 인식되고 있다는 걸 감지한다. 오오, 세상에. 저 애가 저렇게 변했다니! 도저히 믿을 수가 없다. 그녀 근처에서 가장 흥분하고 가장 당황스러워하는 사람은 그녀의 여자 혈연들로, 그들은 위축되어 숨을 들이켜기까지 한다.

어머나, 살이 얼마나 빠졌는지 정말로 몰라보겠다! 낙담에 빠져 있던 마리나는 순간적으로 정신을 차리고 아모르를 꽉 껴안으면서 그녀의 살이 얼마나 빠졌는지 은근슬쩍 측정해 본다. 앞으로 살 좀 찌워야겠다! 치킨 파이 좀 먹으렴.

전 고기를 먹지 않아요, 아모르가 고모에게 상기시켜 준다.

아직도 안 먹어? 오, 네가 이제는 그런 것에서 벗어났을 줄 알았는데…….

마리나는 조카가 특별한 이유 없이 수년 전에 채식주의자로 바뀌어 어른들을 경악하게 만든 것에 대해 다시금 분개한다. 그 끔찍한 바비큐 파티 이후로! 마리나가 보기에 그 일은 레이철이 죽었을 무렵에 공산주의적인 감정처럼 막연하게 가족들 사이에 나타난 전반적인 불안의 일부인 것 같다. 그런데 이제는 그런 불안감이 온 나라를 감염시킨 것처럼 보인다.

동물들은 고통을 느끼지 않아, 고모가 설명한다. 우리가 느끼는 것과는 같지 않단 말이지.

고모는 얼마든지 말을 이어 갈 수 있었지만, 이 순간 그녀의 또 다른 조카가 마치 위성이라도 되는 것처럼 주위에서 빙글빙글 돌다가 불쑥 튀어나온다.

아모르, 아스트리드가 거의 들리지 않는 목소리로 말한다. 이런 세상에!

그 누구보다 아스트리드는 이 순간이 몹시 힘들다. 심지어 화장을 했는데도 그녀의 얼굴은 세월의 흔적을 고스란히 드러내고 있다. 어떻게 이렇게 변할 수 있지? 저 애는 내 여동생일 리가 없다, 이 사람은 사기꾼이다, 그렇지 않고서야.

믿을 수가 없어, 아스트리드가 말한다. 어디 한번 보자. 이 머릿결. 이 피부.

두 자매는 노골적으로 입맞춤을 하기보다는 입을 뾰족 내밀면서 손가락 끝으로 서로를 맞잡고 껴안는다. 하지만 여전히 아스트리드는 만지지 않고는 배길 수가 없을 지경이다. 쌍둥이가 엄마를 대신하여 싸우고 울부짖기 시작하면서 그녀를 구해 내지 않았더라면 아스트리드는 실제로 울음을 터뜨렸을지도 모른다. 그래서 그녀는 쌍둥이의 팔을 하나씩 붙잡고 그들을 질질 끌면서 사람들이 적은 곳으로 데려간다. 거기에서 결국 그녀는 울음을 터뜨리고 만다. 딘이 아내를 따라갔고 그녀는 마치 두 배로 비난하는 것처럼 두 아이를 남편의 품에 냅다 밀어 넣는다. 자 받아, 그녀는 소리친다. 당신은 뭐라도 잘해야 하잖아. 그러고는 그대로 욕실로 달려 들어가 문을 걸어 잠근다.

아스트리드는 변기 앞에 무릎을 꿇고 앉는다. 오늘은 그것을 하기 위해 손가락을 사용할 필요가 없다. 끔찍하고 부자연스럽다. 아무리 여러 번을 반복하더라도 절대로 익숙해지지 않는다. 심지어 이제는 더 이상 효과를 보지 못하는 것 같다. 계속해서 몸무게는 늘어 가고 있는데도 중단할 수가 없다. 그리고 치아가 위액 때문에 엉망진창이라서 이제는 이 짓도 그만해야 한다. 그래야 한다. 그래야만 한다. 하지만 지금 이 순간은 밀크 타르트를 몽땅 먹어 치운 것에 대한 적절한 처벌이다. 왜 절제할 수 없는 것인가? 아모르 옆에 서 있으니 보기 흉한 게, 맙소사, 그 아이가 어떻게 그렇게 변할 수 있었던 거지, 예전에는 통통했는데. 결코 섹시하다고 말할 수 없었다. 그 아이는 떠나 있는 동안 어떤 일이 있었던 게 분명하다.

아모르는 슬그머니 거실에서 빠져나와 사람들로부터 멀어진다. 그녀는 모든 사람들과 인사는 나누었지만, 의무적인 잡담은 감당하기가 힘들다. 그녀의 체력으로는 안 된다. 정말로 그리워하던 그 사람을 찾기 위해 부엌으로 후퇴하는 게 훨씬 낫다.

살로메. / 아모르.

그들은 일부러 노력하지 않아도 쉽게 껴안는다. 따뜻한 손, 단단한 포옹. 부드러운 움직임. 포옹에서 벗어난다.

어떻게 지냈어?

잘 모르겠어요, 오늘 이 질문에 대해 처음으로 솔직하게 답변한다.

아이고, 어쩌나, 살로메가 말한다.

살로메는 눈에 띌 정도로 나이가 더 들어 보이고 피부 주름이 특히 입과 눈 주위로 더 깊이 새겨졌다. 발바닥을 두껍게 하는 굳은살처럼 살로메의 얼굴에 실망의 표정이 굳어지기 시작했다. 그녀는 여전히 신발을 신지 않는다. 이 집에서는 앞으로도 신발을 절대로 신지 않을 것이다.

유감스럽구나, 살로메가 말한다. 그녀가 무슨 말을 하려는지 설명할 필요는 없다. 물론 그녀가 마니를 애도하고 있는 것은 전혀 아니지만 말이다. 마니가 언제나 살로메를 존중한 것은 아니었고, 레이철 부인이 이 세상을 하직한 이후로 단 한 번도 그녀의 집 문제를 입 밖에 꺼낸 적이 없었다. 어쩌면 이제는 그 문제가 달라질 수 있을지도 모르지만 말이다.

[넌 날 도와줄 거니?]

그 말을 큰 소리로 한 건 아니지만, 마치 그 말이 나오기라도 한 것처럼 아모르는 그 말을 듣고 있다. 롬바르드 집과 어머니의 마지막 소원, 그리고 아버지의 약속이라는 그 문제가 그들에게는 하나인 것처럼 느껴지지만 실제로는 여러 개의 문제로 아모르와 함께 전 세계를 따라다녔다. 그러면서 그 문제는 특정한 순간에는 마치 이방인처럼 그녀를 괴롭혔는데 거리에서 성가시게 졸라 대기도 하고 그녀의 소매를 잡아당기기도 하고 내 말을 잘 들어! 하고 소리치기도 했다. 언젠가 대답해야 한다는 것을 그녀는 잘 알고 있다. 하지만 왜 그 언젠가가 오늘이어야만 하지?

나중에 더 이야기해요, 아모르는 살로메에게 말한다.

아모르는 정신이 다소 산만하다. 거실에서 소란스러운 소리가 들리고 사람들의 목소리가 높아진다. 그녀는 서둘러 그 사이를 뚫고 지나간다. 분위기가 침울한 상황인데도 모퉁이에 있는 텔레비전은 작은 소리로 켜져 있다. 그리고 눈에 띄는 움직임이 있다. 매우 긴박하다. 왜냐하면, 더반에

비가 강하게 내려서 경기를 취소해야만 할 것처럼 보이기 때문이다. 만약 오늘 경기를 하지 않으면 우리는 월드컵에서 탈락하게 된다. 폭풍우가 몰아치고, 번개가 킹스 파크 스타디움 위에서 지글거리지만, 결국 경기는 진행되고, 두 팀은 끈적끈적하고 종말론적인 진흙탕 속에서 검투사처럼 상대 팀을 강타하고 찌그러뜨린다.

분위기는 과열되고 애국심에 불타오른다. 대부분의 선수가 백인임에도 불구하고 온 나라가 스프링복스남아공 럭비 국가대표팀 명칭를 응원한다. 폭우가 쏟아지는데도 엄청난 관중이 경기를 지켜보고 있고 그들 중에는 흑인들의 얼굴도 다수 끼어 있다. 민주주의가 도입된 지 일 년이 지난 지금, 모두 하나가 되어 크고 떠들썩한 유대감에 사로잡혀 있다! 심지어 오키조차 따스한 빛을 발하고 있는데, 그건 클립드리프트 브랜디를 마신 덕분도 있다. 사실 그가 새로운 남아공을 힘겹게 받아들였다는 것을 아무도 모른다. 하지만 다시 국제 스포츠에 참가할 수 있다는 게 얼마나 신나는 일인지 고모부는 인정해야 한다. 먼 나라에서 온 사람들을 완패시킬 기회가 우리나라에 주어진 것이다. 아니, 몇 주 전에 우리 팀은 실제로 사모아의 그 엉성한 선수들을 왕창 조져 놓았다.

하지만 마리나는 불만스럽다. 누가 저걸 켜놓은 거야?

저게 지금 정말로 필요한 거야?

오키는 한숨을 쉰다. 우주는 어떻게든 항상 그의 욕구에 맞춰지기 마련이지만, 지금은 저항할 시기가 아니다. 그는 텔레비전을 끈다.

마니가 매우 불편한 시기에 사망한 것은 사실이다. 만약에 우리가 이 토너먼트전을 통과하면 오늘부터 일주일 후 결승에 진출하게 된다. 날짜가 매우 중요하다는 생각이 자연스럽게 장례 계획을 떠맡게 된 아스트리드에게 갑자기 떠오른다. 장례식을 거행하는 날이 럭비 시합과 겹쳐서는 절대로 안 된다! 참석률이 심각하게 떨어질 것이다.

그거 좋은 생각이네, 안톤이 말한다. 식비를 절약할 수 있겠는걸.

아스트리드는 발작적인 비통함이 사라지고 온전한 힘과 평정을 되찾긴 했다. 하지만 지금 오빠 때문에 충격받을 힘은 없다. 금기를 알려 주면 오빠는 그것을 깨뜨리려 할 것이다. 들어 주는 사람이 있는 한 그는 항상 저런 식이었다. 오늘은 오빠 때문에 너무 짜증 난다. 지난 십오 분 동안 오빠는 거실 구석에서 몇 사람을 상대로 실없는 말을 하고 있었다. 안톤이 즐겨 다루는 주제는 아버지의 죽음에 대한 알윈 심머스의 과실이다. 거의 살인이라고 부를 수 있을 만한 과실 말이다.

아아, 딘이 불편하게 말한다. 살인은 과장된 말이에요. 회계사인 딘은 파충류 공원을 위해 회계 장부를 관리하는데, 그의 견해로는 정확한 사실이 정말로 중요하다. 마니는 뱀한테 물렸고, 그것은 사고였다.

이 사건에는 뱀이 한 마리 이상 등장하는걸, 마리나 고모가 중얼거린다.

마니는 동의했다. 그는 계약서에 서명했고 가능한 모든 예방조치가 취해졌는데…….

그 말은 내가 확인해 줄 수 있어, 마니의 동업자인 브루스 겔덴후이스가 말한다. 끝부분이 위로 올라간 두껍고 긴 카이저수염을 기르는, 마니보다 나이가 많은 그 남자는 슬픈 표정으로 매우 진지하고 부드럽게 말한다. 그가 오늘 특별히 농장으로 나온 것은 이런 대화를 하기 위해서, 그러니까 그들 모두가 같은 생각을 하고 있는지 확인하기 위해서였다. 비늘 도시가 가장 피하고 싶은 것은 가족들의 소송이다. 우리한테는 딱 맞는 해독제가 있었고, 모든 것이 절차에 따라 이루어졌어. 그에게 부작용이 일어난 건 어쩔 수가 없는 일이었어.

코브라한테 물린 상처에 부작용이 나타난 건, 안톤이 말한다. 예측 불가능한 건 아니지 않나요? 그나저나 아버지는 그 유리 사육장 안에서 무엇을 하고 있었던 거죠? 대중

앞에서 자신의 믿음을 시험하다 실패하신 거잖아요. 그게 무엇 때문이었죠? 교회 기금 마련을 위해서였잖아요! 그래서 뱀과 함께 살기 기네스 세계 기록을 깨려고 하신 거잖아요! 독사들의 둥지에서 아버지가 사탄과 씨름하는 동안 우리의 진정한 신도를 후원하기 위해서 말이죠! 마치 사자 굴속의 다니엘처럼! 미친 허황한 생각 아닙니까. 그 모든 게 엉터리 부흥사를 돕기 위한 탐욕스럽고 어리석은 묘기였어요. 우리 아버지는 절대로 그런 위험한 행동을 혼자서는 생각해 내지 못했을 겁니다.

그것도 틀린 말은 아니야, 상황의 전반적 흐름을 파악한 브루스가 말한다. 만약에 그게 그들이 하고 싶은 주장이라면 그 부흥사를 탓하는 것은 전혀 문제가 되지 않는다. 그러고 보니 사실 그 말은 일리가 있다. 가엾은 노인네 마니는 조종을 당했던 것이다…….

글쎄요, 딘이 안절부절못하며 말한다. 그래도 그건 아버님의 선택이었잖아요?

될 수 있으면 그 문제는 얼른 잊는 게 좋을 것 같아, 아스트리드가 말한다. 그녀는 안톤에게 말하고 있다. 그녀는 안톤이 모르는 어떤 사실을 알기 때문이다. 알윈 심머스가 장례식을 주관하기로 법적으로 정해져 있다.

그게 무슨 뜻이야?

그분이 아빠를 땅에 묻어 줄 거니까.

안톤은 쉽사리 놀라는 사람이 아니다. 하지만 갑작스러운 공백은 충격을 의미한다. 아, 안 돼.

글쎄, 그럴 거라니까.

아니, 그렇게 할 수는 없어. 이 상황에서 적절한 표현은 아니겠지만 내 눈에 흙이 들어가기 전에는 절대로 안 돼. 저 부어트레커 무당이 아빠를 묻는다니 말도 안 돼.

이제 모두가 그를 바라보고 있지만, 마음속으로 생각하고 있는 것을 입 밖으로 내놓지는 않는다.

뭐야? 그는 말한다. 뭐가 더 있는 건데?

저, 수심이 얼굴에 가득한 딘이 말한다. 그 외에도 또 있습니다. 형님은 여자 변호사님과 한번 이야기해 보셔야 해요.

어떤 여자 변호사?

스와트 집안의 변호사가 최근에 은퇴하는 바람에 그의 딸이 회사를 인수했다. 체리스 쿠츠는 삼십 대 후반으로 퇴폐적인 황소개구리 같은 미모를 지니고 있는데, 만만한 사람이 아니다. 그녀는 조문하러 이곳을 방문했다. 그녀의 아버지와 마니는 오랫동안 손발이 잘 맞았었다. 오늘 마리나로브셔가 중요한 메시지를 전하는 자리에 참석해 달라고 그녀를 불렀다.

어떤 메시지가 있죠?

글쎄요, 여자 변호사가 말한다. 확신하건대 당신이야말로 가족 간의 오랜 분쟁을 설명할 필요가 없는 사람인 것 같군요.

분쟁이 아닙니다. 의견의 불일치라고나 할까요. 어머니의 장례를 치를 때 생겼죠.

분쟁, 불일치, 그녀가 말한다. 당신이 원하는 대로 부르세요.

그녀는 상대하기 힘든 맏이와 함께 거실에서 떨어져 있는 마니의 서재로 물러났다. 그 방이 워낙 작은 데다 나무로 만든 책상이 많은 공간을 차지하고 있어서 두 사람은 구석으로 몰리고 만다. 그녀의 움직임 하나하나가 부드럽게 찰칵찰칵, 챙 하고 부딪치는 팔찌와 진주로 인해 무척 두드러져 보인다. 이렇게 마찰음이 나는 사운드트랙에 맞춰 그녀는 실용적으로 보이는 검은색 가방에서 서류 몇 장을 꺼내어 자기 무릎 위에 올려놓고, 매니큐어를 바른 녹색 손톱 끝으로 똑바로 편다. 특히 아래쪽에 아빠의 이상한 서명이 들어 있는 페이지 하나가 상당히 중요한 문서인 것처럼 눈길을 끈다.

안톤의 무릎이 어쩌다가 그녀의 무릎에 닿게 되자 그는 다리를 홱 치운다. 미안합니다. 그는 내면에 들어 있던 썩어

빠진 무의식적 욕망이 풀려나오는 것을 자각한다. 변호사의 나태한 오만함과 모조 다이아몬드로 장식한 독서용 안경 뒤로 보이는 조약돌처럼 차가운 눈에서 뭔가 흥미로운 점이 보인다. 또한, 그녀는 자기가 곧 전하려고 하는 소식, 그러니까 자신의 직업용 갑옷에 난 잔혹함의 작은 균열을 다소 즐기는 사람처럼 보인다. 안톤은 그런 점에 삐딱할 정도로 마음의 동요를 느낀다. 날 힘들게 해봐, 얼마든지 견딜 수 있으니까.

변호사는 그 서류를 단조로운 목소리로 소리 높여 읽은 다음 안경을 벗고 서류를 내려놓는다. 그런 다음 기대에 찬 눈빛으로 안톤을 바라본다.

아니요. 빌어먹을. 절대로 안 돼.

이건 분명 당신이 선택할 문제입니다, 그녀가 말한다. 당신의 이해를 돕기 위해 다시 말하자면, 만약 당신이 거절하면 당신 아버지에게서 아무것도 상속받을 수 없습니다. 그 점에 대한 지시가 아주 분명합니다.

그것참 비열하군요. 그게 합법적이긴 한가요?

제가 문서를 직접 작성했습니다. 완벽하게 합법적이라는 걸 장담할 수 있어요. 그건 당신 아버지의 유산이니까 본인이 원하는 조건을 마음대로 정할 수 있습니다.

안톤은 밖으로 나가려는 듯 자리에서 벌떡 일어선다.

하지만 나가지는 않고 방 안의 좁은 공간을 서성거린다. 마음속에서 일어나는 형언하기 힘든 걱정, 근심을 배출시키고자 그는 책상을 돌아 문까지의 그 짧은 거리를 이리저리 왔다 갔다 한다.

변호사는 이 남자의 고뇌에 흥미를 느끼며 가만히 지켜본다. 이해할 수 없네요, 그녀는 마침내 말한다. 그냥 미안하다고 말하면 끝이에요. 그냥 말일 뿐이잖아요. 그게 그렇게 중요한가요?

당신은 변호사잖아요. 말이 전부라는 걸 당신은 아셔야 해요.

법정에서는 아마도 그렇겠죠. 하지만 그건 여기서 적용되지 않아요. 누구도 당신이 하는 말을 듣지도 못할 거예요.

안톤은 서성대던 발걸음을 멈추고 그녀를 빤히 쳐다본다. 마침내 그의 입을 통해 나오는 목소리는 겹겹이 쌓인 저항으로 인해 가냘프고 터져 나오다가 끊어지기도 한다. 혹시 알고 계신가요……. 하지만 안톤은 말끝을 맺지 못하고 문장은 점차 줄어든다. 마음을 갉아먹는 끊임없는 갈망을 어떻게 표현할 것인가? 무엇을 향한 거지? 안톤, 네가 무엇을 원하는지조차 넌 알지 못한다.

그 대신 안톤은 손가락으로 혐의를 세어 본다. 첫째, 그의 교회를 짓기 위한 땅. 그다음으로 그가 우리 아버지의 장례를 치르는 것. 게다가 당신은 그 사람이 아버지의 재산을 받을 것이라 제게 말하고 있습니다. 그리고 이제 전 그 사람 앞에서 허리를 굽히고 공손해져야 합니다. 탐욕스럽게 움켜쥐는 그 사람의 손이 보이지 않는 곳은 어디에도 없단 말입니까?

그 모든 게 당신 아버지가 원했던 겁니다.

그런 걸 원하도록 조종을 받았겠죠! 틀림없이 내게 내린 처벌마저도 그 사기꾼이 생각해 냈을 겁니다. 안톤이 또다시 의자에 불쑥 앉자 의자에서 한바탕 먼지가 뿜어져 나온다. 그렇게 할 수 없습니다. 죄송합니다.

두 분 사이에 무슨 문제가 있었는지 모르겠지만, 당신 아버지는 당신을 절대로 포기하지 않았어요, 변호사가 말한다. 여기서 담배 좀 피워도 될까요? 그녀는 창가로 가서 기다란 도자기로 만든 홀더에 멘톨 담배를 끼워 넣고 불을 붙인다. 그런 다음 가만히 서서 담배를 빠끔빠끔 피우며 곁눈질로 안톤을 지켜본다. 당신 아버지는 당신을 완전히 끊어 버릴 수도 있었거든요. 하지만 그분은 당신에게 기회를 주고 싶어 했어요.

굴욕감을 느끼게 하려는 겁니다.

당신이 그런 식으로 본다면 그렇겠죠.

제가 이 상황을 보는 방식이 바로 그렇습니다. 아버지는 성경에서 죄와 벌에 대한 개념을 얻었습니다. 정말이에요. 전 그때 그 자리에 있었어요. 아버지는 자신이 무슨 짓을 하고 있는지 잘 알았어요. 용서받으려면 전 모든 자존심을 다 내려놓아야 합니다. 그 사기꾼 앞에서 무릎을 꿇게 만들다니! 그럴 수 없어요, 안 돼요, 그건 용납할 수 없어요.

안톤이 말하는 사기꾼은 알윈 심머스다. 독립한 이후로 그는 요즘 존경받을 만한 인물이라는 인상을 주고 있다. 최근에 주님이 그에게 선을 베푸신 후 그에게는 정기적으로 십일조를 바치는 살찐 양 떼가 생겼다. 포동포동한 몸매가 이제는 그에게 편안하게 자리를 잡아서 새로 산 짙은 회색 양복을 그득 채우고 소매와 옷깃 밖으로 살이 넘실거린다. 그의 머리칼 또한 멋지게 은빛으로 물들었다. 아니, 매일 아침 그의 머리를 부드럽게 빗겨 주는 여동생 라티샤가 그에게 그렇다고 말해 준다. 물론 그는 직접 볼 수는 없다. 이제 그의 두 눈은 완전히 시력을 잃었다. 아니, 너무나 많이 나빠져서 거의 시각장애인이 되다시피 했으므로 그림자 한두 개가 흐릿하게 움직이는 정도밖에 안 보인다. 그는 검정에 가까운 렌즈를 낀 안경을 새로 샀다. 그 커다란 사각형 안경테를 손가락 끝으로 만져 보니 매우 흡족한 모양이다. 그가 가장 소중하게 여기는 물건인 새로 구매한 음성 손목시계는 더더욱 흡족하다.

삐삐, 시계가 말한다. 지금 시각은 열한 시 삼십 분입니다.

죄송합니다, 알윈이 방문자에게 말한다. 스위치를 미리 꺼두었어야 했는데.

안톤은 매력을 느끼는 한편으로 섬뜩함을 금할 수 없다. 이 남자의 모든 것이 괴상한데, 커다랗고 못생긴 그 말하는 시계만큼 괴상한 것은 없는 것 같다. 시계가 또다시 말해 주길 바라지만 십오 분을 더 기다려야만 할 것이다.

그들은 지금 목회자의 새로운 집 거실, 그러니까 머클레누크에서 암석정원이 내다보이는 햇볕이 잘 드는 북향 방에 앉아 있다. 하나님께서 알윈에게 번영을 원하셨으므로, 알윈과 그의 배우자, 아니 그의 여동생은 오래전에 네덜란드 개혁파교회 건물 뒤쪽에 있던 습기 찬 조그만 숙소를 떠났다. 많은 것이 바뀌었다. 그는 더 이상 자신을 부흥사라고 부르지 않는다. 요즘은 담임목사다. 그리고 그의 고객들, 에헴, 말하자면 그의 양 떼에게 좀 더 온건한 구원의 노선을 팔고 있어서 모두가 혜택을 받을 수 있도록 한다. 그것이 어떤 것이든 간에, 심머스는 세속적인 재화와 부동산에 지나치게 관심을 가져 본 적이 한 번도 없었다. 하지만 어쩌나, 그것들은 삶을 편안하게 해주는걸.

그는 또한 지금 펼쳐지고 있는 장면에 대해서도 마음이 아주 편안하다. 안톤이 여기에 온 이유를 심머스는 아주 잘 알고 있다. 미리 귀띔을 받았을 뿐만 아니라 그가 맛보겠다고 굳게 마음먹은 이 복수에는 아주 달콤한 것이 들어 있다.

오늘은 그냥 설탕 세 숟갈만 넣어 줘, 알윈은 차를 따르고 있는 여동생에게 말한다.

차 타는 것을 끝마친 여동생이 두 사람이 대화를 나누도록 그 자리에서 물러난다. 하지만 그녀를 필요로 할 때를 대비하여 문 가까이에 있는 의자로 가서 앉는다. 뻣뻣한 두 무릎을 모으고 모이를 쪼아 먹는 새처럼 재빠르고도 은밀하게 차를 홀짝거린다.

제가 오늘 방문한 것은 죄송하다고 사과드리기 위해섭니다, 안톤이 그에게 말한다.

무엇 때문에, 젊은이?

[무엇 때문인지 잘 아시면서 왜 그러세요.] 제가 구 년 전에 목사님에게 그런 식으로 말한 거에 대해서요. 저는 그 당시 몸 상태가 좋지 않았습니다. 그때 한 말은 진심이 아니었습니다.

나중에 생각해 보니 불필요해 보이긴 했지만, 안톤은 거울 앞에서 감정이 드러나지 않도록 미리 표정 연습을 해야 했다. 가볍게 미소 지을 때 드러나는 치아는 그가 진짜로 느끼는 감정을 억누르고 있다.

아이고, 아닐세, 부흥사/담임목사는 마침내 그건 아주 오래전 일이었다고 판결을 내린다.

그렇기는 하지만요.

하나님은 모든 것을 용서하신다네, 순간적으로 심머스는 자신과 창조주를 혼동하면서 선언한다. 그에 대해서는 일 초도 더 생각하지 마시게.

알겠습니다. 안톤은 그 말에 아주 흔쾌하게 응답한다. 그러면서도 자신이 이 일에 대해 앞으로도 꽤 오랫동안 생각하게 될 거라는 생각이 든다. 목사의 여동생에게서 등을 돌리고 있는 안톤은 얼굴을 일그러트린다. 저 검은 안경이 혹시 미끼는 아닐지 조금은 두렵다. 하지만 담임목사는 리듬을 놓치지 않고 말한다.

하나님은 충실한 아들보다 탕자 아들을 더 사랑하신다네, 그가 말한다.

저에게는 항상 불공평해 보였어요. 하지만 그것이 세상의 이치겠죠.

주님은 절대로 불공평하지 않아! 자자, 앤드루, 이제 나와 함께 기도합시다.

앤드루/안톤/일명 탕자는 목회자처럼 무릎을 꿇을 엄두가 나지 않는다. 그렇지만 애원하는 것처럼 보이기 위해

의자에서 몸을 구부리는 시늉까지는 한다. 안톤은 기도하는 내내 두 눈을 뜨고서 오렌지색 카펫을 응시한다. 반면에 이 담임목사는 잃어버린 양을 양 떼에게 되돌려 주시고 굳은 마음을 부드럽게 누그러뜨리고 분노를 겸손으로 바꾸게 하신 것 등등에 대해 하늘에 계신 전능하신 여호와께 감사의 기도를 드린다. 하지만 안톤은 마음속으로 괴로워하고 또 괴로워한다. 마음속에 불과 얼음이 동시에 들어 있다. 당신은 겉과 속이 다른 말을 하는데 나 또한 마찬가지입니다. 난 길을 잃지도 부드럽지도 겸손하지도 않으며 내 마음은 아직도 당신들 두 사람에 대해 단단하게 굳어 있습니다. 당신들 두 사람 모두 아버지답지 않습니다. 그 어느 때보다 더 확신할 수 있습니다. 내가 양이 아니라 늑대인 것을 기억하기를.

삐삐. 지금 시각은 열한 시 사십오 분입니다.

아이고, 죄송합니다, 이런, 기도하다 말고 담임목사가 말한다. 스위치를 꺼놓았어야 했는데.

그리고 얼마 지나지 않아 안톤은 아버지의 메르세데스 자동차를 타고 속력을 내어 자신의 작은 항복 행위로부터 도망치듯 달려간다. 자, 이제 다 됐다. 여자 변호사 말이 옳았다. 항복은 쉽다. 입 안에서 담즙 맛이 난다. 아니다, 사실 나약함은 아무런 맛이 없으므로 입에서는 아무 맛도 나지 않는다.

정말 이 모든 게 돈 때문이다. 인간의 운명을 형성하는 추상적 개념. 숫자가 적혀 있는 종이 쪼가리들, 그 자체가 진짜는 아니더라도, 각각 비밀스러운 차용증. 숫자는 당신의 힘을 나타내지만 절대 충분할 수는 없다. 안톤, 힘이 그대를 구해 줄지도 모른다. 다른 나라로 데려갈 수도 있고, 그대의 포부를 실현하게 해줄지도 모르는 일이다. 그 숫자가 다시 올라가려면 시간이 좀 걸릴지 모르지만 그대 자신을 되찾기에는 아직도 늦지 않았다. 그동안 그대는 파고들고 찾아내고 계속 나아가야 할 것이다.

큰 기대 없이 그는 현금자동입출금기에 들른다. 하지만 예상과 달리 그녀는 그의 계좌에 약간의 돈을 넣어 놓았다. 2천 랜드남아공의 화폐 단위. 그렇게 많은 것도 아니지만 그렇다고 아주 적은 돈도 아니다. 그녀는 왜 안톤에게 항상 친절할까? 뜨거운 눈물이 솟구친다. 이번에는 안톤에게 멀리 떨어지라고 돈을 넣어 주는 것일지도 모른다는 생각이 마침내 떠오른다. 여하튼 간에 그는 지저분한 지폐를 지갑에 밀어 넣으면서 돈을 보내 준 그녀에 대해 정신적으로 죄책감을 느낀다. 당신이 내 몸을 차지하지 못하더라도 항상 감사하고 있어요. 나중에 용기가 생기면 꼭 전화할게요. 사실 안톤이 그동안 생각하고 있던 사람은 그녀가 아니고 바로 데지레다.

한 군데 더 들러 볼까, 아니면 그냥 갈까. 안톤은 지금 이 순간 아버지의 장례를 위해 한창 준비하는 중인 윙클러 브라더스 장례 서비스 회사 바로 바깥에 있는 주차장까지 달려왔다. 그가 원한다면 오늘이 아버지를 보기에 적당한 날일 거라는 말을 들었다. 안톤은 아직 답을 알지 못한다. 나는 진정 돌아가신 아버지와 마지막으로 교감하고 싶은가? 그런 교감으로 아버지와 내가 얻는 게 과연 무엇인가? 장례식장이라기보다는 오히려 시청 건물처럼 보이는 나지막한 벽돌 건물 밖에 앉아 있는 지금 이 순간에도 그는 그 답을 알지 못한다.

그러다 그는 답을 알게 되고 자동차의 시동을 건다. 시동 거는 소리가 점차 작아지고 있음에도 그 소리는 세 형제의 맏이인 프레드 윙클러가 이미 몇 시간 동안 마니를 위해 작업하고 있는 근처의 방으로 전달된다. 모든 기본 작업이 완료되어 인체의 모든 구멍을 깨끗이 닦아 내고 코르크 마개로 누출을 막았다. 사람이 이 세상에 입장할 때와 똑같이 울부짖으며 다시 퇴장하게 되는 그 중요한 순간에 자제하지 못하고 밖으로 새어 나오는 것들이 상당히 많다. 하지만 아무에게도 말하지 말라. 그것들은 범죄를 은폐하기 위해 씻어 내야 하는 증거의 일부인 것이다. 그건 무슨 범죄인가?

죽음의 범죄. 허튼소리, 프레드, 범죄는 전혀 없어, 당신은 그냥 서비스를 제공하고 있을 뿐이야, 그게 전부라니까. 돌아가신 그의 아버지 이름 역시 프레드였는데, 그는 프레드와 그의 형제들에게 이 사업을 가르쳐 줬다. 장의사가 되는 것은 일종의 가족 사업 같은 거란다. 그렇지 않으면 누가 그 일을 하겠니. 프레드의 아버지는 오래전에 아들에게 그렇게 말했었다. 그들이 평화롭게 보이도록 만들어야 해. 그게 가족이 보고 싶어 하는 모습이야, 사랑하는 사람이 평화롭기를 바라는 거라고. 헛소리, 가족들이 정말로 보고 싶은 것은 사랑하는 사람이 살아 있는 것이다. 가족들은 마니가 그저 잠을 자고 있다고 믿고 싶어 한다. 평화롭고 싶은 사람은 바로 가족들이다.

최선을 다해야 한다. 무너진 뺨을 솜으로 볼록하게 만들고 접착제로 느슨한 끝을 붙이는 등 활용할 수 있는 묘책은 수없이 많다. 모든 게 손재주다. 프레드는 섬세한 사람이라 화가가 됐을 수도 있고, 아니 어쩌면 동성애자가 됐을 수도 있다. 하지만 그 대신 그는 브러쉬를 시신의 얼굴 위에서 휘두른다. 분말과 색조를 사용하여 어떤 걸 숨길 수 있다니 참으로 놀랍다. 또한, 그의 향수는 말할 것도 없다. 그는 벽에 붙어 있는 거울이 달린 조그만 캐비닛에 회사 이름을 알 수 없는 향수병들을 보관하고 있다. 사람들은 살았을 때도 악취를 풍기지만, 죽은 후가 훨씬 심각하다. 그리고 마니의 경우 특히 다리에 이상한 게 있다. 다리는 그가 뱀한테 물린 부위라서 정말로 보기 흉하다. 물린 데가 얼굴이 아니라 정말 다행이었다. 물린 쪽 바지를 짧게 자르고 그 부분을 감추는 것 외에는 할 수 있는 일이 별로 많지 않다. 그의 시신이 관에 들어갈 수만 있다면 괜찮다.

마니의 시신을 담을 관이 아직 정해지지 않았다. 이 민감한 과정이 지금 벽돌 두 개 떨어진 거리에 있는 고객사업부에서 진행 중이다. 고인의 두 딸이 그 회사의 막내 직원과 상담을 진행하고 있다. 땀을 흘리고 있는 땅딸막한 버논 윙클러는 숱이 줄어들고 있는 금발 머리에 매우 꽉 끼는 바지를 입고 있다. 그가 두 딸에게 보여 주고 있는 여러 가격대의 관을 안내하는 카탈로그는 사실 플라스틱 커버를 씌워 고리로 묶어 놓은 폴더로, 도트 매트릭스 프린터로 출력한 인쇄물과 저렴한 즉석 사진들이 폴더에 끼어 있다.

저 부품들이 마음에 들지 않아, 아스트리드가 말한다. 네 생각은 어때, 아모르?

아모르는 한숨을 쉰다. 정말 그게 중요해?

부품 말인가요? 버논이 말한다. 꽃 말씀이세요? 저건 구할 수 없습니다. 다른 카탈로그에서 코르사주를 선택하셔야 합니다.

꽃이 아니라 손잡이요. 저 값싼 플라스틱 손잡이가 마음에 들지 않아요.

아스트리드는 화가 났지만, 그것을 드러내기에는 마음이 너무 아프다. 아빠가 들어 놓은 상조보험이 있는데도 이 엄격해 보이는 사기꾼들이 사실상 그냥 나무 상자에 불과한 저 물건에 매겨 놓은 가격을 보니 분통이 터진다. 그녀는 이곳에, 발밑에 회색 카펫이 깔린 이 특징 없는 사무실에 있고 싶지 않다. 이곳 또한 일종의 상자처럼 생겼고 구석에 전화기가 올려져 있는 책상 하나가 있을 뿐이다. 전화벨이 계속 울리고, 장례식을 치러야 하는 신선한 시신들은 항상 있다. 슬픔엔 절대 끝이 없다. 실제로 헐벗은 벽에 아무렇게나 기대어 놓은 것 중 등받이가 곧은 두 의자에 젊은 부부가 손을 붙잡고 앉아 슬픔을 가누지 못하고 흐느끼고 있다.

손잡이는 바꿀 수 있습니다, 버논 윙클러가 말한다. 그는 이 시시한 큰언니에게는 싫증이 났지만, 예쁜 동생 때문에 활기가 솟는다. 그는 조용한 여자를 선호하고 그녀의 벗은 모습을 상상할 수 있지만, 안 되고말고. 그러면 안 되지, 여기서는 안 된다. 게다가 이 바지를 입을 땐 절대로 안 된다. 언젠가 그는 공공장소에서 이런 식으로 자신을 난처하게 만들었던 적이 있었다.

결국, 모든 소란 끝에 아스트리드는 현재 매우 인기 있는 유행 브랜드인 최고급 우분투 관을 선택한다. 광택이 나는 메란티나무의 따뜻한 빛을 발하며 탁 트여 베풀기를 좋아하는 아프리카의 특성에 딱 맞게 넉넉한 치수를 지녔다고 카탈로그에 설명되어 있다. 그것의 특징은 뚜껑 한가운데에 있는 줄루족의 전통적인 구슬 디자인이다. 반면에 내부는 아늑하게 퀼트 처리가 되어 있고 아프리카 대초원의 미묘한 색깔들로 채색되어 있다. 현지에서 만들어지는 은백색의 손잡이들 또한 매우 만족스럽다.

만족스럽지 못한 것은 내내 한 마디도 하지 않는 여동생의 태도다. 아스트리드는 의견을 듣기 위해 아모르를 데려왔던 것인데, 이게 무슨 소용이란 말인가?

미안해, 아모르가 말한다. 난 손잡이 같은 것들은 아무 상관이 없거든.

아모르는 이 말을 비꼬는 뜻에서 한 게 아니다. 사실상 그녀는 이 세상의 다소 조그만 일들에 대해서는 무지하다. 아스트리드가 말한다, 글쎄, 내 세계가 보잘것없다고 생각한다면 어쩔 수 없지 뭐. 하지만 언제나 누군가는 손잡이에 관해서도 결정을 내려야겠지.

아모르는 이 말을 곰곰이 생각해 본다. 난 언니의 세계가 보잘것없다고 생각하지 않아, 그녀는 마침내 말한다.

이 대화는 농장으로 돌아가는 길에 아스트리드의 작

은 혼다 자동차 안에서 이뤄진다. 교통체증으로 꽉 막힌 마을 변두리에서. 두 사람 사이의 분위기는 누그러졌고 라디오 채널 702에서는 배경음악으로 퉁기고 뜯는 음악을 들려주고 있다. 아스트리드에게는 오늘 하루가 너무나 힘들었다. 아이들은 새벽녘부터 대혼란을 일으키고 남편 딘은 그녀의 속옷 끈을 건드리고, 이제 또 관 문제로 이런 일을 겪다니. 하지만 그것은 오늘에만, 아니 지난 며칠 동안에만 국한된 문제는 아니다. 사실 그녀는 꽤 오랫동안 몸 상태가 괜찮지 않다고 느꼈다. 여러 해 동안 그러했다.

사실, 그녀는 목소리를 바꾸어 말한다. 나도 내 세계가 보잘것없다고 생각하고 있어.

아모르는 귀 기울여 듣는다.

어쩌다가 내가 여기까지 오게 됐는지 나도 잘 모르겠어, 아스트리드는 말한다.

아스트리드는 왜 여동생에게 이를 고백하는 걸까? 더군다나 좋아하지도 않는 아이한테. 아모르에게는 털어놓아도 될 것처럼 느끼게 하는 무언가가 있다. 과거에는 뇌에 손상을 입은 아이처럼 텅 비고 어리석게 보였는데 이제는 그 반대로 침묵과 집중력 때문에, 일종의 지성인처럼 여겨진다. 저 아이는 이야기를 털어놓을 수 있는 상대다.

피임을 하지 않아서 임신을 하고 말았어. 분별 있게 행동하는 대신에 나는 딘과 함께 치안판사 법원으로 달려가 쾅 하고 결론을 내렸지. 그래서 내 남은 인생이 이렇게 흘러가고 있는 거야. 엄마랑 똑같이! 내가 무슨 행동을 하는 건지 생각도 하지 않고 그냥 그런 짓을 했던 거야. 내 몸이 그랬던 거라고 말할 수 있겠지. 내 정신머리는 다른 곳에 가 있었으니까. 이제는 두 아이가 생겼고 녹초가 됐어. 젊고 아름답다는 생각은 이제 모두 사라져 버리고 말았고.

아스트리드는 인상을 찌푸린다. 앞에서 왜 이렇게 꾸물거리는 거야? 그녀는 경적을 울린다. 난 딘을 사랑해, 그녀는 말한다. 내 말은, 그를 좋아한다는 뜻이야. 내가 그를 좋아하지 않는 게 아니란 거지. 하지만 우리는 너무 달라.

아모르가 생각에 잠긴 듯 고개를 끄덕인다. [언니는 그를 떠나고 싶구나.

오, 아니, 안 돼! 나는 절대 그럴 수는 없어.] 아스트리드는 신호등 불빛이 바뀌는 동안 앞 유리창을 통해 그녀의 미래를 생각한다. 하지만 난 바람을 피운 적이 있어, 그녀는 거의 속삭이듯 말한다.

아모르가 다시 고개를 끄덕인다. 상대는 누구였어?

우리 집 보안시스템을 설치하러 온 사람.

그 상황을 상상해 보니 킥킥대고 웃지 않을 수가 없다. 진짜야?

응, 진짜야. 자신이 저지른 죄를 뜻밖에 털어놓는 바람에 마음이 가벼워진 아스트리드도 킥킥대고 웃는다. 그녀는 실제로 바람을 이렇게, 그러니까 죄라고 생각하고 용서받고 싶어 한다. 그녀와 바람을 피웠던 설치 기사인 제이크 무디는 가톨릭 신자다. 그리고 그녀는 고해성사를 통해 자신이 저지른 범법 행위나 잘못이 깨끗이 씻긴다는 제이크의 말에 현혹됐다. 심지어 이것까지도? 그녀는 알고 싶었다. 그럼, 그 남자는 그녀에게 심지어 이런 상황까지도 용서된다고 말해 줬지만 아직은 아니었다.

문제는 말이지, 아스트리드는 그 사람이 딘과 너무나 다르다고 말하는 자신을 발견한다. 모든 면에서! 심지어 그의 이름은…… 남자다운 이름이야. 내 말이 무슨 뜻인지 알겠어? 그리고 아주 소질이 있어. 그는 정말로 이름처럼 변덕스럽고moody 나에 대해서도 미친 듯이 질투했다니까. 난 그의 질투가 그리워…….

문제는, 그녀는 아모르에게 말한다. 내가 아직 끝내지 못했다는 거야. 그에게 전화를 걸까 생각하고 있거든.

하지만 지금 아스트리드는 너무나 많은 말을 털어놓았기 때문인지 갑자기 메스꺼움을 느끼고는 손으로 입을 탁 막는다. 어쩌다 이렇게 됐지? 동생이 신부님은 아니잖아!

넌 내가 한 말 중에서 그 어떤 것도 발설해서는 안 돼.

아스트리드는 손가락 사이로 쉿 쉿 소리를 낸다. 내가 너한테 말한 것 중 어떤 것도 절대로 누구에게 말하면 안 돼!

물론 안 하지, 아모르가 말한다. 내가 왜 그러겠어?

아모르가 진심으로 말한다는 걸 알 수 있어서 아스트리드는 잠시 진정하지만, 그들이 집에 도착하고 얼마 지나지 않아서 그녀는 내면의 혼란을 몰아내기 위해 화장실로 뛰어가야 할 필요성을 느낀다. 그녀는 지금 속을 게워 내고 싶다. 착각에 빠진 가엾은 아스트리드! 그대를 가장 힘들게 하는 생각, 그러니까 그대와 여동생의 자리가 왠지 뒤바뀐 것 같고, 당연히 그대의 것이어야 하는 궤도에 아모르가 올라타고 있다는 그런 생각을 어떻게 토해 낼 수 있단 말인가.

사실이 아니다. 어떤 경우에도 아모르는 그렇게 보지 않는다. 왜냐하면, 그녀에게도 자그마한 고통들이 있고 이 고통들은 그녀를 지치게 하기 때문이다. 그녀는 그것들에 대해 말하지 않으며 또 그에 대한 질문을 받지도 않지만 말이다. 고통이 모습을 드러낼 때 주로 그녀는 혼자 있곤 한다. 예를 들어, 잠시 후와 같이 코피 꼭대기에 올라가 바위에 걸터앉아 있을 때다. 그녀가 가장 좋아하는 장소, 그녀를 나약하게 만드는 현장. 그녀는 어째서 계속 이곳으로 돌아오는 걸까?

아모르의 두 눈을 통해 보자. 전체적인 그림은 그녀가

기억하는 모습보다 훨씬 더 작은 것 같고, 코피 자체는 훨씬 더 낮아 보이며, 타버린 나무는 그저 마른 나뭇가지 한 줄기인 것 같다. 저 아래에 있는 롬바르드 집의 지붕은 기하학적 모양이라 거의 눈에 띄지 않는다.

하지만 색채는 날카롭게 그녀를 꿰뚫고 있다. 하늘은 거대하고 선명하다. 그녀 아래로 농장이 언덕과 양의 우리와 들판으로 무한히 뻗어 나가서 저 너머의 갈색 지점과 합쳐진다. 실제로 그녀는 이 세상이 크다고, 매우 크다고 느끼고 있다. 그녀는 이 세상의 일부에 직접 가봤다. 시골 지역은 똑같아 보인다. 하지만 그 위로 쌓아 놓은 법들, 사람들이 만들고 그런 다음에는 땅을 가로질러 무겁게 내리누르도록 비스듬히 눕혀 놓은 보이지 않는 강력한 법들, 그 모든 법이 이제 바뀌고 있다. 마치 그녀 앞에 있는 그림의 일부인 것 같이 그녀가 똑같은 장소로 되돌아왔다는 생각이 들기도 하지만, 이제 그곳은 더 이상 똑같은 장소가 아니다.

그녀의 가족은 아빠가 엄마에게 한 약속에 대해 물론 아무것도 행하지 않았다. 엄마가 돌아가신 이후로 아모르 자신을 제외하고는 아무도 그것에 대해 언급하지 않았고 그 후로 오랜 시간이 지났다. 그녀는 지금 이 문제를 생각하는 중이다. 그리고 그녀는 이 문제를 언급하고 싶어 미칠 지경이다. 문제를 바로잡기 위한 조항이 아빠의 유언장에 언급됐을 것이라 믿는다. 아니, 그랬기를 바랄 뿐이다. 하지만 혹시라도 유언장이 낭독되기 전에 모두가 그 문제를 어떻게 할지 합의할 수 있다면, 그것이 최상일 것이다.

그날 저녁 식탁에 둘러앉아 식사하는 모든 사람에게 묻는 것이 가장 적절해서 그녀는 막 이 문제를 제기하려고 한다. 그녀의 입 속에는 실제로 할 말이 들어 있고 그것 개개의 음절들에 악의라고는 없다. [이제 살로메가 자기 집을 가질 수 있을까요?] ……그리고 보라, 밖에서 볼 때 이 순간은 매우 유쾌하다. 방은 친근한 빛으로 가득하며, 벽난로에서는 불이 타오르고 있고 가족들은 식사하려고 모여 있다……. 이 질문이 어떤 해를 끼칠 거라 생각하는가? 이 질문을 따뜻한 방으로 들여보내자. 어쩌면 그 답변이 당신을 놀라게 할지도 모른다.

퍽! 가벼운 펀치라도 맞은 것 같은 그 충격에 모두가 동시에 몸을 돌리며 공포와 안도의 외침을 발산한다. 아모르의 질문은 입 밖으로 나오지도 못한 채 마룻바닥으로 떨어진다. 아니, 아모르의 질문이 그 이상한 소리를 내도록 만든 게 아니다. 어떤 다른 것, 상당히 물질적인 어떤 것이 밖에서 유리문을 향해 아주 세게 날아들었다.

저게 뭐지? 딘이 겁에 질려 소리친다. 박쥐? 아니, 새야, 저 집비둘기들은 멍청하잖아, 오키가 말한다. 저건 우리 어머니의 영혼이잖아, 아스트리드는 비논리적으로 생각한다. 저게 왜 밤에 날아다녔을까? 마리나는 궁금하다. 베란다 불빛에 이끌려 온 게 분명해.

집비둘기가 아닌 자그마한 산비둘기가 작은 눈보라처럼 깃털들이 휘날리는 가운데 석판 위에 반듯이 누워 죽어가고 있다. 한쪽 콧구멍에서 가느다란 실처럼 피가 새어 나온다. 조그만 피조물, 조그만 죽음. 한쪽 발톱이 뻣뻣해지면서 경련을 일으킨다. 작은 몸이 차가워진다.

저런 쯧쯧, 어서 가서 저 가엾은 걸 묻어 줘, 아스트리드가 남편을 재촉한다. 그녀는 작은 몸이 자기 시야에서 사라지기를 바란다. 딘은 충실하게 밖으로 나가 조심조심 한쪽 날개 끝을 잡아서 그 새를 들어 올린다. 그는 적당한 매장지를 찾아 헤매다가 가시나무 아래 비어 있는 화단에서 마땅한 곳을 찾아낸다. 두 손으로 구멍을 파고 그 피조물을 안에 집어넣은 다음 다시 흙을 덮는다. 그 자리에 잠시 서서 오래전 그가 아직 어린 소년이었을 때에 돌아가신 아버지를 생각해 본다. 그 새가 딘을 어린 시절로 데려갔다. 한 가지 기억은 또 다른 기억을 떠올리게 한다. 모든 사건이 어떤 방식으로든 기억 속에서 결합했다.

새는 땅 바로 아래에 있는 조그만 무덤 속에 누워 있고, 불과 몇 시간이 채 지나지 않아 자칼 한 마리가 무덤을 파낸다. 코피 근처로 거처를 정한 한 쌍의 자칼 중 한 마리다. 그들은 토조가 죽은 후로는 훨씬 더 용감해져서 집이 조용해지면 나타나 살금살금 돌아다니고 먹을 것을 찾아 쓰레기 더미를 뒤진다. 산비둘기는 선물이다. 산비둘기의 피 냄새가 흙을 통해 올라온다. 단지 한쪽 날개 끝부분만 인간의 냄새로 물들었을 뿐이다. 두 마리 자칼이 재깔 재깔 높다란 소리를 외치며 그것을 찢고 있는데, 마침내 아스트리드는 더 이상 견딜 수가 없어서 창문을 활짝 열어젖히고 그들을 향해 이제 그만하라고 비명을 지른다.

그놈들은 어두운 풍경을 지나 그림자와 그림자를 봉합하며 코피의 아랫부분을 돌면서 그들이 닦아 놓은 길을 따라간다. 그들에게 풍경은 밝고 공기는 메시지로 가득 차 있다. 저 멀리 떨어져 있는 길과 흔적과 사건들. 송전탑 근처에서 그놈들은 머리 위 전깃줄에서 전류가 흐르는 윙윙 소리에 경계 태세를 갖추느라 발걸음을 멈추고 그에 대한 응답으로 휘청휘청 비틀거리는 울음소리를 기다랗게 내지르기 위해 고개를 뒤로 젖힌다.

살로메는 그녀의 집에서, 아니, 롬바르드 집에서 그놈들의 울음소리를 듣고는 재빨리 문을 닫는다. 그녀는 징조와 전조를 잘 받아들이는데, 자칼의 울부짖음은 그녀에게는 나쁜 징조와 마찬가지다. 불안해하는 어떤 영혼이 집 밖에서 떠돌고 있다. 그리고 한 지점에서 또 다른 지점으로 쏟아져 들어가는 포착하기 힘든 유동적인 움직임으로 인해 그놈들은 실체가 없는 것 같다. 기괴하게 지껄이는 그놈들의 울음소리는 딴 세상에 속한 소리처럼 들린다.

그놈들은 이제 고속도로 방향인 북쪽으로 계곡 바닥을 가로질러 빠르게 걸어간다. 그러나 그들 영역의 바깥쪽 경계에 다다르자 고속도로에 훨씬 못 미치는 곳에서 멈춰 선다. 그들은 체액을 활용하여 영역 표시를 새롭게 하고 경계선을 정해야 한다. 여기를 넘어서면 그들의 영역이다. 오줌과 똥으로 중심부에 새겨 놓았다.

이제 그놈들은 동쪽으로 이동하여 또 다른 전초기지로 향하는데, 거기는 그들의 표시가 희미해진 곳이다. 하지만 그들이 마지막으로 이 지점에, 그러니까 정확하게 스물네 시간 전에 여기에 있었던 이후에 발생한 소동으로 인해 그들은 얼마 가지 못해서 갑자기 궁지에 몰린다.

뼈 냄새가 진동하는 그 자리에 땅이 벌어져 있었다. 뚫린 땅에서 인간의 코로는 감지할 수 없지만, 검은등자칼은 맡을 수 있는 악취가 뿜어져 나온다. 아, 그것은 알아들을 수 없는 말로 말한다. 상처가 크고 아직 처리되지 않았으며 땅 파는 사람들의 냄새 역시 거기에 남아 있다. 그들은 이제 떠나고 없지만 그들의 땀과 타액과 피 냄새는 물론이고 굴착기의 금속 냄새도 남아 있다. 아마도 이것은 굴을 파려는 그들의 시도일 것이다. 어쩌면 그들은 그 일을 끝마치기 위해 다시 돌아올 것이다.

그들은 다음 날 아침에 돌아온다. 작업복을 입은 두 명의 젊은 남자가 삽을 들고 온다. 차가운 공기 위로 두 젊은이의 숨결이 눈에 보이는 증기를 내뿜는다. 해가 뜬 직후라 아직 이른 시간이다. 그리고 땅을 가로질러 묘비의 그림자들이 창백하게 팔다리를 쭉 뻗는다. 자칼은 오래전에 떠났고 다른 피조물들이 그 자리를 차지했다.

애벌레 한 마리가 나뭇잎을 따라 잔물결을 일으키며 나아간다.

미어캣이 한 줄의 연기처럼 풀 사이로 몰래 빠져나간다.

딱정벌레 한 마리가 빙글빙글 돌던 동작을 잠시 멈췄다가 다시 시작한다.

루카스와 안딜리는 땅을 파고 또 판다. 사람은 새가 아니어서 얕게 판 무덤으로 던질 수 없다. 얕게 묻으면 자칼이 파헤칠 수도 있다. 그러나 구멍을 180센티미터 깊이로, 성인 남자의 키만큼 파는 것은 힘들다. 더구나 땅에 서리가 내렸을 때는 더 그렇다. 추위가 그들의 뼛속에 들어 있는 금속 같지만, 두 사람 모두 헐떡거리며 땀을 흘린다. 알윈 심머스가 도착해서 보니 그들은 기쁘게 휴식을 취하고 있다.

심머스는 장례식을 거행하게 될 장소에 대하여 글자 그대로 어떤 느낌인지 알고 싶어서 찾아왔다. 교회에서 할 때는 괜찮다. 모든 것이 평평하고 익숙해서 넘어질 가능성이 전혀 없다. 하지만 여기는 거친 바깥이라, 나오면 전혀 다른 이야기가 된다. 그리고 마니는 네덜란드 개혁파교회의 장례식을 요청했다. 이미 칼뱅주의의 장례 방식을 잊어버린 이 담임목사는 그의 요구가 다소 당혹스럽다.

루카스와 안딜리는 반 정도 판 땅속에서 삽에 기대어 서서 도요타 코롤라 자동차가 비포장도로를 느릿느릿 올라와 이 가족 묘지의 연철 대문 옆에 주차하는 것을 호기심을 숨기지 못한 채 지켜본다. 자동차 운전은 여자처럼 보이는 남자가 하고 있다. 자동차 밖으로 나오는 걸 보니 그 사람은 남자처럼 보이는 여자라는 게 드러난다. 그녀는 존재감 있는 종아리와 굽 낮은 신발 위로 기다란 갈색 치마와 흰색 블라우스를 입고서 눈이 멀고 성질 나쁜 목회자가 이 세상으로 나오는 걸 도와주기 위해 불쌍하게도 이리저리 급하게 움직이고 있다.

다른 팔, 라티샤! 그는 숨을 거칠게 쉬고 있다. 도대체 내가 몇 번을 말해 줘야 하니?

미안해, 알윈 오빠, 미안해…….

그들 사이에 끊임없이 반복되는 후렴처럼 훈계와 사과

의 말이 오가는데 그들은 각자 자기가 맡은 역할을 즐기는 것 같으면서도 다른 한편으로는 그 역할을 증오하고 있다. 이 경우에 오빠와 여동생이라는 단어는 훨씬 더 깊이 얽힌 관계 위에 얹혀 있는 이름일 뿐이다. 그래서 그들은 고르지 않은 땅 위에서 서로 뒤엉킨 채 비틀거리며 녹슨 금속 대문을 지나 묘비들, 기울어지고 부서지고 있는 묘비들 사이로 걸어온다. 그 한 쌍 역시 기울어지고 무너지고 있다. 우리 지금 어디에 있는 거야? 알윈 심머스가 소리친다. 거의 다 왔어, 라티샤 심머스가 대답한다.

땅속으로 파고들어 간 직사각형 구멍 안에서 루카스와 안딜리는 그들이 접근하는 것을 지켜본다.

아직도 도착 못 했어?

그래, 오빠, 이제 도착했어.

여기가 내가 서 있을 곳이야?

그래, 거기가 오빠가 서 있을 곳이야.

그는 공기를 킁킁대며 들이마시고 자신의 영역을 둘러보는 군주처럼 고개를 이쪽저쪽으로 돌린다. 거기 누가 있습니까? 그는 자기 무릎 가까이에서 어떤 존재를 감지했는지 갑자기 소리친다.

저희입니다, 나리.

누구시죠?

안딜리와 루카스입니다, 나리.

지금 대답하고 있는 사람은 안딜리다. 루카스는 나리라는 단어를 절대로, 더 이상은 쓰지 않을 것이다. 그는 입을 잘 열지 않고 거만한 태도를 보인다. 아니 어쩌면 업신여기는 태도로, 몸이 반 정도 땅속에 잠겨 있다 하더라도 여하튼 그는 한 쌍의 백인을 위에서 내려다보며 깔보는 것처럼 보인다. 반면 안딜리는 고개를 까닥거리면서 비굴하게 웃으며 가능하다면 자기 몸을 완전히 묻어 버릴 것이다.

집으로 가자, 라티샤. 이만큼 봤으면 됐다.

그래, 오빠, 그녀는 고분고분 대답한다. 하지만 그녀의 마음속에서는 오빠에게 다른 말을 하고 싶다는 더러운 욕망이 번쩍인다. 그게 무슨 뜻이야, 오빠. 오빠는 아무것도 볼 수 없잖아. 그녀는 종종 잔인한 충동을 느끼지만, 그녀 자신에게 연관된 것을 제외하고는 그런 충동들을 으깨 버린다. 기다란 치마와 소매 밑으로 라티샤가 자해한 상처가 여러 군데 드러난다.

두 백인은 차를 몰고 떠나고 두 흑인은 계속해서 땅을 판다. 정말이지, 이 막간극은 아무런 의미가 없었다. 아무런 쓸모가 없었다. 불과 나흘 후에 오빠와 여동생을 태운 코롤라 자동차가 이곳에 오고 그 과정이 역으로 반복된다. 하지만 이번에는 그들 뒤로 영구차가 따라온다. 그것은 본래의 디자인에서 약간 변형된 검은색 볼보 자동차다. 영구차는 마을에서부터 그들을 쭉 따라왔고 지금 흔들리고 비틀거리며 흙길을 따라 올라온다. 자동차 뒤편엔 우분투 관에 담긴 마니 스와트의 시신이 있다.

차량 뒷문에 윙클러 브라더스 장례 서비스라는 장례 회사 이름이 상상력이 부족한 흰색 글자로 도장처럼 찍혀 있다. 그리고 운전대를 직접 잡고 있는 프레드는 본래보다 나이가 훨씬 더 많아 보인다. 서른일곱 살에 이미 완전 대머리가 된 프레드의 얼굴엔 기다란 콧수염과 주름들이 나란히 아래로 늘어져 있다. 매우 꽉 끼는 조끼와 속옷 때문에 괴로움이 살짝 찡그린 미간에 그대로 드러나고 있다. 조끼와 속옷 위에다 평범한 검은 양복을 입고 있는데 입은 사람의 창의성은 조금도 보이지 않는다. 이 양복은 드라이클리닝 한 지 한참 됐으므로 이전에 더 더웠던 다른 날들에 흘린 그의 땀 냄새가 자동차를 몰고 가는 프레드의 코로 걷잡을 수 없이 감아 올라와 콧구멍이 점점 더 커진다.

또한, 뒤에 있는 관에서 새어 나오는 부패의 냄새가 공기 중에 계속해서 희미하게 떠돌고 있다. 아니, 그렇다고 그는 상상하고 있다. 아니, 그럴 리가 없다. 뚜껑은 꽉 닫혀 있기 때문에. 하지만 그 냄새가 계속해서 그의 코를 자극한다. 어쩌면 그의 손에 약간의 잔재가 남아 있는 게 아닐까? 프레드는 이 농장의 장례식이 잘 진행되기를 바란다. 이것이 알윈 심머스에게 상당히 중요하다는 것을 그는 잘 알고 있다. 심머스가 시무하는 교회에 프레드 자신도 속해 있으며, 사실상 그는 그 담임목사를 위해 꽤 많은 일을 하고 있다. 그러니까 그들은 상호 이익을 위하여 어떤 합의를 이루고 있다는 뜻이다. 신의 뜻이긴 하지만, 주님이 이 합의를 이해하시기를 기대할 만하다. 당신의 가장 깊은 영혼이 순수하기만 하다면, 주님은 자신의 이름으로 약간의 이익을 보는 것을 싫어하시지 않을 것이다.

프레드 윙클러는 때때로 자신의 영혼이 종유석처럼 자신의 내면 깊숙한 곳에 매달려 있다고 느낀다. 아니, 동굴 속 박쥐처럼 더 느슨하게 매달려서 부들부들 떨고 있는 것 같다. 나는 언젠가 선명하지 못한 어느 황혼에서 떨어져 나와 자유롭게 날아다닐 수 있을까? 어쩐지 그는 그러지 못할 거라는 생각이 든다.

그는 묘지 옆에 차를 세운다. 조금 이른 시간이지만 벌써 조문객 몇 명이 주변에 모여 있다. 알윈 심머스와 그의 이상한 여동생의 차가 근처에 있다.

아름다운 날입니다, 담임목사는 얼굴을 하늘을 향해 치켜들고 말한다. 그는 햇빛과 점점 물러가는 서리를 느낄 수 있지만, 사실 그는 날씨를 신경 쓰지 않는다. 앞으로 벌어질 일이 처리하기에 상당히 까다로울 수 있으므로 그는 자기 앞에 놓여 있는 그 일에 대해 걱정하고 있다. 이 가족. 주님은 나를 시험하시려고 그들을 보내신 것이다. 여러 해 전에 그 아들, 그의 이름이 뭐였더라, 그 아들과 자신 간에 있었던 소동. 그리고 이제 그들은 아버지의 죽음에 대해서도 나를 비난하려 든다. 그의 믿음이 충분하지 못했던 것이 내 잘못은 아니다. 그저 앞으로 있을 몇 시간 동안 남부끄러운 일이 일어나지 않으면 되는 것이다. 장례식이 무사히 끝나야 한다. 그는 그들이 문제를 일으키지 못하게끔 추도사에 올바른 내용을 담아 놓았다고 생각한다. 그들이 꼼짝도 못 하고 동조하도록 만들어야 한다. 돈은 인간 본성의 가장 추악한 면을 끌어낸다. 매우 슬프게도 그는 이런 면을 몇 번이고 되풀이해서 봐왔다. 매우 비극적이고 매우 불필요한 일이다. 진정으로 사람들은 맘몬부, 재물의 신을 위해 제단을 만들어 놓았다.

담임목사의 우울 증세는 흔들거리는 가짜 진주 목걸이를 휘감은 마리나 로브셔가 등장할 때 거의 즐거움의 정점에 도달해 있었다. 그녀가 어찌나 흥분했는지 담임목사는 그녀가 무엇을 원하는지 알 수가 없다. 아니 아는데, 자신이 그녀의 말을 제대로 들었는지 믿을 수가 없다.

다시 한번 말해 줄래요?

저 사람들이 관 뚜껑을 열었으면 합니다.

하지만, 왜요?

이 안에 내 동생이 있는지 확인하고 싶어요.

당연히 이 안에는 당신 남동생이 있어요, 목사가 소리친다. 자신의 히스테리가 갑자기 그녀의 히스테리에 부응한다. 그럼 그게 누구의 동생이겠어요?

그렇지만 마리나는 물러서지 않을 것이다. 오늘은 물러서지 않는다. 마니의 죽음 이후로 그녀의 마음이 어딘지 뒤숭숭했는데, 그 초점을 지난주 그녀가 화장실에 앉아서 읽은 주간지 『후이스그누트가정의 벗』에 실린 한 기사에서 찾아냈다. 요하네스버그의 변두리에 있는 한 수상한 장례식장을 다룬 기사로, 그 창고에서 쌓여 있는 시신들이 부패하고 있는 것을 발견했다는 것이었다. 마리나는 똑같은 관을 사용하고 재사용한다는 내용을 완전히 이해하지는 못했다. 그 기사에 의하면 대다수의 경우 장례식에 다른 시신을 잘못 보내기도 했고 또 몇몇 경우에는 두 구의 시신을 관 하나에 억지로 집어넣은 예도 있었다. 그 당시 기사를 읽던 그녀는 변비에 걸릴 정도로 혼란에 빠졌다. 마니가 죽은 이후로는 종일 그것만 생각했다. 만약에 관 속에 들어 있는 시신이 내 동생이 아니면 어쩌지? 만약에 내 동생이 관 속에 다른 사람과 함께 있다면 어쩌지?

동생분은 혼자 있습니다, 프레드 윙클러가 콧수염을 빳빳하게 곤두세우며 항의한다. 오늘 아침에 제가 직접 관 뚜껑을 닫았습니다. [사실은 자불라니가 그 일을 하는 걸 지켜봤다.]

글쎄, 이걸 다시 여시라니까요.

스크루드라이버를 제대로 가져왔는지 모르겠군요. 관 뚜껑을 닫은 채 예배를 드린다고 생각했거든요.

맞아요, 하지만 나는 직접 봐야겠습니다. 당장 열어 주세요!

마리나가 하라는 대로 하세요, 뒤에 서 있던 마리나의 남편이 인질 같은 목소리로 재촉한다. 오키는 그저 이 상황이 어서 끝나기를 바랄 뿐이다.

스크루드라이버를 갖고 오셨어요? 알윈 심머스가 허공을 향해 묻는다.

프레드는 영구차 뒤쪽에 도구를 보관하는 칸에서 뒤적뒤적 찾는다. 그는 헐떡거릴 정도로 미친 듯이 서두른다. 물론 그는 이미 유죄, 유죄, 유죄 판결을 받을 것이 확실하다. 그렇지만 찬송하라, 올바른 도구가 손에 들어왔도다.

신속히 하십시오, 담임목사 심머스가 그에게 말한다. 아무튼 다른 사람은 보지 못하게 하세요. 하나님 맙소사.

불경스러운 말이 코딱지처럼 슬그머니 빠져나오는 바

람에 그 말을 멈추기에는 너무 늦었다. 모두가, 특히 목회자 자신은 그 말을 듣지 못한 척한다. 프레드 윙클러는 계속 고개를 수그리고 시간을 되돌려 시계 반대 방향으로 나삿니를 풀면서 뚫어지도록 나사를 주의 깊게 지켜본다. 예수님은 나사로를 죽은 자 가운데서 살리셨다. 그가 악취를 풍겼을까? 궁금하다. 그리고 풍긴다, 분명히 관에서 달착지근한 악취가 올라온다. 비좁고 덮개가 있는 영구차 뒤쪽에서 매우 두드러지게 냄새를 풍긴다. 관 뚜껑이 열리면 훨씬 더 역한 냄새가 날 것이다. 음식 생각은 하지 말라. 특히 상해 가는 음식, 용해되어 썩기 시작하는 음식은 생각하지 말라. 제발 토하지 말라, 여기서는 안 된다. 꾀를 쓸 수 없다. 마치 통로를 내려가는 것처럼 숨을 죽이고 드러날 모습에만 집중하라. 그 얼굴, 다를 바 없다. 두 눈은 감고 있고 입은 약간 벌린 채 옆모습만 보이는데, 그대로 두라. 형체는 괜찮은데, 색감이 어딘지 이상하다. 그리고 그 사이즈는…….

처음부터 워낙 좋지 않아 보였어요, 프레드가 재빨리 말한다. 지금보다 훨씬 더 나빴어요. 이분한테 공을 아주 많이 들였습니다. 많이 부어 있었고 정맥이 다소 이상했습니다. [그의 다리를 보셨어야 해요.]

바로 이 순간 아스트리드의 쌍둥이들이 열려 있는 영구차 뒤쪽을 지나 이리저리 헤매다가 그들의 할아버지/그들의 할아버지가 아닌 어떤 사람의 시신이 거기에 누워 있는 것을 보게 된다. 아스트리드가 미처 그 아이들을 둘 다 붙잡아 다른 곳으로 끌고 가기 전에 죽음의 온전한 실체와 마주한 닐과 제시카 드 웨트는 충격으로 몸이 뻣뻣해진다. 그리고 이 사건은 전반적으로 무질서한 가운데 바로 수면 밑으로 가라앉는다. 다시 닫으세요, 마리나가 장례 회사에서 나온 우스꽝스러운 콧수염이 달린 남자에게 명령한다. 그는 아주 기꺼이 그녀의 말을 따른다.

마리나는 관에 들어 있는 남동생의 모습에 만족하지 못한다. 만약 그녀가 본 시신이 정말로 마니라면 말이다. 어느 정도 마니를 닮은 것 같지만 그렇지 않은 것도 같다. 곰곰이 생각해 보니, 자신이 이 관 속에서 몸이 부풀어 오른 낯선 사람을 봤을 가능성이 점점 더 커진다.

그걸 다시 열어 보세요!

마리나는 자리를 떠난 지 채 오 분도 지나지 않아 달그락거리며 다시 온다. 프레드 윙클러는 그때 막 마지막 나사못을 박기 시작해 죽음의 냄새가 마침내 흩어진 상태다.

아이고, 맙소사, 마리나, 세상에, 이런 젠장, 절대로 안 돼!

오키는 이제 참을 만큼 참았다. 여태껏 참아 왔지만, 그는 스와트 가족의 헛소리에 완전히, 전적으로, 백 퍼센트 신물이 나도록 지긋지긋하다! 또다시 관 뚜껑을 열고 싶다고! 처남이 믿을 수 없을 만큼 어리석은 이유로 죽은 이후로 그는 도저히 아내를 알지 못하겠다.

이 순간 마리나 역시 남편을 알 수가 없다. 남편이 소리지르지 않은 지는 한참 됐다. 특히 자신에게는 그러지 않았다. 그래서 그녀는 갑자기 남편이 새로워 보인다. 내 남편이 맞나! 내 인생의 절반 이상을 함께 산 사람이 맞나!

미안해, 오키, 난 오늘 제정신이 아니야.

괜찮아, 나의 귀여운 펭귄, 오키가 바로 부드럽게 말한다. 그런데 당신 알약은 먹었어?

프레드 윙클러가 마지막 나사못을 돌린다. 어느 정도 제정신을 되찾은 그는 정말로 아픈 사람처럼 이렇게 추운 겨울날에도 땀을 흘리고 있다. 어쩌면 정말로 아픈지도 모르겠다.

프레드는 아직 자유롭지 못하다. 관이 마침내 땅속으로 내려진 다음에야 비로소 그는 이 자리를 떠날 수 있을 것이다. 방광이 가득 차서 매우 꽉 끼는 팬티를 밀어내고 있는데도 끝없이 계속되는 예배를 견뎌야 한다. 한편 오늘, 엄밀히 말해서 다시 부흥사로 돌아간, 담임목사는 마니 스와트의 인격과 믿음에 대한 찬사로 도금한 한층 더 과장된 연설을 한다.

모든 사람이 묘지 한쪽 모서리의 어색한 공간에 서 있는데 목사를 둘러싸고 자연스럽게 세 개의 원이 만들어진다. 안쪽 원은 가족이고 두 번째 원에는 대충 친구들과 동료들이 서 있는데, 그러고 보니 대부분이 마니가 교회에서 알고 지내던 사람들이다. 그중에 로레인이라는 몸집이 제법 큰 노부인이 있다. 파마머리와 카디건을 상당히 선호하는 그녀는 지난 오륙 년 동안 마니의 은밀한 동반자였다. 그녀는 지금 눈물을 흘리고 있는데, 물론 마니가 보고 싶기도 하지만, 마니가 그녀를 정식 아내로 삼겠다고 철석같이 약속해 놓고는 그런 조치를 전혀 취하지 않았기 때문이다. 그러니 이제 어떻게 할 수 있겠는가? 그녀에게 이 작은 순간을 허락해 주자. 왜냐하면, 곧 있으면 그녀는 이 장소와 이곳에 모인 다른 사람들을 두고 떠난다. 적절한 시기에 다시 언급되겠지만, 약간의 유산을 제외하고 그녀가 이 세상에 체류했음에도 별로 남길 것이 없는 채로 말이다.

그들 뒤, 한 걸음 뒤로 농장에서 온 일꾼 몇 명이 서 있다. 그들은 이 나라에 퍼져 있는 새로운 포괄적인 정신에 따라 가족묘의 울타리 안으로 들어올 수 있도록 허용됐다. 하지만 여기에 묻히지는 못한다. 아니, 당연히 안 된다! 이곳은 혈족만을 위한 곳이다. 실제로 이 땅에 소속되어 있지 않은 농장 노동자들을 위한 공식적인 매장지는 한 군데도 없다. 그들은 심지어 이곳에서 오래 머물렀던 사람이라 하더라도 단기 체류자로 취급된다. 결국, 그들은 모두 다른 곳으로 날아갈 사람들이다.

어떤 죽음은 자연스럽습니다, 알윈 심머스가 그들에게 말한다. 하지만 누군가가 사고로 죽게 되면 마치 억울한 일이 일어난 것처럼 느껴질 수 있습니다. 뭔가를 바로잡아야만 할 것 같이요. 그는 보이지 않는 눈으로 청중을 노려본다. 심지어 사고조차도 하늘에 계신 우리 아버지의 계획 안에 있다는 것을 받아들이기 어려울 수 있습니다.

여기에 우연이란 없습니다. 하나도 없어요. 바로 아담과 이브의 타락이 결코 우연이 아니었던 것처럼 말입니다. 우리는 그 옛날 에덴동산에서 사탄이 뱀의 형상을 취했던 것을 잊지 말아야 합니다. 그는 지구에서 처음으로 살던 사람들의 몰락을 초래했고 그들의 후손인 우리를 유배시켰습니다. 그러나 형제자매들이여, 이조차도 주님의 계획안에 있습니다. 사탄이 궁극적으로 이 거대한 게임에서 지는 것은, 그 역시 자기 역할을 하고 있을 뿐이기 때문입니다. 결국, 맨 끝에는 모든 우연이 의미심장할 겁니다!

눈이 보이지 않는 목사는 그의 수사적 흐름을 찾아냈고 아름다운 그의 목소리는 흰개미 언덕과 더부룩한 잔디 덤불 사이로 점점 감겨들어 간다. 그는 말을 할 때 언제나 노래

부르는 것 같은 재주를 갖고 있었다. 자신을 넘어서는 어떤 것, 그러니까 운전대를 잡은 또 다른 운전자에게 마음을 빼앗길 때 진정으로 영감이 난무하는 순간들이 있다. 제발 그분이 주 예수가 되어 주옵소서. 하지만 때때로 그렇지가 않을까 봐 걱정스럽다. 사십 년 전 일시적으로 거룩함을 상실하는 바람에, 알윈 심머스와 여동생은 불행하게도 근친상간의 죄를 저질렀다. 두 사람 다 그것을 언급한 적은 결코 없지만, 그는 때때로 강단에서 그 죄를 큰 소리로 고백하고 싶은 충동을 느낀다. 오늘 같은 날에는 실제로 그런 마음을 행동으로 옮길지도 모른다는 두려움이 있다. 하지만 아니다, 계속해서 우리가 모두 동의한 그런 다른 이야기를 해야 한다. 그러니까 무슨 이야기인가 하면, 구원과 유머와 갱생과 용서에 관한 것 말이다. 진정한 기독교인이라면 절대로 자신의 여자 형제와는 성관계를 갖지 않을 것이다. 그런 생각은 우리의 마음에 떠오르지도 않을 것이다.

삐삐. 지금 시각은 열 시 삼십 분입니다.

아이고, 이런, 죄송합니다, 목사가 말한다. 이걸 꺼놓는다는 것을 항상 잊어버립니다.

모두가 주의력이 흐트러지도록 깔깔대고 웃으며 몸을 흔들어 댄다. 목회자 역시 설교의 흐름을 놓쳐 버렸다. 마니는 심지어 죽으면서까지 엄청난 관대함을 발휘했다는 말로 장례식 설교를 끝맺으려고 했는데 그의 실타래가 교묘하게 빠져나가고 만다. 이제 마무리할 시간이다. 그는 마지막을 위해 준비해 둔 짧은 농담으로 잽싸게 뛰어들지만, 핵심을 잘못 짚는 바람에 눅눅하고 당황스러운 침묵으로 이어진다. 목사는 손뼉을 쳐서 사람들의 시선을 붙잡은 다음 모든 사람을 향해 마니가 살아 있을 때 설립한 기금에 성도들도 여전히 공헌할 수 있다고 상기시킨다. 그렇지만 스폰서 혜택은 더 이상 적용되지 않는다. 모든 마니들, 아이고, 머니money들은 이 세상의 어두운 지역에서 선한 일을 행하고 있는 자선단체로 들어간다.

이제 장례식이 끝났으니 각자 필요한 동작들을 행한다. 이 장례식은 여기 초원에 나와 있다는 사실 때문에 더더욱 안정감이 없고 언제라도 또다시 흐트러질 수가 있다. 서둘러 묘지의 철문을 나서며 인간은 정말이지 자신의 초라함을 느낄 수밖에 없다. 나와 우주 사이에서 완충 역할을 해주는 게 하나도 없이 이 크고 밝은 겨울 하늘 아래 서 있으니 말이다. 그리고 프레드 윙클러는 마침내 소변을 볼 수가 있다. 그는 종종걸음으로 조금 걸어가 묘지와 그곳에 흩어져 있는 사람들에게 등을 돌리고 그들이 그곳에 있다는 사실을 잊는다. 이렇게 시원할 수가! 뜨거운 노란색 소변이 포물선을 그리며 떨어질 때만큼 사람을 지구와 완벽하게 이어 주는 것은 없다. 남아 있는 오줌 방울을 털어 낼 때까지 그 짧은 시간 동안 오로지 해방이라는 단 하나의 감각만 있을 뿐이다.

그가 다시 영구차로 돌아가니, 마지막 조문객이 사람들의 뒤를 따라 사라지고 있고 두 명의 흑인 남자들이 벌써 무덤을 채우고 있다. 그가 종종걸음으로 지나가면서 그들에게 고개를 끄덕이자 그들 중 한 명이 대답한다. 좋은 아침입니다, 나리. 내가 하는 일은 참 특이하다, 프레드는 다시 자동차에 올라타면서 어느 정도 자기 연민에 빠져 속으로 생각한다. 나는 사람들이 사라지도록 준비시킨다. 그리고 내 모든 작업도 그들과 함께 사라지고 말겠지.

기다란 검은색 자동차가 사라진 후 안딜리와 루카스는 다시 작업을 시작한다. 구멍을 파는 것보다는 구멍을 메우는 게 훨씬 쉽지만, 이것도 노동이다. 남자는 이마에 땀을 흘리며 살아갈 운명에 처해 있다. 아니, 적어도 일부 남자들은 그렇다. 일부 여자들 또한 마찬가지다. 표면상으로는 이런 식으로 움직인다. 아니, 이 지역에 사는 사람들은 모두 그렇게 믿는 것 같다. 그대는 무엇을 기대하는가, 혁명? 작업이 끝나자 그들은 삽으로 땅을 평평하게 두드리고 가시나무 아래에 앉아 담배를 나눠 피운다.

루카스는 안딜리에게 작별 인사를 하고 롬바르드 집으

로 이어진 오솔길을 따라간다. 내가 살아가는 곳으로. 한가운데에 무엇도 제대로 놓여 있지 않은 비뚤어진 조그만 건물. 세 개의 방, 콘크리트 바닥, 깨진 창문. 현관문까지 두 계단 올라간다. 문턱을 넘는다. 저 왔어요! 자신의 목소리가 되돌아온다. 그의 어머니는 집에 없다. 그녀는 집에 거의 없다. 언덕 너머에 사는 다른 여자, 그러니까 백인 여자의 아이들을 보살피러 간다. 시간과 침묵으로 가득한, 햇빛을 받고 먼지 덩어리가 나뒹구는, 서로 연결된 세 개의 방에 그를 혼자 남겨 놓고 말이다.

루카스는 양동이를 들고 물을 받으러 펌프가 있는 데로 간다. 다 해진 빨간 팬티만 남기고 옷을 다 벗은 다음 뒷문 밖에서 때수건으로 씻는다. 그런 다음 쭈그리고 앉아서 젖은 몸을 햇볕에 말린다. 그의 기다란 검은 몸은 근육으로 울퉁불퉁하고 등을 가로질러 분홍색 흉터가 지그재그로 나 있다. 거기에는 약간의 개인적인 역사가 있는데, 그에게 그걸 물어볼 정도로 그렇게 친한 사이는 아니다.

루카스는 말쑥한 나들이옷을 입고 마을로 나갈 준비를 한다. 깨진 거울 조각을 들여다보면서 표정 연습을 하느라 많은 시간을 보낸다. 분노와 자존심, 또는 고독한 상처는 보려 들지 않는다. 그 대신 그는 관능적으로 축 늘어진 자신의 입술과 눈 위로 기다랗게 휘어진 속눈썹에 감탄한다.

루카스는 평소 알고 지내는 한 소녀를 만나기 위해 근처의 흑인 거주지역인 애터리지빌에 갈 것이다. 가벼운 발걸음으로 향기를 풍기며 길을 따라 내려간다. 그가 가는 길은 농가 뒤의 잔디밭 가장자리를 따라 나 있는데, 농가에 백인들이 모여 있었다. 죽은 사람을 떠나보내는 일종의 배웅 행사인가 보다. 루카스는 물론 그의 이름을 알고 있다. 하지만 그 이름은 그 이름으로 명명된 사람과는 관련이 없는 것 같고, 그 사람은 결국 한 명의 인간이라기보다는 하나의 힘인 것 같다.

루카스가 지나가는데 그 힘의 아들이 그 집에서 나온다. 헤이, 루카스. 안녕하세요, 안톤. 이제 성인이 되고 나니 서로 호칭을 어떻게 해야 할지 잘 모르겠다.

요즘은 뭐 하고 지내?

여기 농장에서 일해요.

넌 공부할 계획이 있는 줄 알았는데? 대학교에서.

아니요, 그러지 못했어요. 학교에서 문제를 일으켜 쫓겨났거든요. 끝마치지 못했어요. 루카스는 어깨를 으쓱하며 웃는다.

그래서 여기로 돌아와 일하고 있다고? 잠깐만…… 지금 어디 가는 거야?

마을이요.

거기에 어떻게 갈 건데?

큰길까지는 걸어갈 거예요. 그런 다음 지나가는 차를 얻어 타려고요.

안톤이 위스키가 들어 있을 술잔을 들고서 루카스가 하는 말을 더 잘 들으려는 듯 몸을 앞으로 기울인다. 따스한 햇볕이 그를 온화하고 낙천적으로 만들었는지 안톤은 다른 사람들의 문제를 해결하고자 열심이다. 내가 태워다 줄게, 안톤이 말한다. 너와 이야기를 하고 싶거든.

아니요, 괜찮아요.

내가 태워다 줄 거야, 친구. 잠시만 기다려 줘.

안톤이 집 안으로 들어가서 열쇠를 찾으려고 위층을 뒤지는데, 시간이 생각보다 오래 걸린다. 열쇠를 찾아서 다시 밖으로 나왔을 때 그의 술잔은 거의 비어 있고 루카스는 이미 떠나 버리고 없었다. 저 멀리 길을 따라 내려가고 있는 그의 모습이 아주 조그맣다. 좋아, 가려면 가. 안톤은 그를 향해 건배를 하고 술잔을 비운 다음 그것을 초원으로 힘차게 내던진다. 저 멀리서 은빛이 반짝이고 쨍그랑 소리가 들려오자 잠시나마 마음이 흡족해진다.

그는 잔디밭에서 벌어지고 있는 모임에 다시 합류하고 싶지 않다. 그동안 데지레 생각을 많이 했다. 그녀를 장례식에 초대할 용기가 있었다면 얼마나 좋았을까. 엉뚱한 생각이긴 하지만, 여하튼 중요한 사교 행사는 아니라 해도 거절하기 힘든 초대다. 그게 요점이다. 이러나저러나 지금은 초대하기엔 너무 늦어서 오히려 다행이다. 지금은 그대의 몸 상태가 좋지 않다, 그렇지 않은가, 안톤? 술에 취해 내심 삐딱한 채로 누구와 이야기를 나눈다는 건 그다지 좋은 생각이 아니다. 특히 한마디 말도 없이 그대가 그녀를 버리고 떠나는 바람에 듣자 하니 여자 친구의 마음이 산산조각 났다고 하던데. 그런데도 그녀를 다시 만나 이야기를 나눈다는 것은 더더구나 아니다. 또한, 음, 금욕주의적이고 기도 생활에 흠뻑 빠져 사는 저 무리와 뒤뜰에서 어울리는 것도 좋은 계획은 아니겠다.

라티샤 심머스와 교회의 자원봉사자들이 차와 샌드위치를 뒤뜰 테라스에 차렸다. 손님들은 풀밭에서 서성거리고 있다. 위층에서 내려다보니, 온갖 모자들과 머리 모양과 부분 대머리들이 목적도 없이 여기저기 돌아다닌다. 크림플린 옷을 차려입은 라티샤가 직접 나서서 바쁘게 움직이고 있다. 차 전문가인 그녀는 기다란 테이블 뒤에 서서 포트에 담긴 홍차를 따르고 있다. 그녀는 군자란 근처에 서서 자책하고 있는 자신의 오빠를 향해 수증기 사이로 억지웃음을 짓는다. 연설이 절정에 오르는 바로 그 순간에 삐삐 하고 울리다니!

지금 안톤은 마니의 침실에 들어가 여기저기 둘러보고 있다. 짠 내가 나는 억울한 눈물을 흘리기도 전에 이곳에 들어와 아빠의 물건에 코를 대고 킁킁거린다. 약간의 돈이 아빠의 양말 밑에 쑤셔 박혀 있다. 저건 제가 가져도 되겠죠, 고마워요. 저기 저 전기면도기도 제법 괜찮은데. 그런데, 이런 세상에, 설명하기 힘든 저 물건은 대체 뭐지?

안톤은 아버지 침대 옆에서 수수께끼 같은 물건을 꺼낸다. 뒤집어서 냄새를 맡으니 희미하지만 오래된 불 냄새가 코로 들어온다. 껍데기 한 조각, 어떤 파충류, 아마도 거북이인가 보다. 아빠는 항상 냉혈동물에 집착했고, 포유류, 특히 인간과는 관계가 그다지 좋지 못했다. 안톤이 껍데기 조각을 다시 내려놓는 순간 산탄총이 눈에 들어온다. 할아버지에게서 물려받은 모스버그 사의 펌프 액션이다. 누구도 이걸 만지는 게 허용되지 않았었다. 뭉툭하고 추하고 매력 없는 그 물건을 누가 만지고 싶겠는가마는 추정컨대, 집안의 가보겠지.

총을 집어 두 손으로 들고서 그 무게와 실체를 느껴 본다. 진짜다. 아, 그렇구나. 어떤 남자의 총을 차지하게 되면 그 남자 역시 총을 가진 사람의 소유가 된다. 이게 바로 변경지대의 법칙이다. 아, 헛소리, 안톤, 어떤 무지렁이가 그대를 위해 이런 생각을 대본으로 써놓는 건가? 하지만 안톤은 그 무기를 보고는 흥분상태에 빠져들면서 자기 속에 들어 있는 뭔가가 전율하는 것에 두려움을 느낀다. 총기류는 마법을 일으키고, 엄청나게 큰 소리를 내며, 마음이 작은 소인배를 아주 완벽하게 죽여 놓는다.

총구를 창밖으로 돌려 저 멀리 정원에 있는 심머스 목사를 향해 겨냥한다. 탕! 그가 발을 차대며 갑자기 꽃밭으로 쓰러지는 걸 보시라. 하지만 안 된다, 그를 살려 둬야 한다. 어쨌든 총은 장전되어 있지 않다. 그는 어제 총알이 든 상자를 어디서 봤는지 기억해 낸다. 자기 자신의 방, 쓰레기들 사이에서.

안톤은 이제 그 방으로 가, 아빠가 하던 그대로 총을 장전한다. 철커덕. 바로 그때 바깥에서 커다란 비명 소리가 들려오고 뒤쪽 테라스에서 소동이 일어난다. 창문으로 달려간 안톤의 눈앞에서 벌어지고 있는 광경이 믿기지 않는다. 그가 두 손으로 무기를 붙잡고 있는 바로 그 순간에 개코원숭이 떼가 도착하다니, 꿈에서나 볼 수 있을 만한 그런 일이다. 하지만 안톤, 모든 우연은 믿기 어렵다는 사실을 기억하라. 그게 바로 우연의 본질이니까. 여하튼 저기에 의심할 여지 없이 그놈들이 들이닥쳐서는 머리털이 덥수룩한 그 위협적인 깡패 같은 놈들이 샌드위치를 마구마구 먹어 치운다. 우리 아빠의 장례식에서!

우리는 자연에서 문명으로 나아간다. 하지만, 올라간 고귀한 자리를 지키기 위해서는 싸워야 한다. 그렇지 않으면 자연이 당신을 도로 끌어내린다. 군대에서 나온 이후로 그는 처음으로 무기를 들었다. 그때 이후로 총을 발사한 것도 이번이 처음이다. 그날을 두 번 다시 생각하지 않았고 앞으로도 생각하지 않을 작정이었다. 물론 힘의 충격, 그것이 주는 쾌감과 환호는 즉각적으로 친숙하고 짜릿하지만 말이다. 달려가면서 그는 반복하고 또 반복한다. 탕! 그리고 또 다시 탕! 탕! 하는 그 무서운 소리가 동심원 고리에서 굴러나온다.

개코원숭이는 이미 사라진 지 오래다. 안톤이 너무 높이 겨냥해 잘못 쏘긴 했지만, 첫 번째 총알이 날아갔을 때 그놈들은 뿔뿔이 흩어졌다. 비명과 소란, 그리고 침묵. 안톤은 지금 집에서 멀리 떨어진 초원에 나와 있다. 땅 위를 바삭바삭 조용히 걸어가면서 이런 깊은 만족감을 느낄 수 있다니. 분노가 뜨거운 질풍과도 같이 그의 몸속을 휘감고 흘러간다. 절대 실수하면 안 된다, 나는 지금 집에 와 있으니.

뒷마당에 모여 있던 몇 사람이 충격을 받아 동요한다. 그들을 비난할 순 없겠지, 먼저 개코원숭이, 그다음에는 산탄총 소리가 났으니. 여기 주변에 있는 사물들이 혼돈으로 둘러싸인다. 곧바로 몇 명의 손님이 변명거리를 내놓으며 한 사람씩 자리를 떠나자 그 후로는 방울방울이 하나의 물줄기로 변한다. 안톤이 방아쇠를 당기고 얼마 지나지 않아 방문객은 모두 가버리고 없다.

이제 텅 빈 뒤뜰은 어쩐지 예전보다 더 커 보이고, 사방에 흩어져 있는 쓰레기는 특별한 의미를 띠고 있는 것 같다. 그곳에 여전히 남아 있는 사람은 라티샤와 또 다른 백인 할머니뿐이고 그들은 깨끗이 마무리 청소를 하고 있다. 아, 그리고 살로메를 그냥 넘어가면 안 되지. 그녀는 지금 주방 싱크대에서 접시와 컵을 닦고 있다. 주일에 입는 나들이옷을 장례식을 위해 입었다. 그녀 역시 그 자리에 참석했기 때문이다. 왜 이 얘기를 지금까지 하지 않은 것인가. 그렇다, 살로메는 그 자리에 참석했지만, 앞쪽이라고 말할 수 없는, 가족들의 뒤에 서 있었다.

물론 가족들도 여전히 이 자리에 남아 있다. 아직 자신의 집으로 돌아가고 싶어 하는 사람은 아무도 없다. 농가는 커서 모두를 위한 공간이 충분하며, 세 자녀가 함께 있는 것은 몇 년 만에 처음이다. 그래서 사람들은 슬픔 속에서도 감상적으로 변한다. 죽음이 우리를 어떻게 하나로 묶어 놓았는지 보라! 내일 점심시간에 변호사가 그들과 함께 마니의 유언장을 살펴보기 위해 농장으로 나온다는 것도 사실이다. 그것이 그들이 여기서 얼쩡거리는 또 다른 이유일지도 모른다.

체리스 쿠츠는 오늘 오후 인조 모피 코트와 모자를 착용하고 있다. 그게 그녀에게 꼭 필요한 복장이다. 왜냐하면 그녀는 심지어 이 눈부신 겨울날에도 오픈 스포츠카를 몰고 다니기 때문이다. 최근에 이혼 위자료로 이 자동차를 받은 그녀는 외로워지긴 했지만, 충분히 먹고 살 수 있게 됐다. 변호사가 당연히 앉을 자리, 그러니까 식탁의 상석을 차지한 체리스는 겉옷을 벗은 다음 명함을 나눠 준다. 마땅히 받아야 할 사람들에게 오늘은 금색 칠을 한 손톱 사이로 내준다. 체리스 A. 쿠츠 (법학 학사), 프리토리아대학교.

체리스는 이 자리에서 마니 스와트의 유언 내용을 그들에게 설명해 주기 위해 왔다. 유언은 쉽게 이해할 수 있다. 상속자 두 명이 오늘 불참했으며 두 사람 모두 사과의 뜻을 전해 왔다. 부흥사, 아니, 심머스 담임목사는 헌신적으로 교회 사역을 감당하기 위해 출타 중이라 이 자리에 참석할 수가 없다. 다른 한 명은 로레인 로우로 그녀는 여기가 자신이 참석할 자리가 아니라고 생각한다. 못마땅해하는 불만의 소리가 울린다. 그분은 아빠의 여자 친구였어, 물론 우리는 알지, 우리는 교양 있는 사람이잖아. 하지만 그녀가 적지 않은 돈을 받는다는 말을 듣자 모두가 조용해진다.

마니가 사업 곳곳에서 이해관계가 얽혀 있고 또 재산

을 보유하고 있었던 것이 드러났다. 파충류 공원에서 매달 놀랄 만큼 많은 돈을 벌어들이고 있긴 하지만, 비늘 도시만이 그를 먹여 살린 것은 아니다. 하지만 자, 주목해 보자. 중요한 건 바로 이 부분이니까. 하나. 이러한 다양한 사업들의 수익금은 위탁업체가 관리하며, 그 유일한 위탁관리자는 지금 당신들에게 설명해 주고 있는 바로 이 여자 변호사다. 둘. 마니의 다양한 기타 이익금, 여기에 첨부되어 있는 전체 목록을 보면, 그 이익금은 물론이고 파충류 공원에서 나오는 수입은 매달 신탁의 모든 수혜자에게 균등하게 꼬박꼬박 지급될 것이다. 셋. 신탁의 수혜자는 오늘 이 자리에 참석한 마니의 누나 마리나 로브셔와 마니의 세 자녀뿐만 아니라 앞으로 마니의 교회로 지칭될 '하이펠트의 첫 번째 계시 교회'다. 다행스럽게 안톤도 수혜자 명단에 들어 있다. 그의 자격을 박탈시켰을지도 모르는 조그만, 음, 그 장애물이 제거됐기 때문이다.

넷. 농장 자체는 지금 이 순간 그들 모두가 앉아 있는 이 집 그리고 이 집이 지어진 땅뿐만 아니라 지난 삼십 년에 걸쳐 매입한 바로 인접해 있는 다양한 기타 대지/부동산도 포함하는데, 그것은 신탁에 속하지 않는다. 마니의 의도는 앞서 언급한 세 자녀 중 누구라도 이곳에서 살기를 원하는 한, 농장을 그 아이들의 가정/피난처/기지로 온전하게 유지하는 것이었다. 재정적 비상사태를 맞이할지라도 세 자녀 간에 서면상으로 만장일치가 된 경우를 제외하고는 어떤 부분도 매각될 수 없다.

일할 때 고지식해지는 쿠츠 여사는 놀라운 황금빛 손톱으로 서류들을 깔끔하게 정리한다. 지금쯤 다들 손톱을 감지했다. 이 여자에겐 능력이 있구나! 그녀는 마치 난간에서 내려다보기라도 하듯이 경멸의 시선으로 모두를 바라본다. 질문할 게 있습니까?

반쯤 잠들어 있던 것 같던 아모르가 꼿꼿하게 느릿느릿 하나의 질문을 향해 나아간다. 음, 살로메는 어떻게 되죠?

실례지만 뭐라고 하셨어요?

농장에서 일하는 살로메요.

지금 이 순간 방에 모인 모든 사람이 얼떨떨한 자세를 취하고 있었다. 하지만 이제 그들 가운데로 어떤 떨림이 흘러간다. 마치 소리굽쇠로 그 장면의 가장자리를 때리기라도 한 것 같다.

옛날이야기야, 아스트리드가 말한다. 넌 아직도 그 타령이니?

그 문제는 벌써 오래전에 해결됐잖아, 마리나 고모가 말한다. 이제는 과거로 되돌아가지 말아야지.

아모르는 고개를 가로젓는다. 이건 해결된 적이 없었

어요. 어머니가 돌아가셨을 때 살로메는 땅을 소유할 수가 없었어요. 그렇지만 이제는 법이 바뀌었으니 그녀는 가질 수 있어요.

가질 수야 있지, 아스트리드가 말한다. 하지만 살로메는 갖지 않을 거야. 바보같이 굴지 마.

아버지의 유언장에 살로메에 대한 언급이 있나요?

그게 왜 적혀 있겠니? 마리나 고모가 딱딱거린다. 그녀는 조카를 꼬집어 주고 싶은 충동을 느끼지만, 불행히도 이제 그렇게 하기엔 조카가 너무 많이 컸다.

누구에 대한 언급이 있냐고요? 변호사가 말한다. 죄송하지만 당신이 한 말을 놓친 것 같군요.

어머니는 살로메가 사는 집 그리고 그 집이 있는 땅을 살로메가 갖기를 바랐어요. 아버지는 그렇게 하겠다고 약속을 했는데, 지금까지 그게 살로메에게 주어지지 않았고요.

체리스 쿠츠는 자신이 직접 문서 내용을 작성한 게 분명한데도 앞에 놓인 서류를 훑어보는 척한다. 한편 마리나는 손을 가슴골로 집어넣어 휴지 한 장을 꺼내더니 종이접기처럼 그것을 펼치고는 종이에 대고 악랄하게 운다. 너희들이 무슨 말을 하든 난 상관없어, 그녀는 눈물을 닦으며 말한다. 너희의 원칙이 무엇이든 간에, 너희는 너희 동족들과 함께 서 있어야 해! 그녀가 무슨 의도로 이 말을 하는지 전체적으로 분명하지 않다. 적어도 이 자리에 참석한 사람들에게는 확실하지 않다. 그런데 그녀는 마치 자신이 무슨 결정적인 발언이라도 한 것처럼 쓰라린 만족감을 드러내고 있다. 그녀는 휴지를 제자리에다 도로 집어넣고는 누가 봐도 알 수 있는 그녀의 모든 감정도 가슴 깊숙한 곳에다 집어넣는다. 하녀에게 땅을 주고 싶다고! 그런 얼토당토않은 소리를 지껄이다니!

여하튼, 체리스 쿠츠가 말한다. 그 얘기가 여기에는 언급되어 있지 않네요. 저는 그 사실에 대해서는 아무것도 모릅니다.

거봐, 그렇다니까, 마리나 고모는 마치 변호사가 한 말로 문제가 다 정리된 것처럼 말한다.

시간이 됐습니다, 오키가 말한다. 그러자 순식간에 모든 사람이 벌떡 일어나서 문으로 향한다. 지난 몇 분 동안 이미 그쪽으로 가고 싶어 몸이 근질거리는 압박감을 느끼고 있었다. 회의가 늦게 시작한 데다 예정보다 오래 진행됐다. 그 말은 서두르지 않으면 엘리스 파크에서 열리는 경기1995년 남아공이 개최하고 최초로 참가한 럭비 월드컵의 일부를 놓칠 수도 있다는 뜻이다.

남아프리카공화국! 과거에 그 이름은 수치심의 원인이었지만 이제는 다른 것을 의미한다. 남아공은 중력에 저항하는 국가다. 우리는 오늘 요하네스버그에서 월드컵 결승전을 치른다. 그래서 나라 전체에 어수선하고 아찔한 분위기가 감돌고 있다. 남아공 럭비팀 스프링복스 대 뉴질랜드 럭비팀 올블랙스, 우리를 뜨겁게 바라보는 다른 국가들의 시선. 오후 한 시부터 거리거리마다 인적이 드물고, 맥주는 잔뜩 비축되어 있으며, 어디서나 사람들의 얼굴이 형광 불빛으로 물들어 있다. 거실과 주방과 뒷마당에서, 레스토랑과 술집과 광장에서 사람들은 오로지 이 경기만 보고 있다. 심지어 성격상의 결함 때문인지 럭비를 좋아하지 않는 사람들조차 오늘은 이 경기를 지켜보고 있다.

농장에서도 별반 다르지 않다. 노동자들의 오두막에는 흑백텔레비전이 나무 상자 위에 놓여 있고 텔레비전 영상이 이 자리에 모인 시청자들 앞에서 간헐적으로 깜박거린다. 그리고 거기 롬바르드 집에서도 살로메는 눈살을 찌푸리며 진행 중인 시합을 응시한다. 규칙을 알지 못하는 살로메에게는 모든 게 소음이고 구경거리에 지나지 않지만, 어쩔 수 없이 그녀의 시선도 거기로 향한다. 루카스조차 그녀 뒤 문간에 서서 반쪽 몸은 옆방에 둔 채 두 손을 호주머니에 찔러 넣고 마지못해 관심을 기울인다.

농가의 분위기는 우울과 흥분이 어지럽게 뒤섞여 메스꺼움을 유발할 정도다. 술을 마셨다는 사실도 도움이 되지 않는다. 경기가 너무 긴장되고 짜릿해서 손톱으로 가구를 할퀴게 할 정도다. 우리 팀 선수들은 고삐를 늦추지 않고서 저 산만큼이나 거대한 근육을 가진 조나 로무가 통과하지 못하도록 잘 막고 있다. 그렇지만 우리 팀 역시 트라이상대편 골라인 안에 공을 찍어 득점을 올리는 것를 해내지 못하고 있다. 그저 시합 내내 드롭킥지면에 떨어뜨린 볼을 킥하기만 있어서 몇 점씩만 서로 주고받아 승패의 알갱이는 거의 보이지 않는다. 고군분투의 이면에는 완전하게 결속된 의지력과 체력이 있다. 안간힘을 쓰고 끙끙 앓는 소리를 내며 온몸을 들썩거리면서도 여전히 갈망한다. 아무리 선수진이 중요하다 해도 럭비는 결국 정신력으로 싸우는 대회이기 때문이다. 그리고 우리 선수들이 연장전에 돌입하여 일 센티미터, 일 초가 중요한 순간인데 오 이런, 말이 나오지 않는다. 그러다가 조엘 스트랜스키! 그리고, 우리 팀의 승리다! 사람들 모두 펄쩍펄쩍 뛰고 서로 껴안고, 낯선 사람들 사이에도 거리에서 축하를 주고받고 자동차는 빵빵 경적을 울리고 헤드라이트를 번쩍이는 바로 이 순간, 앞으로도 이 순간보다 더 좋은 것은 절대로 없을 것이다.

하지만 그 순간 훨씬 더 놀라운 일이 일어난다. 넬슨 만델라가 스프링복스의 녹색 셔츠를 입고 나타나 주장 프랑수아 피에나르에게 우승컵을 수여한다. 그러니까 이것이야말로 정말 굉장한 일이다. 거의 종교적인 것이다. 우람한 보어인과 늙은 흑인 테러범이 악수한다는 것. 도대체 누가 상상조차 할 수 있었을까. 세상에. 바로 몇 년 전 만델라가 감옥에서 나와 주먹을 휘두르던 그 순간을 적어도 한 명 이상은 회상할 것이다. 아무도 만델라가 어떻게 생겼는지 몰랐지만 이제는 어딜 가도 그의 얼굴이 있다. 옆집 아저씨 같고, 친절하고, 엄격하지만 관대하고, 지금의 모습과 똑같이 산타클로스 할아버지처럼 우리 모두를 향해 환하게 웃는다. 우리의 아름다운 나라를 위해 눈물을 흘리지 않기란 너무너무 힘들다. 우리는 모두 지금 이 순간만큼 놀라운 사람들이다.

그런데 아모르는 어디 있지?

몰라요, 조금 전에 여기에 있었는데…….

누가 질문하고, 누가 대답하는지, 뭐가 뭔지 전혀 알 수가 없다. 심지어 그런 질문을 했는지조차 모른다. 하지만 그 중요한 순간에 아모르가 근처에 있지 않고 슬쩍 빠져나가 어딘가로 가버렸다는 건 확실하다. 그러고 보니 아모르는 여기에 있기나 했던가?

음, 그럼, 그 아이는 그냥 내버려 둬. 함께 있고 싶지 않다면 할 수 없지 뭐.

이 말을 하는 사람은 분명 아스트리드거나, 아니면 아

마도 마리나일 것이다. 두 사람은 요즘 거의 일심동체다. 하지만 여하튼 이렇게 생각하는 사람은 그들만이 아니다. 아모르가 여기에 소속되고 싶지 않다면 그냥 내버려 둬. 아모르가 다른 모습으로 얼마나 많이 변했건 간에 그 아이가 여전히 초연하게 따로 떨어져 지낸다는 것은 이 집 여자들뿐만 아니라 모든 사람이 분명하게 알고 있다. 그 아이는 항상 특이한 소녀, 아니, 여자였다.

아모르는 지금 이 순간 위층의 자기 방에 앉아 바로 전에 있었던 모임에서, 무엇을 말하고 무엇을 말하지 않았는지, 그리고 이 모든 것에서 자신의 위치를 곰곰이 생각하고 있다. 지금 처한 상황에는 기준이 전혀 없는 것 같아서 생각을 다른 것과 구분하기가 무척이나 어렵다. 그래서 각기 대답이 있어야 하는 소소한 문제들에 자신이 뒤엉켜 있는 것 같다. 아래층에서 고함치는 소리와 휘파람 소리 가운데 자신의 이름을 부르는 소리가 들린다. 조금 떨어진 노동자들의 오두막에서도 비슷한 소동이 벌어지고 있다. 하지만 축하 자리에서의 모든 불협화음은 낯선 언어로 말하는 연설처럼 아모르에게는 멀리 떨어져 있다.

오늘 밤 여기저기서 파티가 열려 흑인들의 거주지역에서도 흥겨운 소리가 흘러나오는데, 이 농장에서는 과도하게 축하하는 것이 잘못된 행위처럼 여겨진다. 그런 일이 있었는데 너무 빨리 경기를 즐기면 안 될 것 같다. 술을 마시는 것은 괜찮지만 경의를 표하는 의미에서 음악 소리는 낮추도록 하자. 의심할 바 없이 적어도 몇 시간 동안은 기분이 좋을 것이다. 그리고 아침이 되어 온 나라 사람들이 뇌에 복합골절이라도 생긴 것처럼 숙취 상태로 잠에서 깬다. 스와트 가족 역시 술뿐 아니라 탐욕과 슬픔으로 가득 찬 상태다. 독이 든 편치 않은 분위기가 집 전체에 그림자를 드리우고 전반적으로 우울함과 지루함 사이 어딘가에 머무른다. 날씨가 유리처럼 청명하고 상쾌한 산들바람이 불고 있는데도 말이다.

이제 여기에 있는 사람은 누구인가? 대답은 더 이상 명확하지 않다. 이 집에 머물렀던 다양한 사람들 사이에서 전반적으로 차분하지 못한 분위기가, 그러니까 앞으로 나아가고 싶어 근질거리는 욕구가 일어난다. 거기에 동요하는 기운이 이 집의 모서리마다 깜박거린다. 모든 의식이 끝났는데 우리는 왜 아직도 여기에 있는 거지?

아래층에서 작별 인사들이 오가고 가족들은 마침내 서로 다른 방향으로 움직인다. 그들은 강력한 진공 때문에 한곳으로 끌어 당겨졌지만, 이제는 안과 밖이 뒤집혀 다시 쫓겨났다. 그래서 아스트리드와 딘은 쌍둥이와 함께 아카디아에 있는 집으로 돌아가고, 마리나와 오키는 멘로파크에 있는 집으로 간다. 그래서 아모르와 안톤만 농장에 남는다. 죽음은 이제 그들 뒤에서 움츠러들며 과거가 되기 시작했다. 누구도 거센 감정을 오래 가지고 살 수 없다. 그건 사람을 너무나 피곤하게 만든다. 말로 할 수 있다면 그 어떤 것이라도 무해하게 만들 수 있다. 마니의 비극적 퇴장이 유쾌한 가족의 일화로 바뀔 날이 올 것이다. 믿어지세요, 열렬히 손뼉 치며 왁자지껄한 예배를 드리던 우리 아빠는 독사들로 가득한 유리 사육장 속에서 살더라도 여호와가 당신을 보호해 줄 거라고 생각했대요. 그런데 말이죠, 하하, 아빠의 생각이 틀렸던 거예요.

마니를 물어 죽인 뱀은 어린 암컷이고 지금 이 순간 그놈은 파충류 공원에 있는 자신의 사육장 속에 진열되어 있다. 저 뚱뚱하고 비늘로 뒤덮인 끔찍한 뱀의 모습, 독으로 불룩하고 오돌토돌한 물질로 가득한 단단한 싸개를 보라. 만약에 저놈이 어떤 시골에서 밖으로 나와 뒹굴며 장난을 치고 있다면 저놈은 그저 뱀이라는 이유만으로 두들겨 맞아 죽을 것이다.

저놈이 어째서 아직도 살아 있죠? 아스트리드는 이 물음에 대한 답을 알아야겠다.

아스트리드가 파충류 공원에 와보자고 제안한 탓에 세 남매는 마니의 사업장을 방문 중이다. 아버지에 대한 경의의 표현일 뿐만 아니라 어떤 유대감의 발휘라고나 할까. 이날은 아버지 장례식을 치르고 이 주가 지난 시점으로 아스트리드의 죄책감이 고조되는 때다. 그녀는 아버지를 위해 한 일이 하나도 없었으며 아버지한테 진심으로 고마워한 적도 전혀 없었다! 그녀는 나중에 벌을 받게 될 때를 생각해서 자신의 불효를 만회하고 싶어 한다. 하지만 어떻게 해야 할지 알 수가 없다.

마니와 함께 비늘 도시의 동업자인 브루스 겔덴후이스는 그들을 이곳저곳으로 안내하고 있다. 그는 유감스럽다는 듯이 숨을 헐떡거리며 양쪽 눈썹을 치켜들고 말한다. 아, 그건 그냥 뱀이니까요.

사람을 죽인 뱀이죠, 아스트리드는 말한다. 개들이 그런 짓을 하면 안락사를 시키지 않나요?

그래요, 브루스는 미사여구나 상상력에 별로 방해를 받지 않는 둔감한 타입이다. 하지만 내 말은, 이건 개가 아니라 뱀이라는 거예요. 사람들은 모두 뱀이 물 거라고 예상합니다. 그리고 그놈들에게 독이 있다는 것도 다 알고 있어요. 코브라인 걸 어떻게 하겠습니까?

또는 쥐, 또는 바퀴벌레, 또는 세균. 쥐가 운명이라 할지라도 당신은 당신이다. 할 수 있는 게 아무것도 없다. 만약에 유리를 통해 미움을 받는 게 운명이라면 미움을 받을 것이다. 그리고 지금 이 뱀을 바라보는 눈에는, 그러니까 안톤과 그의 두 여동생의 눈에는 혐오감만큼이나 경외심도 들어 있다. 증오의 대상이 어떤 것이든 간에 그것은 또한 두려움의 대상이기도 하니까. 그런 점에서 약간의 위로를 얻는다. 이놈이 그들의 시선 아래서 몸을 뒤틀더니 잠을 자려고 슬금슬금 바위 뒤로 미끄러져 들어가는 것도 전혀 놀라운 일이 아니다.

나들이는 이상할 정도로 무덤덤했다. 스와트 자녀 세 명은 파충류 공원을 이리저리 배회하면서 장식장에 들어 있는 단단한 껍질의 냉혈동물들을 바라본다. 정말로 이 사업이 우리 가족의 생계를 유지해 준다고? 그렇다, 그들 덕에 생계를 유지할 수 있다. 이곳은 첫날부터 늘 사람들로 붐볐다. 지금 이 순간에도 버스 두 대가 또 건물 밖에서 주차하는 중이고, 체험학습을 온 다인종 아이들이 버스에서 쏟아져 내린다. 그 모든 걸 바라보고 있으려니 얼마나 마음이 따뜻해지는 동시에 우울해지는지 모르겠다.

커피라도 드시겠어요? 매점을 지나가며 브루스가 말한다. 그는 마니의 자녀들과 함께 있는 게 불편하고 그것을 굳이 숨기지 않는다. 그들이 거절하자 그의 얼굴에 안도감이 역력하다. 그는 입구에서 작별 인사를 한다. 만나서 반가웠습니다. 언제든지 들러 주세요. 항상 여기에 있을 겁니다.

사악한 자들에게는 딴짓할 틈도 없으니까요.

그런 다음 그들은 농장으로 되돌아간다. 안톤이 메르세데스 벤츠의 운전대를 잡고 있다. 그가 집에 돌아온 이후로 날마다 이 차를 운전했고 이제는 암묵적인 동의에 따라 그의 것이나 다름없다. 그는 렉싱턴을 그만두게 할 생각이다. 렉싱턴에게 들어가는 비용을 더 이상 지출할 필요가 없다. 노동자를 농장에서 쫓아낸다는 것은 나쁜 생각이긴 하지만 그 대안 또한 고려하고 있다. 그들을 흑인 거주지역에서 살게 하고 날마다 농장으로 들어오게 하면 된다. 소작인과 불법 체류자에게 유리한 새로운 법률이 생긴 이상, 장담할 수는 없지만, 그들이 이 땅에 어떤 권리라도 쌓게 놔둘 수 없다. 농장에 정리할 일이 상당히 많은데, 아빠의 장악력은 서서히 사라지고 있었다. 만약에 안톤과 아모르만 이곳에 산다면, 누가 그 모든 일을 하게 될지는 누구나 다 아는 명백한 일이다.

세 번째 전봇대에 도착해서 말을 하면 괜찮을 것이다. 하나, 둘, 셋.

난 떠나기로 했어, 아모르가 말한다.

다시 런던으로 가려고? 아스트리드가 밝게 말한다.

아니, 내일 더반으로 가려고 해.

내일? 더반? 무슨 뜻이야, 휴가 차 가는 거야?

아니, 살려고.

살러 간다고? 언니와 오빠는 놀라서 동생을 빤히 쳐다본다. 이 아이가 거기에 가본 적이 있나? 더반에 아는 사람이라도 있는 건가?

내 친구 수잔이 거기에서 살고 있어. 간호사로 일하고 있거든. 잠시 후 그녀가 덧붙여 말한다. 나도 그 일을 한번 해볼 생각이야.

어떤 걸? 간호사 일? 아스트리드가 믿을 수 없다는 듯이 소리친다. 하지만 네가 어떻게 다른 사람을 돌본다고 그래!

왜 못 해?

아주 오래된 추억이 해답을 내줄 때까지 아스트리드는 고개를 휘젓는다. 너는 너 하나도 제대로 돌보지 못하잖아!

지난 몇 년 동안 나는 혼자서 잘 지냈어.

안톤은 적절한 질문을 찾는 데 몇 초가 걸린다. 그는 말한다. 왜 그 일을 하려고 그래? 넌 농장에 머무르면서 아빠의 신탁 기금에서 매달 돈을 받을 수 있잖아…….

맞아, 그럴 수 있어, 아모르는 말한다. 그것도 생각해봤어. 하지만 나는 가야만 할 것 같아.

아주 간단하고 아주 분명하다. 아모르에겐 의도가 있고 그것을 분명히 밝혔다. 그녀는 그 많은 장소 중에서 더반에 간다. 간호사가 되기 위해 내일 떠날 것이다.

음, 일단 한번 보자. 내 말은, 넌 언제라도 돌아올 수 있다는 뜻이야, 안톤이 말한다.

그래. 아모르는 동의한다는 뜻으로 고개를 끄덕이지만, 계속 창밖을 내다보고 있다.

심술궂은 자그만 자막들이 마음속에서 깜박이고 있지만, 아스트리드는 아무 말도 하지 않는다. 우리한테 자기가 과분하다고 생각한다면 전혀 놀랄 일도 아니다. 그래, 만약에 저 아이가 우리 가족의 일원이 되고 싶지 않다면 어쩔 수 없이 내버려 둘 수밖에 없다.

안톤은 그다음 날 아모르를 역으로 데려다준다. 그곳에서 장거리 버스들이 떠난다. 아모르가 트렁크에 자기 배낭을 싣고서 오빠의 옆자리로 올라타자 그들은 함께 떠나간다. 나란히 앉아서 경치를 가로지르며 나아간다. 두 사람 사이에는 그다지 많은 이야기가 오가지 않는다. 아모르가 대문을 열었다 닫으려고 자동차에서 내리고, 그런 다음 그들은 다시 달리기 시작하여 길고 창백한 겨울 오후 한가운데에 있는 마을 어딘가를 향하여 달려간다.

그건 조금은 무의미한 재산이야, 오빠가 불쑥 말한다.

아모르는 오빠가 무슨 말을 하고 있는지 바로 알아차린다. 마치 오래된 대화를 끄집어내고 있는 것처럼 말이다. 그게 그렇게 가치가 없다면 왜 그걸 살로메에게 주지 않는 거야?

아빠가 원하지 않았기 때문에?

하지만 엄마는 원했는걸. 그리고 아빠도 그렇게 하겠다고 약속했어.

그렇다고 네가 말하는 거지. 아무도 그 약속을 듣지 못했잖아.

하지만 난 들었어, 오빠.

도로는 타이어 밑에서 쉿 쉿 소리를 내고 있고 풍경은 그들을 지나쳐 가버린다.

넌 살로메가 그동안 좋지 못한 대우를 받았다고 생각해? 안톤이 마침내 말한다.

그다지 좋은 것은 아니었지.

살로메에게는 집이 있어. 죽을 때까지 그 집에서 살 수 있잖아. 우리는 그걸 공식적으로 인증할 수가 있지. 살로메가 평생 그곳에 머물 권리가 있다고 법률 문서로 작성해 놓으면 충분할까?

아니. 아모르는 고개를 가로젓는다. 두 사람은 서로의 완고함에 감탄하지 않을 수 없다.

우리는 그녀가 하는 일에 대해서도 법률 문서로 남길 수가 있어. 그녀가 머무를 거처는 물론이고 늙을 때까지 고용과 퇴직연금을 보장하는 거지. 응, 어때? 많은 사람이 그런 혜택을 누리지 못해.

나도 알아.

그리고 우리가 그 모든 것을 한다고 해도 그게 어떤 변화를 가져올 거라는 보장은 전혀 없어. 며칠 전에 살로메의 아들 루카스를 봤어. 아빠가 그 애의 학비를 내줬다는 건 너도 알잖아. 그 애가 매우 똑똑하다고 생각했기 때문에 그랬던 건데 그 애는 아직도 마지막 학년을 끝마치지 못했다는 거야. 어쩌다가 문제를 일으켜서 쫓겨났대. 농장에서 일꾼으로 일하고 있더라.

아모르는 고개를 끄덕인다. 맞아, 나도 그 얘기는 들었어.

너도 알아야 해, 안톤이 말한다. 사람들은 네가 그들에게 베푸는 걸 항상 취하진 않아. 모든 기회가 다 가능성으로 이어지는 게 아니란 말이지. 가끔 기회는 그저 시간 낭비에 불과하기도 해.

맞아, 그녀는 말한다. 하지만 약속은 약속이야.

버스는 이미 역 밖에서 시동을 켠 채 기다리고 있다. 승객 몇 명이 바깥에 줄지어 서 있다. 안톤이 보기에 그들 모두가 공통된 특성을 드러내고 있다. 땟국이 흐르는, 자포자기하고 푼돈밖에 없는 사람들이다. 살아 보겠다고 발버둥 치며 살아왔지만, 행운이 따르지 않는 그런 사람들만이 이렇게 시외버스를 타고 여행길을 떠난다. 그래서 안톤은 작별 인사를 하기 위해 나왔을 뿐인데 뜻밖에도 여동생이 안쓰럽다는 마음을 갖게 된다.

자 여기, 안톤이 말한다. 받아. 그는 지폐를 몇 장 내민다.

아냐, 고맙지만 사양할게. 괜찮아. 아모르는 갑자기 오빠를 꼭 껴안는다. 그리고 안톤 자신도 여동생에게 받은 포옹을 되돌려 주고 있다는 것을 깨닫는다. 몇 년 만에 처음으로 이루어지는 오빠와 여동생의 포옹이다.

안톤은 속이 탁 트이는 것을 느껴 집을 나서기 전에 포도주 한 잔을 마셨고 마침내 데지레에게 전화할 용기를 찾았다. 혀끝을 능수능란하게 놀려서 그녀의 마음을 녹여 낼 적절한 말도 찾아냈다. 집에 돌아온 이후로 그리고 또 잃어버린 그 긴 세월에도 자신이 그녀를 얼마나 많이 생각해 왔는지 말이다. 군대에서 탈영하고 도망을 다니던 그 기나긴 시간 동안 안톤은 데지레에게 한 번도 연락을 취하지 않았다. 그래서 그는 독설과 비난을 예상했으며, 그런 취급을 받아 마땅하다고 생각했는데, 데지레는 안톤의 목소리를 듣더니 기뻐했고 더할 나위 없이 좋아했다. 그녀의 집을 방문해도 될까? 안톤은 갈 수 있다. 그럴 수 있고말고, 그럼 가야지. 그래서 아모르에게 손을 흔들어 배웅하자마자 곧바로 사향 냄새 풍기는 재회의 이슬방울이 벌써 그의 몸을 축축하게 적시고 있다.

오빠와 동생의 포옹이 마침내 풀어지자 안톤은 아찔하면서도 관대한 마음으로 여동생에게 말한다. 그러니까 말이지, 살로메의 집 문제는 어떻게든 해결할 수 있을 거야.

진짜?

그럼, 그는 웃으며 말한다. 여긴 기적의 땅, 남아공이야. 우린 계획을 세울 수 있을 거야.

마지막 승객들이 버스에 올라타고 운전기사는 출발할 태세를 갖추고 있다. 아모르는 망설였지만, 오빠가 그녀에게 손을 흔든다. 네가 원한다면 언제라도 집에 돌아올 수 있다는 걸 꼭 기억해!

버스가 천천히 멀어져 가자 아모르는 선팅 된 버스 창문을 통해 오빠를 바라본다. 유일무이한 사람이 한 손을 들어 올리고 허공에 기대어 있다. 안톤은 재빨리 돌아서서 그 자리를 떠나고, 도시는 더러운 갈색 강물처럼 그를 뒤덮어 버린다.

아모르는 남아공에 착륙한 이후로 처음으로 행복감을 느끼며 자기 자리에 등을 기대고 앉는다. 살로메에게 그녀의 집이 생길 것이다. 동굴 입구에서 바위가 굴러떨어졌다. 엷은 햇살이 유리를 통해 그녀의 몸을 따스하게 해주고, 도시의 메마른 금빛 언덕들이 느리게 떨어지는 폭포수처럼 지나간다. 안녕, 기차역, 안녕, 부어트레커 기념비! 마치 거대한 심장이 그 모든 것 한가운데서 뛰고 있는 것처럼 버스 바퀴가 그녀 밑에서 쿵쾅댄다. 살로메는 그녀의 집을 갖게 될 것이다. 아모르는 두 눈을 감는다.

아스트리드

The Promise

병원에서 돌아온 아모르는 아스트리드가 자동응답기에 남긴 신경질적인 메시지를 듣는다. 참 나, 너도 보통 사람처럼 휴대폰이 있으면 정말 얼마나 좋을까. 나한테 꼭 좀 전화해 줘, 너한테 하고 싶은 말이 있으니까.

아모르는 언니의 목소리에서 하려는 말이 그다지 급한 게 아니라는 걸 알 수 있다. 쓸데없는 이야기거나 아니면 자기 혼자만 중요하다고 생각하는 그런 이야기일 것이다. 그게 아스트리드에게는 중요할지 모르지만, 아모르는 지금 그걸 들어 줄 힘이 없다. 나중에. 그녀는 나중에 아스트리드와 대화를 나눌 것이다.

하루 중 특정한 시간을 자신을 위해 꼭 떼어 놓으려고 한다. 보통은 교대근무가 끝난 후 한두 시간이다. 아침이건 저녁이건 의식의 절차는 똑같다. 그녀는 욕조에 물을 채우고 욕조 가장자리에 촛불을 켜놓는다. 그런 다음 간호복을 하나씩 하나씩 벗는데, 항상 올바른 순서로 하려고 주의한다. 그 순서를 틀리면 옷을 입고 처음부터 다시 시작해야 하기 때문이다. 방 안의 빛이 바뀌는 동안 따뜻한 물에 누워 있으면 그녀는 한동안 자기 자신을 잊을 수가 있다. 어떨 때는 완전히 자신에게 함몰되어 그녀가 뒤에 두고 온 길고도 힘들었던 하루를 포함한 다른 모든 것을 차단한다. 하지만 오늘 저녁은 왠지 마음이 진정되지 않는다. 그 모든 것의 중심에 신경을 곤두서게 하는 무언가가 있다.

수잔이 나중에 들어온다. 그래, 검은색 머리를 짧게 자른 몸집이 큰 여자. 그때쯤 아모르는 욕조에서 나와 드레싱 가운 차림으로 저녁 식사를 준비하고 있다. 그들은 키스를 하는데, 뜨거운 열기는 없어 보인다.

그들이 식탁에서 식사하는 동안 아스트리드가 또다시 전화를 걸어온다. 옆방에서 들려오는 불만 가득한 어조. 도대체 어디 간 거야? 젠장, 온종일 전화하잖아. 전화 좀 해줘, 너한테 할 말이 있단 말이야.

전화 안 받을 거야? 수잔이 말한다.

아모르는 고개를 가로젓는다. 심지어 그런 조그만 몸짓 하나에서도 무거움이 느껴진다. 나중에 전화하려고.

왜 그래?

모르겠어.

또 환자가 갔어?

응. 하지만 그건 드문 일도 아니잖아, 안 그래? 에이즈 병동에서 일하니까 늘 겪는 일이지 뭐.

그렇지, 수잔이 말한다. 그러니까 그렇게 드문 일은 아니겠지.

식사하는 동안 그녀는 아모르의 손을 잡아 준다. 더 이상 서로 대화를 하진 않지만, 그들이 예전에 지치지도 않고 열심히 나누었던 대화가 마치 지금도 이루어지고 있는 것 같다. 수잔도 과거에는 아모르와 같은 병동에서 일했지만 몇 년 전에 일을 그만뒀다. 일로 인해 우울해졌기 때문이다. 요즘은 대기업에서 정신 건강 상담사로 일한다. 수잔은 아모르가 하는 일이 그녀의 정신 건강에 좋지 않다고 생각한다. 그 희생이 너무나도 명백해 보이는데 아모르가 왜 그 일을 계속하는지 이해할 수가 없다.

이제 두 사람이 나누는 대부분의 대화는 과거가 되어 버렸다. 그들의 관계에서 그 단계에 도달하게 됐고 두 사람 모두 그렇다는 것을 잘 알고 있으면서도 그 점에 대해 둘 다 이야기하지 않는다. 그렇지만 식탁 위에서 맞잡은 손에서는 아직도 상당한 애정이 느껴진다.

식탁이 놓여 있는 장소는 더반의 베레아 지역에 있는, 방 두 개짜리 수수한 집이다. 수잔의 집. 그 집의 겉모양에서 깊은 뿌리가, 영원함이 느껴지고 집 안에는 생동감이 있다. 시간이 지난 후 아모르가 아스트리드에게 전화를 걸기 위해 앉아 있는 거실 소파는 오랜 세월 동안 제 역할을 충실히 했다. 그 위에 놓인 쿠션도 낡았다. 마찬가지로 카펫과 선반에 꽂힌 책들의 페이지도 그렇다. 하지만 이 방에 있는 그 어떤 것도 아모르의 것이 아니다. 영구적인 모습 또한 빌린 것이었다. 예전에는 그런 점에 대해 의식해 본 적이 없었는데, 요즘 들어 아모르는 점점 더 그런 생각에 빠져든다.

바로 전화를 받는 아스트리드의 목소리가 초조하다. 넌 도대체 어디 갔었어? 내가 얼마나 전화했는데, 걸고 또 걸었다고…….

일하러 갔었어, 아모르는 말한다.

아스트리드는 나한테까지 들리도록 큰 소리로 씩씩거린다. 부자와 결혼한 이후로 그녀는 일이라는 개념을, 특히 그게 직업일 때 아주 역겹다고 생각한다. 집을 관리하고 가족을 부양하는 것만으로도 얼마나 힘든데. 그래서 집에 하인들을 두는 거잖아, 널 도와줄 사람들을 말이야. 아스트리드가 보기에 여동생이 하인의 삶을 선택한 것 같다. 무엇 때문에? 자기 자신을 벌주려고?

그건 그렇고, 아스트리드가 말한다. 취임식에 대해 너한테 말해 주고 싶어서.

어떤 거?

음베키 대통령의 취임식. 내가 몇 주 전에 말했잖아, 기억 안 나? 우리가 초대받았다고 했잖아. 넌 하나도 기억하지 못하는구나.

아, 응, 기억해. 아모르는 지금 이 순간까지 그것을 머릿속에서 완전히 지워 버리긴 했지만, 그냥 그렇게 말한다.

아스트리드의 남편 제이크는 유명한 정치가와 파트너 관계를 맺고 있다. 무분별하게 이름은 거론하지 않겠지만, 그 사람은 인기 있고 영향력 있고, 흑인이다. 요즘은 그게 매우 중요하다. 그 사람과 파트너 관계를 맺게 된 건 완전히 행운이었다. 그들은 외부인 출입을 통제하는 같은 단지에 사는 이웃이다. 그들은 돈을 벌 기회를 봤고, 그리고 실제로 많이 벌기도 했다. 그것도 아주 아주 많이. 범죄율이 급격하게 치솟고 있는 요즘, 보안업으로 엄청나게 많은 돈을 끌어모은 것이다. 만약에 아스트리드와 제이크가 초대받게 된 게 그런 사업상의 유대 관계 때문이라 해도, 그럼 어떤가, 그게 세상 이치다. 여기만 그런 게 아니고 어딜 가든지 모든 게 인맥에 달려 있지 않은가.

아스트리드의 인생에서 가장 짜릿한 날! 예복과 모자

를 차려입은 무리가 유니온 빌딩에 모였던 그날에 대해 다른 모든 사람에게 말해 줬던 것처럼 그녀는 아모르에게도 그걸 자랑하고 싶은 것이다! 세상에, 유명인들 말이야. 그 배우, 뭐더라, 지금 이름은 생각나지 않는데, 너도 보면 누군지 금방 알 거야. 그리고 피델 카스트로와 카다피! 멀리서 봤을 때는 두 사람 다 그저 방울 하나 정도 크기였는데, 그 거대한 텔레비전 화면에는 아주 크게 확대되어 나오더라.

대통령 취임식은 남아프리카공화국에서의 민주주의 시행 십 주년과 날짜까지 일치하도록 일정을 잡았다. 너도 관중 속에서 볼 수 있었을 거야, 행복해하고 여러 인종이 편안하게 혼합된 모습을. 모두가 너무…… 잘 모르겠어, 여하튼 그렇게 번지르르 윤이 나고, 왜 그런지 몹시 매끄러웠어. 왜냐하면, 그러니까 솔직히 말해서 이 사람들은 그들의 삶을 좋아하는 이유가 있으니까. 그들 모두가 부유하잖아. 하지만 그게 무슨 상관이야, 그들이 모두 같은 편이라면? 가슴 설레고 기운을 북돋아 주는 화려한 행사였어. 라이브음악이 흐르는 데다 밝은 아프리카 색상으로 장식하고 머리 위로 날아가는 비행기들의 공중분열식을 보고 있으니까 정말 좋던걸. 물론 그 정당은 그럴 자격이 있지, 얼마 전에 투표에서 압도적으로 과반의 표를 얻었잖아. 그들은 스스로에 대해 만족스럽게 여길 만큼 여유가 생긴 거야.

개인적으로 음베키에 대해서는 잘 모르겠어, 아스트리드는 말한다. 그 사람은 표정이 딱 두 가지밖에 없는 것 같아. 너도 느꼈어? 하나는 나무처럼 경직된 모습이고, 하나는 눈썹을 치켜세우며 놀란 표정을 짓는 거야.

거실 창문을 통해 아모르의 눈에 뒤뜰의 정경이 살짝 들어오는데, 알 수 없는 바스락거리는 소리로 신비로움을 자아낸다. 그리고 그 너머로 마을과 항구의 불빛이 보인다. 밤은 고요하고 차갑고 투명하며 공기 중에는 습기가 하나도 없다. 완벽한 가을 날씨다. 이 지역에서 일 년 중 가장 좋은 시기다.

대통령의 연설은 아주 대단했어, 아스트리드는 말한다. 솔직히 말해서, 조금은 딴생각을 하기도 했지만, 정말이지 대통령은 희망적인 메시지를 아주 잘 전달하더라.

그리고 공연 내내 합창단과 밴드와 파티…… 그런 축제 분위기라니, 프리토리아가 여태껏 그렇게 여유로운 적은 없었잖아. 너라면 적응하지 못했을 거야…….

그리고 이제부터가 진짜 중요한 말이다. 아스트리드의 목소리가 낮아진다. 마치 아모르가 바로 옆에 있는 것처럼 고개를 숙이고 속삭인다. 어떤 모임에서, 그러니까 국립극장에서 만찬회가 있었는데 거기서 그녀는 음베키 대통령을 아주 가까이서 볼 수 있었다. 그가 눈썹을 치켜세우더라도 잘생긴 남자라는 사실은 인정해 줘야 한다. 그리고 자기 생각으로는, 거의 확신하는데, 그가 자기를 주목해서 보더라고 아스트리드는 여동생에게 말한다.

뭐라고?

음베키. 그분이 음, 이 미터 떨어진 곳에서 나를 보게 됐거든. 그리고 잘은 모르겠지만 음, 우리 사이에 일종의 전류가 흐르는 것 같았단 말이야.

아, 아모르가 말한다.

그분은 내 전화번호를 묻고 싶었던 것 같아, 아스트리드는 말한다. 그렇게 많은 사람이 있는데 어떻게 그럴 수가 있었겠어. 군중 속에 그분 아내도 있었을 텐데. 하지만 내 생각에 그분은 그걸 원했던 것 같아.

그래, 아모르가 말한다. 언니야말로 삶을 제대로 즐기며 살고 있네. 그녀는 더 이상 무슨 말을 덧붙여야 할지 모른다. 아스트리드를 부러워해야 마땅한데 사실은 그렇지가 않기 때문이다.

아스트리드는 자신의 작은 일화가 깊은 인상을 주지 못했다는 걸 간파하고서 대화를 마무리할 준비를 한다. 왜 내가 신경 썼는지 모르겠네, 내 여동생은 사회적 지위 같은 것에 대해서는 전혀 관심도 없는데. 사실 많은 것에 전혀 관심 없는 아이이긴 하다. 항상 그런 아이였다. 예전에는 그걸 연기하는 거라고 생각했었지만 말이다.

아모르가 침실로 들어갔을 때 수잔은 이미 잠들어 있다. 아니면 아스트리드와 나눈 대화에 관해 이야기해 줄 텐데. 아니 어쩌면 말하지 않을지도 모른다. 그녀는 요즘 수잔에게 모든 것을 말하지 않는다. 말하는 게 항상 도움이 되지는 않는다. 하지만 따뜻한 어둠 속에서 동반자 등 뒤에 누워 한쪽 팔로 그녀를 감싸 안고 인간의 심장이 손안에서 뛰는 것을 느낀다는 것은 여전히 위안이고, 깊고도 고요한 위로를 준다. 안고 있는 사람이 수잔이라는 게 더 이상 그리 중요하지는 않지만 말이다. 그저 하나의 몸이, 하나의 존재가 있다는 것. 혼자가 아니라는 것.

왜냐하면, 아침이 되면 잠자리에서 일어나 간호복을 하나씩 하나씩 올바른 순서로 차려입고 병원으로 다시 가야 하기 때문이다. 아모르, 그대가 근무하는 병원의 병동으로. 그곳에서는 날마다, 글자 그대로 날마다 점점 더 많은 환자와 죽어 가는 사람이 생긴다. 그들의 요구를 들어주어야 하는데, 그대는 들어줄 수 없다. 왜냐하면, 표정이 두 가지밖에 없는 그 남자는, 언니의 전화번호를 원했을지도, 원하지 않았을지도 모르는 그 남자는 이 사람들이 아프다는 사실을 정말로 믿지 않기 때문이다.

수잔의 말이 옳다. 이 일은 아모르에게 좋지 않다. 그리고 그녀의 말이 맞다. 고통을 열심히 찾아내어 그것을 덜어 주려고 애쓰는 모습을 보면 아모르는 강박적인 무언가로 인해 그렇게 행동하도록 내몰리고 있다. 이 싸움에서 그대는 이길 수가 없다. 그런데 왜 여러 번 반복해서, 항상 그 자리에 있을 뾰족한 못에다가 스스로를 찌르고 있는 것인가? 스스로 다치고 싶은 걸까?

어쩌면 그러고 싶은지도 모르겠다. 어쩌면 그건 나 자신에게 내리는 처벌일 수도 있다.

한편 아스트리드는 말은 그렇게 하면서도, 그게 사실이 아니라는 것을 잘 알고 있다. 반년 만에 처음으로 고해소에서 무릎을 꿇고 앉았으나 그녀는 진실을 말하는 재능을 잃어버리고 말았다.

지난 일 년 동안 아스트리드는 제이크의 파트너인 정치가와 바람을 피웠다. 이제는 어느 때보다도 그의 이름이 밝혀져서는 안 된다. 경솔하게 행동하지 말자. 그리고 그냥 하는 말인데, 그들 부부가 유니온 빌딩에 초대를 받게 된 것도 아스트리드는 사업상의 유대감보다는 이 간통 행위 때문이라고 의심하고 있다. 하지만 그렇다면 또 어떤가. 잘 생각해 보면, 호의를 호의로 갚는 것, 바로 그게 인생이 돌아가는 방식이다. 요즘 제이크와 아스트리드 무디의 삶은 매우 잘 굴러가는 중이다. 정말이지 그녀의 남편은 아내가 그런 불륜을 저지르고 있다는 걸 감사히 여겨야 한다. 혹시 그걸 알게 된다 하더라도 말이다.

그렇다고 남편을 위해 그런 짓을 하는 건 아니다. 물론 정말로 아니다! 사실, 아스트리드는 그 남자, 그 정치인이 치명적이고 관능적이라고 생각한다. 그 남자가 가까이 다가오면 아스트리드는 콧구멍이 떨리고 그에게 달라붙고 싶어 온몸이 근질근질해 어쩔 줄 몰라 한다. 흑인 남자를 볼 때 이런 적은 한 번도 없었다! 어쨌든 그녀는 그런 적이 없었다. 오히려 그 반대였다. 아스트리드는 언제나 흑인들이 매력적이지 않다고 생각했었다. 하지만 최근 들어 그녀는 흑인들이 더 자신감 있게 행동하기 시작했다는 것을 알아차렸다. 흑인들은 그들만의 스타일로 옷을 입고 머리를 자른다. 그리고 그렇게 하는 것이 그들만의 매력을 발휘한다는 걸 그녀도 인정해야 한다. 게다가 이제는 청춘의 첫 번째 꽃이 피는 한창 젊은 나이가 아니라서 몸집이 푸짐해진 여자들에 대해서도 흑인들은 편견을 보이지 않으므로 그녀에게 추파를 던지기도 한다.

그렇다고 해도, 흑인과 키스한다는 것은 너무 지나친 생각이었다. 이 흑인 정치인이 나타나기 전까지는 그런 걸 할 수가 없었다. 그러나 이 남자는 뭔가 달라서 상대방이 세상을 새롭게 보도록 만든다. 매끄럽고 검은 피부 아래로 미끄러지는 듯한 근육의 느낌, 눈꺼풀이 무거운 눈의 시선. 이름을 말할 때 두 번째 음절에 더 많은 강세를 주어 조금 틀리게 말하는 것. 매우 단단해 보이는 음경은 백인 남자처럼 분홍색도 아니고 쉽사리 꺾이지도 않는다. 침대 옆 탁자 위에 놓인 황금색 롤렉스 시계. 미세하고 부드러운 알갱이가 느껴지는 혀.

이제는 그만두셔야 합니다. 저와 약속했지 않습니까!

저도 알고 있어요, 아스트리드는 말한다. 그런 다음 재빨리 덧붙여 말한다. 하지만 무엇 때문에 그래야 하죠?

무엇 때문이냐고요? 그런 걸 묻다니요. 자매님이 얼마나 멀리 벗어났는지 모르시겠어요?

무엇에서 벗어났나요, 신부님? 아스트리드는 논쟁하고 있는 게 아니다. 그녀는 신부의 과장된 어조를 좋아한다. 신부의 언어는 성당에 갖춰져 있는 장식품만큼이나 아주 화려하다.

정의로운 길에서죠, 신부가 말을 하면서 한숨을 쉰다. 아스트리드. 아스트리드. 반년 전 우리가 이야기를 나눈 후 자매님이 그 관계를 끝냈으리라고 생각했습니다.

네, 신부님.

자세를 바꿀 때만 움직이는 걸 인식할 뿐 아스트리드는 가리개 뒤에 있는 신부를 볼 수가 없으므로 그녀에게는 그의 목소리가 전부다. 하지만 지금처럼 그의 어조가 내려가는 것을 감지할 수 있을 만큼 아스트리드는 이 신부를 아주 잘 안다. 친밀한 편이다. 그녀의 개종 그리고 그 후 제이크와의 결혼식을 주재한 사람이 배티 신부였다. 그리고 이 사제와의 밀접한 관계는 그때나 지금이나 매한가지다. 게다가 그녀는 육 개월 전에 이곳에 와서 이 신부에게 모든 것을 고백했다. 불륜 관계와 그것이 초래한 비도덕적인 영향에 대해 다 말했다. 그리고 신부는 아스트리드가 그 관계를 끝내겠다는 약속을 하게끔 했다. 그때는 그럴 작정이었고 그녀도 약속에 진지했었다. 하지만 결국 그렇게 하지 않았고 심지어 그럴 마음도 사라졌다. 결과적으로 아스트리드는 헤어질 준비가 되어 있지 않았다. 그래서 그때부터 성당을 멀리하면서, 고통스러운 죄의식의 꼬리를 매단 채 지금 연출되고 있는 이 고해 장면을 피했었다. 그런데 이런, 여기에 오는 실수를 저지르다니!

아스트리드가 이곳에 오게 된 단 한 가지 이유는 아모르에게 취임식에 간 것에 관해 이야기했을 때 탐탁지 않게 여기는 것 같은 여동생의 마음을 간파했기 때문이다. 아스트리드는 인정받는 것을 상당히 중요하게 생각한다. 최근에는 하느님 역시 용납하시지 않을 것 같다는 생각이 그녀를 괴롭히고 있었다.

자매님과 제이크 둘 다 당신들의 고뇌를 저와 공유해 왔습니다, 배티 신부가 말한다. 자매님은 제게 마음을 열고 무엇이 잘못됐는지 말해 줬습니다. 예전에 자매님이 함께 살던…….

딘이요, 아스트리드가 말한다. 그 순간 새로운 죄책감이 그녀의 마음속을 뚫고 지나간다. 딘은 지금 새로 만난 아내 샤메인과 함께 발리토에서 살고 있다. 가련한 사람 같으니, 내가 그에게 그런 몹쓸 짓을 했다니. 그 시절은 저의 잃어버린 세월이었어요, 신부님.

하지만 자매님은 지금도 똑같은 행동을 반복하고 있습니다.

그렇지만 똑같지 않아요! 어떤 점이 다른지 생각하다 보니, 또 다른 걱정거리로 연결된다. 신부님은 혹인과 간통죄를 저지르는 게 더 큰 죄라고 생각하세요?

배티 신부는 이 신도에 대해 복잡하고 모순된 감정을 느끼고 있다. 아스트리드와는 일반적으로 개종자에게 요구되는 것 이상으로 더 많은 시간을 함께 보냈다. 이 개종자는 대부분의 사람들보다 마음이 더 궁핍하고 자신감도 없으며 애정에 굶주려 있었기 때문이다. 실제로, 티모시 배티에게는 아스트리드의 요구가 마치 용광로와도 같을 수 있다는 생각이 떠올랐다. 그 안에 던져 넣은 것을 몽땅 소비하고는 또다시 더 많은 걸 넣어 달라는 용광로 말이다. 그래서 신부는 그 불을 끄기 위해서는 엄격한 접근이 필요하다고 마음먹는다.

상대가 누구든 간통은 심각한 죄입니다! 교리문답 시간에 이 문제에 대해 논의했지 않습니까. 이걸 또다시 자매님한테 상기시켜야 합니까? 자매님은 그런 행위를 더 이상 하지 않겠다고 약속했습니다. 자매님은 그것이 나약한 결혼 생활의 표시였다고 말했는데 오히려 저는 자매님의 나약함을 나타내는 것이 아닐까 염려스럽군요.

마침내 아스트리드는 울기 시작한다. 정화의 순간은 언제나 찾아온다. 기질적으로 말해서, 아스트리드는 가톨릭을 쉽게 받아들였다. 아니, 그렇다기보다는 개종이 아주 자연스러운 것으로 느껴졌다. 단추를 아래까지 모두 채워 자신의 몸을 완전히 가려 주는 일종의 방수복 같은 이 새로운 믿음은 아스트리드가 두려움과 욕망에 따라 행동하는 것을 중단시키지는 못하지만, 나중에 그것들을 씻어 내도록 방법을 제공한다. 그녀는 신부에게서 보속을 받을 것이고 업보의 시계는 다시 0으로 설정될 것이다. 그러고는 신부에게 맹세할 것이다. 그의 지시를 따를 것이고 이번이 마지막, 그러니까 마지막 방황이고 두 번 다시 바람을 피우지 않을 것이며 정말이지 진심으로 말하는 것이라고 말할 것이다.

그렇지만 배티 신부는 오늘 아침 그 말을 받아들이지 않는다. 그런 말은 아무 소용 없습니다, 끝도 없이 회개하고는 또다시 똑같이 반복하는 것은요. 자매님은 오늘 당장 그만둬야 합니다!

알겠습니다, 신부님.

알았습니까? 지난번에도 자매님이 그걸 끝내야지 영성체에 참여할 수 있다고 말했을 텐데요.

그 이후로 저는 영성체를 받지 않았어요.

그럼 자매님은 그걸 자랑스러워하는 건가요? 티모시 배티는 육십 대고 젊었을 때부터 이 게임, 아니, 이 소명 의식에 종사해 왔다. 그의 도덕적 추구 행위는 이미 오래전에 딱딱하고 습관적인 형태로 굳어져 있었다. 그는 아스트리드의 성격적 약점에 대해서는 특별히 신경 쓰지 않지만, 그의 손이 미치지 않는 곳에서 이 교구민이 헤매고 있다는 점이 신경 쓰인다. 아스트리드가 마지막으로 고해성사 한 것은 육 개월 전이었고 그가 전화를 걸어도 이 자매는 받지 않고 전화를 걸어오지도 않았다. 그러니 지금은 강하게 나갈 순간이다. 오늘은 자매님을 위한 속죄의 보속은 없습니다.

하지만 저는 고해를 했잖아요!

이건 진정한 고해가 되지 못합니다. 왜냐하면, 자매님은 여전히 죄의 상태에 빠져 있으며 솔직하게 뉘우치고 있지 않기 때문입니다.

저는 뉘우치고 있어요, 신부님. 하지만 저는 나약해요. 그 조그만 고해소 공간이 갑자기 매우 후덥지근해져서 아스트리드는 숨을 쉴 수가 없다. 탈출하고 싶어진다. 그와의 관계를 끝내겠습니다, 신부님, 그녀가 말한다. 이 자리에서 벗어날 수 있도록 고해성사가 얼른 끝나기를 바란다.

두고 보겠습니다. 배티 신부의 창백한 얼굴에는 주근깨가 가볍게 나 있지만, 그의 상상력에는 생생한 반점들이 있다. 상상 속에서 아스트리드를 가끔은 마음에 떠올렸는데, 실제로 만났을 때보다 언제나 더 즐거운 경험이었다. 매우 건강함을 나타내는 여자의 포동포동함을 좋아하긴 하지만 그는 이 자매를 건드리지 않을 것이다, 절대로 그의 손으로는 만지지 않을 것이다. 하지만 사람은 꿈을 꿀 수 있지 않은가. 하느님은 자매님의 마음속을 들여다보십니다, 신부는 아스트리드에게 슬프게 말한다. 절대 의심하지 마십시오. 스스로는 기만할 수 있을지 모르지만, 결코 그분을 속이지는 못할 겁니다.

저는 그분을 속이고 싶지 않아요!

좋습니다. 그건 매우 좋습니다. 자, 이제 가셔서 자매님이 했던 일들을 곰곰이 생각해 보시고 결혼 생활의 모든 것을 바로잡도록 하십시오. 자매님의 인생에 묻어 있는 이 얼룩을 제거하시고, 준비되어 다시 오시면 속죄의 보속을 받게 될 겁니다.

아스트리드는 불안한 상태에서 고해소를 나오는데 들어갔을 때보다 훨씬 더 마음이 좋지 못하다. 마음의 부담을 덜어 줄 속죄의 보속이 없다고! 그녀는 불륜 관계를 끝내야만 한다는 걸 잘 알고 있지만 그렇게 할 수 있다고는 생각하지 않는다. 인간의 공통적인 딜레마인데 더군다나 로맨스와 결부되어 있으니. 사제에게 가지 말았어야 했다. 준비되기 전에는 가면 안 된다. 그곳에 들어갔을 때 자신이 무엇을 원했는지 정확히 알지는 못하지만 분명 이런 결과는 아니었다. 이제 그녀는 위기에 봉착해 있다.

학교로 아이들을 데리러 가기까지는 아직 몇 시간이 남아 있다. 그동안에 스스로를 위로하기 위해 아스트리드는 멘린 쇼핑몰에 가야겠다고 마음먹는다. 언제나 쇼핑몰에 있을 때면 불행하다는 생각이 비집고 들어올 틈이 없다. 밀도 높게 다닥다닥 붙어 있는 상점가와 느린 난기류 속에 휘말려 있는 수많은 인파가 라바 램프처럼 소용돌이치면서 그녀를 붙잡고 앞으로 나아가지 못하게 막는다. 거기서는 절대로 끔찍한 일이 일어날 수 없을 것이다. 물론 언젠가 슈퍼마켓의 반려동물 사료를 진열한 통로에서 한 남자가 어쩌면 심장마비였을지도 모르는 발작을 일으키는 광경을 목격한 적이 있긴 했다. 상상해 보라, 이 지구에서 마지막으로 본 게 개 사료 봉지라니! 하지만 그래도 이곳이 그녀가 가장 안전하다고 느끼는 장소다.

아스트리드의 두려움은 시간이 지나도 진정되지 않았다. 오히려 더 심해진 것 같다. 흑인들이 이 나라를 장악했을 때 그녀는 터무니없이 화가 벌컥 솟아올랐다. 먹을 것을 사재기하고 총을 사들이는 사람들의 모습은 마치 종말이 들이닥친 것 같았다. 그런데 아무 일도 일어나지 않았다. 용서가 있었고 더 이상 보이콧이 없었기 때문에 오히려 더 좋아진 것만 제외하면 사람들은 모두 그냥 예전과 똑같이 살아갔다. 물론 항상 안전을 걱정해야 한다는 게 멋진 일은 아니지만, 좋은 점은 제이크의 사업이 점점 더 번창하고 있다는 것이다. 이보다 더 좋은 적이 없었을 정도다. 그리고 두말할 나위 없이 그들의 집은 최상의 방범 시스템을 갖추고 있었다.

그녀는 짐을 실은 카트를 주차장으로 밀고 가서 트렁크에 짐을 싣는다. 넉넉하고 풍요롭다! 때때로 그녀는 쇼핑해야 하는 이유를 생각해 내기도 한다. 쇼핑할 때는 기분이 아주 즐겁지만 끝나고 주차장에서 후진해 나와, 붐비는 출구에서 줄지어 기다릴 때는 언제나 아쉬움이 남는다. 치아에 기분 좋게 짤랑짤랑 부딪히는 박하사탕 하나를 입에 물고 그녀는 쇼핑몰에서 차를 몰고 나와 두 번째 차선으로 들어가 신호등 앞에서 기다린다.

아스트리드가 경계심을 푸는 경우는 매우 드물다. 하지만 고해소에서 있었던 일로 인해 여전히 마음이 속상하여 충분히 주의를 기울이지 않았다. 이것이 한 남자, 한 낯선 사람이 갑작스럽게 그녀의 옆자리로 미끄러져 들어올 수 있었던 것에 대한 유일한 설명이다. 아스트리드는 놀란 눈으로 그 남자를 바라본다. 곰보 자국에다 찌그러진 얼굴 모습인데도 불구하고 그 남자는 옷을 잘 차려입었고 침착하다. 마치 그녀가 데리러 오기를 기다리고 있었던 것처럼 이 남자는 심지어 미소를 짓고 있다. 안녕하쇼, 그는 그녀에게 인사로 총을 내보이며 말한다.

누구세요? 그녀는 묻는다. 원하는 게 뭐예요?

아스트리드가 어떤 의미에서 평생 이 남자를 기다려 왔다 할지라도 이 질문들이 부적절하지는 않다.

내 이름은 린딜이에요, 그 남자가 말한다. 당신은 계속 운전하시죠.

그의 이름은 린딜이지만, 그것은 단지 여러 이름 중 하나일 뿐이다. 그는 또한 핫스틱스마리화나 그리고 킬러로 알려지기도 한 그렇고 그런 사람이다. 현재는 여기서 그다지 멀지 않은 곳에 살고 있다. 지금까지 여러 장소에서 살았으며,

어느 곳이건 오래 머물지 않는다. 그는 잠시 내려앉았다가 다시 떠돌아다니고 이런저런 정체성으로 도시를 뒹굴며 표류한다. 아니, 그런 것들이 마치 기류처럼 그를 통해 흘러간다. 그 남자에게는 영원한 것이 하나도 없고, 지속적인 것도 없다.

공포가 마침내 아스트리드를 덮쳤고, 도저히 일어날 리 없는 일이 실제로 일어나고 있다는 확신이 들이친다. 그녀에게.

달려, 린딜이 말한다. 그리고 그녀는 자동차를 계속 운전한다.

그는 히스테리를 부리는 이 백인 여성에게 전혀 관심이 없다. 그녀는 단지 목적을 달성하기 위한 수단, 그러니까 그녀가 몰고 있는 BMW 자동차를 가지기 위한 수단에 불과하다. 마침 이 차량에 철회색이라는 정확한 색상까지 주문을 받았는데, 그녀가 우연히 그런 차의 운전대를 잡고 있을 뿐이다. 개인적인 원한은 전혀 없다. 하지만 만약에 그녀가 계속해서 이렇게 낯설지 않은 방식으로 울부짖고 횡설수설한다면 골치가 아플 수 있으므로 이 남자는 그다지 공손하게 대하지 않을 것이다. 그는 그녀의 옆구리에 무기를 들이밀면서 자기가 하라는 대로 행동하면 어떤 해도 끼치지 않겠다고 말한다. 그는 이것이 그녀가 듣고 싶어 하는 말임을 잘 알고 있다. 바로 그녀는 조금 진정된다.

그는 아무도 없는 한적한 골목으로 차를 몰게 한 다음 그녀에게 차에서 내리라고 지시한다. 저한테 무슨 짓을 하려고 그러세요? 그녀가 울부짖는다. 입 닥쳐, 그가 말한다. 그냥 듣기만 해. 왜 사람들은 언제나 자신한테 무슨 일이 일어날지 알고 싶어 하는가? 참을성이라고는 하나도 없다. 이 여자는 값비싼 장신구를 하고 있다. 목걸이, 귀걸이, 결혼반지. 그는 그녀를 트렁크 속으로 밀어 넣기 전에 이 장신구들을 그녀의 멋진 소니 에릭슨 핸드폰과 함께 건네받는다. 그런 다음 공간을 만들기 위해 쇼핑백들을 꺼내야만 한다. 쇼핑백들은 그냥 길가에 내려놓는다. 이 많은 게 다 음식이라니, 유감스럽다, 다 낭비다. 아스트리드는 트렁크 안쪽의 어두운 공간에 아기처럼 몸을 웅크린다. 그들은 언제나 그렇게 한다.

그는 차를 즐겁게 몬다. 이 무거운 중량의 자동차를 이렇게 가볍게 제어할 수 있다니 너무나 신난다. 백인들은 제대로 사는 법을 안다! 그는 오늘 아침 일찍부터 계속 맥주를 마시고 마리화나와 맨드랙스최면 진정제의 일종를 섞어서 피웠다. 나른함과 동시에 들뜬 기분, 그러니까 격동적이고 벅찬 감각이 온몸을 타고 흐른다. 곧 넘칠 것만 같다. 만나고 싶은 여자 친구가 여기서 그다지 멀지 않은 곳에 살고 있는데,

어쩌면 지금이라도 당장 그곳으로 달려갈 수 있을 것 같다. 그의 마음이 그 방향으로 이끌리다가, 트렁크에서 주먹으로 쿵쿵 두드리는 소리와 끙끙 앓는 소리가 들리는 바람에 마침내 그는 다시 제정신으로, 지금 해야 하는 일로 되돌아온다. 아직 끝난 게 아니다. 그가 자동차에 올라타는 걸 누군가가 봤을지도 모른다. 바로 이 순간 그들이 그를 찾고 있을지도 모른다. 그는 배달을 하고, 돈을 받고, 멀리 떠나야 한다.

이미 예전에 다 해본 일이다. 아무 감정도 들지 않는 게 일을 하면 할수록 조금 더 쉬워진다. 하지만 여전히 아주 중요한 순간에 비위가 약해진다. 그건 그의 천성적인 약점이라 억누를 필요가 있다. 그리고 이 여자가 마침내 그의 총을 바라보면서 줄어들고 있는 자기 인생의 지름을 지켜보는 순간, 그가 악랄하게 욕을 하는 대상은 자기 자신이지, 이 여자가 아니다. 자, 겁쟁이, 어서 해, 어서 하란 말이야! 그런데 그의 눈이 다른 무언가를, 지금까지 간과했던 어떤 것을 포착하면서 갑자기 톤이 바뀐다.

그거 이리 내놔, 그는 바뀐 목소리로 말한다.

뭐요?

팔찌 말이야, 그거 내놔, 이리 내놓으라고.

그녀는 좀처럼 팔찌를 손목에서 빼낼 수가 없다. 너무

많이 떨고 있기 때문이다. 파란색 흰색 구슬로 만든 예쁜 물건이지만 가까이서 보니 별로 가치 있는 것은 아니다. 실망스럽다. 그는 그것을 호주머니에 슬쩍 집어넣는다. 찰칵찰칵 찰랑찰랑. 충분하다. 그녀에게 연민을 느낄 뻔하지만, 느끼지는 않는다. 목격자를 그냥 두고 갈 순 없다. 미안하다, 그는 말한다. 그리고 끝이 난다, 큰 소리와 함께 갑자기 모든 게. 그녀도 마찬가지다.

지금 그는 인적이 끊겨 한적한 곳에 있는 거대한 주차장 한쪽에 있다. 이전에 와본 적 있는 곳이다. 머리 위에 있는 사용하지 않는 드라이브인 스크린, 미래처럼 텅 비어 있는 스크린이 몇 년 동안의 비 때문에 변색되어 흐릿하다. 모든 것이 먼지가 쌓여 갈색으로 변했다. 그리고 그런 풍경 안에서 여자의 밝은 옷이 물감이 쏟아진 것처럼 두드러진다. 그녀는 과거에 출납원 사무실이었던 곳의 벽에 기대어 있다. 그는 발끝으로 그녀를 그림자 속에 조금 더 밀어 넣는다. 그런 다음 다시 자동차에 올라타 빠른 속도로 이곳을 벗어난다. 가장 위험한 시간은 이런 행위가 일어난 직후다. 누군가에게 들키고 싶지 않은 때다.

그는 주문한 사람들에게 자동차를 넘겨주면서 자신이 누릴 작은 부가적인 혜택들을 따로 챙겨 둔다. 그러고는 자기 몫으로, 그에게는 상당한 금액을 받는다. 그는 일을 끝낸

다음 근처에 있는 술집으로 술 마시러 가는 것을 좋아한다. 알코올은 기나긴 오후의 흐리멍덩하고 탁한 공기 속 어딘가에서 희미해져 가던 이전의 들뜬 기분을 회복시켜 준다. 호주머니 속에 손을 집어넣고는 뺏어 온 팔찌를 찾는다. 그러자 그 여자의 얼굴이 강렬하게 그에게로 다가온다. 마치 보름달처럼 그의 정신적 지평선 너머로 떠오른다. 불쌍한 아스트리드! 비록 그 여자의 이름은 알지 못하지만, 그녀가 느끼던 약간의 공포가 그에게로 새어 들어왔으므로 뿌리를 내리기 전에 진압하고 발뒤꿈치로 짓밟아 없애야 한다. 뒤돌아보지 말라.

이따금 값싼 장신구를 주고 관계를 맺는 아는 여자에게 그는 팔찌를 준다. 하지만 그녀가 팔찌를 착용하고 파란색 흰색 파란색의 색깔을 과시하기 위해 손을 이리저리 휘두르자 그는 갑자기 흥미를 잃고는 그녀의 집에서 나와 버린다. 두 눈으로 미래, 아니 적어도 바로 앞에 있는 지면을 내려다보면서 린딜/핫스틱스/킬러는 문제가 되지 않도록 아무것도 남기지 않고 사라지기 위해 비틀비틀 길을 따라 걸어간다.

아스트리드는 뒤에 남겨졌다. 오늘 아침 그녀는 살아서 숨을 들이쉬고 내쉬었으며 혈관을 통해 온몸으로 피가 흘렀고 생각을 품었었다. 그녀는 목적이 있었고 팔 안쪽에 가벼운 습진이 났으며 친구들과의 저녁 식사가 계획되어 있던 생명체였다. 아마도 당신과 그다지 다를 게 없을 것이다. 이제 그녀는 머리카락과 옷이 뒤엉킨 채 한쪽 벽에 기대고 있다. 이미 사라져 간다. 오랫동안 응시하기 전에는 인간인지 알아보기가 어렵다.

노인은 한참을 들여다보다가 비로소 이해하게 된다. 옷은 다 찢어지고, 자세는 비스듬히 누워 있다. 그가 여기에, 쓸쓸한 막대기들이 타르 바닥에 줄지어 꽂혀 있는 이 버려진 드라이브인극장에 온 것은 우연이 아니다. 그러니까 출납원 사무실 또는 예전에 사무실이었던 이 장소는 노인이 사는 곳이다. 그는 사무실 안에 자리를 잡았다. 아, 아마도 일 년 전인가, 아니면 이 년 전인가, 그에게는 시간이 아무런 형체가 없다.

잠시 후 극심한 공포가 찾아든다. 만약에 경찰이 나를 탓하면 어떻게 하지? 그들은 아무것도 모르는 것들에 대해 종종 그를 비난한다. 이 노인이 생각할 수 있는 유일한 해결책은 이 일을 신고할 백인을 찾는 것이다.

마을 입구에 술을 파는 싸구려 모텔이 있는데, 노인은 거기서 가끔 물건을 구매한다. 프런트에 있는 여자 지배인은 그의 이야기를 들으면서 경각심이 점점 더 커진다. 확실히 백인 여자예요? 이런 세상에! 그녀는 경찰서에 전화를 걸었고 곧바로 경찰을 대표하여 파란 옷을 입은 두 명의 젊은이, 남아공의 최고 수사관인 올리펀트와 헌터가 조사하러 나온다.

무슨 일이 일어날지 뻔하다. 질문과 기록. 살인 현장으로 차를 몰고 나가 측정을 하고 사진을 찍을 뿐만 아니라 더 많은 정보를 기록한다. 게다가 심지어 이런 외곽, 아무것도 없는 한적한 곳에서도 소수의, 그러니까 두어 명의 기자와 인근 농장에 사는 호기심 많은 몇몇 구경꾼의 정보 수집을 막기란 불가능하다.

올리펀트와 헌터는 관찰자들이 접근하지 못하도록 최선을 다한다. 이 두 사람은 진지해서 더 재미있는 팀이다. 그들의 사이즈가 대조적이라, 마치 만화 같은 효과를 위해 그들이 짝지어진 것처럼 보인다. 그들은 엄격한 분위기를 풍긴다. 물론 그들도 법과 질서에 연관된 다른 공무원들처럼 가끔은 어쩔 수 없이 부수입을 올리는 것에 창의력을 발휘하며 실제로 이따금 음지로 넘어가기도 했다. 하지만 여기서는 그런 것을 파고들어 갈 필요가 없는 데다 이 경우에는 거의 적용되지 않기 때문에 언급하지 않는 게 좋을 것이다.

오늘 살해당한 백인 여성 아스트리드 찰린 무디의 사건, 그러니까 정밀 조사를 할 가능성이 큰 이 사안에 두 경찰 수사관은 정확하게 판단한다. 그러나 지금은 시신을 신고한 그 겁에 질린 노인에게 꼬치꼬치 캐물어 정신적 불안을 크게 증폭시킨 다음 그들은 어찌할 바를 모르고 세부 사항을 주로 숫자의 형태로 기록하는 데만 급급하다. 또다시 수학이다! 여기서 저기까지 몇 미터고, 각도는 아마도 어른 남자가 신는 신발 크기일 것이고, 총은 아주 근거리에서 쏜 것 같다. 수치는 특정한 진실을 말해 주기도 하지만 수치가 나온 곳으로 쉽게 되돌릴 수가 있다.

	올리펀트	헌터
1. 나이:	53세	38세
2. 근속연수:	34년	12년
3. 허리둘레:	48인치	34인치
4. IQ:	144	115
5. 결혼한 횟수:	1	3
6. 자녀 수:	0	6

등등. 이 모든 차이점에도 불구하고 두 수사관은 많은 날을 함께했다. 종종 그렇듯이 사람들은 함께 지내면 그 차이가 흐릿해지는 법이다. 예를 들어, 부부에게 주로 나타난다. 당신은 결혼한 부부에게서 분명 이런 경우를 본 적 있거나 어

쩌면 이 상황을 직접 경험했을 수도 있을 것이다. 두 사람의 윤곽이 흐릿하게 번지거나 색상이 한데 어우러져 구분하기가 힘들어진다.

안톤은 곧바로 그 점을 알아챈다. 당신들 두 사람, 그가 말한다. p가 빠진 톰슨과 p가 들어간 톰프슨 같군요. 아니, 그보다는 블라디미르와 에스트라공사뮈엘 베케트의 희곡 「고도를 기다리며」의 주인공들이 더 맞겠어요. 무슨 말인지 아시겠죠.

다행스럽게도, 그들은 모른다. 당혹스러운지 그들은 그저 눈살을 찌푸릴 뿐이다. 도대체 이 친구 왜 이러는 거지? 이런 시기에 농담이 나오나! 그것도 영안실에서! 자기가 누구라고 생각하는 걸까, 경찰관?

그런데 진지하게 묻는 건데, 당신들은 여기서 뭐 하는 겁니까? 저를 체포하려는 거예요?

당신과 이야기 좀 나누고 싶습니다, 스와트 씨. 하지만 먼저 시신의 신원 확인부터 해주시죠.

그들이 따라갈 필요는 없다. 가족이나 친한 동료를 위한 사적인 시간이다. 그래서 두 경찰관은 바깥으로 나와 화분에 상태가 안 좋은 식물이 심겨 있고 짙은 색 나무를 바닥에 깐 로비에서 똑같이 생긴 두 개의 안락의자에 주저앉아 안톤이 나오기를 기다린다.

살해당한 여자의 남편 역시 여기에 와 있는데, 얼굴을

두 손에 파묻은 채 마치 술 취한 사람처럼 푹 쓰러져 있다. 마흔한 살의 제이크 무디는 유명한 정치인과 협력하여 잘나가는 사설 보안 회사를 운영하고 있다. 두 수사관은 이미 그 사실을 파악했다. 근육이 엄청난 이 덩치 큰 친구는 분명 피트니스 센터에 자주 갈 것이라 생각되지만, 지금 당장은 간신히 살아 있는 것 같은 모습이다. 그만큼 충격을 엄청 받았다는 뜻이다. 자신의 아내가 죽었다는 사실을 뼛속 깊이 느끼는 게 당연하다. 그래서 그는 안톤에게 자기 대신 신원 확인을 해달라고 부탁했을 것이다.

안톤은 새비지라고 적힌 이름표가 달린 하얀 가운을 입은 남자를 따라서 길고도 서늘한 복도를 내려가 금속 문에 이른다. 당신이 소설 주인공이라고 생각하겠군요, 안톤이 큰 소리로 중얼거리지만, 그런 발상이 새비지를 동요시키지는 않는 것 같다. 안톤을 먼저 지나가게 하려고 옆으로 비켜서는 그의 태도가 매우 정중하다. 철제 서랍이 줄지어 늘어서 있고 냉각한 시신들이 각각의 서랍 속에 들어 있을 것이라 안톤은 예상했다. 그런데 아스트리드는 안톤이 바로 볼 수 있도록 방 한가운데 테이블 위에 놓여 있다. 물론 시트로 덮여 있다.

이전에 시신을 보신 적이 있습니까? 새비지가 테이블 반대편에서 안톤에게 묻는다. 그의 어조가 무미건조하지만 그런 것에 속으면 안 된다. 새비지는 나름대로 취향이 있는 사람이다.

아니요. 그러니까 네, 본 적이 있습니다.

어느 쪽입니까?

제가 언젠가 누군가를 죽였어요. 안톤은 완전히 낯선 이 사람에게 과거 행위를 고백하는 자신을 발견한다. 아주 가깝게 모여 있는 그의 이목구비가 안톤의 말을 듣더니 한 층 더 모여드는 것 같다. 군대에 있을 때 어떤 여자를 총으로 쐈어요. [하지만 그게 중요할까?]

안톤은 지난 몇 년 동안 그 여자에 대해 생각하지 않았었다. 그런데 갑자기 그녀가 다시 돌아와 그의 눈앞에 서 있더니 그가 쏜 총알의 충격으로 또다시 쓰러져 죽어 간다. 새비지가 커튼을 끌어 젖히기 직전에 터무니없게도 자신이 울고 있다는 것을 알게 된다. 커튼이 아니라 시트 자락이지 참.

내 동생, 거기 누워 있구나. 죽은 몸으로. 틀림없어요. 믿기 힘들지만, 맞습니다.

뭐라고 하셨어요?

제 동생이 맞아요, 안톤은 입으로 음절을 만들어 내기 위해 안간힘 쓰며 다시 말한다. 네, 제 동생이 맞습니다.

아주 조금 꺼림칙한 기색을 보이며 새비지가 시트를 다

시 끌어 올린다. 종이에 뭔가를 적는다. 여기에 서명해 주십시오. 여기에도 해주시고요. 안톤은 여전히 울고 있고, 그의 눈물방울 하나가 종이에 떨어진다. 그게 왜 수치스러울까? 하지만 그렇다, 수치스럽다. 새비지는 옷소매로 아주 세심하게 그 눈물 자국을 닦아 낸다.

이럴 때가 어려운 순간입니다, 새비지가 말한다.

안톤은 그 말이 너무 웃겨서 몸을 구부린다. 오, 그거 괜찮은데! 마치 경련이라도 일어난 것처럼 이렇게 웃어 본 지가 몇 년 만이지. 과거에는 아주 쉽게 웃곤 했는데. 웃음을 잃어버리고 살았다. 오, 새비지, 당신은 재미있네요, 마침내 마음의 평정을 되찾은 안톤이 말한다.

새비지는 기분이 상했다. 아니, 당혹스러운 나머지 그는 복도를 따라 앞서서 뻣뻣하게 걸어간다. 죽은 자의 기분과 태도는 산 사람보다 훨씬 더 쉽게 예측할 수 있다. 인간의 언어에는 답이 전혀 없는 수수께끼들이 있는데, 새비지 혼자만 그렇게 생각하는 것은 아닐 것이다. 그렇다고 결과적으로 모든 사람이 침묵을 갈망하는 것도 아닐 것이다.

경찰 수사관 한 사람이 새비지의 서류에 서명을 한다. 한편 다른 한 명은 죽은 여자의 오빠와 남편 사이에 대화가 오가는 모습을 지켜본다. 신원 확인, 공식 절차 대 개인적 절차. 제이크가 한참을 주저한 다음 눈을 들어 올리자 안톤은 그에게 고개를 끄덕인다. 그게 다였지만 메시지는 전달됐다. 뒤이어 한동안 부들부들 떨면서 애끓는 소리로 울부짖는다. 이런 모습이 특이한 건 전혀 아니다.

상황이 다시 진정됐고 경찰 수사관 올리펀트가 곧바로 일을 개시한다. 남편에게 말해 봤자 아무 소용 없다. 이 남자는 만신창이가 되어 있어서 다른 한 사람, 피해자의 오빠에게 계속 주의를 기울인다. 여동생이 죽기를 바라는 사람은 없었습니까? 그녀에게 적이 하나도 없었나요?

제가 알고 있는 바로는 없는데요. 하지만, 누구에게나 적은 있지 않을까요, 그는 잠시 후 덧붙여 말한다.

그렇습니까?

그렇게 생각하지 않으세요?

누가 당신의 적이죠, 스와트 씨?

오. 더 넓은 세상을 가리키며 안톤은 맥없이 손을 흔든다. 잔뜩 있죠.

이 친구는 의심할 여지 없이 괴짜다. 어떻게 말하든지 간에 알 수 없는 소리만 지껄인다. 두 수사관 모두 그의 의중을 제대로 파악하지 못한다. 이 오빠라는 자는 어린아이처럼 울다가도 또 시끄럽게 웃는다. 그건 그렇고 이 사람은 왜 우리가 자기를 체포할 거라 생각했을까? 이 사건에 연루됐나?

제가 생각하기에 이건 강도 사건인 줄 알았는데요? 이제 오빠가 조급하게 말한다. 아스트리드의 자동차 때문에 말입니다.

저희는 확실히 하려고 노력하는 중입니다. 그게 다예요. 때때로 납치에는 당신이 생각하는 것보다 더 많은 게 연관되어 있거든요.

정말로요?

그럼요, 수사관 올리펀트가 말한다. 깜짝 놀라실 겁니다.

하지만 안톤은 더 이상 쉽게 놀라지 않는다. 아니, 가끔 놀라긴 하는데 대체로 혼자서 놀란다. 마찬가지로, 이 두 수사관은 안 본 게 없을 정도로 수도 없이 사건을 경험했다. 이번 살인? 이번 것은 아무것도 아닙니다. 당신이 지난주에 나와 같이 있었어야 했는데. 그렇지, 그랬다면 그 많은 사건들에 대해 말해 줄 수 있었을 텐데. 살인에 관해서는 어떤 이유건 아무 상관이 없다. 남아공 사람들은 때로는 재미로 서로를 죽이는 것 같으니까. 아니면 푼돈을 위해서, 아니면 사소한 의견 차이 때문에 죽인다. 총이나 칼을 이용해서, 아니면 목을 졸라 죽이거나 불태워 죽이거나, 독극물을 이용한 살해, 질식사, 익사, 구타, 아내와 남편이 서로를 죽이고, 부모가 자녀들을 죽이든지 아니면 반대로 자녀가 부모를 죽이든지, 모르는 사람끼리 서로 죽인다. 쓸모없는 구겨진 포장지처럼 시신들이 아무렇게나 던져져 있다. 생명체, 아니 생명체였던 시신들. 그리고 각각의 시신으로부터 고통의 고리들이 동심원을 그리며 사방팔방으로 파문을 일으킨다. 어쩌면 영원히 그럴 것이다.

안톤은 제이크가 똑바로 서서 걸어갈 수 있게 도와줘야 한다. 그의 행동을 보면 이 불쌍한 녀석이 얼마나 나약한지 알 수가 있다. 몸집이 매우 우람하고 무거운데 시신처럼 기력이 없는지 이 친구가 넘어지지 않게 떠받쳐 주는 게 몹시 힘들다. 두 사람은 지금까지 가깝게 지낸 적이 거의 없어서 이렇듯 갑작스럽게 신체적 친밀감을 유지하는 게 매우 부자연스럽다. 제이크의 팔뚝에 난 빳빳한 털을 느낄 수 있다. 자 조심해, 거의 다 왔으니까. 이 친구를 위해 자동차 문을 열고 간신히 차 안으로 밀어 넣는다. 이런, 손가락을 조심해야지.

안톤은 운전석 쪽으로 돌아가서 자동차에 올라탄다. 제이크는 정확하게 이런 시나리오를 염두에 두었는지 오늘 좀 태워다 달라고 부탁을 해왔다. 저 혼자서 이 일을 감당할 수 있을지 자신이 없습니다. 그가 얼마나 겁에 질려 있는지 알 수 있었기에 더 이상 아무것도 물어볼 수가 없었다.

어디라도 자네가 갈 곳이 있을까?

네?

내 말은, 자네를 집에 데려다주기 전에 말이야, 안톤은 말한다. 혹시 의사에게 진찰이라도 받고 싶나?

제이크는 그 큰 이마를 힘겹게 일그러뜨리고 그 질문을 깊이 곱씹어 본다. 좌석에 몸을 웅크리고 앉았는데도 정수리가 자동차 지붕을 압박한다. 왜 그런지 모르겠지만 제이크는 오늘 무척이나 작아 보인다. 마침내 그 친구가 말한다, 성당이요.

성당?

네. 혹시 형님이 저를 성당에 데려다주실 수 있다면요. 신부님과 이야기를 나누고 싶거든요.

안톤도 놀랐지만, 제이크 역시 놀랐다. 지난 몇 년 동안 영성체를 받거나 고해성사를 하러 간 적이 없었는데 영적인 도움을 구할 필요성이 갑자기 제이크의 마음속에 떠오른 것이다. 그가 종사하는 업계에는 형편없는 사람들이 셀 수 없이 많고, 제이크는 그중 몇 명을 고용하고 있다. 자신을 강인한 남자로 생각하는 제이크는 확실히 순진하거나 순수한 편은 아니다. 그는 원래 가지고 있는 섬세한 부분을 조심스럽게 불로 지져서 없애 버려야 했다. 그러지 않았다면 성공하기 힘들었을 것이다. 제이크는 일주일에 세 번 운동하러 나가고 가라테 검은 띠를 땄으며 찰스 브론슨과 클린트 이스트우드가 자경단원 역할을 하는 영화를 즐겨 시청한다. 넌 운이 좋은 것 같냐, 이 양아치 새끼야? 어서 덤벼, 네 덕분에 오늘 한번 신나 보자.

그래서 제이크는 지금 배티 신부 앞에서 몸을 기울인 채 흐느껴 울고 있는 이 남자가 정말로 자기 자신이 맞는지 알 수가 없다. 속마음을 그대로 드러낸 채 휴지로 연신 코를 두드리면서 훌쩍이고 처벌에 관해 중얼거리는 이 가련한 녀석, 그는 누구인가? 오, 세상에, 그게 바로 나다.

배티 신부 또한 나름대로 충격이 크다. 정말이지, 잘 생각해 보니, 아스트리드를 죽인 살인범을 제외하고는 자신이 그녀와 마지막으로 대화를 나눈 사람이었다. 그런 생각이 들자 불쾌해서 몸이 오싹한다.

형제님, 아내분에게 발생한 일은 악랄했습니다. 벌이 아닙니다!

하지만 그게 제가 저지른 죄 때문인 것 같거든요. 커다란 체격과 부풀어 오른 근육에도 불구하고 마음이 약한 제이크는 무슨 일이 발생한 건 자신이 저주받았기 때문이라고 확신하고 있었다. 우선 아스트리드의 첫 번째 결혼 서약이 거룩한 것은 아니었다 할지라도, 그녀의 이혼은 신에 대한 범죄였기에 조만간 그들 둘 다 대가를 치러야 할 거라고 오랫동안 의심해 왔다. 제이크는 그 정도까지 믿음을 완전히 상실한 적은 결코 없었다.

우리가 늘 말하듯이 형제님의 아내는 구원자의 품에 안겨 있을 거라는 점에 의심의 여지가 없습니다, 배티 신부가 말한다. 이런 식의 훈계하는 듯한 확신은 항상 그렇듯이 사제의 입에서 쉽게 나오는 말이다. 심지어 어렸을 때부터 이 신부의 영적인 권위 의식은 못 견딜 정도로 심했지만, 오늘은 불쾌한 생각에서 벗어나기 위해 이렇게 말하는 것이다.

신부님은 제 아내가 원래는 천주교 신자가 아니었다는 걸 기억하실 겁니다. 아내는 저 때문에 신자가 됐거든요.

하느님께서 형제님의 아내를 자녀로 선택하셨기에 신자가 된 겁니다. 하지만 그 길이 어떠했든 간에, 아내분은 목적지를 찾았습니다. 신부는 아직도 그 불쾌한 생각에 사로잡혀 있으며, 그것은 점점 더 커지고 있다. 아내분이 죽기 바로 전에 저와 만났다는 게 믿을 수가 없네요.

무슨 말씀이신지요?

어제 아침에 아내분이 저를 찾아왔습니다.

이는 제이크에게 아주 놀라운 소식이다. 무슨 이야기를 하러요?

아, 사제가 마치 잠에서 깨어나는 사람처럼 말한다. 아내분은 고해성사 하러 왔었습니다. 정말 오랜만이었어요. 육 개월 만이죠. 사실 형제님은 더 오랫동안 성당에 오시지 않았고요, 신부가 덧붙여 말한다.

아내가 뭐라고 고해했나요?

그건 말해 줄 수 없습니다. 제이크 형제님은 고해소가 사적인 장소인 것을 알고 계시잖아요. 게다가 불쾌한 생각으로 가득한 곳이다. 세상에, 죽음을 맞기 한 시간 전에 속죄의 보속 없이 그녀를 그냥 돌려보낸 것이다! 그녀의 영혼의 무게가 나를 짓누르고 있는 건가? 형제님, 제게 강요하시면 안 됩니다. 그것은 아내분이 자신의 죄를 변명하는 데 유리하게 작용할 겁니다, 신부는 큰 소리로 결론을 내린다. 아내분은 바로 그때 자신의 죄에 맞서 싸우고 있었거든요. 주님은 아내분에게 친절하실 겁니다!

아내의 죄요?

우리는 모두 죄가 있습니다, 신부는 화제를 돌리기 위해 서둘러 덧붙여 말한다. 물론입니다!

신부님 말씀이 큰 위안이 됩니다, 제이크가 말한다. 제 아내가 사면을 받았다니요, 그렇게 되기 전에요.

꼭 그렇진 않아요, 사실이 아닙니다. 아니에요. 이것은 선한 신부가 피하고 싶은 주제다. 모두를 위해 훨씬 더 나을 것이다. 하지만 그러기엔 이미 너무 늦었다.

아내가 고해성사 했다고 말씀하셨잖아요. 신부님은 제 아내를 용서해 주지 않으셨나요?

아니, 안 했습니다. 아내분에게는 먼저 해결해야 할…… 문제가 있었거든요. 하지만 전 형제님에게 더 이상 말씀드릴 수가 없습니다. 제이크 씨, 제가 너무 많은 말을 했군요.

이 대화는 성당 뒤에 있는 정원에서 진행된다. 아니, 성당 건물 안의 교우들이 앉는 좌석에서 일어났을 가능성이 더 크다. 스테인드글라스 창문을 통해 들어오는 부드러운 빛이 그의 얼굴로 아른아른 빛나는 광채를 던지는 바람에 제이크는 잠시 후 성당에서 나오면서 현기증을 느끼고 약간 비틀거린다. 여느 때의 제이크답지 않다. 그래, 전혀 그렇지 않다. 하지만 제이크답지 않다면 그럼 그는 누구란 말인가? 제이크, 아니 제이크라는 이름의 사기꾼은 안톤이 자동차 후드에 앉아 자신을 기다리고 있는 곳으로 가기 위해 현관 계단을 따라 비틀거리며 내려온다.

도움이 좀 됐어? 안톤이 고속도로를 따라 자동차를 몰면서 묻는다. 자기도 모르게 안톤은 정말로 궁금해하고 있다. 신부님하고 대화를 나눈 거 말이야. 그게 자네한테 도움이 됐어?

이 질문은 제이크에게 전달되지 않는 것 같다. 제이크의 두 눈은 이 자리에 없는 다른 무언가에 고정되어 있다. 잠시 후 그는 멍하니 대답한다. 아스트리드가 죽은 날 아침에 신부님한테 가서 고백했다는군요.

뭘 고백했는데?

모르겠어요. 저한테 말해 주려 하지 않아요.

두 사람은 한동안 서로 다른 각도에서 이 사실을 생각한다. 지금 안톤은 이 년 정도 심리상담을 받는 중이라 단지 상담의 관점으로만 고백을 이해할 수 있을 뿐이다. 하지만 팔꿈치를 움직이면 닿을 정도로 바로 옆에 있는 제이크의 인식은 사뭇 다르다. 제이크에게 무슨 일이 일어나고 있다. 이런저런 소리가 부들부들 떨며 잔물결을 일으키고 있고, 현실 세계가 저 멀리 떨어진 밝은 원처럼 느껴지는 그런 기다란 터널에 자신이 갇혀 있는 것만 같다. 유일하게 확실한 것은 지금까지 그가 모든 것에 대해 완전히 잘못 알고 있었다는 점이다.

제이크는 페어리 글렌의 보안이 잘 되는 곳에서 살고 있는데, 그 단지는 8홀 골프 코스 주변에 지어졌다. 입주민 확인을 받고 게이트를 통과하면 나무가 줄줄이 늘어선 공원 주위로 빙글빙글 돌아가며 파스텔 색상의 집들과 조용한 거리가 나타나는 꿈과도 같은 멋진 교외로 들어가게 된다. 모든 것이 향수 어린 뭔가를 연상시키는데, 아마 한 번도 일어난 적이 없는 어떤 일을 생각나게 하는 것일지도 모른다. 제이크의 집은 바깥 경계와 가까운 곳에 있다. 안톤은 진입로에 주차한 다음 도움을 주려고 서둘러 나가지만 더 이상 그럴 필요가 없다. 제이크는 혼자 자동차 밖으로 나와서는 다시금 정상적으로 움직이고 있다.

고맙습니다, 제이크가 맥 빠진 목소리로 말한다. 그가 손을 내밀자 안톤이 그 손을 잡고 흔든다. 이런 상황에 악수는 적절치 않은 동작이긴 하지만 그래도 이 친구 상태가 지금 정상이 아니니 그냥 흔들어 준다.

자네 괜찮아? 안톤이 말한다. 내가 함께 들어가 줄까?

아닙니다.

좋아. 안톤은 안도한다. 하지만 그는 자동차에 올라타기 전에 멍청한 질문을 하지 않으려고 안간힘을 쓴다. 저 도난 방지용 창살은 제작하는 데 비용이 많이 드나? 안톤은 제이크에게 물어볼 뻔했다. 이런 시기에 상상이나 할 수 있는가. 하지만 안톤 역시 괜찮지 않다. 여동생이 죽은 모습으로 테이블 위에 누워 있는 것을 방금 보고 왔다. 농장으로 차를 몰고 가는 길에 뜨거운 폭우가 쏟아져 내리듯이 또다시 울음이 쏟아지기 시작한다. 마을을 피해서 가기 위해 제이크의 집에서 뒷길을 택해 달린다. 길고도 외롭게 뻗어 있는 구간을 눈물을 뚫고 달려간다.

저렇게 될 사람은 나일 거라고 늘 생각했다. 그리고 그렇게 될지 안 될지는 아직 모르는 일이다. 그는 농장 창문에 있는 도난 방지용 창살을 일부 교체할 필요가 있다. 그래서 제이크에게 물어보려고 했던 것이다. 최근에 심각한 문제가 발생했다. 흑인 거주지역에서 가장 가까운 동쪽 외곽의 대규모 부지에 누군가 침입했다. 그 땅의 모든 게 훤히 보이도록 울타리가 잘려 나갔고 판잣집들이 세워졌다. 게다가 다른 사건도 한두 건 발생했다. 어느 날 밤에는 창고를 부수고 들어왔고, 또 얼굴도 모르는 사람들이 코피에 올라가서 기도 모임을 했다. 우리 땅의 침입자들. 그들을 쫓아내기 위해 경찰을 부르자 폭행 위협도 받았다. 당신을 잡으러 올 겁니다, 나리. 그냥 두고 보시죠. 목을 손가락으로 건너긋는 시늉도 보았다. 그때 이후로 그는 만약의 경우를 대비하여 아빠의 오래된 엽총을 수리해 두었고, 침입에 대비하기 위해 초원으로 나가 연습 삼아 총을 몇 발 쏘았다. 집 주위로 전기 울타리를 설치할까 생각 중이다. 이 모든 것을 제이크와 상의하기 위해, 적절한 시기를 잡아야겠다.

집에 도착하여 자동차 엔진을 끄자, 저 멀리 있는 교회에서 부르는 찬송가 소리가 여기까지 희미하게 들려온다. 전능하신 주 하나님/나는 순례자이니. 빌어먹을 한 주 내내 날마다 들린다. 기분 좋은 오후의 선선함은 흠잡을 데가 없지만, 이제는 극심한 한기가 솟아오르고 있다. 지구 중심에서 오는 건가, 아니면 나에게서 비롯되는 건가? 현관문이 활짝 열려 있다. 항상 문단속하라고 주의를 주는데도, 아내는 늘 못 들은 척한다. 오늘 집 안으로 들어가 그녀를 발견하면 어떤 일이 벌어질지 상상이 간다.

그런데 아내는 집에 없다. 아내의 자동차도 사라지고 없다. 또 그놈의 명상 수업에 갔겠지, 하고많은 날 중에 하필이면 오늘도. 그녀는 중독이라도 된 것 같다. 안톤은 요즘 짜증이 나고 분하다. 아내는 마리오인지 마르코인지 그런 이름을 가진 루스텐버그에 사는 아직도 이십 대인 그 어린놈, 그러니까 제법 잘생긴 현지인에게 엄청난 시간을 바쳐 공을 들이는 중이다. 그 녀석은 일 년 동안 인도에 있는 아슈람인도의 전통적인 수도원에 가서 자신을 찾고 영적인 뭔가를 한 다음 영적 스승이 지어 준 모티 또는 무티라는 우스꽝스러운 이름을 갖고 여기로 돌아왔다. 그 이름은 아마도 진주를 의미한다는 것 같다. 그러자 지루하고 한가로운 주부들이 요즘 모두 그의 지혜에 매료됐다. 아니 어쩌면 그 녀석이 그냥 샅바 차림으로 수업을 한다는 사실에 열광하는 건지도 모른다. 그러니까, 음, 『정글 북』 시간이란 말이다. 주부들에게 명상과 요가를 가르치고 혹시 모르지, 그녀들의 등뼈 밑에서 잠들어 있는 탄트라의 뱀을 깨울지도. 마을에 있는 이른바 그의 전인Whole Human 센터라는 곳에서 그 여자들 모두를. 흥, 구멍 인간Hole Human 센터겠지.

침입자는 지금 안톤이 하는 것처럼 집으로 들어올 것이

다. 슬금슬금 문지방을 넘어 들어가다 무슨 소리가 나는지 듣기 위해 현관에서 발걸음을 잠시 멈춘다. 유일하게 부엌 라디오에서 들려오는 아프리카 복음 성가대의 노랫소리. 설거지하고 있는 살로메. 아니 어쩌면 변화를 주기 위해 탁자 위 놋쇠 장식품을 닦고 있을지도 모른다. 맞다, 살로메는 그 칙칙한 금속 장식물을 광이 날 때까지 문지르고 있다. 샬롬, 살로메, 제 사랑스러운 아내는 어디 있죠? 굳이 대답하실 필요는 없어요. 빌어먹을, 제기랄, 혹시, 가령, 오늘은 그저 이번 한 번만이라도 집에 있어 주면 안 되는 걸까? 나를 위해? 아내는 남편이 어디에 가는지 알았고 남편이 무슨 일을 겪고 있는지도 안다. 하지만 아내는 없다. 그래서 싫다, 싫고, 또 싫다. 한동안 아내 입에서 자주 반복되어 나오는 말이었다.

안톤은 술을 보관하는 거실 캐비닛으로 가서 텀블러에 잭 다니엘 위스키를 채우고 한꺼번에 벌컥 들이킨 다음 또 다시 가득 채운다. 일상적인 행동은 아니다. 그러니까 평소에는 전혀 이러지 않는다는 얘기다. 도대체 나를 어떻게 생각하는 건지, 심지어 아직 해도 안 떨어졌는데. 하지만 누가 안톤을 비난할 수 있겠는가? 그가 이미 겪은 일, 아직도 그의 앞에 놓여 있는 일을 생각해 볼 때.

우선 살로메. 안톤은 아직 그녀에게 아무 말도 하지 않았다, 한 마디도 안 했다. 살로메는 늙어서 심장이 약할지도 모른다. 안톤은 또한 그녀를 어린애처럼, 보호가 필요한 사람으로 대하기도 한다. 살로메는 연약한 심장을 지닌 나이 많은 어린아이다.

살로메, 그는 말한다. 끔찍한 소식이 있어요.

놋쇠 장식품이 즐겁게 반짝일 때, 말은 머릿속으로 들어가 그림을 꽃피운다. 어떤 그림은 견뎌 내기가 매우 힘들다. 그렇다, 어쩌면 당신도 이미 알고 있을지 모르지만, 사람들을 가장 많이 괴롭히는 것은 정신적인 이미지다. 최근에는, 아니 어쩌면 평생 아스트리드에게 그다지 사랑받지 못했을지도 모르지만, 그래도 그 아이는 살로메가 자기 자식처럼 키운 세 백인 아이 중 한 명이다. 그 감정이 살로메의 얼굴에 그대로 드러난다. 앉아 있지 않았더라면, 살로메는 그 자리에 주저앉을 수밖에 없었을 것이다.

안톤은 위스키를 꿀꺽꿀꺽 들이켠다. 위스키를 마시면 모든 게 더 쉬워진다. 살로메, 이제 그만 집에 가셔서 쉬시는 게 좋겠어요.

살로메가 고개를 끄덕인다. 이제는 더 이상 젊지 않은, 예순에 가깝다. 요즘은 살보다 뼈가 더 많이 드러나고 발걸음도 빠르지 못하다. 오랫동안 그랬던 건 아니지만, 오늘 늦은 오후 혹은 저녁에는 머릿속에 그려진 그림들로 인해 무겁게 짓눌려서 더욱이 발걸음이 느려진다. 가세요, 어서 가세요. 살로메의 고통을 보고 있자니 너무나 힘이 든다. 살로메는 코피를 돌아 발을 질질 끌면서 천천히 그녀의 집, 아니, 롬바르드의 집을 향해 걸어간다. 혹시 과거의 습관이 어떤 암시가 될 수 있다면, 의심할 여지 없이 아스트리드를 위해 기도를 할 것이다. 혼자 남은 안톤은 술잔을 다시 채우고, 다시 보충하고, 마음을 다시 가다듬는다. 소식을 전하는 역할은 정말이지 끔찍하다. 전해야 하는 메시지로 인해 항상 괴롭기 마련이다. 자 안톤, 그대를 위해 건배하자, 고통을 전하는 사람아. 한 사람은 해치웠으니 이제 또 한 명을 쓰러뜨릴 차례다.

아모르는 몇 년 전 더반에 도착한 후 딱 한 번 전화를 걸어왔다. 그 이후로 안톤은 계속해서 연락을 취해야겠다고 생각은 하고 있었지만 특정 조치를 한 다음에 하려고 했다. 그리고 그 조치는 아직도 취해지지 않았다. 그 문제에 대한 무관심이 서서히 자기 나름의 의지를 키워 나가더니 하나의 결심이 되어 버렸다. 그때 이후로 안톤은 아스트리드로부터 막내 여동생의 소식을 듣고 있었다. 아스트리드는 아모르와 계속 연락을 취하면서, 처음에는 간호사 일에 대해, 나중에는 아모르가 어떤 여자와 사귀고 있다는 소식 등, 그런 정보 몇 가지를 전해 주는 것이 당연히 자신의 원망스러운 의무라고 생각했다. 그 어떤 소식도 안톤이 보기에는 전혀 놀랍지 않다. 멀리서 객관적인 눈으로 바라볼 때 심지어 감동적이기도 하다. 물론 가까이서 보면 골칫거리겠지만 말이다.

안톤은 다른 것은 하나도 모르지만, 아모르가 일하는 병원의 이름만은 알고 있다. 아니요, 그는 전화를 받는 접수원에게 말한다. 그녀가 어느 병동에서 일하는지는 잘 모르는데, 혹시 컴퓨터로 검색해서 찾아 주실 수 없을까요? 잠시만요, 접수원이 말한다. 지금 연결해 드리겠습니다. 그러고는 그를 어느 병동에 연결해 준다. 그 병동, 그래, 아마도 당신은 짐작할 수 있었을 것이다. 이 아이의 순교 행위는 끝도 없다. 수녀님, 제 여동생과 통화할 수 있을까요? 그녀의 이름은 아마 성녀 아모르일 겁니다.

뭐라고요?

아모르 스와트 부탁합니다.

잠시만요.

소식을 전할 사람은 기다리고, 병원의 희미한 파도 소리가 그의 귓속으로 밀려들어 온다. 그런 다음 오랜 시간이 지났는데도 오해의 여지가 없는 아모르의 목소리가 들린다. 여보세요?

안녕, 안톤이 말한다. 나야.

안톤 오빠?

응, 그래. 잘 들어, 유감스럽지만 좋지 못한 소식이 있단다.

멀리 떨어져 있는 곳, 아모르에게는 단지 먼 과거일 뿐인 곳에서 안톤은 충격적이게 하얗고 차가운 타일을 붙여 놓은 간호사실에 있는 그 아이에게 불쑥 말한다. 간호복을 입은 아모르. 꼼짝도 하지 않고 가만히 서 있다.

그 뒤에 안톤은 또다시 술잔을 채운다. 손이 조금 떨리기는 하지만 두려워했던 것만큼 나쁘지는 않다. 사람들이 무대 밖 보이지 않는 곳에서 자신의 괴로움을 드러내는 것이 고맙기만 하다. 자신의 인생을 감당하는 것만으로도 충분히 벅차다. 그게 그저 평범한 일상의 고통일지라도 말이다. 말이 나왔으니 말인데, 드디어 그녀가, 내 사랑스러운 아내가 나타난다. 방금 명상을 마치고 새로워진 모습으로. 완벽한 타이밍이다. 그러니까 음, 그동안 어디선가 한두 시간을 버린 것 같기는 하지만. 이제 바깥은 어둠이 완전히 짙어졌다. 늦게, 일찍, 그거나 저거나 결국 모든 게 마찬가지다. 여보, 재미있었어? 모글리와의 호흡이 좋았어?

아내가 그렇게 말하는 남편을 빤히 쳐다본다. 당신 취했어?

조금, 응. 그렇다고 말할 수 있겠지. 아주 약간. 긴장을 풀어야 할 것 같아서. 내가 방금 살해당한 여동생의 얼굴을 들여다보고 왔다는 걸 생각해 봐.

아내가 두 손을 얼굴 높이까지 들어 올린다. 그러자 그에게서 분노가 서서히 빠져나가는지, 아니 분노가 어떤 다른 것, 그러니까 어떤 필사적인 욕구로 변한다. 안톤은 아내를 왈칵 움켜쥐고, 아내도 마주 비집고 들어와 마치 서로를 물어뜯고 씹어 먹고 싶다는 듯이 두 사람은 순식간에 키스를 나누며 입술, 혀, 치아를 맞부딪친다. 심지어 그런 감정이 휩쓸고 지나가는 동안에도 안톤은 이 갑작스러운 갈망이 오늘 아침 금속 테이블 위에서 자신이 봤던 광경으로부터 흘러나온다는 것을 알고 있다. 아내가 너무나 생생하게 살아 있기에 그녀를 갈망하는 것이다. 흥분한 아내의 표정은 끈적거리고 제정신이 아니었으며, 머리카락은 느슨하게 풀어지고 팔다리는 뜨겁고 강하다. 여기서 더 큰 질문이 떠오른다. 데지레는 왜 그를 원하는 건가? 앞뒤로 왔다 갔다 하며 서로를 아프게 하면서 격렬함이 살갗 아래로 윙윙 소리를 내고 있다. 두 사람의 살이 맞닿은 지도 참으로 오래됐다.

마침내 부둥켜안은 두 사람의 몸이 떨어진다. 싫어. 안 돼. 그만해. 이건 잘못인 것 같아. 아내가 남편에게서 몸을 빼낸다. 언제나 그녀가 먼저 몸을 뺀다. 우리가 지금 뭘 하는 거야? 미안해, 하지만 난 그냥 못 하겠어. 지금은 아니야, 아스트리드가…….

좋아, 안톤은 말한다. 분노가 즉각 제자리를 찾는다. 잊어버려.

하지만 당신이 만약 지금 이 순간 그들의 침실로 걸어 들어가 그들의 몰골을 보면, 저들이 섬광처럼 번뜩이는 열렬한 성관계를 가진 뒤라서 저렇게 난파를 당한 사람처럼 누워 있는 거구나 하고 생각해도 무방할 것이다. 옷을 반쯤 벗은 채 시트 속에서 반 정도 서로 뒤얽혀 가쁜 숨을 몰아쉬고 있다. 분명히 더는 젊다고 말할 수 없지만 그래도 여전히 잘생긴 부부다. 남편의 얼굴에서 부싯돌 같은 뭔가가 보이는데, 그건 오래전에 이마에 생긴 흉터 때문일까?

데지레는 좀 더 부드러운 사람으로 얼마 전까지만 해도 정말로 아름다운 미인이었음이 틀림없다. 하지만 권태로움과 건방진 언행 때문에 이목구비가 손상되어 미간에는 주름살이 새겨지고 샐쭉한 아랫입술이 삐죽 나와 있다. 그녀는 마음속이 늘 시큰둥한 터라 꽁하니 늘 불만스러운 표정을 짓는데, 무엇 때문에 그렇게 불만스러운지 그녀도 항상 아는 건 아니다.

데지레는 가끔 농장에 실망할 때가 있다. 결혼할 때 데지레는 언덕에서 수채화를 그리고 말을 타고 드넓은 평원을 가로질러 달리는 모습을 상상했었다. 그와 같은 막연하고 화려한 꿈들이 있었다. 거의 아무 일도 일어나지 않는 여기서 이렇게 길고도 민숭민숭한 날들을 보내게 될 줄은 꿈에서도 예상하지 못했다. 마을이나 루스텐버그로, 그러니까 약간의 생동감과 사건과 색채가 있는 어딘가로 자동차를 몰고 나가야 할 이유를 계속 찾아야만 한다. 대화할 사람들을 찾아서! 예전에는 매주 손톱과 머리를 손질했다. 하지만 그것 때문에 결혼 생활이 파탄에 빠졌다. 그런 허튼짓에 낭비할 돈이 어디에 있어, 남편은 말한다. 하지만 그가 돈을 어디에 낭비하는지 보라. 말 그대로 돈을 소변으로 흘려보내고 있다. 적어도 그녀는 돈을 쓰고 나면 보여 줄 거리라도 생기지 않는가! 물론 그녀는 최근에 전인 센터에서 명상 수업을 발견한 이후로는 마음이 한층 더 만족스러워졌다는 것을 인정해야 한다. 모티가 이름을 바꾼 것처럼 데지레 역시 자기 이름을 바꾸고 싶은 날들이 있다. 이름이 달라지면 내면에서 느끼는 감정도 달라질 수 있지 않을까.

때때로 남아공이야말로 데지레를 실망하게 만든다. 모든 사람이 존경하고 두려워하던 그녀의 아빠가 진실화해위원회 앞에 나가 그 끔찍하고 불가피한 일을 저질렀다는 사실을 인정해야 하리라고 어느 누가 예상이나 했겠는가? 그녀가 생각하기에 이 나라의 문제는 일부 사람들이 과거를 훌훌 털어 내지 못한다는 점이다.

이제 그 문제는 모두 끝났다. 벌써 몇 년 전의 일이다. 요즘 데지레의 기대에 미치지 못하는 사람은 대체로 그녀의 남편이다. 안톤은 한때 상당히 매력적이고 잘생기고 재미있어서 사람들 모두가 그의 앞에 펼쳐질 멋진 미래에 대해 이야기했다. 그런데 그런 걸 여전히 믿고 있는 사람은 유일하게 안톤뿐이다. 언젠가 그의 농장/자기 자신/그의 인생에서 어떤 일을 할 것인지, 얼마나 많은 돈을 벌어들일 것인지 그 거창한 생각들을 얼마나 자랑하고 허풍을 떨던지. 남편은 실제로 하는 일이 하나도 없다. 그냥 소설만 쓰고 있는데 그런 계획들을 어찌 이룰 건지 어떻게 알 수 있겠는가. 소설이라는 것도 누구에게도 보여 주지 않는 것을 보니 어쩌면 존재하지 않을지도 모른다. 하지만 자물쇠로 잠근 방문 뒤에서 자판을 두들기는 소리가 들리기는 한다……. 반면에 데지레는 벽의 회반죽이 벗겨지고 모서리마다 거미들이 거미줄을 치는 것을 지켜보면서 셀 수 없이 많은 이 텅 빈 방들 사이로 뒹굴뒹굴 굴러다니며 세월을 보내고 있다. 그러니까, 그녀, 나, 데지레가 말이다. 상상이나 할 수 있겠는가? 과거에는 모든 청년의 사랑을 받던 베이비돌이었으니 어떤 남자건 마음대로 골라잡을 수 있었을 텐데, 어쩌다 이렇게 됐을까? 마망의 경고에 귀 기울이지 않았으며 이제 다시 시작하기에는 너무 늦었다. 난소가 영업을 끝내기 전에 새로운 베이비돌을 만들 시간만 간신히 남아 있을 뿐이다. 그러나 심지어 그 부분에서도, 하하하, 노력하고 또 노력해 봤지만 아직은 운이 전혀 따라 주지 않는다. 남편에게 문제가 있다는 것을 알고는 있는데, 남편은 테스트 받기를 거부하고 있는 데다 그녀 자신도 더 이상 남편과 성관계를 갖고 싶어 하지 않는다.

데지레는 몸에서 남편의 손을 떼어 낸 다음 데구루루 굴러가 등을 대고 눕는다. 그녀는 거기에 누운 채로 천장을 바라보면서 화장을 더 쉽게 할 수 있게 눈과 입술의 가장자리를 따라 라인 문신을 할까 생각해 본다. 친구 몇 명이 최근에 그런 시술을 받았다.

그건 그렇고, 살로메에게 하룻밤 휴가를 줬어, 안톤이 말한다. 아스트리드의 소식을 듣고 속이 꽤 상했거든.

속이 상해? 제발 그만 좀 해. 그 늙은이는 정말이지 믿지 못할 정도로 게을러터졌어.

여보, 살로메에게도 감정이란 게 있어. 여기서 지낸 세월을 생각하면…….

세월? 당신은 정말로 그녀를 내쫓아야 해. 얼마나 느려터졌는데. 생기 넘치는 젊은 사람으로 데려올 기회가 얼마든지 있으련만…….

살로메는 평생을 여기서 일해 왔어, 남편이 말한다. 생기 넘치고 젊었을 때부터 말이야.

아, 그래, 근데 이제 그런 시절은 끝났어.

아내의 냉담함에 흥분한 안톤이 그녀의 목을 조금씩 깨물기 시작한다. 이리 와봐, 조금만 더 하자. 하지만 데지레는 남편을 밀쳐 내고 벌떡 일어나 앉아 블라우스 단추를 잠근다. 아, 제발 그만 좀 해, 땀에 흠뻑 젖었으면서 왜 그래. 집에 왔을 때는 중심이 아주 잘 잡혀서 차분했었는데. 자 보라, 이제 어떻게 됐는지.

안톤은 계단 아래에 있는 작은 욕실에서 사타구니의 욕망을 뿌리째 뽑아내려 애쓴다. 오르가슴에 가까이 이를 때 세면대 위 얼룩진 타원형 거울에 비치는 그의 홍조 띤 얼굴이 다시 그에게로 반사된다. 세면대 뒷면은 다시 칠해야 할 지경이다. 그러면 저 반점들이 없어질 것이다. 자아가 어떻게 조각조각 나뉠 수 있는지 참으로 흥미롭기만 하다. 오르가슴을 느끼는 동시에 나를 지켜보는 눈으로 관찰을 하다니. 둘 다 내가 아니지만, 어쩌면 둘 다 나일 수도 있다. 그런 다음 새로이 안개처럼 피어오르는 피로와 자기혐오 속에서 손을 씻으며 이 짓을 하지 않았더라면 좋았을 걸 하고 생각한다. 그러지 않았으면 좋았을 텐데. 하지만 했다. 거의 즉시 욕망의 스위치가 또다시 내부에서 흐릿하게 켜지는 것을 느낀다. 그래, 때가 됐다, 맞아, 욕망을 털어 내야 할 시간이란 말이다. 아니, 데지레, 그녀의 이름이 뭐든지 간에 그녀를 놓아줄 때가 됐다.

저 멀리 큰 도로에 있는 자동차에서 비치는 아득한 섬광이 안톤의 얼굴을 스치고 지나간다. 자동차는 방향을 바꾸기 위해 텅 빈 땅덩이에 멈춰 섰다. 지금 이 순간 그 차는 후진을 하고 있다. 커다란 지프 체로키다. 안톤, 그대의 매부 제이크 무디가 아니라면 운전대를 붙잡고 있는 사람이 누구겠는가. 그가 방문을 위해 자동차를 멈춘 것은 아니다. 그저 반대쪽으로 차를 되돌려서 마을로 들어가기 위해 잠깐 멈춘 것이다.

제이크는 벌써 몇 시간째 차를 몰고 다니는 중이다. 왜냐하면, 집에 혼자 있다는 사실을 견딜 수가 없기 때문이다. 난 홀아비다. 그는 계속해서 반복적으로 그런 생각을 하면서 홀아비라는 말을 곱씹으며 그 단어의 기이함을, 그 단어가 나타내는 기이한 상황을 시험 삼아 경험해 보는 중이다. 아스트리드의 두 자녀는 이미 아이들의 아버지가 데려간 지 오래고 그 집은 하루 만에 정신없이 바쁘고 시끄러운 장소에서 속이 텅 빈 감옥 같은 껍데기로 바뀌고 말았다. 두 사람의 가장 친숙한 요인이 사라져 버린 방에서 메아리 소리가 들리는 것 같다. 그러나 그 어느 곳보다 가장 큰 소리로 떠들어 대는 곳은 그의 머릿속 방이다. 그 소리를 잠재우기 위해 제이크는 운전대를 붙잡은 것이다. 그리고 차 안에 머물러 있는 동안 태양이 사라지고 등불이 들어오고 밤이 모든 것의 품속으로 스며들었다.

제이크는 여전히 운전하고, 또 운전하고 있다. 끝없이 흐르는 시꺼먼 강물과도 같은 도로. 그는 교차하고 또 교차하는 특정한 경로를 따라가며 자신을 매듭 속으로 묶어 넣는다. 마을 한복판을 뚫고 달려가면서 바위로 된 받침대 위에 서 있는 폴 크루거의 동상을 지나고 그런 다음 산등성이를 넘어 북쪽으로 향하지만, 또다시 차를 돌려 파티라도 하듯이 불을 환히 밝힌 유니온 빌딩을 지나간다. 마을은 그 혼탁한 항아리 속에서 지글지글 끓고 있다. 목걸이에 달린 보석들처럼 죽 늘어선 대사관 건물들을 지나는데 모두 경비대가 지키고 있고 흠잡을 데 없이 깔끔하다. 그러다가 갈색 풀로 뒤덮인 길가와 잎사귀를 떨어뜨리고 있는 자카란다나무로 가득한 현실로 되돌아온다. 모든 것의 가장자리가 바삭바삭 타기 시작한다.

저 멀리 마을의 동쪽 변두리를 바라보니 집들이 아득히 조그맣게 보인다. 옥수수가 가득한 구릉 모양의 캄캄한 들판 속에서 자그만 불꽃들이 바스락거리며 굳은 손을 버석버석 비벼 대고 있다. 그는 남쪽으로 방향을 틀고 아직도 건설

중인 달 식민지, 그러니까 무질서하게 마구 뻗어 나가고 있는 새로운 개발지로 향한다. 그곳은 목마른 중산층을 위한 교외의 위성 구역으로, 도로와 집들이 반 정도밖에 지어지지 않았는데도 담은 이미 둘러쳐져 있다. 능선을 또 하나 넘으니 좀 더 안정된 구역으로 그를 인도한다. 그곳은 시멘트는 마른 지 오래됐고 최근에 깎은 잔디는 잘 정돈되어 있으며 몇몇 집들은 호텔만큼이나 크고, 거대한 원양 정기선처럼 불타는 듯 환하다. 담과 육중한 대문으로 모든 방어가 철저히 되어 있고 밖에서는 제이크가 직접 고용한 사설 경비원 몇 사람이 서성대고 있다. 그들이 입고 있는 유니폼을 보면 직원임을 알 수 있다.

반쯤 헐벗은 나무들을 따라 아래로 내려가 분수대에 이르러 그곳에서 한 번, 두 번, 세 번 빙글빙글 돌다가 갑자기 결단력을 발휘하여 나침반 위 북쪽, 밤새도록 그를 끌어 당겨 온 방향으로 차머리를 돌린다. 무작정 이쪽저쪽 마구 달리던 운전 행위는 모두 전주곡으로, 그것은 딱 한 곳을 향해 단단히 조여드는 소용돌이였다. 그곳은 바로 오늘 아침 제이크가 시작한 곳이다. 비록 그 방문지는 마치 깊고도 어두운 계곡 반대편에 있는 것 같지만 말이다.

제이크는 성당 바로 바깥 공터에 주차한다. 한없이 천국을 향해 올라가는 모습을 강조하기 위해 아래쪽으로부터

불을 비추는 자만심이 대단한 건물이다. 출입구에 골판지를 깔고 누워 몸을 뒤척이고 있는 한 노숙자를 제외하면 이곳에서 움직이는 건 하나도 없다. 자동차에서 내린 제이크는 무거운 발걸음으로 성당 옆으로 걸어가 뒤쪽에 있는 사제관으로 간다. 현관문 위에서 불을 밝히고 있는 희망에 찬 심장 색깔의 전구는 가까이서 간헐적으로 자그맣게 파란 섬광을 번쩍번쩍 발하는 보안 게이트와 전기 울타리로 인해 그 빛이 상대적으로 약해 보인다. 운 나쁜 도마뱀이 전선 위에서 튀겨지기라도 하나? 어쩌면 하느님은 도마뱀에게는 관심을 두지 않을지도 모른다.

인터폰의 버저를 누른다. 잠시 기다리다가 다시 버저를 누른다. 그리고 또다시 반복한다.

배티 신부는 잠에서 깨어나 어리둥절한 상태다. 누구십니까?

접니다, 신부님.

누구라고요?

제이크 무디입니다, 신부님. 귀찮게 해드려 죄송합니다.

지금은 새벽 한 시입니다, 제이크 씨.

저도 압니다. 진심으로 죄송하지만, 저는 신부님과의 대화가 필요합니다.

가슴 큰 여자들과 함께 있던 유쾌한 꿈에서 깨어난 배티 신부는 이렇게 늦은 밤에 동정심을 바라는 그의 요구가 마땅치 않다. 하지만 그런대로 걱정스러운 얼굴로 가다듬은 사제는 제이크를 안으로 들어오게 한다. 거실로 들어가서 이야기합시다. 제이크는 사제를 따라 피아노와 인조 꽃과 이런저런 자그마한 장식품이 놓여 있는 커다란 방으로 들어간다. 그 장식품에 관해서는 설명하지 않고 그냥 지나가도 괜찮을 것 같다. 물건들을 살펴보는 것은 고사하고 그 이름을 나열할 힘조차 남아 있지 않으니까.

죄송합니다, 제이크는 또다시 말한다. 시간이 매우 늦었다는 것을 잘 알고 있습니다.

앉으세요.

두 사람 모두 자리에 앉는데, 제이크는 소파에 앉고 신부는 가까이에 있는 안락의자에 앉는다. 배티 신부는 밀랍염색 무늬의 드레싱가운으로 몸을 감쌌는데, 그 옷은 극동지방을 방문하고 돌아온 한 신도에게서 받은 선물이다. 가운 밑으로 호랑이 줄무늬의 잠옷 바지가 보이는데, 물론 푸른 정맥이 드러난 앙상한 정강이도 푹신한 슬리퍼 위로 보인다. 제이크는 앞으로 이런 모습을 한 신부를 다시 볼 일이 절대로 없겠지만, 그것은 신부 또한 마찬가지다.

형제님은 무엇 때문에 괴로워하시는 겁니까? 신부가

묻는다.

신부님, 설령 고해소가 성스러운 장소, 아니 신부님이 뭐라고 말씀하셨는지 모르겠지만, 이번 경우는 예외로 해 주실 수 없겠습니까?

뭐라고요? 신부의 마음은 모래 위에서 헛돌고 있는 닳아빠진 타이어와 같다. 형제님 무슨 말을 하는 겁니까?

아내가 신부님께 무엇을 고백했는지 알아야만 하겠습니다.

아, 그거요. 신부는 입을 열지 말았어야 했다. 제이크, 말해 줄 수 없어요.

신부님, 제발 부탁드립니다.

이 불쌍한 친구는 실제로 무릎을 꿇고서 상대의 무릎에 자기 얼굴을 눌러 대고 있다. 단념시키기 위해 그를 확 밀치고 또 잡아 뜯지만 그는 축축한 자국을 남겨 놓는다.

안 됩니다, 배티 신부는 소리친다. 제발 이러지 마세요! 마치 신부가 간청하는 것처럼 보인다. 잘 들어요, 형제님은 마음을 가다듬어야 해요. 정신을 바짝 차려야 한다고요.

그럴 수가 없어요. 노력해 봤지만, 그냥 어떻게 할 수가 없어요. 제이크는 격렬하게 자리에서 벌떡 일어섰다가 다시 자리에 앉는다. 부탁드릴게요, 그는 말한다. 꼭 알아야만 해요.

신부는 한숨을 내쉰다. 이 매우 복잡한 순간이 갑자기 간단해진다. 시간이 매우 늦었고/이르고, 너무 피곤해서 싸울 힘도 없고, 저 불쌍한 친구가 고통스러워한다. 게다가, 신부 자신도 지금 화장실에 가야 하는 이런저런 이유로 인해 일을 서둘러 처리할 수도 있겠다. 가끔은 인간답게 행동할 수도 있는 거니까.

형제님의 아내는 바람을 피우고 있었습니다, 신부는 말한다.

저런 저런. 기어코 말을 하고야 만다. 신부가 말을 내뱉었고 말은 방에 같이 있는 또 한 사람의 귀에 도달하기 전에 공중에서 잠깐 맴돈다. 이 말의 의미가 확고하게 자리를 잡는 순간 상대의 얼굴이 변하는 게 보인다. 제이크의 얼굴은 이제 상처받은 모습이 아니라 화난 사람 같다. 주님 용서하소서, 신부가 말한다. 아니, 아마도 그냥 생각만 한 것 같다. 때로는 진실을 말하는 것이 최선이다.

바람이요? 제이크는 이 단어가 어떤 특이한 물건인 것처럼 그저 쳐다본다. 누구하고요?

그건 저도 모릅니다. 죄송하지만 제가 좀…….

제발, 신부님. 반만 알아서는 전혀 답을 내릴 수 없습니다. 그 사람 이름을 알려 주세요.

이름은 형제님께 알려 드릴 수가 없습니다. 그 이유는

아주 단순합니다. 모르기 때문입니다. 아내분은 불륜을 고백하긴 했지만 이름은 알려 주지 않았어요. 그게 진실입니다. 그리스도의 거룩한 피를 놓고 맹세합니다. 형제님은 이제 집에 가서 주무세요.

전투력이 제이크에게서 솔솔 빠져나오더니, 눈에 띌 정도로 약해진다. 상대방이 자리에서 일어나자 그도 똑같이 따라 한다. 마음의 평안은 받아들일 때 오는 겁니다, 신부가 제이크를 밖으로 밀쳐 내며/내보내며 그에게 말한다.

어떻게 제가 알지도 못하는 걸 받아들일 수 있겠습니까?

이 친구 말이 일리가 있군, 티모시 배티는 마침내 복도를 따라 뒤로 물러나면서 생각한다. 먼저 진실을 알아야만 굴복할 수 있다. 하지만 진실을 알게 되면 죽을 수도 있을 텐데. 이 친구와의 대화가 어찌나 당혹스러웠던지 신부는 간신히 변기에 다다른다. 아마 대부분이 즐겨 하는 행위는 아닐 테지만 장이 격렬하게 요동칠 때의 배변 행위는 더욱더 싫다. 거의 날마다 하는 일인데도 사람들은 이상하게 장운동에 대해 거의 이야기하지 않는다. 저 밑에서 핵심적인 실체를 토해 내고 있음에도 불구하고, 두뇌는 그걸 부정하고 싶어 한다. 소설 속의 어떤 인물도 괴로움을 더 잘 털어 내기 위해 엉덩이를 양쪽으로 잡아당기는 일, 그러니까 지금 신부가 하는 이 행위를 하는 것을 본 적이 없다. 이는 신부가

가상 인물이 아니라는 사실을 확인하는 한 방법이다. 예수님은 한 번이라도 대변을 보신 적이 있을까? 참으로 궁금하군. 그분에게 항문이 있었나? 성경에 따르면 그렇지 않다. 하지만 여러 개의 빵과 물고기를 먹는데 어떻게 다른 쪽 끝에서 결과물이 나오지 않을 수 있단 말인가. 하지만 티모시, 부끄러운 줄 알라, 그런 불경스러운 생각을 하다니. 이게 왜 불경스럽지? 난 모르겠다. 하지만 확실히 그렇다.

분별력 없던 그 여인을 용서하소서, 하느님 아버지, 그녀는 속죄를 갈망했습니다. 그리고 제가 그녀에게 속죄의 은총을 거부한 것이 그녀를 부당하게 취급한 것이라면 저의 죄를 용서하여 주소서. 하지만 그 여자의 고백을 제대로 들어 줄 수 없었던 것을 보고 그가 정말로 법을 어겼다고 할 수 있을까? 티모시 배티, 그녀를 빈손으로 쫓아 보낸 행동이 올바르지 않았던 건 아닐까? 이런 생각이 신부가 두루마리 휴지를 잡으려고 손을 뻗을 때 그의 마음속에 뒤늦게 떠오른다. 하지만 그는 여호와가 자신을 용서해 주셨다고 단정 짓는다. 나는 사랑으로 말한 것이었다! 그래서 그녀의 남편에게도 말한 것이고. 그 불쌍한 친구가 너무나 고통스러워해서 진실을 말해 준 것이니, 이것은 죄가 될 수 없다. 하느님 아버지, 이런 안도감을 주셔서 감사합니다. 그래서 신부는 하느님 아버지에게 무릎을 꿇는다. 마치 러시아 인형들처럼 서로 딱 들어맞는다. 아니면 서로서로 차곡차곡 쌓여 있다. 어쩌면 아버지들은 양방향으로, 또 아래로 쭉 내려가며 쌓이는가 보다.

한편 성당 밖으로 나온 제이크 무디는 자동차 운전석에 앉아 있다. 아니, 그는 아직 떠나지 않았다. 미간이 완전히 찌푸려진 채 앉아 있는 덩치 큰 구릿빛 얼굴의 친구. 그는 생각하는 것처럼 보이지만, 그가 대체 무슨 생각을 할 수 있단 말인가? 이제는 자동차를 몰고 갈 곳이 없다. 어쩌면 그것이 문제일지도 모른다.

미동도 없이 그 기나긴 시간을 앉아 있던 제이크가 갑자기 꿈쩍거린다. 성당 출입구에 누워 있는 노숙자는 그가 시동을 걸더니 주춤대며 자동차를 몰고 떠나가는 것을 지켜본다. 저 사람이 뭔가가 잘못됐구나. 노숙자에게는 다른 차원에서 물체를 파악하는 힘이 있는데, 그 친구에게 달라붙어 있던 어떤 게 그의 눈에 띄었으므로 무척 불안해한다.

지난 몇 달 동안 노숙자가 지내 온 환경은 몇 블록 떨어진 곳에 죽 늘어서 있는 상점과 레스토랑과 함께 성당 출입구라는 이 특정한 구역이었다. 증명할 수는 없겠지만, 이 노숙자는 한때 고임금 직장과 사람들의 관심과 존경을 받는 사회적 지위를 갖고 있었다. 그러던 중 모든 게 이상스럽게 꼬여 들어갔다. 그게 무슨 상관이람, 노숙자 자신은 신경을 쓰는 것 같지 않다. 시간은 이 세상을 깨끗이 씻어 내려갈 강물이다. 노숙자는 집과 그 안에 들어 있던 모든 것/모든 사람과 함께 이름까지도 잃고 말았다. 이제 그의 가족과 친구들은 시간적으로나 거리상으로나 까마득하게 멀리 떨어져 있고 그에게 올바른 방향을 알려 줄 사람은 한 명도 없다. 아니 심지어 자신이 누구인지도 확실하지 않을 때 그가 누구인지 말해 줄 사람조차 없다. 하지만 계속해서 강박적으로 「바람결에 흩날리고 있다네」밥 딜런의 노래 「Blowin' in the Wind」 첫 소절을 불러 대니 노숙자를 밥이라는 이름으로 부르면 어떨까. 누가 알겠는가, 어쩌면 그게 그의 진짜 이름일지도.

떨리는 목소리로 새들이 지저귀기 시작하니 선잠에 빠져 있던 밥은 동이 트기 전에 깨어난다. 그는 골판지를 접어서 화단에 놓아두기 전에 성당의 관목 숲으로 들어가 소변을 본다. 성당 옆에는 수도꼭지가 있어서 그는 아침이 되면 하루의 느린 시작을 지켜보려고 거리로 방랑을 떠나기 전에 몸을 씻는다.

마을이 제대로 깨어날 때 그는 두 블록을 걸어 내려가 상점들이 있는 곳으로 가고, 그곳에서 동전 몇 개를 얻기도 한다. 슈퍼마켓에서 일하는 한 상냥한 여자는 가끔가다 상해서 팔지 못할 과일을 먹으라고 준다. 여하튼 그곳에는 뒤질 수 있는 쓰레기통이 있다. 그는 배가 고프다. 항상, 끊임

없이 배가 고픈데, 그것이 꼭 음식을 향한 배고픔은 아니다.

이 세상과 단절된 사람들에게는 시간이 다르게 흘러간다. 시간은 특정 시간대의 교통량처럼 빠르게 달려가기도 하고, 또는 땅을 가로질러 조금씩 움직이는 어떤 그림자처럼 슬몃슬몃 지나가기도 하고, 또는 갈망을 표현하는 몸처럼 짓궂게 굴기도 한다. 시간은 천천히 스쳐 가는 것 같지만 하루하루가 빠르게 흘러가 당신의 얼굴은 금방 변하고 더는 당신의 얼굴이라고 볼 수가 없다. 아니 어쩌면 그 모습은 과거 어느 때보다도 당신과 더 많이 닮은 것일지도 모르는 일로, 그 또한 가능하다.

밥은 식당 창문에 비친 자신의 모습을 신기한 듯 바라보다가 유리 반대편에서 계속 팔랑팔랑 흔들어 대는 손동작에 그만 정신이 산만해진다. 식당 지배인이 저리로 가라고 그에게 손짓하고 있다. 다른 곳으로 가버려, 이 혐오스럽고 더러운 인간아! 그 지배인에게는 그의 주변을 맴돌고 있는 사악한 존재들이 있다. 그래서 밥은 즉시 창문에 반사된 자신의 모습을 끌고 휘청거리는 발걸음으로 그 자리를 떠난다.

길을 따라 비틀비틀 걸어가면서 밥은 버려진 담배를 이리저리 찾아본다. 담배꽁초는 찾지 못했지만, 그 대신 갓 떨어진 새것처럼 보이는 복권을 집어 든다. 자신의 행운을 확인하기 위해 그 복권을 들고 모퉁이에 있는 카페로 내려간다. 희망을 품지 않는다는 게 힘든 일이긴 하지만, 그의 운은 희망을 말할 그런 종류는 아니다. 밥은 살면서 '아니'라는 말을 무척이나 자주 들었는데, 지금 또다시 그 말을 듣는다. 아니, 당첨되지 않았어요. 없어요. 불운을 만회하기 위해 그는 상점 문을 나서는 길에 선반에서 사탕 하나를 슬쩍 집어 드는데, 기생충 같은 사람들 속에 가려져 있던 주인한테 발각된다. 사람들이 소리를 지르면서 비인간적인 높은 목소리로 그를 비난하기 시작한다. 입으로는 열심히 사탕을 씹으면서 그곳에서 벗어날 수 있기를 바라는 마음으로 밥은 종종걸음을 치며 골목길로 들어가지만, 얼마 지나지 않아 경찰들에게 제지당한다. 경찰들을 일부러 풀어놓은 것인지, 아니면 우연히 그가 가는 길로 건너온 것인지는 분명치 않다. 승합차에는 경찰 두 명이 타고 있다. 당신 신분증 좀 봅시다.

늘 있는 이야기다. 몇 분 지나지 않아서 밥은 승합차 뒤쪽에 앉게 되고 오줌 냄새를 풍기는 다른 한 명의 범법자가 함께 타고 있으며, 그들과 이 세상 사이에는 철사로 만든 창살이 있다. 자그마한 심령체 한 쌍이 바닥에 누워 있는데, 다행히도 악의가 없는 것들이다. 보이다가도 보이지 않는 그 기묘한 작은 무리는 몇 시간 동안 목적도 없이 이리저리 이송되다가 경찰서로 끌려들어 간다. 그러는 동안 차창 바깥으로는 다양한 마을 풍경이 눈앞에서 흘러간다.

모든 감방은 비슷하게 생겼다. 벽에는 이름과 날짜와 기도문과 외설적인 말들이 날카로운 것들로 새겨져 있다. 저기 높은 곳에는 빗장이 쳐진 작은 창문 하나가 있다. 그리고 노숙자 밥에게만 다르게 흘러가는 시간은, 여기서 전혀 흐르지 않는다. 밥은 침대에 사지를 쭉 뻗고 누워 간신히 잠을 이룬다. 어딘가 다른 곳에 있는 꿈, 과거의 조각들은 자신의 것과 매우 다른 삶과 뒤섞이며, 이렇게 잠깐 감금에서 벗어난다.

그날 밤 식사를 마친 후 꿈의 세계로 되돌아간다. 그리고 다음 날 아침에도 또다시 간다. 죽과 빵 한 접시. 대체로 바깥에서 얻는 것보다 더 나은 음식이다. 아침 식사 후 밥은 호주머니에 들어 있는 것을 모두 꺼내라는 지시를 받는다. 그들은 그의 것을, 그러니까 62랜드와 40센트를 모두 빼앗아 간다. 벌금으로 몰수하는 것이라고 말한 다음 감방문을 열어 준다. 밖에서는 이른 빛이 반짝거린다. 영수증을 주세요, 노숙자는 말한다.

뭐라고? 경찰관이 말한다.

벌금을 냈잖아요. 영수증을 주세요.

어서 꺼지지 못해, 경찰관이 말한다. 꺼지지 않으면 널

다시 가둬 놓을 거야.

노숙자 밥은 조금은 활기찬 발걸음으로 그곳에서 사라진다. 나쁜 밤의 역사에 기록될 만한 끔찍한 밤은 아니었으니, 밥은 그걸 주제로 이야기를 한두 개 정도 할 수도 있을 것이다. 그렇고 말고. 집이라고 생각하는 그 성당으로 다시 가려면 밥은 앞으로 한참을 걸어가야 한다. 하지만 밥과 동행할 이유는 전혀 없다. 그러고 보니 애초부터 지금까지 함께할 이유가 없었다. 씻지도 않고 누더기를 입고 있는 이 남자는 왜 동정심을 요구하며 나와 당신의 시야를 흐리게 만든 거지? 자신의 것도 아닌 이름을 가지고 어떻게 그는 자신의 이야기로 당신과 나의 시간을 낭비할 수 있었던 것인가? 사람들 눈에 띄기를 고집하는 이 남자는 얼마나 자기중심적이고, 얼마나 이기적인 사람인가. 이 사람을 더 이상 신경 쓰지 말아야겠다.

성당으로 가는 여정은 이제 밥 혼자 가도록 내버려 두는 게 좋을 것 같다. 그냥 한적한 교외의 거리를 올라가 조용한 교외의 집을 지나간다고 생각하자. 그 집에 붙어 있는 조그만 놋쇠 표지판을 놓치기 쉬울 것이다. 거기에는 심리상담사가 상담을 진행하고 있다고 쓰여 있다. 짧은 은발에 나무랄 데 없이 단장한 예순 살 정도의 여자가 무릎에다 노트북을 반듯하게 올려놓고 있다. 이 순간 그녀는 제법 흥미로운 한 고객과 이야기를 나누고 있는데, 그 고객은 삼십 대 후반의 남자로 까다로운 고민을 가지고 있다. 이번 주에 받아들이기 힘든 끔찍한 비극을 겪었는데, 심지어 그 고객은 이 사건조차 오로지 자기애적 상처라는 평소 자신의 프리즘, 그러니까 실패한 그의 결혼 생활을 통해서만 볼 수 있을 뿐이다.

그 고객은 지금 자기 아내에 관해 말하고 있다. 솔직하게 말해서 저는 그녀를 사랑했었어요. 적어도 저는 그랬다고 생각해요. 섹스는 판단을 흐리게 하지만, 저는 처음에는 그녀를 사랑했다고 생각해요. 그런데 시간이 지남에 따라 사랑 대신 죄책감과 의무, 책임이 남은 거죠.

흐음. 당신이 하는 말에 귀 기울여 보세요, 이 무능한 사람아. 심지어 당신의 고통은 그리 특별하지도 않아요. 상담사는 노트북에 메모를 작성한다. 고객이 그녀가 쓴 것을 보려고 한다. 그렇지만 상담사는 노트북을 옆으로 치운다. 무능하다고? 이 상담사는 나를 그렇게 생각하는가? 어쩌면 발기부전이라고 썼을 수도 있다……. 혹은 둘 다일 것이다. 하지만 나의 단점에 관해서 이야기하고 싶지 않다. 특히 상담사에게는 더더욱 싫다. 가능하면 상담사에게 좋은 인상을 주고 싶다. 남자는 상담사가 자기를 매력적인 사람으로 여기길 바란다.

두 사람은 새들이 재잘재잘 합창을 하는 뒷마당과 연결된 세련된 가구들로 장식된 방에서 서로 얼굴을 마주하고 앉아 있다. 죄책감은 제쳐 놓고, 의무와 책임은 당신이 결혼 생활에서 떠맡아야 하는 것들이 아닌가요? 상담사가 말한다. 성인의 책임이잖아요. 당신의 죄책감은 어쩌면 당신이 그런 부분에서 부족하다고 생각하기 때문이 아닐까요?

아니요, 고객이 말한다. 전 아내를 떠나고 싶어 하기에 죄책감을 느끼는 거예요.

그래요?

모르겠어요. 네, 가끔은 그래요.

의무와 책임은 양방향으로 작동해요, 상담사가 말한다. 당신 말을 들어 보니 아내분께서 그녀의 역할을 제대로 하지 못했다고 느끼시는 것 같네요.

맞아요. 아니에요. 그녀가 그래야만 합니까? 이 문제를 자신이 제기했으면서도 고객은 이 점에 대해 생각할 수가 없고, 생각하고 싶지도 않다. 사실 그에게 결혼이란 두 사람이 함께 살면서 세 번째 사람, 그러니까 그들에게 말썽을 부리는 짓궂은 또 다른 존재를 만드는 것과 같았다. 그의 선의를 뒤엎고 문제를 일으키는 그런 존재 말이다. 이 모든 것이 지나치게 복잡하기만 하다. 하지만 지금 당장 그는 단순한 것 때문에 화가 나 있다. 빌어먹을 그놈의 명상 수업은 정말로 그의 신경을 갉아먹는다. 지금은 데지레가 자기 남편과 함께 슬퍼해야 할 시간이 아닌가. 아스트리드가 사망한 이후로 받는 안톤의 첫 번째 상담이다. 그런데 우리가 어쩌다 이 이야기를 하게 됐죠? 저는 제 여동생에 관해 이야기하고 싶습니다.

물론이죠. 받아들이기에는 너무 끔찍한 사건입니다.

어, 그는 말한다. 사실은 다른 여동생을 말하는 거였는데요.

상담사가 노트북을 내려놓고 고객을 흥미롭게 바라본다. 여동생이 또 있으세요?

네, 물론입니다. 제가 그 아이에 대해 분명 언급했을 텐데요.

하지만 안톤은 언급한 적이 없었다. 그 모든 상담에서 안톤은 단 한 번도 아모르의 이름을 입에 올린 적이 없었다. 이는 그 여동생이 전혀 중요하지 않은 인물이라는, 아니 어쩌면 그 반대로 그녀가 그에게 얼마나 중요한지를 보여 주는 신호다. 예전에는 이걸 전혀 깨닫지 못했다. 정말 기이하게도 보이지 않는 어떤 것들이 얼마나 많은 것을 드러내어 알려 주는가. 여동생 아모르의 도착일이 다가오며 유발하는 초조함을 보면 안톤이 지금 얼마나 불안한지 알 수 있다.

그걸 왜 걱정하세요? 아모르는 어쨌든 당신의 여동생

이지, 아주 낯선 사람은 아니잖아요.

맞아요, 하지만 그게 중요한 거 아닌가요? 전 그 아이를 잘 알고 가족 내력이 있으니까요.

좀 더 말해 보세요.

하지만 할 말이 별로 없는데요. 그 문제에 집중할 때, 안톤은 심지어 방금 자신이 말한 그 내력이란 게 무엇인지조차 확실하지 않다. 그냥 평범한 가족 간의 일, 형제간의 갈등. 무엇이 그를 그토록 괴롭히는가? 결국, 그가 할 수 있는 말은 단지 여동생과 자기가 마치 반대편에 서 있는 것처럼 느낀다는 것이다.

무엇의 반대편요?

바로 그게 문제예요. 분열, 아주 깊은 틈, 넓어지는 간격. 하지만 그 분열이 무엇이고, 그게 어디에 있는지는 또 다른 문제다. 그 문제에 대한 답은 전혀 없다. 아니 안톤의 마음속에는 없다. 아니 오늘은 없다. 안톤이 아는 것이라고는 그저 막내 여동생을 보게 된다는 생각으로 마음이 불안하고 심란하지만 이를 피할 수가 없다는 것이다.

아모르가 장례식에 참석하기 위해 온다. 그런데 그녀는, 아니나 다를까, 여전히 운전면허가 없으므로 그는 공항으로 그녀를 데리러 가겠다고 약속했다. 여동생 역시 낯설어할 게 뻔하다. 아모르는 두 번의 미사와 철야 기도회와 추도 미사에 참석하기 위해 이틀만 머물기로 되어 있으며 그 다음 날 아침에 더반으로 돌아갈 계획이다. 더 이상 일을 쉴 수가 없어, 그녀가 말한다. 하지만 보라, 그것은 진짜 이유가 아니다. 아모르 역시 여기에 있고 싶지 않은 것이다. 꼭 머물러야 하는 시간보다 더 오래 있기 싫은 것이다.

아모르가 타고 오는 비행기가 연착하는 바람에 그가 초조하게 기다릴 시간이 한 시간이나 늘어났다. 안톤은 거대한 신공항 주변을 배회한다. 우리가 얼마나 국제적이고 호화로운지 보십시오, 하며 선전하는 현 정부의 명망을 내세우기 위한 방대한 프로젝트다. 안톤 역시 감동했다는 점을 인정해야 한다. 대통령의 말도 안 되는 약점이 무엇이든 간에 음베키는 텡글벨을 울리는 법을 알고 있다. 아니 징글벨, 젠장. 하지만 공항을 향한 경외심에는 한계가 있는 법이다. 단조롭고 비인격적이며 무미건조한 공항 홀의 무언가가 그 안에 있는 사람들 역시 인간처럼 느껴지지 않게 만든다. 적어도 멀리서 객관적인 눈으로 보면 그렇다.

아모르가 그에게로 가까이 다가오자 안톤은 뒤늦게 여동생을 알아본다. 달라진 머리 스타일을. 지난번보다 훨씬 짧아졌고 옆머리가 회색으로 변하기 시작한다. 하지만 그건 진짜 변화가 아니다. 그가 기억하는 아모르는 충격을 받을 정도로 아름다웠다. 그렇지만 이제 그런 산뜻함은 상당히 퇴색됐다. 더 이상 그리 젊지도 않다. 우리 중 누구도 이제는 젊지 않다. 아모르의 조광 스위치가 서서히 내려가고 있다. 서른한 살. 아직도 평범한 모습은 아니다. 하지만 점차 그것에 가까워진다. 그저 공항에 나타난 또 하나의 얼굴이다.

안녕, 아모르. 안녕, 오빠. 서로 인사를 한 후 짧은 침묵이 흐르고 오빠와 막내 여동생은 새로 생긴 낯선 빈자리를 가로질러 서로를 바라본다. 아스트리드는 언제나 접착제 역할을 했었다. 그러니 이제 우리는 어떤 언어로 말을 해야 하지? 여동생은 오빠와 포옹하려는 그 어떤 움직임도 보이지 않고, 오빠도 마찬가지로 아무런 동작도 취하지 않는다. 두 사람은 진작 합의에 이른 것 같다. 두 사람은 말없이 차분한 태도를 유지하면서도 충분히 우호적이긴 하다.

아모르는 기내용 짐으로 조그만 배낭 하나만 들고 왔다. 가볍게 여행하기 위함이다. 어찌나 가볍던지 오늘 아침 그녀는 비행기를 타지 못할 뻔했다. 수잔이 그녀를 더반 공항에 내려 줬는데 아모르는 그 자리에 한동안 그대로 서 있었다. 갑자기 자신이 그다음 발걸음을 뗄 수 있을지 확신이 들지 않았기 때문이다. 하지만 분명히 그것은 가능했고, 지금도 마찬가지다. 아모르는 지금 메르세데스 자동차를 타고 안톤의 옆 좌석에 앉아 농장을 향해 가는 중이다.

정확하게 이 순간을 걱정하면서 안톤은 뜬눈으로 밤을 지새웠다. 그러니까 장거리 운전과 그 시간을 어떻게 채울 것인지를 생각하느라. 자동차 안에서는 도망칠 방법이 전혀 없기 때문이다. 대화를 나누든지, 아니면 침묵 속에 갇히든지 오직 두 가지 선택 사항만 있을 뿐이다. 안톤은 쓸데없고 자기비하적인 가벼운 농담 같은 말을 미리 준비해 두었다. 편한 분위기를 만들기 위해 예전에 자주 사용하던 그런 말들, 술집 같은 데서 잘 통하는 질 낮은 농담 같은 것 말이다. 하지만 아모르는 그가 술자리에서 만난 유형의 사람도 아닌 데다 둘 다 술에 취한 상태도 아니다. 여하튼 그가 알기로 아모르는 유머 감각이 없으므로 그는 아주 신속하게 공연을 포기하고 차분하게 본론으로 들어간다.

아모르, 우리가 정리하고 넘어가야 할 게 있어. 담당 변호사가 너한테 연락하려고 수도 없이 시도했는데, 결국 포기한 것 같더라. 아빠가 남겨 놓은 재산에서 매달 지급해 주는 돈과 관련해서 문제가 있나 봐. 네 은행 계좌번호가 그들에게 없다는 것 같던데? 그동안은 돈을 임시 계좌에 넣어 두고 있었을 거야. 하지만 그럼 손해를 보는 거란 말이야, 이자만으로도 넌 빚지지 않고 충분히 살 수 있을 텐데. 숨어 버리는 건 말이 안 돼.

나도 알아, 그녀가 말한다. 문자 받았어.

변호사 말로는 네가 답장을 하지 않는다던데.

맞아. 미안해.

글쎄, 어쩌면 그게 최선일지도 모르지. 너한테 부탁하고 싶은 게 또 있는데, 우리가 그 문제들을 동시에 해결할 수 있을지도 몰라.

그게 뭔데?

땅을 조금 팔아야 할지도 모르겠어. 네가 동의를 해주면 농장을 아주 조금만. 어마어마한 돈을 내라는 청구서를 받았거든. 세율과 세금이 계속 올라가고 있고, 유지비는 차라리 꿈이었으면 좋겠어……. 하지만 이건 지금 당장 중요한 건 아니니까 나중에 이야기할 수 있겠지.

이미 많은 말을 내놓긴 했지만, 그런 하찮은 부탁을 하기에는 아직 이르다. 대화의 주제를 바꿔서 낙관주의와 불안이 기묘하게 뒤섞여 있는 이 나라의 전반적인 상황을 이야기한다. 그러다 보니 그의 개인적인 상황도 설명한다. 특히 지금 이 순간 자신이 이 나라를 어떻게 경험하고 있는지를 말한다. 초조한 마음에 주절주절 지껄이는 면도 있다. 하지만 안톤은 또한 아모르를 만나서 매우 기쁘고, 쉽게 그녀와 대화하는 것에 놀랄 정도다. 아모르가 경청하는 방식 때문이다. 예전에는 한 번도 눈치채지 못했었다. 그녀는 뭔가를 제안하고 싶게 만들고, 상대방에게 자신이 특별하다고 느끼도록 자신감을 부여한다. 최근 몇 년 동안 잘 다듬어진 상투적인 말이나 입에 올리면서 안톤의 자신감은 점점 더 줄어들고 있었는데 말이다. 아마도 안톤을 구해 줄 수 있는 것은 여전히 존속하는 단 하나의 야망이리라.

그동안 난 소설을 쓰고 있었어, 안톤이 아모르에게 말한다.

그래?

글쎄, 아직은 몇 페이지밖에 못 썼고 나머지는 대부분 대강 쓴 메모에 불과해. 하지만 확실한 것은 내가 그걸 반드시 완성할 거라는 거야. 다른 모든 점에서는 나를 실패자라 부르더라도 할 말이 없지만 난 최소한 책 한 권은 남겨 놓고 말겠어. 그게 졸작이라 해도 말이야. 자신의 말을 들으며 얼굴이 뜨겁게 달아오른다.

아모르는 고개를 갸우뚱하고 호기심 어린 눈으로 오빠를 바라보고 있다. 난 오빠가 실패자라고 생각하지 않아.

글쎄, 넌 항상 친절했으니까, 안톤이 말한다. 어조는 냉소적이지만 그는 그 말이 사실임을 깨닫는다. 친절함, 그건 아모르의 것이다. 그녀의 뭐라 할까, 그녀의 특성.

제목이 뭐야?

제목은 아직 정하지 않았어. 아마 제목은 맨 마지막에 정할지도 몰라. 이제 안톤은 더 이상 부끄러워하지 않고 자신의 소설에 대해 여동생에게 공개적으로 이야기하는 자신을 발견한다. 그러니까 아내하고는 여태껏 한 번도 해본 적이 없는 방식으로 말이다. 이 년 전쯤 어느 늦은 밤에 다소 들뜬 마음으로 어떻게 소설을 쓰기 시작했는지, 그때 이후로 거의 날마다 때로는 한 번에 몇 시간씩 얼마나 열심히 그 일에 공을 들였는지, 심지어는 작업을 하지 않을 때도 가만히 앉아서 얼마나 소설에 관한 생각에 몰두하고 있는지, 그 일이 어떻게 자신의 도피처가 됐는지에 대해 말한다.

무엇으로부터의 도피처?

삶으로부터, 안톤이 말한다. 그런 다음 그는 예전처럼 깔깔대고 웃으며 눈물이 날 정도로 몸서리를 친다.

최근 몇 년 동안 아모르는 소설을 많이 읽지 못했다. 병원에서 이 년 정도 일하고 난 후부터 그녀는 더 이상 소설을 읽지 않기로 마음먹었다. 현실 세계가 바구니에 넣고 다니기에는 너무 거대해지고 무거워졌다. 그렇지만 아모르는 오빠가 언젠가 소설을 완성하면 그 책을 읽고 싶다.

정문에 도착하자 안톤은 대문을 여닫기 위해 자동차에서 내린다. 요즘에는 숫자 두 개로 된 자물쇠를 이용하므로 문을 여닫는 게 더 쉬워졌다. 마침내 쭉 뻗은 자갈길 안으로 침묵이 퍼져 나가게 한다. 눈앞에 펼쳐진 이 경관에 바뀐 게 전혀 없다. 우리가 살아가는 동안에는 결코 없을 것이다. 하지만 진입로에 자동차를 세우면서 보니 집은 페인트칠을 해야 할 필요성이 너무나 절실해 보이고 엄마가 땅을 파고 심고 가꾸어 놓은 화단은 사람의 손길이 닿지 않아 볼품없어진 것을 알 수가 있다.

안톤은 여동생이 노후화된 집을 알아채고 자신을 불쌍히 여겨 주길 바라면서도 의외로 방어적인 마음이 생긴다. 그래, 내가 요즘 게으름 좀 피웠어. 어떤 일은 그냥 손을 놓았지. 하지만 곧, 다음 주에 정리하려고 해. 사실 주문해 놓은 장비들이 오기를 기다리는 중이거든…….

집 내부도 갈라지고 부서지고 조금씩 내려앉은 곳들이 있다. 빠진 테이블 다리는 백과사전 한 무더기로 대체되어 있다. 판유리가 빠진 곳은 신문으로 막아 놓았다. 모든 게 지저분하고 조금씩 먼지로 더럽혀진 것을 볼 때 청소는 별로 하는 것 같지 않다.

내 사랑스러운 아내가 너를 직접 맞이해 주면 얼마나 좋을까. 그렇지만 아내는 지금 스승과 호흡을 맞추고 있어. 그리고 위층에 있는 침실에 네가 자리를 잡도록 하고 싶은데, 그 방들은 모두 다른 목적으로 사용되고 있어.

내 방도?

미안하지만 그래. 그 방이 요즘은 내 서재야. 내가 글을 쓰고 있는 장소라는 말이야! 우리는 지금 아빠가 오래전에 사용하시던 방에서 잠을 자고 있어. 너는 아래층, 그러니까 손님방에서 지내는 게 더 편안할 거야.

아래층은 한 번도 손님방이었던 적이 없었다. 손님방은 일 층 뒤편, 그러니까 집의 어두운 쪽, 한때 아빠의 서재였던 곳으로 밝혀진다. 매력 없는 네모난 방으로 얄따란 직사각형 창문 세 개가 저 높은 곳에 수평으로 배열되어 있다. 물건들은 호텔 수준일지도 모르지만, 왠지 감옥 같은 느낌이 드는 방이다. 침대와 책상과 의자와 찬장, 그 모든 걸 모르켈스 가구점에서 한꺼번에 구매했다.

뭐, 어때. 이틀만 있을 건데. 아모르는 들고 온 조그만 배낭을 바닥에 털썩 내려놓는다.

새 침대 시트를 가져다줄게, 안톤이 말한다. 하지만 그는 움직이지 않는다, 전혀. 그는 아무 거리낌 없이 그녀를 또다시 살펴보고 있다. 자신의 여동생, 이제는 그의 유일한 여동생에게서 뭐라고 말하기 힘들지만 예전부터 그대로 유지되어 온 어떤 특성이 있다는 걸 알아본다. 그런데 난 어때 보여? 그는 그게 궁금하다.

그녀는 천천히 머리를 가로젓는다.

이거 참, 그냥 거짓으로라도 말해 줄 수 있잖아.

안톤은 머리카락이 빠지면서 이마에 있는 오래된 흉터가 두드러지고, 눈가에는 주름이 깊게 파였다. 하지만 그녀는 다른 무언가, 그러니까 그의 얼굴에서 볼 수 있는 더 깊은 피로감에 반응을 보인다.

오빠 건강이 그다지 좋아 보이지 않아, 아모르는 그에게 말한다.

너 역시 건강하다는 느낌을 풍기지는 않아.

언니를 잃었잖아.

재미있게도 나도 마찬가지야. 미소가 빠르게 그의 얼굴을 베는 것 같더니 다시 치유된다. 이제는 우리 둘만 남았다는 걸 너도 알고 있구나.

안톤은 시트를 가지러 간다. 시간이 꽤 걸렸음에도, 그녀는 침대 모서리에 앉아 기다리다가 그가 돌아오니 마치 공백이 전혀 없었던 것처럼 대화를 이어 나간다.

그런데 우리 이제 한 가지 문제는 해결할 수 있지 않을까, 오빠?

그게 뭔데?

살로메. 롬바르드 집.

안톤은 침대 위에 시트를 천천히 내려놓는다. 아직도, 그는 놀라워하며 말한다. 아직도 그걸 생각하고 있구나.

그럼. 아직도 그걸 생각하지.

그게 우리가 제일 먼저 이야기해야 하는 문제인가?

아모르는 아주 오래전에 묻어 버렸던 이 문제가 자신에

게 얼마나 중요한지를 깨닫고는 깜짝 놀란다. 살로메에 대해 그녀는 수년 동안 수도 없이 많이 많이 생각해 왔다. 물론 그녀는 그랬다. 그녀의 마음이 집 쪽으로, 아니 그러니까 농장, 이젠 더 이상 그녀의 집이 아니니까, 농장으로 향할 때마다 뒤집어 봐야 할 돌들이 셀 수 없이 많은데, 살로메가 그중 하나다. 하지만 그 특별한 돌은 아무리 자주 뒤집어 보더라도 결코 쉴 곳을 찾지 못하는 것 같다.

난 여기에 오래 있지 않을 거야, 아모르는 말한다.

난 그 문제를 해결하려고 했어. 정말로 그랬다니까. 하지만…… 나도 모르겠어, 사는 게 복잡했던 거지.

좋아, 아모르는 차분히 말한다. 하지만 이제는 해결할 수 있지 않을까?

뭐야, 지금 바로? 지금은 그럴 때가 아니야. 그건 너도 알잖아. 하지만 우린 정리할 거야, 안톤이 말한다. 물론이지. 아주 쉬워. 그 문제를 해결할 거야.

내가 떠나기 전에?

시간이 없을 수도 있어. 하지만 아무튼 꼭 그럴 필요는 없잖아, 안 그래? 우리는 멀리 떨어져 있어도 일을 마무리 지을 수 있을 거야. 지금 당장 그걸 급하게 처리할 필요는 전혀 없잖아. 장례식이 진행되고 있는데. 어서 준비하는 게 좋겠다.

안톤은 아무렇지도 않은 척하면서 방을 나가지만 아모르에게서 멀어지자 급히 위층으로 올라가 서재로 들어간다. 전반적으로 무질서한 곳에서 그가 찾아내 바닥에 펼쳐놓은 일련의 계획들을 다시 한번 검토하기 위해서다. 마치 영광스러운 제국의 규모를 세심히 설계하기 위한 계획표라도 되는 것처럼 안톤은 간절함과 두려움이 가득한 눈으로 그 계획표를 응시한다.

전인 센터에서 요가 수업을 마치고 귀가한 안톤의 아내는 남편이 서재에 있는 걸 보게 된다. 오늘은 기나긴 호흡 제어 훈련을 하고 왔는데도 안절부절못하며 불안한 에너지가 가라앉지 않는다. 말처럼 들뜬 기분으로 쾅쾅거리며 걷고 콧방귀를 뀌며 길고 숱 많은 머리칼을 홱 넘긴다. 월경 전 징후일지도 모르나, 그녀는 남편 집안의 업보가 발산하는 부정적이고 파괴적인 힘에 압도되어 있다. 이번 생에서 이렇게 많은 풍파를 일으키다니 그들 모두가 전생에 어떤 좋지 못한 일에 연루됐던 게 분명하다!

아모르가 도착했어?

안톤은 깊은 몽상에서 깨어난다. 응. 여기 있어.

그리고……?

아, 그는 말한다. 괜찮았어.

잘됐네, 아모르가 고기를 먹지 않는다고 해서 내가 특

별식을 만들어 줄 거라 생각하지 않았으면 좋겠어. 그런 일은 절대로 없을 테니까. 데지레는 아모르가 곧 도착할 거라는 소식을 들었을 때부터 이 생각에 사로잡혀서 계속 아모르에게 식사를 대접할 가능성을 생각하고 있다. 시누이 아모르는 삼 년 전 데지레의 결혼식에 참석하지 않았으며 참석하지 않은 과실을 뉘우치는 것 같은 기색도 전혀 보이지 않았다. 그리고 얼마나 많은 사람이 아모르의 아름다움에 대해 말했는지 모른다. 여하튼 최근 몇 년 동안 아모르의 아름다움은 데지레에게 불안감을 일으키는 주제였다. 아하, 저 여자가 아모르야?

어디?

안톤의 아내는 창가로 서서히 이동한다. 창에는 블라인드가 끝까지 내려져 있고, 그녀는 그 틈으로 훔쳐본다. 저기 빨랫줄 옆에서 하녀에게 말을 걸고 있는 여자를.

음, 좀 의심스럽네. 두 여자는 서로 껴안으며 다른 인종 간에 적절치 못한 애정을 표현한다. 그러는 동안 빨래한 속옷이 산들바람에 헐렁헐렁 춤추고 있다. 맞아, 저 아이가 아모르야.

그렇게 대단해 보이지는 않네.

아, 외모가 조금 시들해졌어.

진짜? 흠. 아모르를 향한 데지레의 마음이 조금은 부드러워진다. 저 두 사람은 뭐 하고 있는 거야?

혁명 모의, 안톤이 말한다. 그들이 함께 얽혀 있는 모습을 보면 정말로 공모라도 하는 사람들 같다. 심지어 서로를 놓아줄 때도 그들은 완전히 떨어지지 않는다. 손을 마주 잡고 아주 가까이서 이야기하는데, 머리가 거의 맞닿을 지경이다. 저 아이는 내 동생이긴 하지만 언제나 하층민들과 친밀하게 지냈어. 아니, 언제나 그랬던 건 아니야. 저 아이 머릿속에 정치적인 의도가 있었던 게 아니니까. 저 아이는 피해자들에게 마음이 끌리는 거야. 약한 사람들한테는 더더욱 그랬어. 자기가 모든 역사적 잘못을 보상해 줘야 한다고 생각한 거지. 저 두 사람 사이에는 다소 위험한 동맹이 맺어져 있다고 볼 수 있는데, 그게 뭔지 누가 알겠어.

그래, 지루해진 데지레가 말한다. 아모르가 특별한 식사를 기대하지만 않는다면…….

교회용 옷을 차려입은 살로메를 보고 데지레는 철야 미사를 위해 어서 옷을 차려입어야 한다는 게 기억났다. 가톨릭 장례식에 가본 적이 한 번도 없는데, 어떤 옷을 입고 가야 하지?

신부는 인간 공작새처럼 가톨릭 예복을 완전히 갖춰 입고 있다. 성당 뒤쪽에 있는 쾌적한 사제관에서 나오는 그의 모습을 보라. 자신의 복장이 너무 과하다는 생각은 들지 않을까? 신부의 노란색 피아트 자동차는 진입로에 주차되어 있다. 예배실로 막 떠나려던 신부는 반대편 연석에 앉아 있는 노숙자를 힐끗 본다.

성당의 관목 숲에서 볼일을 보면 안 돼요, 신부가 말한다. 제발 그러지 마세요.

네 알겠습니다, 밥이 말한다.

성당 근처에서 어디서고 볼일을 보지 마세요. 그러고 나서 신부는 가난한 사람들의 곤경에 공감한다는 걸 보여주기 위해 덧붙여 말한다. 저쪽으로 가서 하세요.

차로 얼마 안 되는 거리에 있는 장례식장에 인접한 예배실에서 진행되는 미사에 그는 늦었다. 다소 생기 없는 칙칙한 장소로, 천장이 낮고 비좁다. 신부는 예배실을 잘 알고 있으며 바깥에 세워져 있는 자동차 대수를 보니 예배실이 가득 차리라는 것을 알 수 있다. 다행스럽게도 그와 같은 사람들을 위해 마련된 주차구역이 있어서 신부가 걸어야 하는 거리는 얼마 되지 않는다. 그의 가슴이 번쩍거리는 가운데 예배실 문에 도착해 보니 신부는 늦지 않았다. 아니 그다지 늦지는 않았다.

예복과 조끼를 차려입고 옷감이 그토록 지그시 눌러 주니 직책의 무게를 더 쉽게 느끼게 된다. 신부는 빌어먹을 한밤중의 자기 자신의 모습, 털이 나지 않은 발목을 그대로 드러낸 채 실내복을 입고 있던 그날에 대해서는 모두 잊기로 한 것 같다. 그렇지만 망자의 남편인 제이크를 피할 수는 없다. 제이크는 관을 운구할 것이고 상주이니 분명 인사도 나눠야 한다. 물론 두 사람은 찡그린 얼굴이라고 말할 수도 있는 반쯤 웃는 얼굴로 간신히 서로를 스쳐 지나간다.

여기는 뒤숭숭한 해 질 녘, 바깥 계단. 관은 옆방에 있고 관을 운구할 사람들은 밖에서 기다리고 있다. 이제 그들은 안으로 들어가 관을 들고 예배실 문 앞으로 나온다. 그곳에서 신부는 관을 맞기 위해 서 있다가 성수를 뿌린다.

또 다른 작은 긴장감이 흘러나오는데, 아스트리드의 첫 번째 남편 딘 또한 그의 뜻과는 달리 관을 운구하는 사람으로 선정됐기 때문이다. 길을 잃는 바람에 제시간에 나타나지 못한 사촌 베셀 로브셔 대신 마지막 순간에 딘이 그 직책을 떠맡게 됐다. 그 어느 때보다 더 동그란 얼굴이 벌게지고 매우 화가 난 딘 드 웨트는 오른쪽 앞 모서리를 붙잡아야 한다. 그 자리는 지금이건 앞으로건 두 번 다시 보지도 않고 말을 걸지도 않을 아스트리드의 두 번째 남편인 그의 라이벌의 맞은편 자리다.

그런데도 선한 천성으로 인해 딘은 어쩔 수 없이 이 일을 떠맡는다. 대체로 쌍둥이들을 위해서다. 아스트리드가 그에게 가한 고통을 생각한다면 딘은 절대로 그녀를 용서할 수가 없다. 그중에서도 최악이었던 것은 아이들을 빼앗아 간 것이었다. 인생은 참 재밌지 않은가. 닐과 제시카는 장례식이 끝나면 발리토로 돌아가서 앞으로 성인이 되기까지 남은 날들을 딘과 샤메인 부부와 함께 살 것이다. 온갖 불공평함 가운데 이뤄진 일그러진 정의일까.

다행히도 고인이 입은 상처를 생각해서 관은 밀폐하고 오르간 음악의 고동치는 물결에 의지하여 관을 엄숙하게 예배실 안으로 들고 들어가기로 결정됐다. 그리고 고인의 두 발이 반드시 향해야 하는 쪽을 마주 보게 하면서 조심스럽게 관을 앞쪽에 가져다 놓기로 했다. 관은 하얀 관보로 덮여 있고 이런 상황에 맞는 적절한 말이 라틴어로 읊어지고 있으며, 의식의 행위들이 차곡차곡 쌓이기 시작한다. 꽃과 향과 찬송가와 기도가 모두 관 속에 있는 시신을 중심으로 이루어져서 시신이 가는 길에 친구가 되어 준다. 아스트리드의 영혼은 어디로 갈까? 이 문제는 아직도 논쟁의 여지가 있는 것 같다. 그러니 들으소서, 사랑의 주님이시여, 우리의 자매 아스트리드의 영혼에 자비를 베푸소서. 그녀가 연옥에 가지 않게 하소서. 아니, 너무 오랫동안 그곳에 있게 하지 마시고 확실히 다른 곳으로는 가지 않게 하소서. 그녀는 이생에서 충분히 고통받았사오니, 더 나쁜 상황은 마땅하지 않나이다.

배티 신부는 카인과 아벨의 이야기를 주제로 선택했다. 오늘 저녁 신부는 자신이 사려 깊고 정의롭다고 느끼고 있다. 어제 그 방랑자가 성당 화단에서 소변을 보는 것을 목격한 후에 한층 더 그렇다. 참으로 그 야만인은 성당의 문 앞에 있으며, 시커먼 사탄의 홍수는 이미 우리 해안에서 찰싹거리고 있다, 등등.

선한 신부의 목소리가 아주 낭랑하게 울려 퍼지는데, 지금은 애통함이 필요한 시간이다. 형제자매 여러분께 말씀드립니다. 때때로 저는 우리가 지금 어디에서 살고 있는지, 에덴인지 아니면 카인이 살던 놋 땅인지 모르겠습니다. 이 아름답고 풍성한 나라는 천국처럼 보입니다. 하지만 지금과 같은 이런 순간에는 우리가 마치 카인의 자손들 가운데 유배되어 있고 주님의 얼굴이 우리가 볼 수 없도록 숨어 있는 것처럼 느끼게 됩니다……. 그는 이런 기조로 계속해서 말한다. 하지만 인간의 귀에 도덕적 음역이 너무 높은 데다 신부의 목소리 역시 다소 삐걱거리는데, 어느 누가 오랫동안 경청할 수 있겠는가. 아마도 신부는 다소 과민한 것 같다. 왜냐하면, 그 불쾌한 생각을 완전히 잠재울 수 없기 때문이다. 그 생각이, 자신이 그녀를 위해 하지 않았던 일에 대한 불쾌한 생각이 계속해서 그에게 남아 있기 때문이다. 카인을 비난하는 게 훨씬 더 쉽지 않은가! 신부가 마침내 그의 은유를 결론지으면서 그 자리에 참석한 사람들을 향해 형제의 수호자가 되어 첫 번째 동산의 신성한 공간으로 되돌아가라고 촉구할 때 그들 대부분은 안도감을 느낀다. 그러니까 그 동산에는 아스트리드도 분명히 거주하고 있을 것이다. 그럼 이제 우리 기도합시다.

맞아, 안톤은 나중에 차 안에서 말한다. 우리는 놋 땅에서 망명 생활을 하고 있는 거야……. 집으로 가는 내내 자동차 안에는 침묵이 흐르고, 전조등의 불빛은 좁고 노란 경로를 씻어 내린다. 집으로 돌아온 후 그들은 각기 다른 길로 흩어진다. 살로메는 코피 주변의 오솔길로 가고, 데지레는 위층 침실로 간다. 안톤은 슬며시 거실로 들어가 술이 들어 있는 캐비닛으로 향한다. 신경을 무디게 해줄 약간의 마취제가 필요하다.

깜짝 놀라 뒤돌아보니 아모르가 안톤의 뒤를 따라 들어온다. 한잔 마실래, 아모르? 싫어? 술 또한 네가 허락지 않는 인생의 즐거움 중 하나야? 더욱더 실감 나게 고통을 느끼려고?

아니, 아모르가 소파에 앉으며 말한다. 그냥 더 고통스러울 뿐이야.

정확하군, 꼭 필요한 건 아니지. 그런데 너는 왜 항상 괴로워해야 해? 자, 그럼 내가 도와줄게. 그녀를 위해 포도주 한 잔을 따라서 내민다. 어서 마셔 봐. 그 단단한 빗장을 풀어 줄 테니까.

잠시 머뭇거리더니 아모르가 그 잔을 받고서 살짝 갸우뚱하며 미소짓는다. 오빠는 날 그렇게 생각하는 거야? 단단히 조인 빗장과 고통? 오빠는 나에 대해 아무것도 아는 게 없잖아.

네 말이 완벽하게 맞는 건 아니야. 내가 아는 게 몇 가지는 있으니까. 그 일이 일어났을 때 난 여기 있었거든. 그 번개 사건 말이야!

그건 아주 오래전 일이야. 그다음 난 집을 떠났잖아.

안톤은 잠시 여동생을 진지하게 바라본다. 그래. 네 말이 맞아. 사실 난 너한테 제대로 된 관심을 기울인 적이 한 번도 없었으니까. 하지만 이제는 너한테 더 신경 쓸 수 있을 거야. 새로운 시작을 위해 우리 건배하자.

안톤이 잔을 들어 술을 꿀꺽 삼킨다. 그러고는 그녀가 똑같이 하는 것을 조심스럽게 지켜본다. 그런 다음 그녀가 또다시 잔을 들어 올린다.

그게 오빠의 진심이라면, 이번에는 살로메의 집을 위해 건배하자.

안톤은 연극배우처럼 한숨을 쉰다. 내가 그 문제를 처리할 거라고 말했잖아.

하지만 오빠는 구 년 전에도 그렇게 말했어.

있잖아, 좋은 생각이 났어. 마치 그 순간에 딱 생각난 것처럼 안톤은 말한다. 우리 서로 돕기로 하자. 잠깐만 기다려 봐. 그는 밖으로 뛰쳐나가 계단을 오르더니 아모르의 방/그의 서재로 들어가 둘둘 만 그의 계획표를 들고 내려온다. 거실 바닥에 그것들을 쭉 펴놓더니 술병으로 모서리마다 눌러 놓는다. 자 여기, 그 땅이 여기에 있어. 그는 손가락으로 톡톡 두드린다. 저 가장자리에 있는 쓸모없는 땅 조각. 아무한테도 별 영향을 미치지 않는 땅이지.

알윈 심머스의 교회 바로 옆이네. 그 땅이 혹시 그들에게 영향을 미칠지도 모르겠는걸.

그래, 맞아. 그 말은 사실이야. 하지만 우리한테는 아니란 말이지. 내 말은 그게 중요하다는 거야.

오빠를 신기한 듯이 바라보면서 아모르의 고개가 또다시 한쪽으로 기울어진다. 나는 우리가 살로메의 집에 관해 이야기한다고 생각했는데.

맞아. 하지만 우리가 변호사와 약속을 잡고 나면 한꺼번에 두 마리 새를 죽일 수 있다는 거지…….

한 마리 새가 다른 새와 무슨 관련이 있는데?

아, 안톤은 새롭게 시작하는 마음으로 술잔을 다시 채우며 소리친다. 우리는 서로를 도와야 한다니까!

싫어.

뭐라고?

싫다고, 아모르는 다시 한번 천천히 말한다. 난 그렇게 할 수 없어.

왜 안 돼?

오빠, 그건 교환이 아니야, 그녀는 말한다. 그 집은 살로메에게 약속한 거였어. 왜 오빠는 그 집을 살로메에게 주지 않는 거야?

혹시 내가 준다면 넌 이 계획에 동의할 거야……?

아니.

마음의 평정에 금이 간 안톤은 벌써 계획표를 둘둘 말고 있다. 왜 안 돼? 이번에는 어떤 고귀한 이유를 내놓을 거지?

지금 오빠는 교회에 문제를 일으키고 싶어서 그 땅 조각을 팔고 싶은 거잖아. 그게 유일한 이유잖아.

그게 유일한 이유는 아니야. 하지만 만약에 그렇다 해도 그게 어때서? 이제 아주 차갑게 분노한 안톤은 적대심을 그대로 드러낸다. 너도 나만큼 그 사람을 싫어해야 한단 말이야.

하지만 난 그렇지 않아.

좋아, 넌 살로메의 생각이 어떤지 물어봐야 할 거야. 땅을 팔지 않으면 살로메의 집도 없어. 그게 바로 거래야.

살로메가 어떤 생각을 하든 엄마는 살로메에게 롬바르드 집을 주고 싶어 했어, 아모르는 오빠에게 말한다. 그게 엄마의 마지막 소원이었고 아빠는 엄마의 말에 동의했어. 아빠가 약속했단 말이야.

그건 네가 하는 말이잖아.

난 그 자리에 있었거든.

그러니까 그건 네가 하는 말이잖아.

내가 거짓말을 하고 있다고?

난 모르지. 너 거짓말하는 거 아니야?

아모르의 마음이 처음으로 흔들린다. 거짓말이 아니다. 확실히 아니다. 하지만 그녀는 진실을 말하고 있는가? 그렇다고 확신하지만 완전히는 아니다. 그렇다 해도 물러서지 않을 것이다. 안톤은 아모르의 얼굴에서 미묘한 변화를 포착한다. 확고한 탓에 유연성은 없어진 것 같다. 예전과 같지 않다. 나약함 같은 건 사라지고 없다.

아니, 아모르는 말한다. 난 거짓말을 하고 있지 않아.

둘둘 만 서류를 한쪽 팔에 낀 안톤이 고개를 끄덕인다. 좋아. 난 거짓말이라는 너의 첫 번째 도덕적 실패의 원인이 되기는 싫거든. 거기서부터는 모든 게 내리막길이 되겠지. 그러면 난 알아야만 할 테고. 여하튼, 그는 한숨을 쉰다. 잘

자라.

그러고 나서 안톤은 간다. 그녀는 오빠가 복도를 걸어 올라가는 소리를 듣는다. 발걸음 소리가 머뭇대는 것 같은데 오빠는 다시 돌아오지는 않는다. 그 순간도 역시 되돌아오지 않을 것이고, 모든 순간에 해당되는 거겠지. 비록 똑같이 적용되는 건 아니라도.

아모르는 아빠의 서재에 홀로 남는다. 이 방은 앞으로도 언제나 그녀에게 그런 곳으로 기억될 것이다. 그녀는 가만히 누워서 두 눈을 감고 자기 안에서 찬바람이 불지 않는 곳을 찾으려 노력한다. 찾을 수가 없구나. 실제로 집 밖에서도 쌀쌀한 바람이 분다. 바람은 벽에 붙은 타일을 잡아당기고 문을 톡톡 두드리고 커튼을 제자리에 가만히 두지 않을 것이다.

진정한 문제는, 아모르는 생각한다. 진짜 문제는 내가 제대로 사는 법을 한 번도 배워 본 적이 없다는 사실이다. 상황은 언제나 너무 하찮거나 아니면 감당하기 어려울 정도로 너무 버거웠다. 이 세상이 내 위에서 무겁게 짓누른다. 하지만 나는 점점 더 잘 해낼 것이다! 그녀는 자신에게 상기시킨다. 최근에 그녀가 자신에게서 점점 더 자주 깨닫는 것은, 자신이 해야 한다고 생각하는 일을 하면서도 예전과 달리 가벼운 마음으로 한다는 사실이다.

유감스럽게도, 오늘 밤은 그런 순간이 아니다. 오늘은 삶과 죽음이 한꺼번에 강하게 내리눌렀다. 둘 다 어떻게 손쓸 방법이 전혀 없다. 내일은 더 많이 밀려올 것이다. 어쩌면 실수였는지도 모르겠다, 이 자리에 와 있다는 사실이. 후회하기엔 너무 늦었다. 하지만 아모르는 딱딱하고 좁다란 침대에 안절부절못하고 누워서 일정을 하루 줄이기로 마음먹는다. 내일 아침 미사가 끝난 후, 어쩌면 미사가 끝나기 전이라도 누구에게도 아무 말 하지 않고 떠날 것이다. 그리고 오빠하고는 두 번 다시 말하지 않을 것이다. 오빠에게 화가 났다기보다는, 이제는 그냥 끝이다. 글쎄, 어떤 예외 상황이 생긴다면 모를까.

아침은 화창하고 고요하고 맑다. 하이펠트 지대에서 볼 수 있는 가장 좋은 가을날이다. 장례식을 치르기에 완벽한 날씨! 배티 신부는 이런 날에는 평소보다 쾌활해져서 가족들에게 종종 이렇게 말한다. 여하튼 하느님이 사랑하는 사람을 천국으로 부르셨을 때는 슬퍼할 이유가 없습니다. 신부의 말은 수많은 양 떼의 마음속에서 젖처럼 흐르던 선의를 얼어붙게 만드는 허무맹랑한 자신감에서 나온 것이다. 하지만 그는 그런 걸 알려고 하지 않는다. 왜냐하면, 신부는 자신의 격정에 취해 즐겁기만 하기 때문이다.

도대체 즐겁지 않을 이유가 어디 있겠는가? 그 모든 단계와 형식상의 절차들이 계획되어 있는 이 성대한 장례 미사가 진행 중인데 말이다. 당신이 반드시 통과해야 하는 화려하게 장식된 그런 통로를 마련해 놓지 않았는가. 티모시 배티는 일반적으로 자신이 다른 사람들에게 인정하는 것보다도 자신의 취약점을 더 잘 알고 있다. 하지만 그는 여기 슬픔에 잠긴 군중 위에 신의 의식을 집행하는 사회자로 서 있을 때만큼은 오류를 범하지 않는다고 생각한다.

다시 한번 모든 사람이 원치 않게 성당에 모였다. 친족들 사이에 유대감이 없다 해도 수적으로 단합해야 하는 이런 시기에는 각자의 여우 굴에서 나와 서로에게 눈인사를 보낸다. 스와트 가족은 대체로 함께 뭉친다. 지금은 숫자가 많이 줄어들어 신도석 한 줄이면 충분하다. 아모르와 안톤과 데지레, 그리고 다른 모르는 사람과도 구별하기 어려운 여러 먼 친척들이 같은 줄에 앉아 있다. 스와트 가문은 특이하거나 주목할 만한 것이 전혀 없다. 맙소사, 그들의 모습은 옆 농장과 그 너머의 농장 가족들과 비슷하다. 그저 남아프리카공화국의 평범한 백인 무리일 뿐이다. 만약에 당신이 이 말을 믿지 못하겠다면 우리가 하는 말에 귀를 기울이면 된다. 우리의 말소리는 다른 목소리들과 전혀 다르지 않다. 모두가 같은 식으로 소리를 내고 이야기를 한다. 자음은 모두 잘려 나가고 모음은 모두 부서져서, 발밑에서 짓밟힌 것 같은 억양으로 말한다. 녹슬고 비에 흠뻑 젖었으며 움푹 파인 영혼의 어떤 것, 그런 것이 목소리를 통해 전달된다.

그렇지만 우리가 절대로 변하지 않는다고 말하지 말라! 왜냐하면, 앞에 또 누가 앉아 있는지 알아맞혀 보라. 오늘은 명예 가족이 함께 앉아 있다. 이 나라가 얼마나 많이 변했는지 보라. 이 자리에 피부가 검은 유모가 가족들과 함께 앉아 있다! 장담하건대 살로메는 결코, 아니, 심지어 하이펠트의 첫 번째 계시 교회에서도 이토록 호화로운 장식품들 사이에 앉아 본 적이 한 번도 없다. 그녀는 그 장식품들을 그저 뚝뚝 떨어지는 황금빛 얼룩으로만 알고 있긴 하지만 말이다. 그것은 백내장 때문이지만 그렇기에 현명하고도 냉담한 자세를 지닐 수가 있다.

게다가 살로메가 성당에 참석한 유일한 흑인이 아니다! 저기 저쪽을 바라보면, 하지만 지금 바로 쳐다보지 말고, 그 유망한 정치인을 보게 될 것이다. 그의 성은 발음하기가 힘들다. 그 흡착음 소리를 내는 게 너무나 어렵기 때문이다. 그는 지금 아주 잘나가고 있다. 물론 그 남자는 아스트리드의 남편과 동업하고 있지만, 이 자리에 나타나다니 참으로 괜찮은 사람이다. 그렇게 바쁜 사람으로서는 참으로 너그러운 행위다.

그리고 이 자리에 나타난 정치인은 그 사람 혼자가 아

니다! 사실 데지레의 아버지는 공식적으로 정계에서 은퇴한 사람인데, 여하튼 생각해 보면 그의 존재가 조금 의심스럽긴 하다. 진실화해위원회에서 드러난 것들, 그것들은 소름 끼칠 내용이지만 결국 악명이 높다는 사실조차 유명 인사의 한 형태이긴 하다. 잘 살펴보면 그는 그저 평범해 보이는 늙은 아저씨에 불과하고, 해를 끼칠 사람으로 보이지도 않으며, 지방 도시에 가면 가구 판매원으로 볼 수도 있을 것 같다. 어쩌면 그의 아내, 그러니까 마흔다섯 번이나 얼굴의 주름을 제거하는 수술을 하고 뇌쇄적인 하이힐을 신고 있는, 백금으로 만든 막대 아이스크림 같은 아내의 강요에 못 이겨 이 자리에 끌려 나온 것이리라.

하지만 그것으로 충분하다. 우리는 다양한 모습을 지닌 무지개 나라Rainbow Nation다. 말하자면 우리는 오늘 성당에서 뒤섞이는 잡다한 잡종의 집합체다. 주기율표의 대립적인 원소들처럼 불안하고 마음이 놓이지 않는다. 그러나 사제는 참석한 사람들을 향해 아무런 차별 없이 연설하고 구별 없이 모두를 향해 라틴어를 퍼붓는다. 주여, 그들에게 영원한 안식을 주소서. 하느님의 명료성이 다시 분열되기 전에 그분의 불투명성은 잠시 그들을 연합한다.

이쪽으로 가시죠. 빨리 나오세요. 성당의 옆문을 통해 묘지로 가는데, 그곳에는 땅이 이미 입을 벌리고 시신을 맞이할 준비가 되어 있다. 그다음 이어지는 일, 그러니까 땅속에 관을 집어넣는 일, 마지막 작별 인사를 고할 때의 가슴이 터질 듯한 슬픔 등등에 연연할 필요는 전혀 없다. 이런 모습은 아주 오래전부터 볼 수 있었다. 아마도 이 세상에서 가장 오래된 모습일 수도 있다. 하나도 특이한 게 없다.

노숙자 밥은 분명 그 모든 것을 예전에도 보았다. 맞은편 모퉁이, 그는 모든 게 잘 보이는 지점에 서서 군중이 다른 날에도 똑같이 직사각형 구멍으로 눈물을 떨어뜨리는 것을 봤다. 하지만 오늘은 평소보다 더 많은 심령체들이 참석하고 있기에 아마도 조금 다를 수 있다. 예를 들어 굉장히 난해한 심령체가 사제한테 달라붙어 젖을 빠는 모습도 보이고, 털이 보송보송한 자그마한 형체들이 비석 사이에서 코를 훌쩍거리며 울기도 하고 이따금 날개 달린 생명체가 공중을 스쳐 지나가기도 한다. 저기 보이는 성당의 묘지는 매우 분주하다.

아모르가 제일 먼저 떠난다. 누구에게도 말하지 않고 미리 택시를 예약하기 위해 그녀는 일찌감치 집에서 전화를 걸었고, 장례 절차가 끝나기도 전에 조그만 배낭을 들고 서둘러 나간다. 노숙자 밥이 지나쳐 걸어가는 그녀를 가까이에서 빤히 쳐다보지만, 그녀에게는 심령체가 따라붙지 않아 아주 자유롭다. 부드러운 푸른색 불처럼 그녀에게서 계속 뿜어져 나오는 희미한 빛을 고려하지 않는다면 말이다.

안녕하세요, 알폰스가 환히 웃으며 그녀에게 인사한다. 아빠의 장례식 이후로 아모르는 그의 전화번호를 버리지 않고 계속 갖고 있었는데, 믿을 수 없게도 그는 여전히 같은 번호를 쓰고 있다. 알폰스의 인생살이는 그의 영어 및 프리토리아 거리에 대한 지식과 함께 많이 나아졌다. 그녀가 차 안으로 들어가 앉자 택시가 출발하여 점차 집에서 멀어진다. 그녀가 떠나온 장례식은 지금쯤 끝이 나서 군중은 흩어졌을 것이다. 밥은 성당 뜰에서 인간들과 그들의 부수적인 생명체들이 파도를 일으키며 에너지를 발산하는 모습을 지켜본다. 그들의 패턴이 눈에 거슬리지 않는다. 하지만 이틀 전 밤, 밥이 처음 목격한 후로 골칫거리로 남아 있는 한 사람이 있다. 그 남자는 이 세상에서 가장 슬픈 사람처럼 보인다. 땅만 보며 천천히 움직이던 그가 밥 옆으로 지나가면서 위를 올려다본다.

노숙자가 그에게 묻는다. 당신의 등에 어떤 심령체가 달라붙어 있는 걸 아세요?

뭐라고요?

그게 당신한테 꼭 달라붙어 있네요. 촉수처럼요.

무슨 그런 말도 안 되는 소리를 하는 거예요, 제이크가 겁에 질려 말한다.

제 눈에는 다 보이거든요, 밥이 그에게 말한다. 하늘은 속여도 제 눈은 못 속여요.

뭐가 보이는데요?

당신 등에 달라붙어 있는 심령체요. 아주 크고 팔이 많습니다. 그러니까 촉수요.

제이크는 발걸음을 멈춘다. 이 노숙자는 분명 미쳤다. 그렇지만 그가 방금 설명한 것이 사실로 느껴진다. 크고 어두운 무언가가 제이크한테 꼭 달라붙어 있고, 그 빨판이 빨아 당기는 힘이 느껴진다.

당신이 그것 좀 떼어 줄래요?

밥은 그의 말을 아주 재미있어한다. 이봐요, 당신만이 그걸 떼어 낼 수 있답니다!

어떻게 해야 하는지 모르겠는걸요.

난 도와줄 수 없어요. 벽에 대고 긁어내 보는 건 어때요?

제이크는 서둘러 간다. 이런 대화는 애초에 시작도 하지 말았어야 했다. 하지만 그 순간 그는 다른 세상에서 오는 신호라면 그 어떤 거라도 받아들일 수 있다. 불과 며칠 전만 해도 그런 걸 생각조차 하지 않았을 테지만 때때로 일상의 규칙들은 빠르게 변한다. 당신이 믿을 수 있는 것이라면 어떤 것이든 사실일 수 있다.

집으로 돌아온 제이크는 가까운 친척을 찾아 나선다. 여자라면 더 좋겠지만, 그는 안톤으로 만족해야 한다. 안톤은 지금 부엌에서 찬장을 뒤지고 있는데, 아마도 술을 찾고 있을 것이다. 적어도 안톤은 정직하게 대답해 줄 것이다. 제 등에 무언가가 달라붙어 있어요? 제이크가 묻는다.

뭐라고?

성당에서 어떤 노숙자가 제 등에 뭐가 달라붙어 있다고 말해 줬거든요.

아, 헛소리야, 안톤이 말한다. 그 사람은 아마 미친 사람일 거야.

안톤은 제이크가 조금 걱정스럽다. 이 친구가 현재 상황에 전혀 대처하지 못하고 있는 것 같은데 어쩌지. 정말이지 지금은 제정신이 아니로군. 그는 지금 저기에 서 있고 촉수가 여러 개 달린 심령체가 그의 등에 딱 달라붙어 있다. 그리고 제이크의 집은 이 어려운 시기에 그를 돕고자 찾아온 사람들로 가득하다. 그들은 어떻게 이런 일이 실제로 일어날 수 있는지 궁금해한다.

형님한테 물어봐야 할 게 있습니다, 제이크가 말한다.

물어봐.

형님은 아스트리드가 바람을 피우고 있었다는 사실을 알고 계셨습니까?

아니, 몰랐는걸.

진짜요? 형님은 모르셨어요?

안톤은 고개를 가로젓는다. 몰랐어, 그는 알지 못했다. 믿을 수 없는 일이다! 근데 상대가 누구야?

형님이 말해 줄 수 있을 거라고 생각했어요.

내가 어떻게 알겠어. 미안하네.

안톤은 제이크가 마치 시냇물에 떠내려가는 막대기처럼 뻣뻣하게 표류하듯 멀어져 가는 모습을 지켜본다. 지금 온몸을 냉정한 태도로 감싸긴 했지만, 안톤은 이 순간 아주 드물게 다른 인간에게 동정심을 느낀다. 진실한 답변은 냉정한 질문이 있을 때에만 가능하다. 그리고 진실 없이는 상황을 파악할 수도 없다.

그런데 찬장이란 찬장은 모조리 뒤져도 술이 하나도 없다. 혹시 저 친구한테 무슨 문제라도 있는 건가? 아직은 사람들과 이야기할 준비가 되어 있지 않아 안톤은 혼자 부엌에서 조금 더 서성거리며 여동생에 대해 생각한다. 아니, 아스트리드가 아니라 다른 여동생 말이다. 아모르가 성당에서 일찌감치 빠져나가는 것을 봤다. 그 아이가 먼저 나갈 것이라 예상했기 때문에 볼 수가 있었다. 아침에 아무 말도 하지 않고, 성당에 갈 때 배낭을 들고 가는 걸 보기 전에도 안톤은 아모르의 의도를 미리 알 수 있었다. 의외인 건 안톤이 그 일에 대해 슬퍼하고 있다는 사실이다. 단지 감정에 불과하긴 하지만. 그 아이가 작별 인사를 하지 않았다고 해서 그게 뭐가 대수란 말인가? 아무 때라도 전화를 걸어 봐봐, 살로메가 집을 갖게 됐어,라는 소식으로 그 아이를 놀라게 할 수 있는데. 그럴 수 있을지도 모른다. 정말로 그렇게 행동할 수 있을 것도 같다.

안톤은 지금 그냥 집에 가고 싶지만, 너무 빨리 자리를 뜰 수는 없다. 한 바퀴 돌면서 인사를 나눠야 한다. 그는 거실로 들어가 시비를 걸 만한 친척을 찾아본다. 마리나 고모와, 아니 얼마 남지 않은 뭉툭한 그녀의 몸뚱이와 이야기하면서 짧은 시간을 보낸다. 고모의 몸뚱이는 지금 접시에 오랫동안 놓아둔 양초처럼 반은 녹아내려서 휠체어로 넘쳐흐른다. 아직 여든이 되지 않았는데도 마리나 고모는 오키 고모부가 폐기종 때문에 저세상으로 떠난 후 빠르게 쇠락하고 있다. 조카의 손을 붙들고 살살 쓰다듬는 행위는 고모로서는 새로운 일이다. 잔소리 많고 표독스러운 늙은 여자에게서 흘러나오는 감정과 군침. 아, 공포, 공포로다.

요즘 고모는 쓸모없던 사촌 베셀의 보살핌을 받고 있다. 베셀은 어제 자신이 한 일, 아니 하지 못한 일에 대해 사과조차 제대로 하지 못한다. 왜 저러는 거지? 베셀은 한 번도 집을 떠나 본 적이 없고 혼자 힘으로 살려고 손가락 하나

까딱해 본 적도 없다. 머리카락은 물론, 무슨 이유인지 심지어 눈썹까지 모두 빠졌다. 그리고 대체로 집 안에서 지내기 때문에 피부가 하얀 치즈처럼 창백하다. 심지어 오늘 같은 날에도 카프탄아랍 사람들이 입는 허리통이 헐렁하고 소매가 긴 웃옷 스타일로 만든 미끈하게 흘러내리는 옷을 입고 있고 아마 안에 팬티도 입지 않았을 것이다. 그를 보면 정신이 어지러워서 그가 하는 말에 집중하기가 힘들다. 그는 휴대폰에 문제가 있어 잘못된 길로 접어들었다는 이야기를 계속한다. 정말 미안해, 너무 창피해…….

뭐가 미안해? 무슨 말인지 모르겠는걸.

어제 관을 들기로 예정되어 있었는데, 길을 잃고 말았어. 내비게이션이 다른 성당으로 안내했거든.

아, 신경 쓰지 마……. 안톤은 손을 저어 일축해 버리고는 신경 쓰지 않는다. 그 일이나 그 밖의 다른 것에 대해서도. 그래도 신경 쓰는 척은 해야 한다. 그 괴상한 사촌한테서 벗어나자마자 안톤은 충격으로 어쩔 줄 몰라 하는 쌍둥이 조카들, 그러니까 아스트리드의 자녀들인 닐과 제시카와 마주한다. 그들은 발리토를 향해 막 출발하려는 참이다. 너희들 몸조심해라. 삼촌한테도 가끔 전화하렴! 안녕!

조카들의 특징이나 구별되는 성질을 잘 알아채지 못했다면, 그들의 동그랗고 여드름투성이인 사춘기 얼굴에 별로 드러나 있지 않기 때문에 그런 것이다. 그래도 얼굴의 안쪽 공간에서 많은 성질이 소용돌이치고 있긴 하다. 아주 오래전 일곱 살일 때 돌아가신 외할아버지의 얼굴을 농장에서 목격한 이후로 그 아이들한테는 결국 그들도 할아버지처럼 밀랍 같고 뻣뻣하고 황량한 모습으로 끝나고 말 것이라는 원초적 공포가 각인되어 있었다. 게다가 지금 이 순간 성당 묘지 땅속에 누워 있는 어머니도 그와 같은 상태라는 것을 알게 되자 두 아이 모두 똑같이 패닉 상태에 빠져 버렸다. 이렇게 둘 다 똑같은 상태에 빠진 것은 복잡한 이유로 쌍둥이에게 종종 나타나는 현상이다. 설상가상으로 두 아이 모두 그들의 삶이 돌이킬 수 없이 바뀌려 하고 있고 그런 상황에 대해 그들이 할 수 있는 일은 아무것도 없다는 사실을 잘 알고 있다. 하필 십 대의 한창때, 자극적인 호르몬이 가장 왕성하게 작동하는 절정에 달하여 기름과 털과 욕망이 마구 분출되는 때에 그들은 한 존재에서 다른 존재로 완전히 옮겨 가는 것이다. 모든 게 얼마나 끔찍할 정도로 불공평한가! 잘 가라!

조카들은 외삼촌에게서 무엇을 원할까? 가족 좋다는 게 뭘까? 흥미로운 질문이다. 그 문제를 안톤은 나중에 일기에서 캐묻기로 마음먹는다. 그는 아내 때문에 상념에서 벗어난다. 아내가 여기서 벌써 충분한 시간을 보내지 않았느냐고 속삭인다. 제발 좀 가면 안 될까? 데지레는 젊은 남자 모글리가 기가 모이도록 자신의 차크라를 문질러 주기를 원하고 안톤은 술이 하나도 없는 제이크의 집에서는 애석하게도 찾을 수 없는 위스키를 원한다. 명상과 술, 적절한 교환이다. 그래 좋아, 달콤한 빛을 찾아야 한다. 그래, 어서 가자, 하지만 먼저 작별 인사를 해야겠다. 몸조심하고, 필요한 게 있으면 언제든 전화해. 그리고 제발, 우리 계속 연락하고 지내도록 하자.

집으로 가는 길에 자동차 안에서 안톤이 묻는다. 아스트리드가 바람피웠다는 걸 당신은 알았어?

아니! 데지레는 진심으로 놀란다. 누구하고?

그게 문제야. 당신이 알고 있나 했지.

데지레는 고개를 가로젓는다. 사실 데지레에게는 생각만으로도 놀라운 일이다. 그렇지만 흠, 엄청나게 큰 충격은 아니지. 그런데 누가 그래?

아스트리드 남편이.

제이크? 그는 지금 정상이 아니야, 당신도 알잖아.

안톤은 동의한다. 제정신이 아닌 것 같긴 해, 그게 뭐든 간에. 우리가 걱정하고 있다는 걸 보여 주기 위해서라도 조만간 제이크를 집으로 초대해야 할 것 같아.

안톤은 실제로 두 달 후에 제이크에게 전화를 걸어 농

장으로 초대한다. 식사와 술을 대접하며 저녁 시간을 화기애애하게 함께 보내면서 계속 연락하고 지낸다는 걸 과시하기 위함이다. 동시에 집 주위에 전기 울타리를 치고 정원에는 조명 몇 개를 설치하는 것에 대한 견적을 받아 보기 위한 것도 있다. 적어도 안톤의 입장에서는 그리 나쁘지 않은 저녁 식사였다. 안톤은 사람들이 그 모든 병과 상처를 안고서 어떻게 술도 없이 맨정신으로 이 세상을 살아가는지, 요즘 들어 희한하게도 재미있다. 그래서 그런지 특히 밤이 되면 자신이 많이 웃는다는 것을 알게 된다.

제이크는 여전히 같은 질문, 이제는 시일이 좀 지난 그 질문 때문에 괴로워하고 있다. 그 사람이 누군지 알 수 있다면 얼마나 좋을까요, 제이크는 말한다.

왜? 안톤이 말한다. 알아 봤자 그게 무슨 도움이 되겠어?

전 그 사람에게 아무 짓도 하지 않을 거지만, 그냥 알고 싶어요. 지금으로서는 모든 사람이 의심스러워요. 심지어 아스트리드의 여자 친구들도요. 확실히 그 사람이 누군지 알게 되면 더는 괴롭지 않을 거 같아요.

하지만 그렇지 않을 거야! 그걸 모르겠어? 그 질문에 대한 답을 찾으면 또 다른 질문이 생기는 법이거든. 왜, 언제, 어디서, 그리고 그다음에는 또 다른 질문이 생기겠지.

그럴지도 모르죠, 제이크는 무뚝뚝하게 말한다. 그래

도 전 알고 싶어요.

데지레가 탁 소리가 나게 극적으로 식탁을 친다. 해결책이 생각났다! 루스텐버그에서 하는 명상 수업에 나이 든 여자가 있는데, 그녀는 심령술사다. 그녀가 아스트리드에게 말을 걸어서 그 남자 이름을 물어보면 될 것이다.

제이크는 이 이야기를 진지하게 받아들이지만, 안톤은 마구 웃기 시작한다. 어떻게 그녀가 아스트리드와 연락하지? 채팅으로 연락하면 일반 휴대폰 요금이 적용되나?

물론 그녀가 모시는 신을 통해서지. 데지레는 제이크의 드라마에 너무 깊게 빠져 있어서 남편에게는 관심을 기울이지 못한다. 실비아란 이름의 심령술사는 19세기 말 알렉산드리아에 살았던 한 이집트 남자를 통해 영혼과 소통한다. 그 남자가 우리를 아스트리드와 연결해 줄 것이다.

하지만 아스트리드는 아랍어를 모르잖아. 아니면 그 남자는 자막을 활용하나? 안톤은 배꼽이 빠지도록 웃느라 거의 오줌을 쌀 지경이다. 하지만 동시에 제이크의 진지함, 그러니까 답을 알기를 원하는 제이크의 태도가 이상할 정도로 감동적이라고 생각한다. 만약 알 방법이 있다면 제이크는 그 남자의 정체를 알기 위해 어느 정도까지 시도할까? 보아하니 무덤 너머까지라도 갈 기세다. 무덤 너머 무덤이라도! 안톤은 이 마음을 기록해 두기 위해 위층 서재로 급히 올라간다. 어쩌면 소설에 이용할 수도 있겠다.

데지레는 결국 실비아와 약속을 잡는다. 실비아는 자신의 웹사이트에서 제이크를 위해 베일을 벗겨 주겠다고 약속한다. 데지레는 어느 평일 아침에 제이크를 차에 태워서 실비아에게 데리고 간다. 그 집은 별다른 특징 없이 조금 지저분하고 꾀죄죄하여, 실비아와 다를 바가 없다. 머리가 길고 지저분한 실비아는 몸집이 떡 벌어진 데다 반백 머리와 뾰족뾰족한 목소리의 주인공으로 그 집에 영매 활동에 필요한 용품은 눈에 띄지 않는다. 제이크는 그녀의 소박함을 높이 평가한다. 제이크가 만남을 위해 골랐던 다른 장소는 이곳보다 더 화려하고 인위적인 느낌이 났다. 그들은 실비아의 거실에 있는 축 늘어진 갈색 소파에 앉았는데 소파의 팔걸이는 장식용 덮개로 덮여 있다. 모든 이야기를 미리 들었으면서도 실비아는 제이크에게 무슨 일로 자기를 만나러 왔는지 묻는다.

음, 제이크가 말한다. 제 아내는 육십이 일 전에 죽었습니다.

실비아는 분개한다. 그런 단어는 절대로 사용하지 마세요! 그건 떠난 사람들에게 무척 당혹스러운 말입니다.

어떤 단어 말입니까? 제이크는 실비아가 무슨 말을 하는지 전혀 모른다.

나는 감히 그걸 입에 올릴 수도 없어요. 그런 단어 같은 건 결코 없단 말입니다!

제이크는 마침내 알아듣는다. 실비아는 죽음이라는 단어를 말하는 것이다. 그런 단어 같은 건 절대로 없다. 그는 실비아의 분노에 위안을 받는다.

제 아내는…… 떠났어요. 그런데 전 내려놓기가 너무 너무 힘듭니다. 아직도 저한테는 묻고 싶은 질문들이 남아 있습니다…….

당신은 지금 아내의 물건을 가지고 있나요? 그녀가 입었거나 가까이 두었을 법한 것으로.

제이크는 갖고 있다. 왜냐하면, 실비아가 이미 전화로 아내의 물건을 가져오라고 말했기 때문이다. 물론 아스트리드의 개인 물품 중 일부는 가져다가 다른 곳에 나눠 줬기에, 그 물건들은 이제 다른 사람들의 소유물이다. 물건들의 삶, 그것들이 얼마나 멀리까지 이동하는지 알게 된다면…… 하지만 아스트리드가 자던 쪽 침대 옆에서 독서용 안경을 발견한 제이크는 어디를 가든지 간에 그 안경을 가지고 다닌다.

제이크는 그 안경을 실비아의 조그만 손바닥에 올려놓는다. 그녀는 손가락을 오므리고 두 눈을 감더니 속으로 흥얼거리고 중얼거린다. 몸을 앞뒤로 흔들어 댄 다음 두 눈을 뜬다.

무스타파가 나한테 말하는데, 실비아가 말한다. 당신 아내는 안전하답니다. 그녀는 자신이 괜찮다는 것을 당신에게 알려 주고 싶어 합니다.

제이크는 간신히 숨을 들이마시며 고개를 끄덕인다.

당신 아내가 사방이 숲으로 둘러싸인 폭포 옆에 서 있는 것이 보입니다. 태양은 따뜻하고 그녀는 행복하고 안전합니다.

그것참 잘됐군요, 제이크가 말한다.

당신 아내가 말하네요. 만약 언젠가 먼 길을 가야 한다면 당신은 튼튼한 신발을 신어야 한답니다. 그리고 강가에 바짝 붙어 있어야 한답니다.

좋습니다, 제이크가 말한다. 노력하겠습니다.

그녀와 함께 있는 사람이 있군요. 남자입니다. 그는 그녀를 잘 보호하고 있습니다.

그가 누구죠? 제이크가 몸을 앞으로 숙이며 말한다.

음음음. 실비아가 다시 두 눈을 감고는 독서용 안경을 꽉 붙잡는다. 그녀는 움직이지 않는 구름 사이를 지나 먼 곳에서 나는 목소리를 들으려고 노력한다는 인상을 풍긴다. 마치 성능이 좋지 못한 라디오에서 간헐적으로 나오는 말들, 딱딱 하는 전송 소리에 귀를 쫑긋 세우고 듣는 것 같다.

키가 큽니다. 수염을 길렀네요. 안경도? 이 모습이 낯익지 않나요?

이름을, 제이크가 말한다. 당신의 수호신이 이름을 알아봐 줄 수 있나요?

음음음. 무스타파가 정보를 얻기 위해 애쓰고 있네요.

아무것도 없습니까?

로저일까요? 그 이름이 뭔가를 뜻하지 않나요?

나는 로저라는 사람은 알지 못합니다.

리처드? 실비아가 두 눈을 뜬다. 내 생각에는 리처드인 것 같은데, 그게 분명하진 않았어요. 로버트일 수도 있겠지요. 그런 어떤 이름요. 난 모르겠어요. 죄송해요, 오늘은 길을 가로막는 장애물이 있네요. 조만간 다시 해볼까요?

두 사람이 농장으로 돌아오니 안톤은 외출 중이다. 하지만 그날 밤늦게 제이크는 형님에게 전화를 건다. 로저라는 이름을 들어 본 적이 있으세요?

뭐라고? 연결 상태가 좋지 않아서 말이 들렸다 안 들렸다 한다. 안톤은 자기가 잘못 들었다고 생각한다.

아스트리드가 로저라는 사람을 알고 있었나요? 아니면 로버트나 리처드라는 사람을요. 그런 이름을 가진 친구가 있었어요?

자네는 지금 잘못 짚고 있는 것 같아, 안톤이 제이크에게 말한다. 하지만 전화는 이미 끊겼다. 로저/로버트/리처드. 이 불쌍한 친구가 미쳐 가고 있다. 어떻게든 이 친구와 시간을 좀 보내야겠는데, 어린 쌍둥이 조카들은 말할 것도 없고. 그 아이들은 미래를 향해 출항한 천진난만한 배들이다. 아이들 이름이 기억도 나지 않는데 어떡하나. 신경을 써야 하는데, 단지 외삼촌이라는 형식만 남아 있고 그 안은 그저 공기와 추상적 형태만 남아 있다. 하지만 대개는 형식만으로도 충분한 법이다.

지금 이 순간 안톤은 혼자 집에 있다. 하인들은 모두 떠났고, 아내는 요가 수업에 가고 없다. 앞으로 몇 시간 동안은 소설 쓰는 일에 몰두하려 했는데, 오늘 밤엔 머리가 잘 굴러가지 않는다. 억지로 할 수는 없지. 신경이 예민해지는 것을 막는 건 더 쉽다. 그는 한 손에는 위스키 잔, 다른 손에는 마리화나 반 토막을 들고 있다. 마리화나로 이미 몽롱해졌고 술도 꽤 취한 상태니 앞으로 몇 시간은 이런 상태로 보낼 수 있겠지.

휴대폰이 울린다. 제이크가 또 전화했다. 지금 당장은 그의 광기에 대처할 힘이 없고, 나 자신의 광기를 걱정해야 한다. 휴대폰을 진동으로 설정한 다음 호주머니에 슬쩍 밀어 넣는다. 자신이 무슨 일을 하고 있었는지 기억해 내려고 애쓴다. 아 그래. 뭔가 찾고 있었지. 또다시 방에서 방으로 휘청대며 걸어 다니기 시작한다. 전등불을 켜고, 찾고 또 찾지만, 무엇 때문에 이 방 저 방 돌아다니는지 모르겠다. 빌어먹을 엿이나 먹으라지. 그게 우연히 눈에 띄면 그때는 알겠지. 그게 뭐든 간에, 안톤은 그것이 필요하다. 아니 그가 찾기 시작했을 때 그는 그것이 필요했었다. 그 말은 훗날에 필요할 거라는 뜻이겠지. 하지만 괜찮아. 왜냐하면, 금방이라도 그걸 찾을 테니까. 금방이라도.

안톤

The Promise

안톤은 집 주변을 돌아다닌다. 전기가 또 나갔다. 이번 주만 벌써 네 번째다. 발전기에 휘발유가 다 떨어져서 모든 게 작동하지 않는다. 그러니 계단 난간을 고친다거나 테라스의 깨진 타일을 교체하는 등, 자기 손으로 뭔가 쓸모 있는 일을 할 수도 있으련만, 지금은 그럴 기분이 전혀 아니다. 요즘은 무슨 일이든 별로 하고 싶지 않다.

오늘은 화해의 날12월 16일. 아파르트헤이트 종말을 기념하기 위해 제정인데 이 날을 요즘엔 뭐라 하든 간에, 여하튼 공휴일이라 인부들은 오지 않았다. 그들은 자신들의 권리를 운운하며 공휴일에는 특별 수당을 요구해 왔다. 그들이 정말로 원하는 것은 집에서 쉬면서 술에 취해 쓰러져 자는 것이지만 말이다. 나와 똑같이.

안톤은 벌써 두세 시간째 술에 취해 쓰러지고 싶다는 욕망에 매달려 있는 중이다. 이 방 저 방을 떠돌아다니며 손에는 술병을 들고 아무 생각도 하지 않으려고 애쓰고 있다. 지금 당장 생각할 게 무척 많음에도. 아니다, 지금 넌 힘든 시기를 보내고 있을 뿐이다. 그냥 그런 것이다. 지금 이 상황이 극심하게 좋지 못해서 마치 늘 이랬던 것처럼 느끼는 것이다. 실제로는 그냥 음, 목요일부터인가? 선시티에서 그 적은 액수를 날렸을 때? 멍청이, 멍청이, 멍청이 같으니라고. 그게 지난주였나? 아니 어쩌면 지지난 주. 그게 안 좋은 이유는 시간 개념, 그러니까 시간의 감각과 흐름을 잃어버린다는 점이다. 아무리 그래도 솔직해야지, 안톤, 그런 일을 제법 오랜 시간 동안 해왔잖아. 모든 것이 한참 전부터 진행됐다. 그건 이 세상에서 사라져야 하는 문제다. 새로울 것도 없고 그렇다 보니 새삼 놀랄 것도 전혀 없다. 치매에 걸린 어떤 늙은 아줌마처럼 그 일은 반복된다. 똑같은 이야기가 되풀이된다. 너무 지겹다. 예전에 내가 말해 준 적이 있었던가. 그래, 해줬다. 정말이다, 그러니까 입 좀 닥쳐.

안톤은 너무 크고, 무너지고 있는 집에서 홀로 생각에 잠겨 있다. 지금 뭔가를 하고 있어야 하는데, 아무것도 하고 있지 않다. 왜냐하면, 왜 해야 하는지 모르기 때문이다. 문질러져 없어진 가장자리같이 더럽혀진 느낌, 이게 내 시력 때문인가, 아니면 뇌의 문제인가? 그거 괜찮은 문장인걸, 잊어버리기 전에 적어 둬야겠다.

그래, 술 한잔 하러 잠깐 외출이나 해볼까? 안톤은 지금도 술을 마시고 있다. 하지만 일행이 있는 게 언제나 더 좋으니. 게다가 바람도 좀 쐬고. 혼자 술을 마시는 사람은 알코올중독자들뿐이다. 다른 사람이 나를 알코올중독자로 착각하는 건 원치 않는다. 으르렁 컹컹, 만화에 나오는 그 개는 늘 으르렁거렸다.

안톤은 그의 소형 짐차 운전석에 앉아 집에서 나오려고 시도한다. 대문을 열고 밖으로 나온 다음 대문을 다시 닫아야 하는 길고도 복잡한 절차를 거쳐야 한다. 첫 번째 자물쇠는 집을 나와서 도로까지 왔을 때 잠그면 된다. 어렵긴 해도 정신이 멀쩡할 때는 숫자 자물쇠를 충분히 다룰 수 있다. 하지만 오늘은 전혀 그렇지 못하다. 시간이 지나 도시를 향해 속도를 내어 달릴 때, 그는 두 번째 자물쇠를 실제로 다시 걸었는지 안 걸었는지 확신할 수 없다. 잊어버리자, 이제는 돌아갈 수도 없으니까. 안톤은 새로 건설한 유료 고속도로로 올라탄다. 그 도로는 빠르게 달릴 수 있고 달리는 데 방해가 되는 신호등이 하나도 없다. 게다가 알윈 심머스의 그 끔찍하게 거대한 교회를 지나치지 않아도 되는 또 하나의 장점이 있다. 그래도 교회의 첨탑 끝이 저 멀리서 아주 빨리 휙휙 지나간다. 그게 신나서 옆 좌석에 둔 뚜껑을 딴 위스키 병을 향해 건배한다. 건강해라, 기생충 같은 늙은 놈아. 보아하니 너는 네 창조주보다 더 오래 살아남았고 여전히 번성하고 있구나.

지금은 오후 세 시다. 아니, 다섯 시다. 지금 그는 최근에 자주 드나들고 있는 아카디아 가장자리의 제법 그럴듯한 술집에 있다. 이곳 역시 전기는 들어오지 않는다. 하지만 발전기가 있기에 등불이 머리 위에서 희미하게 깜박이고 있다. 기이하고 엉뚱한 곳이긴 하다. 그래서 그는 이 술집을 좋아한다. 희미한 조명과 노란색 벽지, 그리고 고상한 가식이 마음에 든다. 그렇지만 요즘 술집을 드나드는 손님들은 다소 폭력적인 사람들이다. 손님들의 전반적인 상황이 똑같은 편이라, 서로 똑같다는 게 위로는 될 수 있지만, 드나드는 사람 중에 훌륭한 인품을 가진 인물은 전혀 없다. 그래, 결국은 이런 경지에 이르고 말았다.

이제 겨우 오후 일곱 시다. 아니, 여덟 시 이십 분이다. 데지레가 요가를 끝내고 돌아올 시간이다. 어쩌면 모글리를 달고 올지도 모르겠다. 서둘러 집에 갈 필요는 전혀 없다. 바텐더 양반, 같은 거로 한 잔 더, 얼음 좀 더 넣어 주시고.

안톤은 화장실에서 소변을 보고 있다. 자신이 어떻게 이곳에 왔는지 분명하지가 않다. 물론 오줌을 눈다는 건 근본적으로 진실한 행위이긴 하다. 대변을 보는 것도 마찬가지다. 자신의 모습을 위장해야 하는 사교적 예의는 전혀 필요 없는 곳이니까. 모든 외교는 변기 위에서 이루어져야 한다. 바지 지퍼를 위로 올리고, 거울을 향해 머리를 든다. 이런 맙소사, 내 얼굴을 가지고 누가 이렇게 개지랄을 떨었지? 지난 소년 시절, 황금기의 내 모습은 어디로 간 거야? 도대체 어떤 인간이 그 소년을 이 찌그러진 양철 마스크 속에다 감춰 놓은 거지?

빨리, 가버려, 다시 술집으로 가라고. 카운터에 새로 도착한 사람, 공허해 보이는 한 늙은이가 안톤의 눈에 걸릴 때까지 빤히 쳐다보고 또 쳐다본다.

여보쇼, 어떻게 지내십니까?

당신을 알아요, 그 늙은이가 말한다.

어디서 날 보셨죠?

당신은 하나도 변하지 않았군요.

글쎄, 그런가요? 하지만 당신은 변하셨네요.

당신은 내가 기억나지 않나 봐요? 잘 보시죠. 그가 불빛 속으로 몸을 기울인다.

안톤은 유심히 본다. 아니요, 기억날 것 같지 않은데요……. 하지만 뭔가, 어떤 흔적이 있긴 한데, 기억이 날락 말락 하는데…… 익숙한 목소리인가. 누구신가요?

내가 힌트를 하나 줄게요. 난 울타리를 통해 당신을 마지막으로 봤어요. 삼십 년…… 아니, 삼십일 년 전에요.

천천히 다시 생각해야 한다. 그러던 중 갑자기 생각이 난다. 페인! 당신이 어떻게 살고 있는지 궁금했어요!

두 사람은 유달리 야단스럽게 악수를 한다. 하지만 그 다음에 어떤 상황이 이어져야 하는지는 자신이 없다.

술 한잔 하시겠어요? 어떤 걸 드릴까요?

군대 동기입니다, 페인이 바텐더에게 설명한다.

군대에서 알게 된 지인이라고 하는 게 더 맞지. 하지만 안톤은 구석 자리 테이블로 옮겨 가면서 굳이 그 말을 하지는 않는다. 페인을 다시 보게 되어 기쁘다. 때때로 이 친구 생각을 하면서 그가 어떻게 지내는지 궁금했던 건 사실이다. 어떤 사람들이 갑자기 나의 생각과 나의 꿈속에 의미심장하게 자리를 잡게 되는 것이 참 기이하다. 그동안 어떻게 지냈어요?

페인은 제대 이후 건축 적산사로 일해 왔다. 비트바테르스란트대학을 다녔고 그곳에서 아내 다이앤을 만났다. 이십팔 년 동안 행복한 결혼 생활을 했으며 이제 성인이 된 자녀 둘이 있다. 자식 하나는 해외인 호주에서 산다. 사실 페인 부부는 손주와 더 가까운 곳에서 살기 위해 몇 달 후에 호주의 퍼스로 이주할 생각을 하고 있다. 그 이유는 또한,

이런 말을 해서 그렇긴 하지만 이 저주받은 나라에 대한 믿음이 완전히 사라졌기 때문이다.

그런데 당신은 어때요? 페인이 안톤에게 묻는다. 우리가 마지막 만난 이후로 어떻게 지냈어요?

음, 잘 지낸 편이죠.

당신은 어떤 걸 공부했나요?

사실 대학은 가지 못했어요. 몇 년간 방랑의 세월을 보내다가 정착했고요. 어린 시절 첫사랑과 결혼했고 그 이후로는 가족 농장을 운영하고 있습니다.

안톤은 자기가 하는 말을 들으며 놀라움을 감추지 못한다. 그 모든 게 맞는 말이고, 또 모든 게 거짓이다.

당신이야말로 대학에 꼭 갈 거라 확신했었는데, 페인이 그에게 말한다. 그렇게 머리가 좋은 사람이! 사실 정계로 진출하거나 그쪽 일을 할 거라고 생각했어요.

그동안 난 소설을 쓰고 있었습니다, 안톤이 갑자기 생각해 낸다.

소설이요? 제목은 뭔가요? 출판됐나요?

아직 출판은 안 됐습니다. 사실 아직 완성하지 못했거든요. 거의 다 쓰긴 했지만!

뭐에 관한 소설이죠?

음, 안톤은 말한다. 고통스러운 인간 상황. 특별한 건 없어요.

하하하! 페인이 탁자를 두드린다. 언제나 재미있는 친구군요, 스와트! 당신 책을 읽게 될 날이 기대되네요.

언젠가는 읽게 되겠죠. 근데 당신은 여긴 웬일인가요? 이런 별 볼 일 없는 곳에. 마지막 순간 이곳은 정말로 똥통같이 형편없는 장소라 절대로 다시 오면 안 된다는 것이 명확해진다. 하지만 동시에 안톤은 자신이 다시 올 거라는 사실을 알고 있다.

여기서 저 모퉁이만 돌아가면 우리 집이에요, 페인이 말한다. 그래서 이곳에 종종 들러요. 저, 나하고 우리 집에 가서 다이앤을 만나 보는 게 어때요?

다이앤?

내 아내요, 방금 내가 말했잖아요…….

아, 그랬지. 미안합니다. 지금 말인가요? 음, 왜 안 되겠어요? 좋아요. 하지만 그의 마음속에서 이 대화는 이미 끝났다. 그동안 나눈 이야기 중 머릿속에 남아 있는 게 반 정도나 될지 모르겠다. 그렇지만 페인은 이 만남에 몹시 신나 한다는 걸 알 수가 있다.

그래요? 좋습니다! 그럼 잠깐 화장실에 다녀올게요. 그런 다음 갑시다.

그럽시다, 안톤이 말한다. 하지만 사실 그는 페인이라

는 이 사람, 그의 평범한 삶 그리고 그의 평범한 아내, 그런 게 다 지루하다. 요즈음 거의 모든 게 귀찮은 것처럼 안톤은 이 상황도 마찬가지다. 이제 이 친구에게서 듣고 싶었던 중요한 이야기는 모두 다 새어 나왔을 테니 그가 화장실에 간 사이에 자리에서 일어나 밤 속으로 걸어 나가더라도 잘못하는 게 아니라는 생각이 든다. 마치 지금까지 내내 혼자서 술을 마셨던 것처럼 말이다. 어쩌면 당신이었어도 그랬을지 모른다.

안톤은 다시 운전대를 붙잡고는 마을 거리를 따라서 어슬렁어슬렁 흘러간다. 신호등 앞에 서자 어떤 분노한 남자가 상상 속의 동료에게 소리를 질러 댄다. 당신은 내가 미쳤다고 생각해? 당신한테는 내가 미친 사람처럼 보여? 미친 인간과 궁핍한 인간으로 구성된 집단이 점점 더 증가하고 있고, 그런 사람들 가운데 상당수가 백인이다. 나한테서 멀리 떨어져, 워젤 거미지BBC 시트콤의 주인공 허수아비. 당신이 걸린 병에 옮고 싶지 않아. 신호등 불이 바뀌어 다시 달릴 수 있게 돼서 다행이다. 지금 있는 위치나 방향에 대해 확실히 알지는 못하지만, 그중 어느 것도 그다지 신경 쓰이지 않는다. 곧 무한한 즐거움이 기다리는 집으로 가는 경로를 택해야겠지만 말이다.

하지만 무엇보다 먼저 안톤, 지금은 저 앞에서 깜박이

는 파란색 신호등 그리고 멈추라고 지시하며 위로 치켜든 손과 마주해야 한다. 안톤은 자동차 운행을 가로막는 바리케이드 앞에 선다. 공포감에 휩싸인 나머지 어느 정도 제정신을 차리게 되고 아드레날린이 분비되어 새롭게 힘을 얻는다. 제발, 이러지 마. 만약 마음에 어떤 힘이 있다면, 이것 좀 사라지게 해봐. 그 일이 일어나지 않게끔 어떻게 좀 해보라니까. 하지만 안톤의 마음은 아무런 힘이 없다.

길을 잃었거든요. 마치 이 말이 자신의 잘못에 대한 변명이라도 되는 것처럼 안톤은 창문 옆에 서 있는 경찰관에게 경쾌하게 말한다. 여기가 어디인지 잘 모르겠어요.

여기다 대고 부세요.

뭐라고요?

입술을 마우스피스에 붙이고 후 부세요.

그 경찰관은 흑인 여자고, 아마도 그의 나이의 절반 정도 될 것 같다. 그녀는 안톤을 유치장에 처넣을 수 있는 권한이 있다. 그 점을 기억해야 한다, 안톤. 침착하게 정신을 가다듬어야 한다. 경찰관이 그의 얼굴을 손전등으로 비추는데, 안톤이 지난 몇 시간을 어떻게 보냈는지 이미 알고 있는 게 분명하다. 그들 사이에 비밀은 전혀 없다. 안톤이 측정기에 건성으로 입김을 불자 경찰관의 말투가 딱딱해진다.

자, 제대로 하세요. 길게 꾸준히 불어 주세요.

안톤은 탄식하듯 좌절감으로 가득한 자신의 슬픔을 몽땅 거기에다 불어 넣는다. 그녀가 계기판에 나타난 눈금을 읽은 후 두 사람의 눈이 마주친다.

이 문제를 우리가 해결할 수 있을 것 같은데요, 안톤이 말한다.

안톤은 현금자동입출금기 앞에 서 있다. 그의 계정에는 인출 한도가 있는데, 바로 이와 같은 시나리오, 그러니까 강도 같은 것으로부터 보호하기 위해 정해 놓은 것이다. 고작 2천 랜드를 인출할 수 있는데, 다행히 마스와나 경찰관은 너무 비싸게 굴지 않는다. 잠시 후 바리케이드 앞에서 그녀를 내려 줄 때 두 사람은 심지어 악수도 한다. 마치 그들이 방금 거래라도 성사시킨 것처럼 말이다. 그녀의 입장에서 보면, 이것이 사업상 거래라고 볼 수 있겠다.

집에 가는 내내 안톤은 해로운 늪처럼 부글부글 끓고 거품을 뿜는다. 2천 랜드! 벌건 대낮에 길가에서 등쳐 먹다니. 지금이 밤 열 시인 걸 고려할 때 그건 단지 비유일 뿐이다. 아니, 열한 시다. 요점은 도둑질이란 시간을 가리지 않고 언제 하더라도 뻔뻔하다는 것이다. 우적우적 쩝쩝, 우적우적 쩝쩝, 목재를 먹어 치우는 작은 흰개미들. 그러는 동안 뚱뚱한 흰개미 여왕은 둥지 한가운데서 하는 일 없이 빈둥거린다.

사실 그동안 나도 흰개미처럼 내 몫을 우적우적 씹어 먹었다. 하지만 2천 랜드! 그 액수를 생각하니 마음이 아프다. 은행 계좌에 남아 있는 돈이 바닥을 보인다. 게다가 선시티에서 어리석을 정도로 술을 잔뜩 마시고는 상당한 액수의 돈을 탕진했으며 은행 대출로 인한 막대한 이자를 갚지 못하고 있다. 아빠의 투자액에서 나오는 수익금은 많이 줄었고 아내는 해마다 비싼 성형수술을 받는 것이 자신의 권리라고 생각한다. 그리고 파충류 공원은 동업자인 브루스 겔덴후이스가 돈을 들고 말레이시아로 도망쳤기 때문에 폐장할 예정이다. 안톤, 지금은 좋지 않은 시기일 뿐이다. 그러니까 이 시기를 이겨 낼 수 있을 것이다. 하지만 그럴까? 과연 그럴 수 있을까? 지금이 어떤 시기라고 느껴지기보다는 마치 미래를 보는 것 같다.

현재 다른 전선에서도 포위 공격을 받고 있다. 농장 땅에 대한 공식적 권리 주장에 관한 문제로, 오래전 강제 철거된 공동체 이야기다. 오늘날에도 계속해서 자행되는 침입은 말할 것도 없고 저 멀리 동쪽 경계 지역에서 울타리는 잘려 나가고 판잣집은 더 많이 세워졌다. 재산 가치 역시 시시각각 하락하여 이미 가치가 거의 없다고들 하는데, 도대체 무슨 의미가 있겠는가? 분별 있는 일, 그러니까 시골 지역을 포기하고 도시로 이사하고, 그나마 가능할 때 땅을 파는 문제에 대해 아모르와 합의해야 할 것인가. 어쩌면 그의 결혼 생활, 그리고 누가 알겠는가, 그 자신까지 지켜 낼 수 있을지도 모른다.

그럼 안톤은 왜 그 일을, 그런 분별 있는 일을 하지 않는 걸까? 모른다. 그저 항상 그렇게 살아왔을 뿐이다. 올바른 선택이 무엇인지 알 수 있더라도 그 일을 행동으로 옮기지는 않을 것이다. 그 대신 다른 행동, 그러니까 아내와 그 자신을 괴롭히고자 그릇된 행동을 한다. 게다가 도시를 선호한 적은 한 번도 없었다.

안톤은 눈부신 헤드램프의 불빛에 의지하여 다시 숫자 자물쇠를 더듬더듬 맞춘다. 마침내 집에 도착한다. 진입로에 폭스바겐 비틀 한 대가 아내의 자동차 옆에 주차되어 있고 위층 아래층 모두 불이 환하게 켜져 있다. 어쨌든 전기는 다시 들어왔구나. 음악, 만약 이게 적절한 단어라면, 테크노 비트가 뒤섞인 일종의 불교 성가가 시끄럽게 거실에서 흘러나오고 있다.

안톤은 잠시 현관 계단에 앉아서 두 눈이 어둠에 적응하기를 기다린다. 여름의 한가운데라 별들은 깊고도 어두운 침대에서 꽃처럼 곤두선다. 참 멋진 이미지로군. 일기장에 적어 둬야지. 두 사람이 한 계단 한 계단 아래층으로 내려오는 소리가 들린다. 끝도 없이 낄낄거리며 나지막하게 속삭이는 목소리. 집에서 나오기 위한 모든 절차. 현관문이 활짝 열려 있는데도 저런다. 그러다가 안톤이 있는 것을 보고 그들은 무척 놀란다. 아마도 가짜로 놀라는 척하는 건 아닐 것이다. 당신 여기에 얼마나 오래 있었어? 방금 모티한테 내가 그린 수채화를 보여 주고 있었어.

모티? 난 그의 이름이 모글리인 줄 알았는데. 하지만 봐, 저 친구 오늘 밤은 일반인의 옷을 입고 있네. 풀잎 팬티는 어디에 두고 왔나, 원시 소년? 힘이 잔뜩 실려 있는 자신의 감정, 대놓고 적대적인 그 감정에 놀라서, 안톤은 머리를 뒤로 젖히고 늑대처럼 큰 소리로 길게 울부짖는다. 아켈라『정글 북』에 등장하는 우두머리 늑대, 불행한 결말을 맞더라도 우리는 최선을 다할 것이다!

저는 센터에서 회원들에게 그렇게 감정을 분출해 보라고 격려합니다, 모글리가 참을성 있게 그에게 말한다. 사람들은 대부분 당신만큼 그렇게 감정적으로 자유롭지 못해서요. 그들은 감정을 억누른답니다.

감정을 조금 억눌러도 나쁠 건 없잖아, 데지레가 중얼거린다.

하지만 안톤은 오늘 밤 감정을 억제하고 싶지가 않다. 아내의 수채화는 어땠어요?

음, 아주 멋져요. 마음에 들어요, 아주 많이요.

아내가 당신에게 붓과 정교한 팔레트도 보여 줬나요? 당신이 데지레의 캔버스를 펴줬나요?

안톤이 많이 취했어요, 데지레가 말한다.

맞아요, 그런 것 같네요. 어서 떠나야겠어요.

당신은 원래 여기에 없었어, 안톤이 그에게 말한다. 맨 처음부터.

공격성은 결국 공격자를 해치는 법입니다.

그런가, 내가 알기론 공격 대상이 더 많이 고통받던데. 그걸 증명하기 위해 그 바보 같은 친구가 계단에서 옆으로 지나가려고 할 때 안톤은 옆에서 달려든다. 그러자 당황한 모글리가 그 자리를 빠져나가기 위해 가까스로 발로 안톤의 머리통에 행운의 한 방을 먹인다. 밝은 불빛이 번쩍하고, 그런 다음 안톤을 받쳐 주기 위해 계단이 갸우뚱 기울어진다. 아이고. 하지만 전혀 아프지 않은데. 고통이 있어야 하지 않나? 안톤은 깔깔대고 웃으면서 땅에 등을 대고 누워 뒹군다.

잘했어, 안톤은 턱을 잡고서 말한다. 이제 상처가 조금씩 욱신거리는 것 같군. 대단한 기세야.

사고였습니다, 모글리가 말한다. 하지만 그게 아닐 수도 있어요. 당신 자신의 분노가 부메랑처럼 당신에게로 되돌아간 겁니다.

다시 말해 자업자득이었다고, 데지레가 말한다.

당신도 자업자득으로 당할 게 몇 가지 있을 텐데. 안 그래? 아니면 나쁜 업보는 오로지 다른 사람들 몫인가?

당신은 어서 가세요, 데지레가 속삭인다. 저 사람이 다른 수작을 부리기 전에.

모글리는 걱정하는 체한다. 괜찮겠어요……? 아무 일도 없을 거라고 확신할 수 있겠어요……? 왜냐하면, 난…….

왜냐하면, 당신이 뭐? 허, 당신? 당신이 저 여자를 보호한다고? 재미있네! 안톤은 벌떡 일어나려고 하지만 그러는 과정에서 비틀거리다가 또다시 넘어진다.

그냥 가세요. 전 괜찮을 거니까. 남편을 대신해서 제가 사과드려요.

모글리는 정말로 떠난다. 하지만 그는 마지막 훈계를 늘어놓고서야 그 집을 떠난다. 그는 물질이 영혼의 일부이긴 해도 은총과는 멀리 떨어진 존재라고 믿고 있다. 물질은 힘을 사용할 때 가장 물질적이어서, 폭력에는 영혼이 조금도 존재하지 않는다. 그래서 안톤이 그의 영혼을 비하하고 품위를 손상하는 것을 보고 있으려니 너무나도 슬프다. 그가 할 말은 이것뿐인데 호의로 해주는 말이니만큼 당신도 호의로 받아 줬으면 좋겠다는 말이다.

이런, 고맙기도 해라. 이제 내 집에서 꺼져 버려. 그리고 다시는 오지 마.

모티는 오고 싶으면 언제라도 다시 올 거야. 하지만, 지금은 가는 게 더 낫겠네요.

당신이 어떤 상황을 견뎌 내고 있는지 새롭게 이해하게 됐어요, 데지레.

그런 다음 모글리는 어둠 속으로 사라져 가는 한 쌍의 빨간 후미등으로 변신한다.

모티는 아주 성숙한 영혼을 지닌 매우 성실한 사람이야. 데지레가 안톤에게 작고 차갑고 격앙된 목소리로 말한다. 그녀는 모티에게서 아주 많은 것을 배웠다! 그녀가 자신을 찾을 수 있도록 지금까지 지속적으로 도움을 주고 있다. 그녀는 남편이 그 사람에게 무례하고 저속하게 말하는 것을 그냥 보고만 있지는 않을 것이다. 앞으로 그 남자를 집으로 초대하는 경우, 그렇게 물리적으로 공격당하게 내버려 두지 않을 것이다.

나도 이 집에 살아. 그리고 내 아내가 저런 천박한 사람과 바람을 피운다는 사실을 믿을 수가 없단 말이지. 모글리는 이제 더 이상 귀엽지도 않은데, 당신도 알고 있어? 최근에 살바 속 허리둘레가 몇 사이즈 늘어났던데.

모글리는 천박한 사람이 아니야! 사실, 그는 분명히 더 높은 차원에서 살아가는 사람이란 말이야. 그리고 그는 결코 당신이 생각하는 방식으로 행동하지 않아. 그는 내 친구고 안내자고 본보기지 연인은 아니라고. 그녀는 잠시 후에 덧붙여 말한다. 근데 그러면 또 어때, 혹시 그렇다고 해도 뭐가 어때서? 사람은 서로 소유하는 게 아니야! 혹시라도 당신이 이 세상을 함께 탐험할 다른 사람을 찾게 되면 난 축하해 줄 거야.

나 역시 그럴 거야, 날 믿어. 하지만 그건 좀 공산주의적이고 히피적이지 않아? 소유권이 없다든지 공유한다는 게? 당신 아버지는 좋아하지 않을 텐데.

우리 아버지는 모글리, 아니 모티를 만났고 그 사람을 무척 좋아해.

당신 아버지는 이제 감정이란 게 사라지고 없잖아. 사람이라면 누구나 좋아하지! 요즘은 혹시 스탈린을 만나더라도 좋다고 하실걸. 안톤은 너무 기쁜 나머지 웃음이 울음으로 그리고 다시 웃음으로 변한다. 아, 난 비극은 얼마든지 감당할 수 있는데, 코미디는 다루기 어렵다니까.

그게 대체 무슨 뜻이야?

내 인생을 낭비했다는 말이지.

글쎄, 일단 고마워. 나 역시 큰 재미를 보고 있지 못하거든. 혹시 당신이 눈치채지 못했다면 말이야. 그리고 내가 당신만큼 정자를 뿌리고 다녔다면 낭비라는 말은 입에 올리지도 않을 텐데.

남편의 마음을 아프게 할 생각으로 한 말이다. 최근에 밝혀진 사실이 양측 모두에게, 특히 그녀에게 몹시 가혹하기 때문이다. 그러니까 논쟁의 여지 없이 남편 때문에 두 사람이 지구상에서 생육하고 번성할 수 없다는 것이다. 하지만 오늘 밤 그는 아무런 감정도 드러내지 않는다. 그는 조금 전에 충격적으로 깨닫게 된 그 단순한 사실로 인해 여전히 아연실색하고 있다. 그건 사실이다, 난 내 인생을 낭비했다. 쉰 살, 반세기, 한때 자신이 분명히 할 것으로 확신했던 것 중 그 어떤 것도 앞으로 절대 하지 않을 것이다. 유명 대학에서 고전을 읽지도 않을 것이고 외국어를 배우지도 않을 것이며 세계 여행을 하지도 않을 것이고 사랑하는 여자와 결혼도 하지 않을 것이다. 그렇다고 실권을 손에 쥘 것도 아니다. 그의 뜻에 맞도록 운명을 굽힐 것도 아니다. 심지어 소설을 끝내지도 않을 것이다. 왜냐하면, 그래, 계속해서 솔직하게 말하자면, 거의 이십 년이 흘렀는데도 안톤은 사실 그 소설이란 걸 시작도 하지 못했다. 앞으로도 어느 것 하나 제대로 하지 못할 것이다.

안톤은 한밤중에 집을 어슬렁어슬렁 걸어 다니면서 이따금 침실 문 밖에서 발걸음을 멈춘다. 방문은 그가 들어오지 못하게끔 잠겨 있고 아내는 문 반대편에서 잠들어 있다.

문을 두들기며 더 소리칠 수 있겠지만, 만약 그런다면 예상된 시나리오가 펼쳐질 것이다. 이미 건너온 황량한 풍경과 저 앞에 놓여 있는 한층 더 좋지 못한 경치를 가늠해 보면서 술병을 손에 들고 서성거리는 게 더 나을 것이다.

후에 안톤은 호텔 방에 있다. 그는 금고에서 돈을 꺼내려고 애쓰지만 빌어먹을 금고 문이 열리지 않는다. 문을 세게 잡아당겨 보려 해도 두 손이 땀에 젖어 미끌미끌해서 그 어떤 것도 붙잡을 수가 없다. 그리고 이제 문을 노크하는 소리가 들린다. 똑 똑 똑! 그의 몸이 두려움에 얼어붙는다. 왜냐하면, 이 금고에 들어 있는 돈은 그의 것이 아니기 때문이다. 그는 여기에 있어서는 안 되고 문을 두드리는 사람은 그에게 호의를 갖고 있지 않다. 어디에 숨어야 할까?

똑 똑 똑! 똑 똑 똑! 그 소리, 지금 들리는 소리가 그 환영을 호텔 방에서 끌어내어 안톤의 몸속으로 도로 집어넣더니 집에 있는 소파에 반쯤 뒤집힌 자세로 떨어뜨린다. 불이 켜져 있고 텔레비전도 켜진 채고 현관문은 활짝 열려 있다. 안톤은 잠에서 깨어난다.

그런데 노크 소리는 무엇인가? 매우 늦거나 이른 시각이다. 동이 트기 직전이다. 안톤이 잠을 자는데 무언가가 똑 똑 두드리고 있었다. 그 점에 대해서는 거의 확신한다. 저 바깥 어딘가에서.

두려움에 자리에서 벌떡 일어난다. 신경이 곤두서 있다. 지금 이 순간이 안톤, 그대가 그토록 두려워했던 순간인가? 무슨 일이 곧 벌어질 것 같아서? 그는 서재로 향하는 계단을 비틀비틀 걸어 올라가서 미친 듯이 옷더미 속에서 모스버그 사에서 만든 산탄총을 찾는다. 그의 손가락이 그 금속을 찾아내는 데 영겁의 시간이 걸리는 것 같다. 서랍 안에 있는 탄약. 더듬더듬 더듬더듬. 그는 아주 간단한 일조차 행하기가 매우 어렵다. 머리는 마치 콱 막힌 하수구 같고 입에는 그에 맞먹는 묘한 맛이 감돈다. 마침내 비틀거리며 계단을 내려오는데, 한 손에는 산탄총을 들고 있고 호주머니에는 탄환을 쑤셔 넣었다. 현관문을 박차고 거대하고 무시무시한 어둠 속으로 서둘러 나가 진입로를 따라 내려가는데 그의 심정이 천체망원경으로 보는 것처럼 확대된 것만 같다. 잔디밭을 둘러싸고 있는 작은 해자, 그다음은 전기 울타리, 그다음 나타나는 농장 지대, 그러고는 세상과 오롯이 마주한다. 원 안에 원, 그 안에 내가 있다.

노크 소리는 울타리 너머 군락을 이루고 있는 헛간과 외딴 건물들에서 들려왔을지도 모른다. 아니 어쩌면 꿈에서만 들렸을 뿐 결국 노크 소리는 없었을 수도 있다. 그렇게 생각해 보니, 그럴 가능성이 훨씬 더 크다. 도대체 어떤 침입자가 자신의 존재를 알린단 말인가? 글쎄, 어쩌면 최악의 침입자는 그럴 수도 있지. 대문의 자물쇠를 열고 통과한다. 왜 모든 것이 이렇게 조용한 걸까? 동쪽 하늘은 벌써 희어지고 있는데, 벌레는 한 마리도 울지 않는다. 또 새들은 다 어디에 있지?

안톤은 창고로 가까이 다가가면서 탄환 하나를 총에 넣고 약실로 밀어 넣고는 탄환이 장착되는 소리를 듣는다. 철커덕! 아주 단단하고 선명한 일종의 경고 소리다. 누가 노크를 했는지 말해 봐! 만약에 누군가가 바깥에 있다면, 지금 그가 하는 말이 진심이라는 것을 그들에게 알려 주기 위함이다. 안전장치를 풀어놓고 잠시 기다린다. 하지만 응답하는 소리는 전혀 없고 도망치는 발걸음 소리도 전혀 나지 않는다.

건물들을 한 바퀴 돌아보지만 모든 게 평화로워 보이고 문과 창문은 모두 잠겨 있다. 자신이 지금 찾고 있는 게 무엇인지 확실하지 않지만 안톤은 계속 걷는다. 그러나 지끈거리던 그의 머리는 두통이 더 심해져 이제 메스껍기까지 하다. 발걸음을 잠시 멈추고 토하려 해도 토할 수가 없다. 그저 그는 아픈 몸을 자신이 걸어가고 있는 땅, 별다른 특징이나 색깔이 없는 관목과 덥수룩한 풀에 떨어뜨리지 않은 채 계속 앞으로 나아갈 뿐이다.

날은 밝아 오는데 안톤은 반쯤은 술에 취해, 반쯤은 숙

취에 시달리며 농장을 비틀비틀 가로질러 걷고 있다. 단추가 모두 풀어지는 바람에 벌어진 옷이 몸에서 떨어져 나가려 하는데, 그 모습이 마치 봉합선이 뜯어지는 바람에 안에 들어 있던 속 재료가 쏟아져 나오는 모습 같다. 안톤, 그대 안에 있는 재료, 그건 어떤 걸까? 음, 보통 크리스마스에 먹는 음식이나 약간의 사탕과 운수가 적힌 쪽지가 든 포춘쿠키나 약간의 폭탄일 것이다.

태양이 떠오른다, 사랑하는 아이야……. 붉은색 배경에 철탑의 실루엣이 나타난다. 안톤은 꽤 멀리 걸어왔다. 뒤돌아봐도 이제 그의 집은 보이지 않는다. 이제는 호들갑을 떨며 우는 새들. 어리석은 오래된 지구. 되돌아와 반복에 반복을 되풀이한다. 절대로 구경거리는 놓치지 않는다. 그러니 어떻게 견딜 수 있겠는가. 이 오래된 창녀 같은 지구는, 똑같은 공연을 몇 번씩이나 낮이나 밤이나 하고 또 한다. 한편에서는 극장이 무너져 내리고 있는데, 대본의 대사는 변하지 않고, 메이크업과 의상과 화려한 몸짓은 말할 것도 없고…… 내일 또 내일 또 모레도…….

아니. 이제는 못 하겠다. 연극에서 행인 역할로 나오는 걸 더 이상 견딜 수가 없다. 집으로 돌아가서 마룻바닥에 떨어뜨린 낡은 셔츠를 집어 들듯 자신의 삶을 다시 집어 든다는 생각을 감당할 수가 없다. 셔츠를 집어 올린 다음에는 어떻게 하지? 그걸 또 입어야 하나, 그냥 그렇게, 악취가 진동하고 자신의 체취로 완전히 찌들었는데? 그는 너무나 잘 알고 있다, 그 냄새를. 셔츠를 포기하고 집도 포기한다. 철탑을 포기한다. 이 모든 걸 그만하자.

나는 원했었다…….

탕!

또다시 그 소리가 들린다. 누군가가 문을 세게 두드리는 것 같다. 데지레는 조금 전 잠결에 어떤 소리를 들은 것 같다. 어젯밤 그 끔찍한 상황을 겪은 후라 조금이라도 휴식을 취하려면 수면제를 먹고서라도 기절하듯 잠을 자야만 했다. 그래서 오늘 아침 몸을 잘 가누기가 힘든 데지레는 기다란 흰색 잠옷 바람으로 머리칼을 느슨하게 풀어헤친 채 침대에서 일어난다. 그녀의 모든 것이 나른하게 땅을 향해 축 늘어져 있다. 물론, 요즘 그녀의 몸에서 늘어질 것들이 더 많아지긴 했다.

창가로 가서 블라인드를 들어 올리고 바깥을 내다보지만, 갈색 풀을 제외하고는 아무것도 볼 만한 게 없다. 저게 내 인생이로구나, 그녀는 생각한다. 몇 킬로미터에 걸쳐 계속되는 갈색 풀. 심지어 흥미로운 지역들도 색깔을 잃어버렸다. 술에 찌들어 사는 남자와 함께 촌에 깊이 틀어박혀 사는 여자가 무엇을 할 수 있단 말인가? 그런 여자라면 당연히 초조해지게 마련인데, 물론 데지레도 그러하다. 그래서 다른 곳에서 위안을 찾으려고 하는데, 누가 그녀를 비난할 수 있겠는가?

데지레는 자신을 비난하거나 자책하지 않는다. 그녀는 한 번도 그런 적이 없다. 그녀가 생각하는 자연의 이치란, 이 세상은 그녀를 기쁘게 해주기 위해 존재하는 것이다. 그런데 문제는 그녀가 이곳에서 이 세상으로 인해 실망감을 느끼고 있다는 것이다. 잠옷 차림으로 폭신한 슬리퍼를 신고서 아래층으로 내려간다. 그곳에 가면 하녀가 난로 위에다 그녀가 마실 커피를 준비해 놓을 것이다. 좋은 아침, 살로메. 남편 봤어요?

아니요, 부인.

여기에 설탕이 너무 많이 들어갔어요. 내가 늘 말하잖아요.

미안해요, 부인.

아직 침대 정리하지 마세요, 알았죠? 좀 더 누워 있어야 할지도 몰라요. 끔찍한 밤을 보냈거든요.

유감이에요, 부인.

이 흑인 여자는 안톤이 태어난 이래로 여기에서 평생을 일해 왔다. 그녀가 보고 들었음이 틀림없을 그 모든 것들! 그들은 유령처럼 항상 주변에 있으므로, 당신은 그들을 보지 못한다. 하지만 이것이 반대 상황에서도 똑같이 적용된다고 생각하면 오산이다. 그들은 마음대로 집어먹고 자유롭게 이리저리 돌아다니면서 항상 보고 듣고 있다. 당신의 모든 비밀, 당신에 대한 모든 것, 다른 백인들은 알지 못하는 것까지 속속들이 알고 있다. 속옷에 묻은 얼룩부터 양말에 난 구멍까지. 그들이 음모를 꾸미기 전에 없애 버려야 한다. 이 늙은 흑인 여자를 해고할 때는 한참 지났다.

그런 생각을 하면서 데지레는 커피 잔을 들고 앞쪽 베란다로 느릿느릿 걸어 나간다. 농부의 아내인 척 가장하고 이른 아침 이 자리에 서 있는 것을 좋아한다. 그런 가운데 그녀는 이 세상을 향해 자신의 모습을 조금씩 드러낸다. 때때로 그녀는 노랗고 푸르른 옥수수밭이 바람에 부들부들 떨면서 멀리멀리 사라져 가는 모습을 상상한다.

옥수수밭에서, 그러니까 풀숲에서 한 사람이 뛰어오고 있다. 떠오르는 태양이 그의 등 뒤에서 눈부시게 빛나고 그림자는 그를 흉내 내고 조롱하며 앞으로 멀리 뻗어 있다.

왜 그래요? 무슨 일이 일어났나요?

열린 현관문으로 들어온 그 사람은 아주 낯선 사람이 아니라 여기서 평생을 일하고 있는 또 다른 사람인 안딜리다. 가족이 농장에서 이사를 나간 이후로 그는 매일 아침 흑인 거주지역에서 걸어서 농장으로 온다. 그는 그녀를 향해 소리 높여 자신이 본 것을 이야기한다. 저기 전선 근처에요. 아 맙소사, 도와주세요.

알아듣기가 힘들다. 잘못 들은 게 분명하다.

뭐라고요? 뭐라고 했어요?

그러나 그 말을 되풀이해서 말해 줬는데도, 데지레는 그게 이 세상과 연결된 말이 아닌 것 같다. 아니, 사실일 리 없다. 말도 안 된다. 어젯밤만 해도 그 사람은. 그건 사실이 아니다. 아니다.

아니야, 그녀는 말한다.

그렇지만 부정은 다른 사람들에게만 효과가 있지, 운명에는 아무런 영향을 미치지 않는다. 데지레, 어쩌면 그대 역시 그 사실을 알아차렸을 수도 있다, 운명에 저항하는 것이 헛수고라는 것을. 그대가 아무리 아니라고 해도 일어날 일은 일어나고 만다. 결국, 날씨만큼이나 공정하게 다가오는 사실은 오늘 아침 그대의 남편이 잠자리에서 일어나 산탄총을 들고 밖으로 나가서 자신의 머리를 날려 버리기 위해 몸을 뒤틀어 기괴한 자세를 취했다는 것이다.

지금까지 살아오면서 데지레가 겪은 최악의 경험은 다른 사람, 그러니까 그녀의 아버지에게 일어났던 일이다. 이번 경우 역시 안톤의 죽음은 물론 그 자신의 몫이지만 남편의 자살은 그녀의 몫이 될 것이고, 벌써 그 사실을 알 수 있다. 그런 식으로 다른 사람들은 이번 사건을 바라볼 것이고, 그런 식으로 그들은 그녀를 바라볼 것이다. 그녀는 언제나 자살한 남자와 결혼한 여자가 될 것이고, 그리고 또 누가 알겠는가, 어쩌면 그녀가 남편을 자살로 몰아넣은 여자일 수도 있다.

어찌 알겠어, 어쩌면 내가 그랬을지도 몰라. 그녀는 그렇게 생각한다. 앞으로도 계속해서 그렇게 생각할 것이다. 그러다가 심지어 아무도 그녀를 비난하지 않을 때도 그녀는 그렇다는 사실을 부정해야 하는 시점에 이를 것이다. 아니야, 아니야, 내가 안톤을 망하게 한 게 아니야. 난 아무도 망하게 한 적이 없어. 그 사람이야말로 나를 실망하게 만들었다고!

쉬잇, 진정해라, 아가. 마음을 가라앉혀야 해. 너를 비난하는 사람은 한 명도 없어.

그게 무슨 말이에요. 그들 모두가, 심지어 마망도…….

데지레는 불같은 사람이다. 너무나 감정적이고 변덕스러운 그녀는 비극을 감당할 수가 없다. 그래서 그녀는 균형을 잡아 줄 땅 같은 사람, 단단하고 움직이지 않는 사람, 아마도 툰드라 영구동토층의 흔적이 있는 그런 사람이 필요하다. 데지레는 당연히 자기 어머니에게 전화를 걸었다. 스캔들에 연루된 적이 있었던 마망은 곧바로 포르쉐 자동차를 타고 농장으로 달려왔다. 그녀의 손에는 남편 지인들의 연락처가 잔뜩 든 휴대폰과 약국을 차리고도 남을 만큼의 진정제가 들려 있었다. 지나치게 소란을 일으키지 않도록 문제를 처리하는 방법들이 있다. 하지만 무엇보다 중요한 것은 누구에게 말해야 할지 정확히 알고서 냉정하고 침착하게 대처하는 것이다. 적절한 대상의 귀에 대고 은밀하게 속삭인 한마디 말로 일 처리가 신속하게 진행될 수만 있다면, 경찰 소속 의사가 나와 사망진단서를 발부해 줄 것이다. 몇 가지 질문만 조용조용 물어볼 것이고, 지나친 돌풍을 일으키기 전에 시신을 처리해 줄 것이다.

그런 다음에는 간단하게 행해야 할 실질적인 단계들이 있다. 제일 먼저 다른 사람들에게 이 사실을 알리는 문제다. 마망이 그 일을 맡아서 처리하는데, 알고 보니 전혀 힘겨운 일이 아니었다. 안톤은 외로운 늑대였으므로 지인들은 조금 있었지만, 친구는 그다지 많지 않았다. 휴대폰에 저장된 이름들은 대부분 그가 농장에서 필요한 물품 구매를 위해 이용한 연락처고, 그 외에 그냥저냥 만난 술친구 몇 명이 끼어 있었다. 중요한 사람들에게 연락하는 데 삼십 분도 채 걸리지 않는다. 그들은 대체로 충격을 받은 것 같긴 하지만 진정으로 눈물을 흘리는 사람은 한 명도 없다.

그러던 중 다른 사람들 모두에게 소식을 전한 다음에야

비로소 데지레의 머릿속에 갑자기 떠오르는 이름이 하나 있다. 어머, 이런, 아모르는 어쩌지?

누구?

안톤의 여동생이요. 마망도 아모르를 몇 차례 만난 적이 있어요, 기억나지 않으세요……?

안톤한테 여동생이 또 있어? 진짜? 한 명인 줄 알았는데…….

몇 년 전으로 거슬러 올라가 아모르의 얼굴은 고사하고 그녀의 이름을 생각해 내는 것조차 데지레의 어머니로서는 매우 힘든 일이다. 솔직히 말해서 스와트 가족 전체가 너무나 힘겹다는 생각이 들어서 그녀는 의식에서 모두 다 지워 버리려고 노력한다. 안톤 자신도 항상 그런 관계로부터 자유로운 사람처럼 보였다.

그 여동생이 인상에 깊게 남을 만한 사람이었을 리가 없어, 마망은 나름대로 추정한다. 그랬다면 내가 어떻게 잊어버렸겠어.

안톤의 휴대폰에는 아모르의 전화번호가 없다. 두 사람은 오랫동안 연락하며 지내지 않았다.

왜 안 했을까? 노부인은 남매간의 불미스러운 관계를 생각하는지 얼굴이 밝아진다. 둘이 싸웠나?

아니요, 싸운 건 아니에요. 그보다는 의견 차이였어요.

사실 무슨 문제 때문에 그랬는지 기억도 나지 않아요. 무슨 땅 문제였나?

백인들이 싸울 때는 언제나 재산 문제 때문이란다! 데지레의 어머니는 일말의 합리적 증거도 없이 단언한다.

그런데 아모르한테 어떻게 알려야 하죠? 그 순간 예전에도 이런 문제가 있었으며 아모르가 일하는 장소를 찾아내서 그 문제를 해결했던 일이 생각난다. 더반에 있는 병원! 에이즈 병동!

몇 차례의 문의를 거쳐 어떤 번호로 연결되고 어떤 명랑한 목소리가 응답한다. 아 네, 아모르가 예전에는 여기에서 일했는데, 몇 년 전에 개인적인 이유로 그만두었어요. 다른 전화번호를 알려 드릴 테니 한번 걸어 보시겠어요……? 새로 받은 번호로 전화를 걸자 수잔이라는 사람이 받았는데, 그녀는 아모르를 오랫동안 보지 못했다고 단호하게 말한다. 그녀의 목소리는 기분이 매우 언짢고 불만스러운 것 같으며, 전화를 얼른 끊고 싶어 하는 것 같다. 모른다, 그녀는 아모르에게 연락할 방법을 알지 못한다. 아모르는 케이프타운으로 간 것 같다. 아니, 그녀는 메시지를 전해 줄 방법이 없다.

마망은 아모르에 대한 기억이 전혀 없으면서도, 아모르 때문에 분개한다. 어쩜 이렇게 난감한 사람이 있을까! 정말로 이 여자는 사람들에게서 사라지고 싶어 안달 난 사람 같구나. 그래, 그게 그 여자가 원하는 거라면 그냥 내버려 둬야지 어쩌겠어. 최선을 다해도 해결할 수 없다면, 그 이상 어쩌겠니. 게다가, 의논할 사람이 적을수록 장례식을 계획하는 게 한층 더 수월해지니까.

마망은 칼뱅주의식 예배를 선호하는데, 그건 결국 자연스러운 결정으로, 엄중한 의식은 항상 모든 일의 마지막이라는 생각을 가져다주기 때문이다. 하지만 딸은 동의하지 않는다. 그녀는 남편의 영혼이 좀 더 동양적인 의식에서 덕을 얻을 거라고 생각한다. 루스텐버그에서 요가인지 요구르트인지 하는 일에 사로잡힌 데지레는 비정통적인 생각에 개방적인 자세를 취하므로 아버지의 치매 상태가 상당히 심각해지기 전에는 아버지와도 약간의 마찰을 일으켰었다. 마망 역시 나름대로 회의적이긴 하지만, 이번 경우에는 딸을 축복하기로 마음먹는다. 안톤은 그런 예배를 싫어할 테지만 오히려 그렇기에 그를 위해 그런 예배를 드리는 것이 합당한 이유가 될 것 같다. 최근 몇 년 동안 안톤은 데지레에게 불쾌하기 그지없는 존재였다. 그래서 그런지 남편이 저세상으로 떠난 것이 별로 안타깝지 않다. 어서 시작하자, 아가. 장례식은 죽은 자를 위한 게 아니라 산 자를 위한 의식이란다. 여하튼 안톤이 이의를 제기하러 여기에 나타나지는 않을 테니까, 안 그래?

아마도 안톤은 직접 나타나지는 않을 것이다. 하지만 심지어 죽은 후에 당할 굴욕조차 예견하고 저항하는 게 그의 천성이었다. 다음 날 아침 가족 변호사가 전화를 걸어온다. 전리품처럼 배우자의 이름을 하나 더 수집한 체리스 쿠츠-스미스는 또 한 차례 남편과 이별했다는 사실을 진지하게 표현하려는 듯 목소리를 가슴 저 아래쪽까지 끌어내리고 말한다. 그녀는 가슴에서부터 나오는 우렁우렁한 목소리로 안톤이 공식적으로 공증받은 편지를 파일에 보관해 놓았다고 마망에게 알린다. 안톤은 이 시나리오에 자신의 소망을 다음과 같이 담아 놓았다.

1. 종교적 의식은 절대 금지. 절대 기도는 하지 말 것.
2. 화장하기. 매장 금지.
3. 화장터의 부속 예배실이 딱 좋다.
4. 유해는 농장의 적당한 장소에 뿌리기. 아무 데라도 괜찮다.
5. 혹시 내가 말한 요점이 아직도 분명치 않다면, 과도한 소란이나 감정 표현은 금물.

보라, 이렇다니까. 아주 명료하고 간단해서, 융통성 있게 변경할 여지가 거의 없다. 그래 안톤, 당신 좋을 대로 하자. 당신이 원하는 대로 해줄게. 공교롭게도 우리 모두에게도 아주 적절하다. 하지만 전화를 끊기 전에 노부인은 체리스 쿠츠-스미스에게 말한다. 혹시 아모르의 전화번호를 갖고 계세요?

누구요?

안톤의 여동생이요.

아, 그 여동생! 아니요, 우리는 몇 년 동안 아모르에게 연락하려고 온갖 노력을 다 기울였어요. 그리고 이제는 정말 아모르와 대화를 꼭 해야 해요. 제발 저한테 전화 좀 하라고 그녀에게 전해 주세요.

당신은 내 말을 전혀 듣지 않았군요, 마망이 말한다. 독단적이고 자기중심적인 이 여자 때문에 마망은 짜증이 난다. 이 여자는 누구라고 꼭 집어 말할 수 없는 어떤 사람을 생각나게 한다. 내 말을 듣고 계셨다면, 당신은 우리가 그 여자를 어디서 찾아야 할지 모른다는 걸 이해하셨을 텐데요.

아모르는 감쪽같이 사라졌다. 아무도 아모르를 찾을 수 없다. 하지만 당신과 나는 전에도 그런 말을 들어 본 적이 있는데, 어디서 찾아야 할지 알게 되면 그녀는 언제나 나타난다. 확실하고도 실질적인 증거들이 있지 않은가.

아모르는 지금 이 순간 무엇을 하고 있을까? 그녀는 침대에 누워 있는 연약한 이의 육신을 닦아 주고 있다. 병원의 한 병동에서 아모르는 아픈 사람들을 보살펴 주고 있다. 이것은 옛날 사진인데 아직도 변한 게 하나도 없다. 그런데 아모르가 사라졌다는 게 도대체 무슨 말인가? 그녀는 다른 병원으로 옮겨 갔을 뿐이다. 그게 전부다. 하지만 병든 사람과 죽어 가는 사람은 어디에서나 서로 닮았다. 그들의 고통은 어디나 똑같고 그들을 돌봐 주는 것도 똑같은 일이다. 손상되고 민감한 피부를 플란넬 수건으로 이곳저곳 닦아 주면서 아모르가 얼마나 부드럽고 얼마나 조심스럽게 자기 일을 수행하는지 보라. 상처를 치료한 후에는 토닥거려 뽀송뽀송하게 만들고 그런 다음에는 환자, 이 경우는 나이 든 여자가 옷을 입는 걸 도와준다. 되셨어요, 아주머니? 이제 좀 편하세요? 조금이라도 도움이 됐어요? 지금까지 셀 수 없이 많은 시간을 그렇게 돌봐 왔고 앞으로도 수많은 돌봄의 시간들이 아모르를 기다리고 있다.

그러고 나서 그날 저녁 그녀가 지내고 있는 곳으로 걸어갈 때 따라가 보자. 간호복이 아니었다면 당신은 퇴근하는 사람들 속에서 그녀를 알아보지 못할 것이다. 아모르에게서 두드러지게 눈에 띄는 것은 하나도 없다. 별 특징이 없는 건물 삼 층에 있는 그녀의 자그마한 원룸 아파트도 두드러진 점은 없다. 현관문을 열면 수수한 거실이 나오고 거기서부터 조그만 부엌과 욕실로 갈라진다. 잠자리는 소파 겸 매트리스인데 한쪽 모서리에 둘둘 말려 있고, 의자 하나와 테이블 그리고 붙박이 찬장이 드문드문 놓인 것을 제외하고 다른 가구라고는 보이지 않는다. 그게 전부다. 벽의 몇몇 부분이 정사각형 모양으로 색깔이 다른 것을 볼 때, 아모르는 그림 몇 점을 떼어 내어 보이지 않는 곳에 치워 둔 게 분명하다.

아모르는 간호복이 피부에 끈적끈적 들러붙을 정도로 땀을 흘렸다는 걸 느끼고 옷을 벗는다. 요즘은 자신의 성향에 반하여 억지로라도 무작위로 옷을 벗으려고 애쓴다. 괜찮다, 아모르, 나쁜 주문 같은 건 풀려나오지 않을 것이다……. 그녀는 물에 몸을 담그고 목욕을 하고 싶지만, 그럴 수 없다. 댐들이 거의 비어 있는 상태라 물이 배급제로 나오기 때문에 그녀는 어쩔 수 없이 이 분 동안 샤워를 하면서 나중에 사용할 수 있도록 흘러내리는 물을 욕조에 모아 둔다. 평소 같으면 이제 저녁 식사를 준비하겠지만 또다시 전기가 나간 상태다. 그렇다, 여기에서도 그런 일이 발생한다. 전국 각지에서 발생한다. 길고도 어두운 권력의 반점들이 나타나고 있다. 전기 송전망이 무너지고 있고 유지 보수가 전혀 이루어지지 않으며 돈도 전혀 없다. 대통령 지인들이 현금을 들고 달아나 버렸다. 전기도 없고, 물도 없고, 풍요의 땅에서 말라비틀어진 시기를 보내고 있다.

아모르는 괜찮다. 나중에 전기가 다시 들어오면 저녁 식사를 할 것이다. 그동안 그녀는 거실 창가에 앉아서 수건으로 몸을 감싼 채 마지막 햇살 속에 안겨 있는 산을 바라보고 있다. 그녀의 무릎에 고양이 한 마리가 웅크리고 있다. 아니, 사실이 아니다. 고양이는 없다. 하지만 창가에 놓아둔 깡통에서 초록빛이 짙어지고 있는 화초를 최소한 두어 개는 그녀에게 허용해야 하지 않을까. 아모르는 욕조에 모아 둔 물을 조금 떠다가 그들에게 준다.

한여름으로 접어들고 있어서 낮은 길고 흰 유리 같다. 12월에도 비는 내릴 수 있지만, 겨울남아공의 계절은 우리나라와 정반대다에만 비가 탁 타다닥 소리를 내면서 내리므로 지금은 그런 일이 일어날 것 같지 않다. 날씨가 사방에서 변화하고 있어서 눈치채지 못한다는 것은 말이 안 된다. 하지만 이 거대한 도시 전체에서 물이 고갈되고 있다니! 모든 것의 밑에서 경각심을 주는 높은 경고음, 아니 소리보다는 진동이 일어나고 있고, 지구는 메말라 가면서 당신과 나의 발아래에서 수축하고 있다. 삐걱삐걱, 우지직 우지직 소리가 나고 헐거워진 못이 펑펑 튀어나온다. 사람들은 걱정하고 있다. 그리고 데이 제로물이 완전히 바닥나 하루 물 사용량이 0에 가까운 상태가 하루하루 가까이 다가올수록 그 걱정이 서서히 두려움으로 변하고 그 기색이 점점 짙어지고 있다. 그날이 오면 수도꼭지가 마침내 말라비틀어질 것이다. 상상할 수 있겠는가? 얼마 지나지 않아서 상상만으로 끝나지 않을 수도 있다.

그렇지만 태양이 황금빛을 내리쏟고 있는데, 그 열기를 즐기지 않는다는 건 정말이지 어려운 일이다. 어떻게 그 모든 광채와 빛에 몸과 마음을 열지 않을 수 있을까? 케이프타운의 어디를 가더라도 정신은 뒷전이고 몸이 그 자리를 차지하는 것 같다. 해변에서 몸을 드러내고, 바다를 가르며 물 위로 달리고, 맨발로 산을 밟는다. 젊은이들을 위한 도시, 그들의 힘을 과시한다. 그렇다면 나머지 사람들, 젊지도 않고 힘도 없는 사람들은 어쩌란 말인가? 도로 위, 다리 아래, 신호등 앞에는 쓸모가 없어진 사람, 피폐해진 사람, 불구가 되어 상처를 휘두르는 무리가 점점 더 많아지고 있다. 당신은 각자 할 수 있는 일, 그러니까 옷 한 벌 또는 음식 한 접시를 그들에게 내밀고 있지만, 그들은 셀 수 없이 많고 그들의 욕구는 끝이 없어서 아모르는 요즘 매우 피곤하다.

일 때문에 완전히 녹초가 되도록 온몸이 소진되는 것 같을 때가 있다. 비록 아모르는 그 연료를 기꺼이 태우지만 말이다. 예비로 따로 남겨 둘 필요가 전혀 없으니까. 지금 그녀가 상대하는 사람들은 길가에 버려진 사람들이라든지 병원에서 보살피는 사람들이다. 그들의 고통을 덜어 주려고 애쓴다. 내가 알지 못하는 사람들, 나를 알지 못하는 사람들을 위해 그동안 저축해 둔 나의 마지막 부드러움을 쓰려고 한다. 사랑은 하나도 남아 있지 않고 오로지 친절만 남았지만 어쩌면 이것이 더 강할지도 모른다. 어쨌든 내구성이 더 뛰어나다. 내 인생의 한창때에는 사랑도 몇 차례 하기는 했었다. 누구를, 아모르? 몇 명의 남자와 몇 명의 여자를. 그들이 누구든 이름이 뭐든 그게 무슨 상관이란 말인가, 지금은 나 혼자인데. 나 자신을 계속 사랑하는 것만도 매우 어렵다.

아모르는 최근 자신도 언젠가 약자와 병자의 대열에 끼게 된다면 그 상황이 어떨지 예상할 수 있게 됐다. 늦은 오후에 바람이 전혀 불지 않으면 가끔 견디기 어려운 상황이 된다. 온도는 높이 올라가 내려올 줄 모르고 어디를 가도 편안함을 찾을 수가 없다. 모든 힘이 갑작스레 머리를 통해 솟구쳐 오른다. 아모르는 지금 그 순간을 겪고 있으며, 온몸이 불에 타고 있는 것만 같다. 환자에게 음식을 먹여 주다 말고 부채질을 한다. 그러던 중 갑자기 현기증을 느끼고 침대 가장자리에 털썩 주저앉는다. 왜 그러세요? 당신도 그걸 느끼셨어요?

아모르는 그걸 깨닫는 데 시간이 한참 걸린다. 다른 사람들은 아무도 녹아내리고 있지 않다. 오로지 자신만 그렇다. 열기가 안에서 새어 나오고, 엔진은 눈금을 다시 맞추고, 연료 탱크는 점차 말라 가며 연기를 내뿜고 있다. 여하튼, 그런 느낌이다. 벌써 일 년 넘게 뜨거운 홍조를 경험하는 중이다. 지금쯤은 익숙해져야 하지만 현기증을 겪을 때마다 그녀는 여전히 매번 놀란다. 누가 나를 불에 넣고 태우는 것인가?

파란색과 노란색의 불꽃들, 가스로 힘을 얻는다. 저 위의 굴뚝에서 연기가 기름투성이의 검은 선들로 위를 향해 구르며 올라간다. 하나씩 하나씩, 각자 자기 차례를 기다린다. 아아. 피부가 지글지글 끓고 기름이 뚝뚝 떨어지는 것이 무엇이어야 하는지에 대해 깊이 생각하지 않도록 노력해야 한다. 물론 중요한 것은 오로지 영혼뿐이지 않은가.

마지막으로 안톤을 배웅하기 위해 소수의 사람들이 모였는데, 친구라고 볼 만한 사람들과 가족 그리고 몇 명의 떠돌이 행인이 잡다하게 섞여 있다. 어쩌면 이런 식으로 많은 사람이 쏟아져 나오지 않고 드라마가 연출되지 않는 게 더 나을지도 모른다. 이렇게 하니 모든 사람이 본질적으로 품위를 떨어뜨리는 안톤의 극단적 선택에서 더 쉽게 빠져나올 수 있다. 모든 절차를 자신이 준비해 놓긴 했지만, 마망은 어두운 선글라스를 통해서만 장례가 진행되는 과정을 바라볼 수 있을 뿐이다. 사랑스러운 늙은 전범인 데지레의 아버지도 여기에 와 있다. 하지만 지난 육 개월 동안 치매 상태가 급속하게 악화돼서 그는 자신이 어디에 있는지 확실치 않아 상냥하게 눈을 깜빡거리며 사방을 둘러보고 있다. 물론 그는 나지막한 벽돌 건물 밖에 있는 이 푸른 잔디밭에서 충분히 만족스러워하고 있다. 아직은 안으로 들어갈 수가 없다. 또 다른 예배가 마무리되는 중이다. 그래서 모두가 서서 기다리고 있다. 아마 모인 사람은 열두 명 정도인데 대부분 데지레가 한 번도 본 적이 없는 사람들이다. 마망이 일찌감치 데지레에게 작은 알약을 줬고 보통은 그녀를 진정시켜 주는 프라나야마 호흡법을 하고 왔음에도 오늘 아침 데지레는 거의 비명을 지를 만큼 흥분한 상태다.

고맙게도 모티 역시 이곳에 와서 두 눈을 감고 팔짱을 끼고 서서 중심을 잡고 명상하고 있다. 저토록 편안한 마음으로 집중할 수 있다니! 데지레는 그에게 오늘 장례식에서 몇 마디 해달라고 요청했고 그는 당연히 그녀를 위해 기꺼이 하겠다고 했다. 비록 그는 안톤을 별로 좋아하지도 않았고 안톤을 잘 알지도 못했지만 말이다. 사실 지금은 아무도 안톤을 크게 신경 쓰지 않고 그를 잘 알지도 못한다는 게 분명해 보인다. 심지어 그와 가까운 사람들도 멀리 떨어져 지내 온 터였다.

그런데 아모르는 어디 있나요?

마침내 그 질문이 살로메의 입에서 터져 나온다. 물론 그 말은 밖으로 나오기를 기다리며 그녀의 마음속에 한동안 머물러 있었다. 살로메 또한 이 자리에 참석했다. 그녀를 참석하지 못하게 할 방법은 전혀 없기 때문이다. 빳빳한 교회용 옷을 차려입고 있어서 살로메의 자세는 느낌표처럼 올곧다.

아모르한테 연락할 방법을 찾지 못해서요, 데지레가 입을 다물게 하려고 하녀에게 말한다.

왜 아모르한테 전화하지 않나요?

전화번호를 모르는걸요.

전 아는데요.

뭐라고요?

저한테 아모르의 전화번호가 있어요.

이 진절머리 나는 여자는 핸드백에서 더듬더듬 휴대폰을 꺼내어 유심히 들여다보더니 번호를 눌러 대고 있다. 너무 늦었다!

그런데 왜 나한테 말 안 했어요? 이 질문이 고압적인 쉭쉭 소리가 되어 나온다. 왜냐하면, 데지레에게 갑작스럽게 떠오른 생각으로는 이 상황 또한 용서할 수 없는 자신의 과실로 남을 게 너무나도 분명하기 때문이다. 남편을 자살로 몰아넣었고 또 그의 가족을 장례식에 참여시키지도 않다니! 사람들은 그렇게 말할 것이다. 저 멍청한 하녀가 그저 거리낌 없이 말해 줬더라면 그 모든 것을 피할 수 있었을 텐데 말이다.

저한테 묻지 않았잖아요, 살로메가 말한다.

그래요, 지금은 그만하고, 나중에 처리하도록 해요! 데지레는 화도 나고 당황스럽기도 해서 슬그머니 자기 어머니 옆으로 다가가 속삭인다. 마망, 이게 말이나 돼요? 글쎄 저 여자는 그동안 내내 전화번호를 알고 있었대요…….

누구? 누구의 전화번호? 마망은 자기 딸이 무슨 말을 하고 있는지 전혀 감을 잡지 못하는 경우가 많다. 그녀는 그것을 딸이 받아들인 그 동양의 믿음 탓으로 돌린다. 바라건대, 그게 단지 스쳐 지나가는 것이라면 얼마나 좋을까.

저 하녀요. 아모르의 전화번호를 알고 있었대요. 저 여자는 알고 있는데, 왜 우리는 모르는 거죠?

아모르? 잠자고 있던 그 이름이 천천히 깨어난다. 음, 그래. 지금은 너무 늦었잖아, 아가, 이제는 그 문제에 대해 네가 할 수 있는 일이 하나도 없어.

마망에게 여동생 아모르 문제는 형식적으로만 중요할 뿐이다. 어쨌든 지금 예배실의 문이 열리고 바로 앞선 팀의 무리가 몰려나오고 있다. 애도하는 사람들이 많은 걸 보니

고인이 된 사람은 분명 인기가 많았을 것이다. 그리고 들어가려고 기다리고 있는 사람들은 진심은 아니지만 억지로 태연한 태도를 내보인다. 절대로 큰 소리로 말하지는 않지만, 심지어 여기에서도 그룹마다 경쟁적인 요소가 있고, 자의식의 기미를 드러낸다. 왜냐하면, 안톤 스와트는 더 잘 알려지지도, 더 많은 사랑을 받지도 않았기 때문이다. 그래서 어려운 상황에서 벗어나 안으로 들어가기 위해 우리 팀은 살짝 서두른다.

오직 한 사람만이 뒤에 남는다. 이때까지도 살로메는 아모르가 나타날 것이라 생각했었다. 예전처럼 마지막 순간에 올지도 모르지만 말이다. 아무도 아모르에게 알려 주지 않았다는 사실은 생각도 하지 못했었다. 누군가는 알려줘야 한다! 그래서 혼자 잔디밭에 남아 서성거리면서 핸드폰을 귀에 대고 있다. 살로메가 보내는 신호는 보이지 않는 파도를 타고 탑에서 탑으로 뛰어올라 마침내 머나먼 방 한 구석에서 듣고 있다는 신호를 보내온다. 아주 오래전부터 목소리만 흘러나오는 자동응답기. 아, 아모르. 나야, 살로메. 미안하구나, 너한테 좋지 못한 소식을 전하게 돼서.

모티는 예배실에 모인 사람들에게 막 이야기를 시작했다. 저는 우리 친구 안톤에 대해 몇 마디 해달라는 요청을 받았습니다. 하지만 종교적인 말은 절대로 하지 말아 달라는 요청 또한 받았답니다. 이것이 안톤 자신의 요청에 부합하는 것이기에 그에 관한 이야기를 하면서 제일 먼저 그 점에 대해 말씀드리려고 합니다. 그러니까 안톤은 종교를 믿는 친구가 아니라고 말입니다.

그래도 괜찮습니다. 사실, 저는 그렇더라도 좋습니다. 저 자신도 종교적인 사람은 아니거든요. 하지만 저는 영혼에 관심이 아주 많아서 그 문제에 대해 몇 가지 말씀드리겠습니다.

청중을 향한 모티의 얼굴이 기쁜 듯이 환히 빛나고 있다. 그는 상냥하고도 위로 섞인 미소를 짓고 있는데, 얼굴에 난 털로 인해 부분적으로 다소 가려져 있다. 모티의 미소는 그의 목소리를 보완해 주고 있으며 그 목소리를 들은 어떤 여성들은 의사가 환자를 대하는 태도를 떠올린다. 종종 이런 목소리로 인해 그는 더욱 가까이 내밀한 안쪽으로 갈 수 있었다. 물론 그건 아주 오래전 일로 그가 영혼에 그토록 많은 관심을 두기 전의 일이었다.

으음, 우리 여기서 뭔가를 좀 해볼까요. 안톤을 생각할 때 어떤 단어가 마음에 떠오릅니까? 제가 몇 개 제안해 볼까요? 긍정적인 면모만 이야기해 봅시다. 그렇다고 해서 거짓말을 해야 하는 건 아닐 겁니다. 왜냐하면, 안톤은 솔직한 걸 고마워할 테니까요.

그래서 안톤에 대한 저의 첫 번째 단어는 바로 그겁니다. 솔직하다! 그는 설령 자신이 틀렸다 하더라도 자신이 본 그대로 말했습니다. 그는 자신의 진실을 말했던 거죠. 그리고 우리는 모두 어느 순간 그런 진실의 대상이 된 경우가 있었죠. 저는 가끔은 그가 덜 진실했으면 좋았을 것이라고 생각합니다! 여러분 중에도 저처럼 생각하는 사람이 있을 거라고 장담합니다.

만족스럽다는 듯이 킥킥대는 소리에 고무된 모티는 이야기를 계속한다.

화를 낸다. 이게 저의 두 번째 단어입니다. 안톤은 몹시 화가 났을 때 상당히 솔직했습니다. 그리고 그 일로 인해 고통스러워했으니 '고통'이라는 단어가 더해질 수 있겠네요. 그는 괴로워했습니다.

총명했다. 매우. 고집스러웠다. 매우. 재미있기도 했다. 그리고 사람들에게 관대하게 대했다고 들었습니다. 그에게는 그런 마음도 있었어요. 하지만 때때로 불친절했는데, 저도 조금 맛봤답니다.

이 시점에서 여기 모인 분들 중에도 몇 가지 단어를 추가하고 싶은 분이 있지 않을까요……?

뒤쪽에 가까운 어딘가에서 안톤의 전 여자 친구가 말한다. 안톤이 항상 솔직했던 건 아니에요.

그 말에 약간의 웃음이 터져 나온다. 기억하세요, 가능한 한 긍정적으로 생각하도록 노력합시다, 모티가 말한다. 우리가 이 자리에 모인 것은 비난하거나 재단하기 위해서가 아닙니다.

단호하다, 누군가가 소리친다.

예민하다.

마음이 개방적이었다?

거칠었다!

데지레는 이렇게 흘러가는 것에 다소 당황하여 덧붙인다. 그는 사랑스러웠어요.

데지레 옆에 앉아 있는 정신이 뒤죽박죽인 그녀의 아버지가 깔깔대며 소리친다. 섹시했어!

잠시 침묵이 흐르자 모티가 가볍게 손뼉을 친다. 충분합니다! 이런 단어들이 안톤의 영혼을 설명해 주는 특징들입니다. 물론 또 다른 것들도 있겠지요.

저는 안톤이 죽기 전날 밤 그 친구와 대화를 나눌 수 있었기에 참으로 행복합니다. 저는 그 친구에게 제가 지금 여러분에게 말하려고 하는 것을 말했습니다. 물질은 은총으로부터 멀어진 영혼이라고요. 모두 다 아시다시피 안톤은 천성적으로 의심이 많은 사람이었지만 저는 그가 제 말을 알아들었다고 생각해요. 그는 제가 하려는 말을 이해했을 겁니다.

안톤은 물질세계에서는 결코 그리 평화롭지 못했습니다. 그래서 그가 영혼의 영역에서는 평화롭기를 바랍니다. 하지만 단지 잠시뿐이에요! 나의 친구들이여, 왜냐하면 이 생애 너머에는 다른 생애가 있고 또 다른 몸들이 우리의 영혼을 받기 위해 기다리고 있기 때문입니다. 우리는 안톤 스와트를 또다시 만날 겁니다. 그와 연결된 우리 한 사람 한 사람이요. 그에게는 다른 이름이 생기겠지요, 그리고 당신들도 마찬가집니다. 하지만 당신들의 영혼은 그의 영혼을 알아볼 것이고 당신들 사이에 끝내지 못한 일들을 모두 마무리하게 될 것입니다.

또다시 모티에게 환히 빛나는 미소가 나타난다. 이곳에 모인 사람들, 대부분이 선량한 기독교인들 사이에 당황한 기색이 나타난다. 다른 생애라니, 이 무슨 말도 안 되는 소리를 하는 거지? 그 말은 이교도적이고 이국적이며 현대적으로 들리고, 사방에서 전반적으로 나타나고 있는 도덕적 타락의 일부인 것 같다. 마망은 큰 소리로 놀라움을 표시하며 이런 말이 어떻게 비종교적이라고 말할 수 있는지 낮은 소리로 묻는다. 그러자 데지레는 그건 그저 철학적 견해일 뿐이고 신은 전혀 언급되지 않았다고 마망에게 소곤소곤 대답한다. 다른 곳에서도 투덜거리는 소리가 조금씩 새어 나오지만, 다행스럽게도 모티라고도 불리는 마일로 프리토리우스는 그의 사색의 끝자락에 도달한다.

물질세계가 안톤의 오래된 술친구의 형태로 또다시 그 모습을 드러낼 시간이다. 데렉이라는 안톤의 친구는 자신이 작곡한 노래를 조금 부른다. 조율이 잘 안 된 기타를 들고 눈물이 흘러내릴 것만 같은 얼굴을 하고 그 친구는 말한다. 이봐, 안트, 이 노래는 자네를 위한 곡이라네!

우린 친구였어, 우린 동무였지
그 시절이 언제 또다시 올까?
자네는 여기에 있었고, 자네는 저기에 있었지
자네는 항상 어디에나 있었지
자네는 왜 그렇게 빨리 퇴장해 버렸나?
등등.

이제는 데지레의 오빠이자 안톤의 동창인 레온이 나서서 안톤이 좋아했다고 착각한 N. P. 판 비크 로우의 시 한 편을 낭송한다. 그는 오래전에 안톤과 나눴다고 확신하는 대화 때문에 그렇게 믿고 있다. 하지만 사실상 그 대화는 작년에 보트 사고로 비극적인 죽음을 맞이한 두 사람의 공통된 지인과 나눈 것이었다. 이제 그게 무슨 상관이람, 이 작은 실수가. 그들 모두가 죽어 이 세상에서 사라지고 없는데. 안톤과 그 지인, 그리고 N. P. 판 비크 로우 역시 모두 다 영적인 세계로 돌아갔다. 그곳은 당신과 내가 모두 언젠가 돌아가기로 운명 지어진 곳으로, 만약에 모티의 말이 옳다면, 이 세상에서의 소풍 놀이가 끝나는 날에 그곳으로 가게 될 것이다.

이제 가도 되나요? 그래요, 가도 돼요. 다 끝났습니다. 고맙게도 그 모든 시련이 끝나고, 그 모임도 더러운 바닷물 같은 오르간 음악에 떠밀려 문 쪽으로 씻겨 내려가다가 뻐드렁니와 가발 아래로 1인치의 무명천이 보이는 한 남자에 의해 가로막힌다. 그들이 나가고 있는데 그 남자가 데지레에게 다가오더니 유골을 몇 주 안에 수거할 수 있도록 준비해 놓겠다고 말한다. 사무실에서 그녀에게 연락할 것이라고 한다.

이후로 무엇을 할지 정해 놓은 건 하나도 없다. 확실히 파티는 열지 않을 것이다. 그건 너무 어색할 것 같기 때문이다. 여하튼 안톤은 절대로 소란을 피우지 않기를 바란다고 말했다. 그래서 예배실 밖에서 서둘러 작별 인사를 나눈 후 사람들이 흩어진다. 그 모습은 마치 연기 입자가 화장터 굴뚝을 빠져나와 허겁지겁 계속해서 하늘로 올라가는 것과 같다.

그 입자 중 하나인 데지레는 어머니 덕분에 다시 농장

으로 돌아온다. 그러는 동안 아버지는 뒷좌석 흑인 하녀 옆에 멍하니 앉아 있다. 자동차 안에서 대화는 별로 이루어지지 않는다. 그들은 저마다 방금 일어난 사건에 대해 자기 나름대로 생각에 잠겨 있다. 창녀들과 함께 헬리콥터에 타고 있다는 행복한 느낌에 취해 있는 노인은 예외로 하고 말이다. 과거 영광의 날에 경험했던 그 추억 속에 빠져 있는 데지레의 아버지.

마망은 농장에 도착하자마자 여동생 아모르에게 전화 거는 일을 떠맡는다. 왜냐하면, 허튼소리 따위가 절대로 용납되지 않는다 해도 틀림없이 어려운 대화가 될 것이기 때문이다. 그 누구도 그녀에게 소식을 전할 수 없었던 건 비극이다. 하지만 그게 누구의 잘못이란 말인가? 이 아모르라는 사람은 이미 수많은 문제를 일으켰으므로 강하고 예의 바른 누군가가 똑바로 정리해 줄 필요가 있다.

하지만 전화를 받는 목소리는 차분하고 조용하게 들리고, 거의 잠들어 있는 듯한 어조로 말한다. 네, 그녀는 말한다. 오빠 일을 알고 있어요.

알고 있어요? 어떻게요? 연락하려고 그동안 얼마나 애를 썼는지 몰라요…….

살로메가 오늘 아침 화장터 예배실에서 전화를 걸어 말해 줬어요. 모든 것을 준비해 주셔서 감사합니다. 잠시 멈추었다가 아모르가 덧붙여 말한다. 당신들이 저를 찾지 못한 건 제 잘못입니다. 제가 숨어 지냈으니까요.

싸움은 전혀 일어나지 않는다. 상상했던 것과는 너무나 다르게 진행된다. 결국 할 말이 거의 없다. 아모르는 다시 연락하겠다고 말한다. 실제로 다시 연락할 것 같은 목소리는 아니다.

하지만 이 나라의 저 아래쪽 끝에서, 끊어진 전화의 다른 쪽 끝에서 조그만 아파트에 홀로 앉아 있는 아모르의 머릿속을 되풀이해서 번득번득 스쳐 가는 생각은 단 하나뿐이다. 돌아가야만 한다. 그녀는 이것 하나만 생각하고 있다. 나는 돌아가야만 한다. 유일하게 남은 건 그녀뿐이니 돌아가야 한다. 마지막으로. 그런 깨달음이 서서히 솟구쳐 오른다. 그래서 그녀는 마치 넓은 평원에 홀로 있는 길쭉한 바윗덩어리처럼 마음의 풍경 속에 외롭게 단독으로 서 있다. 혼자 있는 것에 익숙해진 그녀는 최근에 다른 감정 상태를 경험하지 못했다. 하지만 이제 지난번 농장에 갔었을 때보다 더 외롭지는 않을 것이다.

아직은 마음의 준비가 되지 않았다. 나약할 때는 그곳으로 되돌아갈 수가 없다. 지금 이 순간 그녀는 너무 나약하다. 오빠가 한 짓 때문에 그녀는 속이 텅 비어 버렸다. 오빠가 한 짓을 생각하는 것만으로도 쓰러지고 싶을 뿐이다. 오빠의 모든 힘과 분노는 자기 인생의 정중앙을 겨냥했으며 금속관 속으로 반납된 그의 몸은 그 관을 타고 작열하는 백열 상태로 쏟아져 내렸다. 여기에/여기에 없다/아무 데도 없다. 안톤, 결코 그녀가 정말로 알지 못했던 오빠. 너무 높이 올라가 있었고, 너무 멀리 떨어져 있었으며, 너무나 달랐던 안톤 오빠. 그리고 이제는 흔적조차 남지 않았다.

그러나 꼭 그런 것만은 아니다. 시신 한 구를 화장하는 데는 두세 시간이 걸린다. 게다가 화장터의 용광로 숫자는 적고 죽은 사람은 많다. 그동안 각자 차가운 준비실에서 최대한의 인내심을 가지고 자기 차례를 기다린다. 안톤도 그들과 함께 불에 타기 쉬운 관 속에 들어 있다. 아무것도 달라지는 게 없겠지만, 그는 아내가 골라 놓은 의상, 샌들 한 켤레, 파란색 모직 바지 그리고 짙은 녹색 셔츠를 입고 있다. 그가 청혼할 때 이렇게 입고 있었다고 데지레는 거의 확신하고 있다. 물론 그녀는 그 상황을 다른 시기와 혼동하고 있을 수도 있지만 말이다. 더 이상 안톤이 할 일은 하나도 없고 또 더 이상 그에게 해줘야 하는 것도 전혀 없다.

예외가 한 가지 있다면 그 순간이 아직 남았으며, 실제로 성큼성큼 다가오고 있다. 어쩌면 그날도 아니고 그다음 날도 아닐지 모르지만, 여하튼 정말로 그 순간이 오면 문이 안톤을 위해 양쪽으로 갈라지고 그는 불 속으로 들어간다.

그 방을 깊이 들여다보면 가운데가 하얗게 빛난다. 모든 것이 무너지는데, 아주 서서히 진행된다. 반세기에 걸쳐 두꺼워진 결합체는 쉽사리 분해되지 않는다.

이 작업은 클라렌스가 감독한다. 뻐드렁니에 잘 맞지 않는 가발을 쓴 이 남자는 내년 7월이 되면 장장 삼십사 년 동안 작은 악마의 직원처럼 이 화장터를 다룬 게 된다. 용광로의 다이얼을 돌리는 사람은 클라렌스고, 시신을 완전히 화장하는 날짜를 정하는 사람도 바로 그다. 당신은 특정 시신이 일으키는 문제를 알게 되면 무척이나 놀랄 것이다. 예를 들어, 액체가 된 지방은 불이 잘 붙는 성질이 있어서 고도비만인 사람 때문에 한때 처리 장치에 불이 붙은 적도 있었다. 또 어떤 사람들은 폭발한 심장박동기 같은 기계 부품이 몸속에 들어 있을 때도 있다. 하지만 안톤은 다행히도 처리하기가 쉽다. 그는 처참할 정도로 야위어서 순식간에 재로 변한다. 아니, 뼈다귀 조각과 부스러기가 뒤섞인 자갈 더미가 됐다는 표현이 좀 더 정확할 것이다. 정말이지 놀랄 정도로 많은 양이다.

뜨거운 자갈 더미가 식으면 안톤의 모든 것을 끌어모으고 금속 조각, 그러니까 은이나 의료용 핀 같은 것을 찾기 위해 자갈 더미를 체로 치는 사람 역시 클라렌스다. 그런 다음 안톤을 그라인더에 통과시켜 빻으면 모든 것이 가루로 바뀌어 나온다. 이제는 거의 액체를 따르듯이 가루로 된 안톤을 쏟을 수가 있게 되어 미리 주문한 항아리에 붓고, 혼동을 방지하기 위해 선명하게 번호를 매기고 주석을 붙인다. 물론 이 시점에서 이것이 과연 중요한 일일까? 여하튼 안톤의 유해는 절대로 순수한 백 퍼센트 안톤이 아니다. 그것은 안톤보다 먼저 화장 방에 들어간 사람들, 특히 직전에 화장한 사람의 마지막 잔해와 뒤섞인다. 그는 슬라브어학 분야의 부교수로 바나나를 먹다가 질식사했다.

화장을 끝낸 바로 그날 클라렌스는 사무실에서 스와트 부인에게 전화를 걸어 남편을 수거할 준비가 됐음을 알려준다. 그래서 데지레는 머리를 손질하기 위해 마을에 가면서 안톤의 유해를 가지러 화장터에 들른다. 항아리는 실제보다 카탈로그에서 볼 때가 더 나아 보였는데, 크기가 너무 커 수고로웠으며, 안톤의 항아리에는 꽤 많은 양이 들어 있었다. 데지레는 작은 양말 정도의 크기를 상상하고 있었는데, 안톤의 형태는 남아 있지 않더라도 여전히 상당한 양이었으며 눈에 보이는 질량과 무게가 꽤 나갔고 항아리 모양이었다.

데지레는 항아리를 어떻게 해야 할지 몰랐다. 미친 것 같지만 거기에 안톤이 있는 것만 같다. 정말로 그랬다. 그렇지만 터널 속 두더지처럼 안톤은 축소되어 용기 안에 웅크리고 있다. 그녀는 내용물을 쿡쿡 찔러 보기 위해 계속 뚜껑을 열어 본다. 때로는 모성애가 충만한 목소리로 내용물에 말을 걸어 본다. 음, 조용히 해, 당신 말은 충분히 들었으니까. 이런 식으로 말이다. 안톤이 남긴 편지에는 농장 어딘가에 뿌려 달라고 적혀 있었다. 하지만 데지레는 왜인지 모르겠지만 그를 뿌릴 자신이 없다. 그를 뿌리기에 적당한 장소가 없는 것 같다. 그래서 그녀는 결국 어떻게 할지 생각해 낼 때까지 거실 벽난로 위 선반에 안톤의 항아리를 올려놓기로 정한다.

데지레에게는 분명히 커다란 변화가 다가오고 있다. 그것이 무엇인지 분명히 알지 못하지만 다가오고 있다. 체리스 쿠츠-스미스가 그녀에게 다시 전화해 달라는 메시지를 남겼고 데지레는 그저 어떤 느낌이 든다. 별로 좋지 않은 느낌. 데지레가 모든 것을 물려받게 될 거라고 안톤은 언제나 큰 소리로 떠들었었다. 하지만 그가 진실을 말했던 적이 있었던가? 안톤 자신은 그것을 믿었을지도 모르지만 말이다.

맞습니다, 체리스 쿠츠-스미스가 말한다. 안톤이 당신에게 한 말이 맞습니다. 모든 것을 당신에게 남겨 놓았어요. 하지만 빼놓은 말이 있네요.

무슨 말을 빼놓았나요?

재산 상태가 엉망이라는 말이요. 안톤은 두 개의 생명 보험에 가입했지만, 스스로 목숨을 끊었기 때문에 두 가지 다 지급되지 않을 겁니다. 그리고 수많은 사람에게 거액의 빚을 졌습니다. 그 빚을 정리하는 데만도 시간이 오래 걸릴 것 같은데 아마도, 음, 당신은 커다란 블랙홀 같은 빚을 물려받을 수도 있습니다. 가족 사업인 그 파충류 공원은 사업 파트너로 인해 문제가 생긴 이후로 압류 상태입니다. 그러니까 그 부분에서 혜택을 전혀 누릴 수 없을지도 모릅니다. 그리고 농장에 관해 물어볼 사항이 있는데요, 농장을 어떻게 하시고 싶습니까?

데지레는 농장에 사는 걸 한 번도 좋아했던 적이 없어서 이제 이곳을 떠나고 싶다. 하지만 농장을 떠나도 될지 확신이 없다. 모티는 이 장소가 강력한 에너지를 갖고 있다고 말한다. 보아하니 코피 꼭대기에 레이 라인풍수지리적으로 초자연적 힘이 있는 곳들이 집합해 있어서 그의 생각으로는 이곳이 훌륭한 명상 휴식처가 될 것 같다고 한다. 몇 주 전에 어떤 이들과 함께 실제로 어떨지 시도해 보기까지 했는데 아주 완벽한 조화가 이루어졌다. 그래서 지금은 농장과 관련된 문제들이 실제로는 그녀의 결혼 생활에서 기인한 문제들은 아니었는지 의문스럽다. 그리고 어쩌면 지금이 회생의 순간이 아닐까? 하고 생각한다. 최근 누군가가 그녀의 영적 동물이 불사조라고 말해 줬다!

변호사는 말한다. 개인적으로 말해서, 저라면 그곳을 팔아 손실을 줄이겠습니다. 결국에는 상황이 더 나아질지도 모릅니다. 하지만 그렇게 할 수가 없는 게, 안톤의 여동생 없이는 아무것도 할 수가 없기 때문이죠. 두 분은 이제 동등한 파트너입니다.

아모르와 동등한 파트너! 하지만 그녀는 여기에 나타나지도 않고, 주변에 있고 싶어 하지도 않으며, 아무도 그녀와 연락할 수조차 없다. 다시 연락하겠다고 말은 했지만, 그 이후로 얼굴을 들이민 적이 한 번도 없었다. 그건 그렇고 그녀의 번호로 전화를 걸 때마다, 세상에, 요즘 같은 시기에 유선전화라니, 절대 아무런 답도 받지 못한다. 언젠가 그녀가 나타날 것이라는 희망과 신뢰를 제외하고 데지레, 그대가 무엇을 할 수 있겠는가?

아모르는 한 달 후에 나타난다. 연락을 취하겠다고 말했듯이 아모르가 실제로 연락을 해온 것이다. 매우 예의 바르다. 만약에 시누이라는 게 직업이라면 거의 프로라고 말할 수 있을 정도다. 그녀는 직접 와서 농장을 방문하고 싶어 한다. 상의하고 싶은 제안이 있고 직접 만나서 그 얘기를 하는 것이 가장 좋을 것 같다고 한다. 그녀는 내일 오는 것을 생각하고 있다.

내일이요! 잠깐만요, 내 일정 좀 확인해 볼게요. 데지레는 계획표라고는 갖고 있지도 않고 지켜야 하는 일정도 거의 없지만, 그런데도 내일 대신 모레 만나면 어떨까요? 하고 말한다.

데지레는 나중에 모티에게 말한다. 두고 봐요, 그 여자는 내가 자기 손과 발이 되어 시중들기를 기대할 거예요. 하지만 절대로 그런 일은 없을 거예요!

당신은 방어선부터 구축하고 있군요, 모티가 차분하게 중얼거린다. 심지어 그녀가 이곳에 오기도 전부터. 우주가 가져다주는 것을 향해 열린 마음을 가지도록 해봐요.

모티가 이 말을 하는 게 아모르 때문이 아니라는 것을 데지레는 안다. 모티는 최근에 그녀와 함께 하는 작업에서 신체 접촉이 더 직접적이고 빈번해졌는데, 데지레가 자신을 경계하고 있으며 지금 신뢰 문제로 힘들어하고 있다는 것을 감지하고 있기 때문이다. 모티는 정말로 그녀가 경계심을 풀기를 원한다. 지난 얼마 동안은 데지레가 그를 더 잘 받아들이게 됐으며 사실상 명상 수업을 하게 된 이후로 한 번도 논의한 적이 없는데도 정말로 살려고 들어온 것 같은 모양새가 됐다. 그에게 하룻밤 머물 것을 제안한 게 이틀 밤이 됐고, 그다음에는 일주일이 되고 이제는 현재와 같은 상황이 되고 말았다. 데지레가 생각하기에 대부분은 매우 옳은 일처럼 느껴진다. 그런 조처에 대해 그녀의 고차원적 자아는 축복을 했지만, 아모르는 다른 견해를 가질 수도 있다고 생각한다. 어쩌면 모티가 일시적으로 농장을 나가야 할지도 모르겠다. 아모르가 이곳에 머무르는 동안만이라도?

두려움이라고 모티는 말한다. 가식과 분노는 두려움에 뿌리를 두고 있어요.

물론 모티의 말이 옳다. 아니, 그가 옳다고 확신한다. 모티의 경우에도 마찬가지다. 데지레는 모티를 의심하지 않는다. 다른 사람에게 이토록 개방적이었던 적은 거의 없었다. 물론 마음을 한층 더 열 수 있다고 생각한다. 모티에게도 그렇게 말해 준다. 그러다가도 나중에 그가 눈썹을 꿈틀거리고 있으면 데지레는 혹시 자신이 너무 앞서 나간 건 아닌지 의구심을 품게 된다.

참으로 믿기 어렵겠지만, 결국 그들을 하나로 묶어 준 사람은 제이콥 주마 대통령이다. 바로 그날 밤늦게 둘이서 마루에서 뒹굴며 적포도주를 마시면서 아모르에 관한 이야기를 나누고 있을 때, 그때까지 틀어 놓은 텔레비전에서 갑작스레 대통령이 사직서를 제출하는 그 놀라운 광경이 펼쳐진다. 모티가 볼륨을 높이지만 벌써 거의 다 끝나 간다. 빠르게 성명서를 읽어 내려간 주마 대통령은 그 자리를 떠나간다. 건배, 잘 가시오, 사라졌네! 여러 해 동안 우리 국민들을 인질로 붙잡아 놓고 몸값을 요구하던 주마 대통령이 우리를 풀어 주고 밖으로 걸어 나간다. 생중계로 지금 이 순간에! 그냥 그렇게! 이런 세상에, 믿을 수 있겠는가!

적포도주 때문인지, 아니면 밸런타인데이라는 사실 때문인지 모르겠다. 하지만 바로 그 순간 데지레는 돌파구를 찾는다. 특히 아버지에게 일어난 일 이후로 정치에는 전혀 관심을 두지 않았었다. 그렇지만 그녀는 물론 주마 대통령에 대해서는 잘 알고 있다. 아니, 적어도 주마가 경멸을 받아도 합당한 악당이라는 걸 인식할 만큼은 그를 충분히 알고 있다. 그리고 위에서 내려온 이 발표로 인해 데지레는 자유로워진다. 지금까지 자신을 구속하고 있던 약간의 옷을 벗으면서 그녀는 계속해서 이렇게 말한다. 정말이지 나는 자유로워요! 신발이 사라졌네요. 모르겠어요, 모티, 난 정말 자유롭다고요! 치마를 벗겠어요. 자유, 자유! 이 나라가 달라졌어요! 이미 속옷도 벗었다. 틀림없이 모든 사람이 감지할 수 있다, 분위기의 변화를. 이제 나쁜 남자는 사임을 했으니까…… 이 땅에 선의가 퍼져 나갈 것이고, 굽타왕조 사람들은 체포될 것이고, 사기꾼들은 모두 감옥에 갇히게 될 것이다! 케이프타운에서 가뭄은 끝날 것이다! 전기 송전망은 두 번 다시 고장 나지 않을 것이다! 우리는 모두 자유롭고, 자유롭고, 자유롭도다. 데지레가 정말로 마지막 구속물을 벗어던졌을 때, 그녀는 이전의 그 어느 때보다도 모티에게 더 개방적인 자세로 나아간다. 두 사람 사이에 일어난 일은 아름답고 독특한 경험이다. 주마 대통령이 사임한 날 밤 전국적으로 간음 비율이 급격히 상승했다는 사실을 데지레가 알지 못하는 게 참으로 다행이다.

물론 바로 그다음 날 아모르에게 모티가 누구며 그가 이 집에서 무엇을 하고 있는지 설명해야 한다는 것은 데지레로서는 몹시 어색한 일이긴 하다. 아모르가 하루 중 최악이라 할 수 있는 늦은 오후에 도착하더라도 그녀는 퇴근길 교통체증을 뚫고 공항까지 그 기나긴 길을 가야만 한다. 데지레는 어쩔 수 없이 그녀를 데리러 가겠다고 제안하지 않을 수가 없었다. 이런 세상에, 그 빌어먹을 여자가 아직도 운전면허증이 없다는 걸 믿을 수 있는가? 그래서 데지레는 운전해서 가야 하는 그 기나긴 시간 동안 어떻게 말해야 할지 준비하려고 애쓴다. 자신의 방어선을, 두려움과 가식을 깨끗이 씻어내 버리려고 노력한다. 멀리멀리 사라지도록 두려움과 가식을 풀라, 데지레. 그대만의 천사가 되면 어떨까. 그렇다고 해서 너무 많은 걸 인정하지는 말고!

그런데 두 사람은 공항 도착장에서 서로를 알아보지 못한다. 그리고 아모르는 아직도 휴대폰이 없다. 아마도 이 지구상에서 휴대폰을 갖고 있지 않은 최후의 인간일 것이다.

하지만 화가 나지는 않는다. 데지레, 그냥 받아들이자. 문제는 아주 옛날에 본 아모르에 대해 대략적인 기억밖에 없다는 점이다. 그리고 물론 예전과 같지도 않을 것이다. 뾰족뾰족한 회색 머리의 자그마한 중년 여성이 결국 데지레, 그대 앞에 와서 멈추더니 얼굴에 불확실한 표정을 내비치며 서 있는데, 그 사람은 그대가 예전에 한 번도 본 적이 없었던 사람이다.

그렇긴 해도 그다지 나쁘지는 않다. 확실히 위협적이지는 않다. 조금은 평범하고 지쳐 보여서 상대적으로 그대가 화려하다고까지 느껴진다. 그녀가 화장을 좀 하면 좋을 텐데!

당신이군요, 아모르가 말한다. 데지레가 대꾸할 수 있었던 말은, 네 저예요,라는 대답이었을 것이다. 그리고 그녀의 행동에는 또한 그 말의 의도가 잘 나타났을 것이다. 동등한 파트너인 그들 두 사람이 서로를 발견할 수 있었던 것은 공항 도착장 안의 사람들이 많이 줄어들었기 때문이다.

농장으로 차를 몰고 가는 길에 데지레는 아모르에게 모티에 대해 이야기한다. 처음부터 솔직하기로 마음먹었다. 하지만 별일 아닌 것처럼 가볍게 말한다. 내 영적 스승인 자연 치유사가 있는데요, 지난 몇 년 동안 그 사람에게서 명상하는 법을 배웠어요.

설명할 필요 없어요, 아모르가 말한다. 그건 내가 상관할 일이 아니잖아요.

안톤이 그를 별로 좋아하지 않았기 때문에 말하는 거예요. 안톤이 특히 술을 마신 후에요. 그 전날 밤에는 사실 상황이 다소 폭력적으로 변했거든요, 그가……. 데지레가 불확실하게 말꼬리를 흘린다. 이런 말을 해도 괜찮겠어요?

아모르는 고개를 흔든다. 네, 괜찮아요. 오빠는 힘든 사람이었어요. 그건 누구나 아는 사실이잖아요.

음! 그 이후로 데지레는 재잘재잘 다소 수다스러워진다. 아모르는 속마음을 털어놓기가 아주 쉬운 상대다. 아모르는 아주 조용하고 세심한 사람이다. 그리고 말을 할 때는 적절한 말을 사용한다. 그래, 바로 그것이다, 아모르는 무엇을 물어야 하는지 알고 남의 말에 귀를 기울이는 방법을 잘 안다. 그래서 데지레는 아모르에게 말한다……. 음, 사실 너무나 많은 이야기를 하는 게 아닐까. 평소에 어머니와 함께 무심코 입 밖에 낼 만한 개인적인 일들, 결혼에 관한 다양한 사건과 에피소드들, 침실과 관련된 수많은 이야기. 자녀 문제를 언급하지 않는다는 것은 불가능하다. 자신이 아이 낳기를 얼마나 원했는지, 아이를 위한 육체적 욕망으로 인해 얼마나 엄청난 좌절감을 느꼈었는지를 말한다. 왜냐하면, 물론 안톤이 생식능력이 없었기 때문에…… 심지어 그 사람이 발기부전이 되기 전부터요. 그렇다, 아모르에게 그런 것에 대해서도 말하고 있다!

그런 다음 시누이를 긴장한 듯 쳐다본다. 어땠어요? 한 번도 아이를 갖고 싶지 않았어요?

아모르는 계속해서 앞쪽을 똑바로 바라본다. 젊었을 때는 원했죠, 그녀는 조용한 목소리로 말한다. 이제는 아니에요.

왜 원하지 않아요? 어리잖아요. 대를 이어 나갈 자식……? 음, 난 이보다 더 좋은 건 생각할 수 없을 것 같은데…….

아모르는 아마도 더 좋은 것들을 생각해 낼 수 있을 것이다. 하지만 말하지 않는다. 그리고 어쨌든 그들은 농장에 거의 다 도착했다. 밤이 깊어 감에 따라 전반적인 불안감이 자리를 잡는다. 데지레는 자신이 너무나 말을 많이 한 것 같아 그걸 수습하기 위해 뭔가를 해야 한다고 느낀다. 반쯤 히스테릭한 충동으로 화목제물을 가져오기 위해 벽난로 선반으로 달려가는 자신을 발견한다.

여기요, 데지레가 말한다. 이 일은 아모르 당신이 맡아서 해야 할 것 같아요.

아모르는 데지레가 들고 있는 게 무엇인지 이해하는 데 오랜 시간이 걸린다. 음. 안녕, 안톤 오빠.

[안녕, 아모르.]

여기에 있는 동안 안톤을 뿌려 줄 장소를 골라 보세요, 데지레가 말한다. 안톤에게 특별한 어딘가로요. 당신이 정하세요.

알았어요, 아모르가 말한다. 의심할 여지 없이 참으로 의미심장한 제스처다. 하지만 그 항아리는 그녀가 보기에 상당히 무거울 것 같다. 제가 뿌릴게요. 떠나기 전에.

자, 이제 편안히 지낼 수 있게 해드려야죠. 이 손님 침실을 드리는 이유는 이 방 페인트칠을 최근에 다시 했기 때문이에요. 훨씬 밝아졌거든요!

혹시 괜찮다면, 내가 예전에 쓰던 방에서 자고 싶은데요, 아모르가 말한다.

위층 말인가요? 거긴 안톤이 서재로 사용하던 방 아닌가요? 음, 끔찍할 정도로 엉망진창이에요. 거기에 어떻게 있으려고요! 안타깝지만 난 아직 그 방을 마주할 수가 없어요. 하지만 내일 하녀가 오니까, 당신을 위해 거길 청소해 줄 거예요.

아니에요, 내가 직접 치울게요. 난 그 방에서 자고 싶어요.

아모르의 말투에서 그녀가 그 방에 대해 생각했었고 그녀가 하는 말이 진심이라는 것을 데지레는 느낀다. 그녀는 더 이상 반박하지 않는다.

그 방은 마치 공중에서 폭발한 것 같다. 서류와 책과 기사와 파일과 옷과 먼지와 문구류와 영수증과 메모와 사진과 동전과 엽서들이 뚜렷한 계획도 없이 산더미처럼 쌓여 있거나 널브러져 있다. 예전에도 그랬지만 지금이 훨씬 더 심하다. 그 모든 것 밑에서 한때 아모르의 침대, 책상, 의자였던 것들의 윤곽을 볼 수 있고 그것들을 캐낼 수 있다.

차 드실래요? 갑작스러운 데지레의 목소리에 아모르는 깜짝 놀란다. 아니면 먹을 거라도 좀 드릴까요?

먹을 것을 조금 들고 왔어요, 아모르는 자기 가방을 들어 올리며 말한다. 내가 채식주의자라는 이유로 누구에게도 폐를 끼치고 싶지 않아요. 조금 뒤에 먹을 걸 만들 거예요.

그 모든 걸 예상치 못했다. 데지레가 각오하고 있던 것과는 너무나 다르다. 자기가 먹기 위해 가방의 절반 정도를 채소로 채워 왔다고 상상해 보라!

잘은 모르겠지만 친절한 사람 같아요, 데지레는 모티에게 말한다. 이곳은 시간이 지난 후의 아래층 거실이고 두 사람은 속삭이듯 말한다. 내 남편은 늘 아모르가 그녀에게 일어났던 일 때문에 미쳤다고 말했거든요. 하지만 미치광이라는 말과는 정반대예요.

모티는 즐거움이 배어 있는 현명한 웃음을 얼굴에 띄운 채 큰 소리로 웃으며, 거북이와 비슷하게 자신의 몸을 구부린다. 미치광이의 반대말은 뭐죠? 온전한 정신상태 역시 미친 거예요, 안 그래요? 오, 이중성과 양극성이여! 아모르에게 무슨 일이 있었다고 했었죠?

벼락에 맞았다고 했잖아요! 코피 꼭대기에서요. 물론 그건 아주 오래전 일이에요.

코피에서! 모티는 데지레의 얼굴을 보려고 요가의 아사나 좌법을 풀면서 말한다. 그 장소에 기가 흐른다고 내가 당신한테 말하지 않았어요?

위층에서 쿵쾅거리는 소리가 들린다. 아모르는 방 한쪽에서부터 안톤의 물건을 치우기 시작해 모든 것을 항목별로 다른 쪽 모서리로 옮겨 놓는다. 시작할 때는 물건들을 질서정연하게 정리할 생각이었지만 곧 포기하고 예전처럼 지저분하게 쌓아 올린다. 안톤의 컴퓨터도 플러그를 뽑은 다음 비어 있는 곳으로 옮긴다. 쓸 수 있는 공간이 방의 절반 이상으로 점차 넓어진다. 그래, 아모르는 여기서 지낼 수 있고 안톤은 다른 쪽을 차지하면 된다. 오빠, 봐봐, 우리가 이 방을 함께 쓸 수 있잖아.

아모르는 아래층에 내려가 먹을 걸 만들 생각이었지만, 청소를 끝마칠 즈음에는 시간이 너무 많이 흘렀고 식욕이라고는 전혀 남아 있지 않다. 고맙게도 어린 시절의 추억을 너무 많이 먹었나 보다. 배가 부르다. 어려서부터 사용한 방은 절대로 마음에서 떠나는 법이 없기에, 아모르는 이곳에서 사십사 년째 살아가고 있다. 샤워를 하고 나서 아모르는 잠옷을 입고 침대에 눕는다. 마음의 원동력이 소용돌이치고 있어서 잠을 쉽게 이룰 수 없을 것 같다.

어린 시절 매일 밤 마음속으로 해야만 했던 의식이 기억난다. 눈을 감는 게 허용되기 전에 반드시 정신적으로 만져야 했던 물건들이 있었다. 예전에는 몹시도 불안했었는데 요즘엔 훨씬 나아졌다. 아모르는 지금 그것을 시도해 본다. 우선 정원 담벼락의 특정한 벽돌, 창턱의 특별한 지점, 뒤뜰에 있는 어떤 슬레이트 조각……을 향해 손을 내뻗는다. 하지만 그럴 필요성은 이제 더 이상 없으며 그녀는 예기치 않게 잠으로 빠져든다.

체온이 지붕을 뚫을 것처럼 솟구쳐 오르고 땀을 뻘뻘 흘리면서 아모르는 갑자기 잠에서 깨어난다. 밤은 뜨겁지만, 그녀의 몸은 더 뜨겁고, 몸 안에 있는 용광로 온도가 최고조로 올라가 있다. 그녀는 이불을 집어 던지고 바람을 조금 쐬기 위해 창가로 간다. 마른번개가 지평선 위에서 번쩍거리고 기이한 땅의 주름들이 해저에서 뛰어올랐다가 다시 가라앉는다. 몇 분이 지나자 진정되긴 했지만, 이제 그녀는 잠에서 완전히 깨어난다.

전등을 켜고 책상에 앉는다. 아모르는 종이 무더기를

단 하나만 남겨 놓고 책상에 있는 것을 완전히 치웠다. 이제 그녀는 그 종이 무더기를 자기 쪽으로 끌어당긴다. 분명히 안톤의 소설이다. 실제로 보여 주기보다는 추상적으로 상황만 언급하는 식으로 자주 나왔던 주제다. 하지만 여기에 있다, 두껍게 쌓인 세월의 찌든 때가. 저절로 생겨난 것은 아니었다.

맨 위 페이지가 비어 있다. 제목은 맨 마지막에 가서야 정해질 거야, 무미건조하면서도 익살스럽게 그 말을 하던 오빠의 목소리가 들리는 것 같다. 그녀는 페이지를 넘긴다. 1부,라고 말한다. 봄. 아론은 청년이었고, 프리토리아의 외곽에 있는 농장에서 자라났다…….

아모르가 소설을 읽기 시작하자, 소설은 멀리 떨어진 곳에서, 오빠의 마음에서 내 마음으로 시간의 간격을 가로지르며 달려온다. 그녀는 이제 더 이상 그 방에 있지 않고 문장 안에 들어가 있다. 일련의 터널처럼 한 문장은 그다음 문장으로 이어지고 기울어지는 곳에서도 서로서로 연결되어 있다. 그 문장들은, 터널들은 아모르를 어디로 데려갈 것인가? 아론은 우리 농장과 별로 다르지 않은 프리토리아의 외곽 농장에서 자라고 있다. 그는 강인하고 행복한 청년으로 장래성과 야망으로 가득 차 있다. 확실히 이 청년의 앞에는 거대한 것들이 놓여 있다. 그는 수많은 사람에게 선망의 대상이지만, 오직 한 사람, 근처 마을에 사는 아름다운 소녀만 사랑한다.

소설의 첫 번째 부분은 80페이지 정도의 분량이다. 다소 감상적이긴 하지만 잘 써 내려간 탄탄한 도입부다. 어두운 저류만 희미하게 암시되어 있을 뿐이지만, 서서히 꽃을 피우기 시작한다. 안톤/아론은 가족 중에 자신의 적이 있으며, 그가 자신에게 반감을 품고 있다고 믿지만, 그런 위협은 한 번도 구체적으로 나타나지 않는다……. 욕심 많은 고모? 또는 기만적인 여동생? 어쩌면 충성심이 다소 의심스러운 오래된 하인? 그건 중요하지 않다. 왜냐하면, 그 어떤 일도 발생하지 않기 때문이다. 그러니까 싹이 트고 꽃이 피는 땅을 제외한다면 말이다. 아니, 아론의 몸에서도 땅에서와 똑같은 일이 벌어지고 있으며 봄기운이 사방에 완연히 퍼져 나가고 있다.

2부 제목은 겨울이다. 2부에 이르면 아론의 상황이 몹시 나쁜 방향으로 흘러간다. 그는 비극적인 총격 사건에서 누군가, 한 여자를 죽이게 되고 탈출하기 위해 도망을 치는데 그것은 법이 아니라 자기 자신으로부터의 탈출이다. 그는 이름 모르는 정글로 숨어드는데, 그곳은 중앙아프리카 어딘가의 습하고 숲이 무성하며 부패하기 쉬운 장소일 수 있다. 그곳은 도덕과 금속이 부패하는 장소다. 이 모든 것이 몇 페이지에 걸쳐 빠르고도 치열하게 전개된다. 하지만 바로 이 시점에서, 신비스러운 주인공의 삶이 더 많은 무게와 힘을 갖게 될 시점에서 소설은 주저하고 확신하지 못하며 흔들린다. 주인공은 끔찍한 짓을 자신이 저지르기도 하고 남들한테 당하기도 한다. 성년에 가까운 청년이지만, 그의 가능성은 살아남기 위해 비참한 투쟁을 하느라 모두 소모된다. 문제는 아론의 삶이 무너지면서 이야기도 함께 무너진다는 사실이다. 이름이나 세부 사항이 한 단락에서 다음 단락으로 가는 도중에 바뀌고, 오해의 여지 없이 늙은—젊은 안톤의 손이 열에 들떠 지우기도 하고 다시 써내려가기도 한 문장들은 어린아이나 아니면 심신이 쇠약한 노인의 것과도 같다.

게다가 여백에는 저자가 직접 끼워 넣은 문장들도 쓰여 있다. 이 소설은 가족 이야기인가, 아니면 농장 소설인가? 그리고 또 다른 곳에서는, 날씨는 역사에 무관심하다! 또는 이것은 희극인가, 비극인가?라는 문장도 보인다. 이런 말들이 소설을 대신하더니, 마침내 얼마 지나지 않아서 이야기는 하나도 남아 있지 않고 그저 작가가 의도한 소설에 대한 대략적인 계획만 적혀 있다. 3부는 가을이라는 제목을 붙일 것이고 여기서는 아론이 농장으로 되돌아갈 것이다. 그곳에서 아론은 다양한 도전에 직면하게 되는데, 악의적인 세력이 주인공의 몰락을 원한다. 하지만 아론은 결국 4부에서 승리를 거둘 것이고 4부는 여름이 지배한다. 대략 십 년 간격으로 구분되어 있는 이 주인공 남자의 삶의 단계들은 그의 발전을 완전한 성숙에 이르기까지 펼쳐 나갈 것이다. 가능성에서 시작하여 패배를 통과하고 다시 돌아와 성숙에 이르기까지 계절에 맞추어 배치될 것이다.

소설의 계획은 그러했다. 그렇지만 이 소설은 완성 근처에도 가지 못했다. 2부에서 몇 페이지 지나지 않아 온전한 문장들은 산산조각이 나서 파편들이나 급히 쓴 메모들이나 수수께끼 같은 구절들로 바뀐다. 자신에게 써놓은 쪽지들. 아모르는 임의로 몇 개를 골라 본다. 남아공 사람들은 모순에 대해 귀머거리같이 알아듣지 못한다……. 이 나라에서 당신 자신을 제외하고 다른 사람을 대변한다는 것은 불가능하며 심지어 그럴 때도…… 모든 남아공 이야기의 중심에는 도망자가 있다……. 마법사를 모두 처치하라/짐승들을 모두 몰살시켜라…….

그녀는 마지막 페이지로 넘어간다. 쪽지들 밑에는 별도로 일종의 소설의 끝을 알리는 글이 있다. 아, 무슨 의미가 있을까? 그건 재미있게 희미한 글자로 쓰여 있지만, 여전히 알아볼 수 있을 정도로 안톤의 글씨체다. 아마 이 책이 마침내 붕괴하는 순간일 수도 있다. 아니, 어떤 다른 것이 그렇게 되는 것일 수도 있다. 여하튼 마지막으로 오빠가 여동생에게 진정한 이야기를 하는 순간일 것이다. 안톤은 살면서 한두 번 빼고는 아모르에게 대체로 이해할 수 없는 소리를 했었다. 심지어 대화를 할 때도 두 사람은 합의를 할 수 없었다. 그녀는 무엇 때문에 여기에 온 걸까. 그 이유를 잊지 말라, 아모르.

아모르는 페이지들을 본래대로 배열하고 가지런히 쌓아 올린다. 그 위대한 프로젝트는 여기까지다. 출발은 힘찼는데 도중에 길을 잃고 말았다. 하지만 심지어 마지막 중얼거림 속에서도 그 목소리는 여전히 아모르를 향해 말하고 있다. 그 자신이 이 자리에 있었더라도 직접 말해 주지 않았을 안톤이라는 인물에 관한 것을 아모르에게 말해 주고 있다. 아모르는 그중 일부에서 몽환적으로 묘사한 오빠의 인생을 접할 수 있다. 우리의 마음이 잠 속에서 정지되어 있을 때 그 마음이 삶의 원료로 무엇을 만들어 낼 수 있는지를 말해 준다.

아침에 아모르는 데지레에게 어젯밤에 대해 말한다. 밤에 잠에서 깨어났는데 다시 눈을 감고 잠을 잘 수가 없었어요. 그래서 오빠의 소설을 읽었어요.

데지레가 방금 들은 말을 이해하는 데에 길고 느린 시간이 흐른다. 그런 게 실제로 존재한다는 것, 그리고 누가 감히 그걸……. 만약에 안톤이 알게 된다면 불같이 화를 낼 텐데! 그렇긴 하지만 물론 데지레는 정말로, 정말로 궁금하다.

그래요? 그런데요? 그게 어떤가요?

데지레의 목소리가 한층 격앙된다. 왜냐하면, 그녀는 남편의 평생 작업이 명작으로 밝혀질지도 모른다는 희망을 은밀하게 품었었기 때문이다. 세상에 누가 알겠는가, 월버스미스잠비아 태생의 영국-남아공 소설가보다도 훨씬 더 잘 썼을지. 상상해 보라!

하지만 아모르는 고개를 가로젓고 있다. 단지 사 분의 일 정도 집필했을 뿐이에요. 나머지는 메모해 놓은 것만 잔뜩 있어서 일기장에 가까워 완성하고는 거리가 멀어요. 아쉽네요.

그럴 줄 알았어요! 감당해야 할 실망감이 한 번 더 찾아든다. 데지레는 궁금증이 풀릴 것도 같다. 안톤은 거의 이십 년 동안 그 빌어먹을 소설을 주물럭거리면서 사람들이 모두 다 그를 천재라고 믿도록 유도했다……. 그녀는 지금 빚과 재난에 직면해 있고, 그것을 감지할 수 있다. 안톤이 미래를 준비해 놓았으리라고 생각하다니. 그리고 모든 것이 이미 사라지고 없는데. 남편이 남겨 놓은 것이라고는 엉망진창인 쓰레기뿐이다. 나보고 치우란 뜻이다! 그녀는 울기 시작한다.

여기는 바깥의 앞쪽 베란다다. 이른 태양의 햇살이 온화하다. 머그잔에 담겨 있는 커피. 농장에서의 생활. 아모르는 아주 정확하게 두 발을 올려놓는다. 바로, 그녀 앞 난간 위에다. 그러고는 데지레가 울음을 그칠 때까지 참을성 있게 기다린다. 그러는 동안 저 멀리 노란 대지를 내다보고 있다.

전화로 내가 말했었죠, 아모르가 말한다. 제안할 게 하나 있다고. 한번 들어 보겠어요?

데지레는 재빨리 입고 있는 잠옷 소매에다 눈물을 닦는다. 그녀는 영혼의 문제에 과도하게 심취해 있긴 해도 목청을 가다듬는 희귀한 기회의 소리를 알아차리지 못할 정도는 아니다. 아모르가 차분하게 말을 할 때 그녀는 깜짝 놀라 들으면서 세심한 주의를 기울인다. 지금 자신에게 제안하는 게 어떤 것인지 이해하는 데 특별히 예리할 필요는 없지만 말이다. 모든 게 아주 간단하고 그런 제안을 거부한다면 무척이나 어리석은 사람일 것이다.

단 한 가지, 데지레로서는 도저히 이해할 수 없는 게 있다. 모든 각도에서 살펴봐도 여전히 그것이 이해되지 않는다. 이게 당신한테 무슨 이득이 있죠?

아무것도 없어요.

그런데 왜요……?

그냥 그러고 싶어서요, 아모르가 말한다. 그렇게 하면 되겠죠?

체리스 쿠츠-스미스는 이 문제가 이렇게 흘러가도록 내버려 둘 준비가 아직은 되어 있지 않아 이미 작은 눈을 찌푸려 더욱 좁힌다. 변호사는 조심스럽게 말한다. 이건 그냥 확실히 해둘 필요가 있어서 말하는데, 당신은 지금 어떤 식으로든 강요당하고 계신 건 아니죠?

아니에요, 아모르가 말한다. 그렇지 않아요.

여자 변호사는 참을성 있게 한숨을 내쉰다. 제가 혼란스러워하는 걸 이해합니까? 말이 안 되니까요. 당신은 지금 유산을 포기하는 겁니다…….

아모르는 고개를 끄덕인다. 그게 지금 제가 바라는 겁니다.

변호사는 급성장하는 자신의 사업에 맞춰 몇 년 동안 아주 풍요로웠다. 그동안 두 명의 남편이 죽는 바람에 겨울잠에 빠진 비단뱀처럼 아직도 게으르게 입 안에 삼킨 두 남편을 소화하는 중이다. 책으로 가득 찬 그녀의 작은 사무실과 비교해 너무나도 몸집이 비대한 그녀는 2월의 더위에 벌써부터 숨이 턱턱 막힌다. 돈이 많고 바쁜 변호사로서는 이 사람들, 스와트 가족과 어떤 일을 같이하기에는 규모가 너무 작다. 이 가족은 옛날로 돌아가면 지난 시대에 한때 영향력을 발휘했던 그녀 아버지의 고객들이었다. 여자 변호사는 이제 이 사람들 문제로 신경 쓸 필요가 없으며, 마지막으로 남은 이 막내딸과는 특히 그럴 필요가 없다. 이 막내는 그동안 수많은 문제를 일으켰고 아무래도 머리가 제정신이 아닌 것 같다.

그동안 우리는 몇 년 동안이나 당신과 연락하려고 노력했답니다, 체리스 쿠츠-스미스는 퉁명스럽게 말한다. 당신이 우리에게 얼마나 많은 어려움을 줬는지 압니까.

알아요. 변호사님이 보낸 메시지에 답장하지 않았어요. 죄송합니다.

저런 여자하고 무슨 일을 할 수 있겠는가? 무표정한 얼굴 뒤에서 무슨 생각을 하고 있는지 안다는 건 불가능하다. 어쩌면 저 여자한테 무슨 계략이 있을지도 모르지. 놀랄 일이 아닐지도 모르겠다. 전에도 저런 유형을 본 적이 있다. 그렇지만 이번엔 제대로 되지 않을 텐데.

글쎄요, 당신이 무슨 일을 하려는지 알기만 한다면요, 변호사가 말한다. 전 누구한테라도 절대로 자기 이익에 반하는 행동을 하도록 권하지는 않을 겁니다.

잘 알겠습니다. 고맙습니다.

다른 문제가 하나 더 있어요. 당신 오빠가 죽을 때 분쟁이 있었던 일입니다. 농장을 상대로 제기된 토지 청구소송이 있는데, 그들은 강제로 쫓겨났다고 주장하고 있습니다. 그래서 당신의 선물은 독이 든 성배가 될지도 모릅니다.

잘 알겠습니다, 아모르가 다시 말한다.

좋습니다. 그럼 서류를 작성하고 그렇게 진행하면 되겠군요. 이제 법률과 관련된 눈꺼풀이 한층 더 무거워지네요. 하지만 그동안 어쩌면 다른 문제를 처리할 수 있을 것 같군요. 그러니까 그동안 우리가 해결하려고 노력해 온 문제요…….

돈 말씀이시죠.

그래요, 그 문제를 알고 있는 것 같군요. 도통 당신과 연락이 닿지 않아서 당신 아버지의 유산에서 매달 나오는 수익금 중 당신 몫을 유보 계좌에 넣어 두었어요. 유감스럽게도 다른 방법을 찾을 수 없었어요.

거기에 돈이 얼마나 있나요?

어, 지금쯤이면 상당한 액수일 겁니다. 그동안 그 돈을 현명하게 투자했더라면 훨씬 더 많을 수도 있었겠지만 그러기에는 너무 늦었죠. 잠시만 기다리세요. 변호사는 반짝이는 안경과 서류들을 더듬더듬 찾더니 큰 소리로 그 숫자를 읽어 준다. 꽤 많은 액수네요. 그래요. 0이 몇 개 붙었군요. 이 돈을 어떻게 해주길 원하세요?

그 돈을 입금할 계좌 번호를 알려 드릴게요.

스와트 씨. 여자 변호사는 현재 자신의 권력을 즐기고 있으며 이런 식으로 말하면서 자신의 권력이 한층 더 커지는 것을 느낀다. 이런 식으로 냉정하게 말해서 미안한데요. 그렇지만 당신은 이십 년 전에도 우리에게 똑같은 말을 했고 그 후로 우리는 한 번도 당신에게서 그 어떤 소식도 듣지 못했습니다.

내일 계좌 번호를 알려 드리겠습니다, 약속합니다.

전 변호사예요. 약속은 아무런 의미가 없습니다.

전 약속을 중요하게 생각합니다, 아모르가 말한다. 내일 반드시 알려 드릴게요.

내일은 아모르가 살로메가 사는 곳을 향해 코피 주변 오솔길을 따라 나서는 날이다. 아직은 그 길을 걷고 싶지 않았다. 살로메 손에 그 서류를 쥐여 주기 전까지는. 그녀가 서류를 손에 쥐기까지는 아직 시간이 조금 남아 있지만, 그녀가 가졌다고 쳐야겠다. 변호사가 오늘 아침에 그 문서를 작성해서 살로메에게 줬다고 생각하자. 그래서 그 서류가 거기에, 바로 살로메 눈앞에 놓이고, 그녀 손에 그 서류가 쥐이게 된 것이다.

안정감을 느낄 수 없는 뜨거운 오후, 먹구름이 잔뜩 낀 하늘. 여름의 폭풍이 다가오고 있다. 마른 풀과 덤불이 한층 더 삭막하고 냉담한 모습을 드러낸다. 아모르가 걸어갈 때 자그락자그락 자갈 밟는 소리가 들린다. 롬바르드 집이 서서히 그녀의 시야로 들어온다. 조그맣고 뒤틀린 집, 그 집을 갖고 싶어 고민할 가치는 없다. 코피 꼭대기에서 종종 그 지붕을 내려다보긴 했지만, 아모르는 한 번도 집 안에 들어가 본 적이 없었다. 아빠는 거기에 가지 말라고 했고 아이들은 그 명령을 따랐다. 우리 집이 아니라 안전하지 못하다. 더럽고 위험하다.

바깥에서, 가까이서 보니, 정말로 그 집은 더럽고 위험해 보인다. 사람들이 늘 밟고 다니는 데다 물건들을 내다 버리고 가구 조각들을 여기저기 흐트러뜨려 놓는 바람에 단단한 땅바닥은 풀 하나 없이 헐벗었다. 먼지 속에서 먹이를 쪼아 먹는 닭 몇 마리. 집의 외관을 밝게 하려는 몇 차례의 시도, 깡통에 키우는 제라늄, 의자 위에 걸쳐 놓은 천 조각에도 불구하고, 집 자체가 무감각하게 축 처져 있고 음산한 눈들은 멍하니 쳐다보고 있으며 현관문은 열려 있다. 여보세요? 집에 아무도 없는가 보다.

하지만 누군가가 있다. 살로메가 아니다. 운동복 바지와 조끼를 입은 배불뚝이 남자, 정수리는 대머리고, 아래쪽엔 수염이 있다. 그는 퀴퀴한 맥주 냄새를 풍긴다. 반쯤 망가진 듯한 이 남자의 뭔가가 이 집과의 연대감을 느끼게 한다. 그들은 그득한 공기와 시간을 통해 서로를 찬찬히 보다가 마침내 물 밑에 잠겨 있던 특징들로 초점이 서서히 맞춰진다.

루카스!

아모르. 너 맞구나. 혹시나 했는데, 확실치가 않았거든…….

섬광처럼 나타난 미소, 드러난 이, 하지만 다른 건 없고 심지어 악수조차 없다. 차갑게 행동한다. 아모르는 루카스에게로 한 걸음 다가가고 싶지만, 그렇게 하지 않는다.

어떻게 지내?

음, 루카스가 말한다. 그냥 그럭저럭. 또다시 재빨리 쌀쌀맞게 미소 짓는다. 난 그저 이 지역에서 흔히 볼 수 있는 평범한 흑인일 뿐이니까. 그러니, 그다지 좋지는 않지.

그런 말을 들으니 유감이네.

안으로 들어올래?

어머니 집에 계셔?

루카스가 고개를 끄덕이는 바로 그때 살로메가 아들 뒤에서 출입구로 나온다. 이전에도 쪼그라들었던 살로메의 모습이 한층 더 쪼그라든 것 같다. 걸을 때 발을 질질 끌면서 만면에 웃음을 띠고 아모르를 안으로 끌어들인다. 너를 만나서 정말로 기쁘구나! 그런데 왜 우세요? 왜냐하면, 너무

기뻐서!

집 안에서 두 여자가 탁자를 앞에 놓고 앉아 있다. 루카스는 구석에 있는 의자에 앉더니 핸드폰에서 뭔가를 들여다보고 있다. 그 너머에 있는 두 개의 다른 방에는 가구라고는 거의 없다. 잡지에서 오려 낸 그림들, 그러니까 아름다운 자연의 이미지를 찍은 사진들, 이국적인 장소에 떠 있는 유람선 사진들을 한쪽 벽에 붙여 놓았다.

방에서 일어나는 일은 눈에 보이지는 않지만, 항상 그곳에 존재한다. 모든 행동, 모든 말들이 언제나. 보이지도 않고 들리지도 않지만, 물론 몇몇 사람들한테는 예외이긴 하다. 그렇지만 심지어 그럴 때도 불완전한 상태로 남아 있다. 바로 이 방에서 탄생과 죽음이 모두 일어났다. 아마도 오래전일 것이다. 하지만 시간이 한참을 흘러가면서 그래도 어떤 날에는 핏자국이 여전히 눈에 보인다.

아모르는 주위를 둘러보다가 부서지는 회반죽을 보게 된다. 부서진 시멘트 바닥. 사라진 유리창들. 이것. 이런 집을 안 주겠다고 우리 가족은 그동안 버텼구나.

살로메는 아모르가 둘러보는 것을 보고 오해를 한다. 넌 그 여자가 우리한테 떠나라고 말한 걸 알고 있구나. 네 오빠의 아내 말이야.

몰랐어요, 아모르는 말한다. 하지만 그런 건 상관없어

요, 계속 머무르셔도 돼요.

그 여자가 이달 말까지라고 나한테 말했는걸.

아니에요.

아모르는 아직은 자기 손에 넣지 못한 서류 한 장을 탁자 위에 펼쳐놓는다. 그녀는 두 손으로 그 서류를 평평하게 펴고는 그것을 가리킨다. 아니 어쩌면 그것을 통해 그 아래 마룻바닥을 가리키는 것이리라.

살로메는 그 자리에 없는 서류를 바라본다. 아니, 아모르가 가리키는 곳을 바라본다. 그러고는 아주 천천히 이해한다. 내 거라고?

맞아요. 조금만 더 참아 주신다면 금방 그렇게 될 거예요.

살로메, 지난 삼십일 년 동안 계속해서 참아 온 그녀는 최근에야 희망을 버렸다. 당신도 살아오면서 혹시 깨달았을지 모르겠는데, 체념하고 나면 안도감이 생긴다. 살로메는 이제 늙었다. 8월이면 일흔한 살이다. 엄마가 살아 계신다 치면 같은 나이일 것이다. 그녀의 피부를 보면 알 수 있다. 목 부분의 느슨함과 건조함, 그녀의 두 뺨, 두 팔의 늘어진 붉은 피부를 보면 알 수 있다. 살로메는 한때 통통했고, 둥글고 풍만한 몸매를 가지고 있었다. 그토록 오랜 세월을 같은 장소, 아니 두 장소, 그러니까 언덕 맨 밑에 있는 비스듬히 기울어진 이 작은 집과 언덕 반대편에 있는 훨씬 큰 집에서 보냈다. 그 두 장소를 오가면서 그 어느 곳에도 속하지 않은 채 보낸 세월이 그녀의 인생이었다. 그런 상황이 바뀌리라고 그녀는 전혀 기대도 하지 않았다.

살로메는 최근 들어 자신이 태어난 곳으로 돌아가 나머지 인생을 작은 고향 마을에서 보내는 것도 그렇게 나쁜 것만은 아닐지 모른다고 생각하던 참이었다. 여기서 320킬로미터 떨어진 마히켕 외곽에서. 만약 예전에 살로메의 고향이 언급된 적이 없었다면 그것은 당신이 한 번도 묻지 않았기 때문이다. 당신은 궁금해하지 않았으니까. 몇 번이고 되풀이해서 생각하다 보니 그 생각이 아주 매끄럽게 펼쳐지면서 이제 살로메는 이 장소를 떠나는 것을 고대하기 시작했다. 이 집은 그녀에게 그 어떤 행운도 가져다준 적이 없었다. 살로메는 이제 그녀의 계획을 다시 구성해야만 한다, 번거롭게.

어떻게 그게 가능해?

오빠가 죽어서 이제는 저만 유일하게 남았기 때문이에요.

느린 박수 소리. 루카스가 핸드폰을 옆으로 치운다. 그는 자리에서 일어나 탁자 앞에 앉아 있는 그들과 합류하기 위해 다가오며 계속해서 아모르를 빤히 쳐다본다. 우리가 너한테 감사해야 하는 거야?

아모르는 고개를 설레설레 흔든다. 당연히 아니지.

우리 엄마는 아주 오래전에 이 집을 받기로 되어 있었잖아. 삼십 년 전에! 집 대신 엄마는 거짓된 약속을 받았지. 그리고 넌 아무것도 하지 않았어.

살로메가 아들에게 쉬쉬 하며 입을 막으려고 하지만 루카스는 계속 말한다.

넌 네 가족한테 의지해서 살았고, 그들의 돈을 받았으니 소란을 피우고 싶지 않았겠지. 이제 그들 모두가 죽고 없으니까 우리한테 선물을 주겠다는 거잖아. 네가 집을 살펴보는 걸 봤어. 멋지지, 응? 부서진 지붕에 망할 놈의 방이 세 개인 집. 우리가 고맙게 생각해야 한다고?

바깥에서 폭풍이 휘몰아친다. 열린 문을 통해 오후의 흐릿한 빛줄기가 루카스에게 빛을 비춘다. 아무리 심한 말을 퍼붓는다 해도 아모르는 루카스가 부드러운 사람인 걸 안다.

그게 아니야, 아모르는 말한다. 나도 잘 알아. 세 개의 방, 부서진 지붕. 게다가 거친 땅덩이. 맞아. 하지만 이 집은 처음으로 네 어머니의 것이 될 거야. 명의 증서에 살로메의 이름이 올라가는 거지. 우리 가족의 이름이 아니라. 그건 별것 아닌 게 아니야.

맞아, 살로메가 세츠와나어로 동의한다. 그건 아무것도 아닌 게 아니야.

그건 아무것도 아니에요, 루카스가 말한다. 또다시 빙긋 웃는데 차갑게 화난 듯이 웃는다. 이 집이 너한테는 더 이상 필요 없어서 그런 거잖아. 내다 버려도 아무 상관 없지. 네가 먹다 남긴 음식처럼. 그런 걸 넌 우리 어머니한테 주는 거라고, 삼십 년이나 지나서야. 정말이지 아무것도 아닌 거잖아.

그런 게 아니야, 아모르는 말한다.

그런 거 맞아. 그리고 아직도 네가 모르고 있는 게 있는데, 네 것을 주는 게 아니야. 이 집은 이미 우리의 것이니까. 이 집뿐만 아니라 네가 사는 그 집도 그렇고, 그 집이 서 있는 땅도 그래. 우리 거야! 네가 정리해서 호의로 나눠 줄 수 있는 네 소유물이 아니라고. 백인 아가씨, 네가 가진 모든 것은 이미 내 것이야. 내가 요청할 필요도 없이.

백인 아가씨? 아모르는 그를 뚫어지게 바라보는 한편 루카스는 몸을 부들부들 떤다. 나한테는 이름이 있잖아, 루카스.

천둥소리가 저 멀리서 마치 외국어를 외치는 사람들처럼 쿠당탕 소리를 낸다. 루카스가 손으로 그녀의 이름을 내동댕이치는 시늉을 한다.

너한테 무슨 일이 있었던 거야?

난 꿈에서 깨어났지.

아니야, 아모르는 말한다. 나에게는 이름이 있어. 넌 예전에는 그걸 알았어. 코피에서 너를 만난 날, 내가 이 집에 대해 말해 줬잖아. 기억나?

루카스가 어깨를 으쓱거린다.

난 종종 그날을 생각해. 우리 어머니는 그날 아침에 돌아가셨어. 난 널 봤고 너한테 이 집에 대해 말해 줬어. 그때 우리는 그저 사방팔방 돌아다니는 철부지 어린아이에 불과했어. 그때는 네가 내 이름을 알았었지.

아모르는 자신이 왜 이런 말을 하고 있는지 전혀 알지 못한다. 그날의 기억과 그 말들이 그저 입에서 흘러나온다. 하지만 루카스 역시 기억하고 있다는 걸 그녀는 알 수 있다. 그는 잠시 대꾸하지 못한다. 그는 거의 그녀의 이름을 말할 뻔했다.

너한테 무슨 일이 있었던 거야? 그녀는 재차 묻는다.

인생. 인생이 시작된 거지.

그래, 내 눈에도 그게 보여. 루카스의 몸에는 흉터, 그러니까 싸움과 사고로 생긴 칼자국, 깊게 베인 자상, 오래된 상처들이 있다. 편파적인 사건 기록들. 고통과 투쟁과 잘못 흘러간 계획들. 그 어느 것도 쉽지 않았다.

루카스의 얼굴이 닫히고 만다. 그가 등을 돌리고 그 순간은 막을 내린다. 고함치는 건 이제 끝났다, 적어도 지금은.

아모르는 살로메에게로 향한다. 전 거짓말하고 싶지 않아요. 그래서 말인데, 여기서 살다가 강제로 쫓겨났다고 말하는 사람들이 이 재산에 대한 권리 주장을 하고 있다는 걸 아셔야 해요. 땅을 받았다가 다시 빼앗길 수도 있어요. 그런 일이 일어날 수 있어요.

살로메는 이 소식을 신중하게 받아들여서, 그녀의 눈동자가 조금 일렁인다. 그러는 동안 그녀의 아들은 키득거린다. 거봐, 내가 뭐라고 했어. 아무것도 아닌 거나 마찬가지라니까!

마지막으로 한 가지가 더 있어요, 아모르는 말한다. 위를 올려다보지도 않고 그저 부드럽게 말한다. 루카스는 내가 우리 가족한테 얹혀살면서 돈을 가져다 썼다고 했는데, 그건 사실이 아니에요. 집에서 나간 이후로 난 단 한 번도 가족에게서 지원을 받은 적이 없어요. 그러니까 루카스가 그 점에 대해서는 잘못 알고 있는 거예요.

하지만 난 돈 받는 걸 거부한 적도 없었어요. 안 받아요, 하고 말할 수도 있었지만 그러지 않았어요. 그래서 그 돈은 내 계좌로 매달 지급됐는데, 난 건드리지 않았어요. 뭔지는 몰랐지만, 그게 언젠가 중요한 일에 사용될 수 있을 거라고 마음속으로 생각했죠. 이제는 그걸 알 것 같아요.

피식. 조금 겁에 질린 것 같은 루카스가 또다시 실소를 터뜨린다. 그러니까 넌 지금 약간의 소액……으로 우리를 매수할 수 있다고 생각하는 거로군.

최근에 받는 금액이 줄어들었고 조금 있으면 중단될 거예요. 그렇지만 처음에는 상당한 금액이었어요. 그 돈은 적은 금액이 아니에요.

피식…….

아모르는 그 액수를 큰 소리로 말할 뻔했지만 참는다. 그 돈이 들어오면 그들이 직접 알게 되겠지. 아주머니의 은행 계좌 번호를 적어 주실래요?

살로메가 작별 인사를 하기 위해 밖으로 나온다. 그녀는 방금 일어난 일로 인해 무척 놀란 듯 아무 말도 하지 못할 지경이다. 루카스가 막말을 한 건 정말로 미안해.

루카스는 화가 많이 났지만 나름의 이유가 있다고 생각해요.

감옥에 다녀온 후로 저 아이가 예전 같지 않아…….

뜨거운 바람이 갑자기 휘몰아치고 있고 동쪽에서는 먹구름이 밀려오고 있다. 천둥이 하늘의 목구멍에서 울걱울걱하며 지나간다. 이제는 돌아가야 할 때다. 아니면 심장에 충격을 줄 것에 대비하여 서둘러 움직일 때다. 두 사람 모두 그들이 서로를 다시는 볼 수 없으리라는 것을 잘 알고 있다. 하지만 그게 왜 중요한가? 그들은 가까우면서도 가깝지 않다. 연결되어 있지만 연결되어 있지 않다. 이 나라를 하나로 묶고 있는 이상하고도 단순한 융합 중 하나다. 때때로 이어지고 간신히 연결된다.

마지막으로 두 사람은 포옹을 한다. 연약한 살로메의 뼈 바구니에 따스함이 담겨 있다. 손안에서 맥박이 희미하게 뛴다.

안녕, 살로메. 고마워요.

잘 가, 아모르. 그리고 고마워.

그럼 이제 다 끝났다. 이제는 어떤 의미에서든 모든 걸 뒤로하고 떠나갈 수 있다.

물론 울고 있다. 찌르듯이 아픈 소금에 절인 눈물, 그 눈물을 통해 코피가 어렴풋이 흔들거리며 나타난다. 그 코피를 돌아가는 대신 넘어가고 싶은 충동이 갑자기 미친 듯이 솟아오른다. 하지만 그럴 시간이 있나? 폭풍이 불어오고 있고 공기가 탁탁 소리를 내고 있다. 벼락은 그럴 때도 있긴 하지만 같은 곳을 두 번 때리지는 않는다고 한다. 정말로 멋진 길이다.

어느새 그녀는 언덕 중간쯤에 올라와 있다. 몸은 아직

도 젊다고 생각하고 언덕을 뛰어오르지만, 아모르는 곧바로 숨을 헐떡이고 땀을 흘린다. 언덕을 오르기에 적합한 복장도 갖춰 입지 않았고 신발도 제대로 신지 않았다. 예전에는 반대편에서 오르곤 했는데, 여기서는 길이 전혀 보이지 않는다. 심지어 내 발에 습관이 붙어 있는데도. 하지만 아모르는 결국 같은 장소에 도달한다. 그런데 그곳은 더 이상 똑같지 않다.

뭐가 달라졌지, 아모르? 검은 나뭇가지나, 바위나, 경치나 별로 변하지 않았다. 아니, 변한 건 바로 아모르, 그대다, 그대의 두 눈을 통해 꿰뚫어 보는 것이다. 그 어느 것도 예전처럼 보이지 않는다. 규모라든지 두려움이라든지. 웅장하던 이 풍경이 상당히 작다. 정말이다. 그냥 하나의 장소에 불과하다. 그대에게 어떤 일이 일어났던 한 장소에 불과하다.

그리고 두 번 다시 그런 일이 일어나지 않기를 바란다면 아모르 그대가 곧바로 떠나야 하는 장소다. 이 세상의 선들은 모두 앞으로 닥칠 일로부터 멀리 떨어져서 한 방향으로 기울어지고 있다. 저 구름은 비열하게 불꽃을 내뿜는다.

하지만 죽은 나무 아래에 잠시만, 그저 눈 깜빡할 동안만 앉아 보자. 모든 게 변했던 그때 그날을 기억해 보라. 오늘과 크게 다르지 않다. 신은 그의 손가락으로 가리켰고 그대는 넘어졌다. 그리고 그 후에 아빠가 그대를 집으로 데리고 내려왔을 때, 엄마와 아스트리드와 안톤 모두가 달려 나와 소란이 일어났고 그대는 사랑을 듬뿍 받았다. 그들은 그대가 꽃이라도 되는 양 주위로 가까이 몰려들었고, 그런데 그들은 모두 죽고 이제 그대 혼자만 남았다.

아모르 스와트, 이 지구에서 사십오 년을 살았는데 그 시간 중에 죽음에 근접했던 유일한 순간은 여섯 살 때 그녀가 벼락을 맞았던 때다. 오래전에 일어난 사건이며 영원히 멀어져 가고 있다. 하지만 여하튼 그 사건은 마음속에 봉인되어 있다. 아모르의 발에 남아 있는 흉터처럼, 아니 지금 욱신거리기 시작하는 사라진 작은 발가락처럼 가까이 닿을 수 있는 곳에 있다. 그녀가 죽음에 대해 생각할 때면 항상 욱신거린다. 그대 머리는 둔할지라도 그대 몸은 알고 있다.

아모르는 그 사건에 관해 생각했다. 반짝이는 그 하얀 열기와 그 너머의 어둠을 여러 해에 걸쳐서 셀 수 없이 많이 생각했다. 어쩌면 그것이 끝일 수도 있었다는 것을. 나에게, 끝이 무엇이든 간에. 앞으로 죽을 때까지 아직 살아야 하는 나의 남은 인생, 그렇다 해도 그날들은 사물의 구조 속으로 짜여 들어간다. 죽은 자들은 떠나갔지만, 죽은 자들은 항상 우리와 함께 있다.

어서 서둘러 갈 길을 가라, 아모르, 벼락이 그대를 향해 또다시 오고 있다. 끝나지 않은 일은 그대로 남겨 두는 것이 좋겠다. 그녀는 서둘러 폭풍보다 앞서서 간다. 하지만 그녀가 집을 향해 코피를 미끄러지듯 기어 내려가기 시작했을 때에만 간신히 앞섰을 뿐이다. 아모르가 평지에 도달했을 때 첫 번째 빗방울이 먼지 속으로 뚝 떨어진다. 째깍째깍, 똑딱똑딱, 타다닥—탁. 조율되지 않은 피아노, 술 취한 피아니스트 같다.

그러자 하늘이 찌지직 열리고 그 사이로 모든 것이 떨어져 내린다. 아모르는 몇 초 만에 흠뻑 젖었다. 그러니 달려 봤자 무슨 소용이 있단 말인가? 그 대신 두 팔을 벌리자.

그렇다, 이제 온다. 마치 이야기 속에서 싸구려 속죄의 상징물처럼 사납게 날뛰는 하늘에서 부자와 가난한 자, 행복한 사람과 불행한 사람 모두에게 비가 내린다. 비는 풍요로운 곳에 떨어지는 것만큼이나 아주 공평하게 양철 판잣집에도 떨어진다. 비는 편견이 없다. 그것은 산 사람과 죽은 사람 모두에게 아무런 판단도 하지 않고 떨어지고 밤새 몇 시간 동안이나 그렇게 계속 떨어진다. 비는 성당 출입구에 있는 노숙자에게도 내려서 그는 어쩔 수 없이 자리에서 일어나 다른 곳에서 피난처를 찾는다. 비는 모티의 머리 위에 있는 지붕을 부드럽게 두드리면서 마치 가볍게 목을 풀고 있는 합창단원처럼 흥얼거리는 합창의 형태로 그의 잠속으로 스며든다.

또한, 수많은 군인이 줄줄이 길게 늘어서서 행진을 하는 감동적인 영상으로 인해 마음의 진정을 얻은 데지레의 머리 위로도 비는 가볍게 내려온다.

성스러운 땅, 저마다의 관 속에서 잠들어 있는 레이철과 마니의 무덤, 그리고 다른 많은 무덤, 그러니까 아스트리드와 마리나와 오키의 무덤, 그리고 안톤의 유해가 들어 있는 항아리 옆 창문을 비는 계속해서 두드린다. 여기에는 들려줄 만한 꿈이 하나도 없다.

롬바르드 집, 아니, 살로메의 집 지붕에 난 몇 개의 구멍을 통해서도 비는 그 길을 찾는다. 물방울이 굵어져 개울이 되고 마침내 살로메, 노부인은 자리에서 일어나 양동이와 냄비를 찾으러 간다.

노부인 혼자만 잠에서 깨어난 건 아니다. 아모르는 어린 시절 사용하던 침대에 일어나 앉아 빗소리에 귀를 기울인다. 다른 날들, 예전의 날들이 소리의 파도를 타고 달리고 있고, 다른 한편으로 물은 농장을 가로질러 흘러내리고 도랑에서는 겉뜨기, 안뜨기를 하며 서로 합쳐지고 뒹굴던 빗물은 시계 반대 방향으로 몸을 비틀더니 땅속으로 들어간다. 이 소리를 들어 봐, 콸콸, 쉿! 난로 위에 올려놓은 철판 같지만, 비는 시원하다. 온도가 떨어지는 것을 느낄 수 있다.

한밤중에 폭풍이 마침내 지나가고 나면, 그 뒤로 물방울이 똑똑 떨어지는 고요함이 남는다. 달팽이는 덤불 속에서 몸을 펼치고는 짙은 녹색 바다 위의 작은 범선들처럼 앞으로 밀고 나가며 얄따란 은빛 흔적을 기다랗게 남겨 놓는다. 토양에서 사향의 페로몬 냄새가 마치 덩굴손처럼 공기 중에 휘감고 올라간다.

아침에는 미세한 수증기가 온 세상에 퍼져 나가 아무것도 선명해 보이지 않는다. 아모르는 해가 뜬 다음 곧바로 자리에서 일어나 옷을 입는다. 그녀는 비행기를 일찍 타야 하고 그 전에 해야 할 일이 있다. 그 일을 어제 해야 했는데 다른 더 중요한 일들이 있었다. 게다가 그 일에 대한 확신이 아직도 생기지 않아 그걸 해도 괜찮을지 그녀는 여전히 의문스럽다. 그건 참으로 이상한 생각이다. 그녀는 그 점을 잘 알고 있다. 그렇지만 그게 과연 정말로 기이한 생각일까? 다른 것은 적합할 것 같지 않다.

아무렴 어떤가. 지금 당장 그걸 하든가, 아니면 그놈의 빌어먹을 재를 갈 때 가지고 가든가 결정해야 한다. 기내용 가방에 안톤을? 안톤이 그대 방구석에 항아리 모양으로 쪼그리고 앉아 있다. 아니, 그건 절대로 안 된다. 오빠는 이미 충분히 봤으니 바람에 날려 버리자.

하지만 우선 아모르는 거기에 올라가야 하고 올라가는 게 보기보다 훨씬 더 힘들다는 것을 알게 된다. 안톤이 올라가는 걸 수없이 본 터라 쉬울 것으로 생각했는데, 막상 그녀가 창문 아래 있는 그 작은 난간에 발을 옮기고 나니 그녀의 몸을 끌어올릴 방법이 없는 것 같다. 특히 한 손으로는 도저히 안 될 것 같다.

결국, 아모르는 거기로 올라간다. 일단 저 위의 홈통에다 항아리를 기울어지지 않게 똑바로 올려놓는 법을 찾아낸 다음 아모르는 조금 낮은 쪽의 평평한 지붕 위로 자신의 몸을 끌어올릴 수 있도록 움켜쥘 만한 것을 발견한다. 거기로부터 조금 힘겹게 기어 올라간 다음 그녀는 가파른 타일을 조심조심 걷고 또 걷고 또 걸어 올라가 꼭대기까지 간다. 거기서 보니 하늘이 오늘따라 거대하고 텅 비어 있는 것처럼 느껴진다. 그 중심에 나를 끌어당기는 강력하고 흐릿한 중력이 있다. 에구, 꽉 붙잡아라. 영원히 저 푸른 심연 속으로 떨어질 수도 있으니. 하지만 그녀는 동시에 안톤 오빠가 무엇 때문에 여기 꼭대기에 올라와 앉아 있기를 좋아했는지 그 이유를 알 것만 같다. 남아공 농장의 주인으로서 가정 상황의 지배권을 장악한다? 젠장, 안톤 오빠, 신의 은총이 있기를. 오빠가 그리울 거야.

아모르가 상상했던 대로 정확하게 이루어지지는 않는

다. 물론 안 되겠지. 그녀는 바람이 불어오는 쪽으로 항아리를 기울이지만, 바로 그 순간 미풍이 가라앉고 대부분의 유해는 지붕을 가로지르는 기다란 갈색 귀퉁이로 내려앉아서 다음번 비가 내릴 때마다 조금씩 쓸려 내려가 도랑으로 흘러들 것이다.

그런 다음 아모르는 그 자리에 계속 앉아서 온화한 이른 햇살을 즐긴다. 그렇지만 그녀의 몸은 하필 이 순간에 또다시 뜨거운 홍조를 토해 낸다. 손가락이 따끔따끔 아파지기 시작하더니 심장이 더 빨리 펌프질을 하고 용광로를 힘껏 돌려 대고 굴뚝의 연통이 열리고 혈관은 부풀어 오르면서 피부를 서늘하게 식히는데 목과 얼굴에 붉은 꽃이 피어오른다…… 아아…… 아모르는 다시 기어 내려가 그늘로 들어가기로 했지만, 마음을 바꿔 먹는다. 아직은 떠날 준비가 되지 않았다. 그 대신에 셔츠의 단추를 풀고 옷을 벗는다.

지붕 위에 브래지어 차림으로 앉아 있는 아모르. 지붕 위에 브래지어만 착용한 중년의 아모르. 거기에 그녀가 앉아 있다. 그녀의 이야기의 한가운데에. 그녀는 예전과 똑같은 사람이 아니다. 또한, 앞으로 어떤 사람이 되든지 지금은 그 사람과도 같지 않다. 아직 늙지는 않았지만 더 이상 젊지도 않다. 중간쯤 어딘가에. 신체는 최상의 상태를 지나 삐걱삐걱 소리를 내며 약해지기 시작한다.

신체가 최고조에 달했을 때를 기억하라. 비록 그때 당시에는 알지 못했겠지만. 난생처음 월경을 시작한 날, 그날 엄마를 땅속에 묻었다. 그리고 이제는 어쩌면 월경이 끝났을 수도 있다. 마지막 생리는 삼 개월 전이었고 더 이상 하지 않을 수도 있다. 수액이 다 떨어져 가고 아모르 그대는 지금 수맥이 천천히 말라 가는 중이다. 이제 잎이 떨어지고 있는 나뭇가지라서 언젠가는 꺾이고 말 것이다. 그런 다음에는 뭐가 되지? 그러고 나서는 아무것도 아니다. 다른 가지들이 그 공간을 채우겠지. 단어를 하나하나 모두 긁어낸 다음 그대의 이야기 위에 다른 이야기들이 쓰일 것이다. 심지어 지금 쓰고 있는 이것들까지도.

거기 위에서 뭐 해요?

데지레의 목소리가 잔디밭에서 올라온다. 그녀는 아모르를 찾아 사방팔방 헤매고 다녔지만, 여기 지붕은 그녀가 전혀 예상하지 못했던 장소다. 그리고 상반신을 드러내고 있다니!

그냥 세상을 바라보고 있어요, 아모르는 큰 소리로 대꾸한다. 갈 준비 다 됐어요?

오 분이면 돼요.

저도 이제 내려갈게요. 아모르는 셔츠 속으로 어깨를 으쓱 집어넣고 단추를 채운다. 다시 상태가 괜찮아지고 어쩌면 이전보다 더 나아진 것 같다. 항아리를 그곳에 남겨 둔다. 그것을 들고 가봤자 아무런 의미가 없다. 그녀는 지붕에서 한 걸음 한 걸음 내려오기 시작한다. 앞에서 무엇이 기다리든 간에 다음에 일어날 일을 향하여 천천히 걸어간다.

아프리카 농장의 알레고리

왕은철(전북대 영문과 석좌교수)

작가는 역사 속의 자신을 쓴다. 언제 어디에서 어떻게 태어나 성장했고 살았느냐가 중요한 이유다. 식민 역사의 격랑에 휘말린 제3세계의 작가들이 특히 그렇다. 그래서 프레드릭 제임슨은 제3세계문학의 특성을 '국가적인 알레고리'라고 규정한다. 비록 어떤 작품이 '표면적으로는 사적이고 개인적인 운명에 관한 이야기'라 하더라도 '궁극적으로는 집단 자체의 경험에 대한 힘겨운 이야기', 즉 국가적인 알레고리로 해석될 수 있다는 것이다. 개인의 이야기가 곧 집단의 이야기라는 말이다. 이렇게 보면 남녀의 사랑에 관한 얘기조차 국가에 관한 일종의 알레고리가 된다. 그것이 진공이 아니라 구체적인 정치적·역사적 현실 속의 사랑 이야기이기 때문이다. 제임슨이 제3세계문학의 특성을 알레고리로 규정한 것은 제3세계의 리얼리티가 그들에게 얼마나 깊은 영향력을 행사하는지를 강조하기 위해서다. 각박한 현실과 역사가 작가를 볼모로 잡는다는 의미다.

남아프리카공화국 작가 데이먼 갤것의 소설도 예외가 아니다. 남아프리카공화국이라는 특수한 지정학적 공간이 작가의 의도와 상관없이 그의 소설을 알레고리로 만든다. 남아프리카공화국이 어떤 곳인가. 사전에 등재될 정도로 악명 높은 아파르트헤이트, 즉 극단적인 형태의 인종차별정책이 시행된 곳이었다. 그들은 인종차별을 법제화하여 백인이 아닌 인종을 인간 이하의 존재로 취급했다. 그러니 남아프리카공화국 작가들은 좋든 싫든 그들의 작품에서 인종 담론을 전개할 수밖에 없었다. 폭력적 현실에 상상력을 저당 잡힌 셈이었다. 갤것도 그랬다. 소설가이면서 극작가인 그는 1963년 남아프리카공화국의 행정수도 프리토리아에서 태어나 성장했고 남아프리카공화국의 입법수도 케이프타운에서 대학을 다녔다. 대학에서는 드라마를 전공했다. 그의 소설에서 희곡이나 영화에서 쓰이는 다양한 기법이 활용되는 이유다. 그가 1963년에 태어났다는 사실은 그의 소설 세계를 이해하는 데 아주 중요하다. 그의 삶이 남아프리카공화국의 파란만장한 현대사의 상당 부분과 겹치기 때문이다. 그는 격동의 역사를 살아 내야 했고 그것은 이후 그가 쓰는 작품들에 깊은 흔적을 남겼다. 그를 이해하기 위해서는 남아프리카공화국의 역사에 대한 개괄적인 이해가 선행되어야 하는 이유가 여기에 있다.

갤것은 1948년에 권력을 잡은 아프리카너 정권, 즉 네덜란드계 백인들에 의한 아파르트헤이트 치하에서 젊은 시절을 보냈다. 자크 데리다가 '세계의 몸에 난 악성종양'이라고 일컬은 아파르트헤이트는 흑인들을 무자비한 폭력으로 다스린 반인륜적인 인종차별정책이었다. 갤것은 아파르트헤이트 정권이 자행하는 인종적 폭력과 불의를 목격하며 살았다. 그가 대학교를 다니던 1980년대는 특히 최악이었다. 전국적으로 소란스러웠다. 그가 다니던 케이프타운대학에서도 시위가 끊이지 않았다. 결국 아파르트헤이트 정부는 계엄령을 선포하지 않을 수 없었다. 그들은 1985년에는 부분적으로, 1986년에는 남아프리카공화국 전역에 계엄령을 선포하고 반정부 투쟁을 하는 사람들, 특히 흑인들을 무자비하게 진압했다. 그렇게 하면 전국적인 시위와 소요를 잠재울 수 있다고 판단한 탓이었다. 그러나 역부족이었다. 중고등학생들까지 시위에 동참했다. 그들은 학교에 가기를 거부했다. 그들에게 학교는 아파르트헤이트 정부가 이데올로기를 주입하고 그들을 순응하게 만드는 곳이었다. 그들에게 학교는 배움의 장소가 아니라 루이 알튀세르의 말대로 '이데올로기적인 국가 장치'였다.

국제적인 경제제재에다 걷잡을 수 없는 시위와 소요로 인해 남아프리카는 통치가 불가능해졌다. 결국 아파르트헤이트 정부는 정권을 이양하기로 마음먹었다. 그들에게는 대안이 없었다. 그들이 이십칠 년 동안 감옥에 갇혀 있던 흑인 지도자 넬슨 만델라를 1990년에 석방한 것은 그런 이유에서였다. 만델라가 최초의 민주적인 선거를 통해 1994년 대통령에 취임할 수 있게 된 까닭이다. 결국 남아프리카공화국은 흑인 대통령을 수반으로 하는 국가가 됐다. 멀고 먼 길이었지만 흑인들은 투쟁을 통해 승리를 쟁취했다. 이런 점에서 보면 역사는 더 나은 상태를 향해 나아가는 진보의 과정이었다. 대통령직은 만델라에서 시작하여 음베키, 주마, 라마포사로 이어졌다.

갤것은 그 역사를 살았다. 아파르트헤이트 역사도 살았고, 그것이 종식되고 과도기를 거치며 흑인들에게 정권이 이양되는 역사도 살았다. 또한 흑인 정권이 들어서고 세계사에 유례가 없는 감동적인 진실화해위원회가 만들어지고, 복수가 아니라 화해의 길을 모색하는 남아프리카공화국의 변화된 정치 현실을 살았다. 작가가 그러한 정치 현실을 보고 듣고 느끼며 살았는데 그의 작품에 어떻게 시대가 투영되지 않을 수 있으며 어떻게 인종과 관련된 사유가 없을 수 있겠는가. 현실을 작품에 투영하고 투사하는 것은 선택이 아니라 의무였다. 그것은 제3세계 작가로서 짊어져야 하는 무거운 짐이자 숙명이었다. 그래서 그가 쓰는 모든 것에는 정치가 스며들었다. 그만 그런 게 아니고 모든 작가들이 다 그랬다. 그것에서 자유로운 남아프리카공화국 작가는 아무도 없었다. 흑인 작가들은 물론이고 네이딘 고디머, J. M. 쿳시 같은 백인 작가들도 마찬가지였다. 역사와 정치는 그들이 들이쉬고 내뱉는 공기나 마찬가지였다.

2021년도 부커상 수상작인 갤것의 『약속』도 예외가 아니다. 소설은 어떤 백인 가족의 이야기다. 제목을 중심으로 보자면 백인 가족이 몇십 년 동안 지키지 않다가 마지막에 가서야 가까스로 지키게 되는 약속에 관한 이야기다. 남편은 암으로 죽어 가는 아내의 간곡한 호소에 뭔가를 하겠다고 약속하지만, 아내가 죽자 그 약속을 지키지 않는다. 막내딸 아모르를 제외한 다른 가족들도 마찬가지다. 그들은 약속을 지키지 않아도 무방하다고 생각한다. 그렇다고 그것이 무슨 거창한 약속인 것도 아니다. 흑인 가정부 살로메가 현재 살고 있는, 비가 오면 지붕에서 물이 줄줄 새서 그릇을 아래에 받쳐 놓아야 하는 허름한 집을 넘겨주겠다는 약속이다. 어차피 그 집에서 오랫동안 살아왔으니 명의까지 바꿔 주라는 것이다. 그 약속을 지키는 사람은 아버지가 어머니에게 그렇게 하겠다고 약속하는 것을 엿들은 막내딸 아모르다. 그녀는 늦었지만 그 약속을 아버지나 다른 가족 대신 지키며, 자신이 물려받은 유산까지 살로메에게 준다. 이후로 그녀는 간호사로서 지금까지 그래 왔듯이 에이즈 환자나 죽어 가는 환자들을 돌보며 살아갈 것이다. 이것이 표면적인 스토리다.

그런데 소설은 어떤 백인 가족의 이야기임과 동시에 제임슨의 말처럼 '국가적인 알레고리'다. 무엇보다 중요한 것은 소설이 도시가 아니라 농장을 배경으로 하고 있다는 사실이다. 남아프리카공화국 문학에서 농장은 때때로 가축을 키우고 농작물을 키우는 단순한 농장이 아니라 남아프리카에 대한 은유다. 올리브 슈라이너의 『아프리카 농장 이야기』를 포함하여 쿳시의 『나라의 심장부에서』, 『마이클 K의 삶과 시대』, 『추락』 등과 같은 소설들에 나타나는 농장 모두 마찬가지다.

그런데 그 농장이 누구의 것인가. 물론 소설 속에서는 백인의 것이다. 그렇다면 처음부터 백인의 것이었는가. 그렇지 않다. 백인은 남의 땅을 찬탈한 침입자고 식민주의자였다. 17세기 중반부터 시작된 식민주의는 시간이 흐르면서 남아프리카공화국의 땅을 백인들의 것으로 만들었고, 그것은 1990년대 전반부에 아파르트헤이트가 폐지될 때까지, 아니 아파르트헤이트가 폐지된 후에도 그들의 것으로 남았다. 권력이 흑인에게 넘어갔어도 땅이 백인들의 것으로 남아 있다는 것이 아이러니하지만 그것이 현실이다. 정의의 문제가 어쩔 수 없이 대두되는 것은 바로 이 지점에서다.

『약속』은 1986년에서 2010년대 중후반까지를 시간적 배경으로 한다. 소설의 제목이기도 한 '약속'은 1986년에 아모르의 아버지 마니가 죽어 가는 아내 레이철에게 했던 것인데, 오랫동안 지켜지지 않다가 삼십여 년이 지난 후에야 아모르에 의해 지켜진다. 그사이에 남아프리카공화국은 백인에게서 흑인에게로 정권이 이양됐다. 만델라가 대통령이 되면서 아파르트헤이트는 과거가 됐다.

그러나 늘 그렇지만 권력의 지형이 바뀌어도 사람들의 생각과 편견은 쉽게 바뀌지 않는다. 남아프리카공화국도 그랬다. 경제는 여전히 백인들이 쥐고 있었다. 지붕에서 비가 새는 초라한 집 하나가 흑인 하녀의 손에 넘어가는 데 삼십여 년이 걸린 것처럼 변화는 더디고 또 더뎠다. 남아프리카공화국은 흑인과 백인, 백인과 흑인이 화합하는 아름다운 "무지개 나라"를 꿈꿨지만, 소설에서 보이듯이 백인들은 여전히 농장의 소유주였고 흑인들은 여전히 백인들에게 노동력을 제공하는 일꾼이었다. 소설 속의 살로메만 해도 그렇다. 그녀는 백인 안주인을 처음부터 끝까지 보살핀 흑인이다. 암에 걸린 부인의 힘든 병수발을 한 것도 그녀였다. 부인이 그녀에게 집을 물려주라고 유언을 남기고 죽은 이유다. 그렇게라도 고마움을 표현하고 싶었다. 그런데 1986년에는 집문서를 주고 싶어도 줄 수 없는 상황이었다. 흑인은 법적으로 집을 소유할 자격이 없었다. 당시의 백인 정부는 흑인을 국민으로 생각하지 않았다. 국민이 아니니 재산을 소유하는 것은 법으로 금지되어 있었다. 그러나 그러한 법적인 제약 때문에 그들이 살로메에게 집을 넘기지 않은 것은 아니었다. 그냥 주기 싫었던 것이다. 흑인이 집을 소유하게 된다는 것 자체를 가당치 않다고 생각했다. 정치의 지형은 변했지만 인식의 지형은 변하지 않았다. 편견도 그대로였다. 이것이 개인만의 문제였을까. 아니다. 그것은 개인이 아니라 집단의 문제였다. 바로 이것이 소설에서 허름한 집이 삼십여 년이 지나서야 흑인 하인에게 넘어간 것이 국가적인 알레고리로 해석될 수 있는 이유다. 약속은 지켜지지 않았고, 지켜지더라도 수십 년이 흘러야 가능했다.

남아프리카공화국에서 백인으로 산다는 것은 한편으로는 혜택을 받았다는 말이며, 다른 한편으로는 죄의식을 느껴야 했다는 말이다. 진보적이고 자유주의적인 생각을 하는 백인들의 경우에는 특히 그러했다. 그들은 흑인들의 남루한 현실을 보면서 죄의식을 느낄 수밖에 없었다. 아모르의 다른 가족들처럼 인종차별적인 백인들도 있었지만, 아모르처럼 식민주의와 폭압적인 아파르트헤이트와 관련하여 죄의식을 느끼는 백인들도 많았다. 바로 이것이 아모르가 이 소설의 도덕적 중심에 해당하는 이유다. 어쩌면 아모르가 느끼는 죄의식은 갤것이라는 백인 작가의 죄의식이 투영된 것인지 모른다. 그리고 바로 그러한 죄의식이 이 소설을 윤리적인 텍스트로 만든다. 스토리를 끌고 가는 동력은 바로 그 윤리성에서 나온다. 그리고 그 중심에 백인 부모로부터 아무것도 물려받지 않고, 농장에서 생긴 자기 몫의 돈까지 살로메의 통장에 이체하고 농장을 영원히 떠나는 아모르가 있다. 그녀는 농장과는 아무 관련 없이 살아갈 것이다. 농장은 역사적으로 백인의 것이 아니었다.

아모르가 소설의 도덕적 중심이라면, 작가의 말처럼 이 소설의 주인공은 '시간의 흐름'일지 모른다. 소설에는 네 번의 장례식이 나오는데, 이것은 시간의 흐름에 따른 것이다. 처음에는 아모르의 어머니가 암에 걸려 죽고, 다음에는 아모르의 아버지가 자신이 운영하는 파충류 공원에서 뱀에 물려 죽고, 다음에는 아모르의 언니인 아스트리드가 강도의 총에 맞아 죽고, 마지막에는 아모르의 오빠인 안톤이 자살로 삶을 마감한다. 아모르를 제외한 가족 모두가 이런 저런 이유로 죽는다. 농장을 천년만년 소유할 것 같던 백인 가족은 시간이 흐르면서 그렇게 죽어 간다. 그리고 시간이 흐르면서 아파르트헤이트도 사라지고 국가의 체제도 바뀌고 운영 주체도 바뀐다. 그렇다면 농장과 관련이 있는 네 명의 백인들이 죽고 가족이 해체된 것은 남아프리카공화국의 변화된 현실에 대한 알레고리일지 모른다.

이렇듯 시간은 과거에서 현재로, 다시 현재에서 미래로 흐른다. 그래서 소설의 말미에서 살로메의 아들 루카스가 아모르에게 하는 말은 미래의 목소리다. 그는 이렇게 말한다. "아직도 네가 모르고 있는 게 있는데, 네 것을 주는 게 아니야. 이 집은 이미 우리의 것이니까. 이 집뿐만 아니라 네가 사는 그 집도 그렇고, 그 집이 서 있는 땅도 그래. 우리 거야! 네가 정리해서 호의로 나눠 줄 수 있는 네 소유물이 아니라고. 백인 아가씨, 네가 가진 모든 것은 이미 내 것이야. 내가 요청할 필요도 없이." 아모르가 그들에게 주려는 집은 물론이고 아모르 집안의 땅과 집까지도 "우리의 것"이었다는 루카스의 말은 식민 역사를 돌아보면 원론적으로는 맞는 말이다. 그런데 그것이 본래 흑인들의 것이라 해도 소유권이 백인들에게 있는데 어떻게 해야 하는가. 어떻게 되찾아야 하는가, 아니 되찾을 방법이 있기라도 한가. 이제는 흑인 정권이 들어섰으니 폭력을 동원해서라도 백인들에게서 빼앗아야 하는가. 그럴 수는 없다. 그렇다면 루카스가 말하는 것이 어떤 식으로 해결되느냐 하는 것은 미래의 문제가 된다. 그래서 그의 목소리가 미래의 소리라는 것이다. 세월이 흐르면 언젠가는 그의 말이 힘을 얻게 될지 모른다. 하기야 그것도 확실하지는 않다. 확실한 것은 아모르가 보여주는 너그러운 몸짓이 상징하는 일말의 낙관적 전망에도 불구하고 미래는 여전히 불안하고 불편한 것으로 남아 있다는 사실이다. 갤것의 선배 백인 작가인 쿳시는 1998년에 '남아프리카공화국의 미래를 어떻게 생각하느냐'는 나의 질문에 '남아프리카공화국은 점점 더 불편한 틈 속으로 들어가는 것 같다'고 말한 바 있는데, 갤것의 소설은 루카스라는 인물을 통해 그 '불편한 틈'이 어떠한 것인지 조금이나마 엿보게 만든다. 그 틈이 이후 메워질지, 아니면 점점 더 벌어지게 될지 여부는 지금으로서는 알 수 없다.

이렇듯 『약속』은 농장에 사는 백인 가족의 이야기이면서 남아프리카공화국의 이야기다. 이는 제임슨의 말처럼 국가적인 알레고리로 해석될 수 있는 여지가 많다는 말이다. 흥미롭게도 남아프리카공화국 작가 네이딘 고디머는 알레고리를 두 종류로 나눈 바 있다. 하나는 '작가가 의식적으로 선택한 알레고리'고 다른 하나는 '작가가 의도하지는 않았지만 작품이 쓰이고 나면 존재하게 되는 알레고리'다. 단언할 수는 없지만, 갤것의 『약속』은 전자, 즉 알레고리적인 의미를 염두에 두고 의도적으로 쓰인 것으로 보인다. 그리고 작가는 그것을 굳이 독자에게 감추려 하지 않는다.

『약속』이 다루는 식민주의, 아파르트헤이트, 인종 문제는 무겁다 못해 우울한 것들이다. 그렇다면 이 소설이 무겁고 우울하기만 할까. 그렇지 않다. 복잡하지 않은 가벼운 문장, 곳곳에 배치된 유머와 희극적인 요소들이 주제의 무거움을 희석시킨다. 무거움과 가벼움이 균형을 이뤄 스토리가 진행되고 있다고나 할까. 우리가 이 소설을 읽으면서 때로는 무거운 주제에 과도하게 머물지 않고 스토리를 따라갈 수 있는 것은 그 무거움을 희석시키는 가벼움의 균형추가 있기 때문이다. 이것은 이 소설이 갖고 있는 장점이다. 일반적으로 제3세계문학은 어둡고 무겁다. 역사와 현실이 어둡고 무거우니 그것을 재현하는 문학도 덩달아 어둡고 무거워진다. 그것이 단점일 것까지는 없다. 주제가 주제인 만큼 심각하게 다뤄지는 것은 결코 단점이 아니다. 문제는 그렇다 보니 제3세계문학이 천편일률적으로 너무 심각하고 어둡고 무거워진다는 것이다. 그것이 제3세계문학이 공유하는 일종의 상투적인 특성이다. 제임슨이 말하는 국가적인 알레고리의 개념은 그러한 상투적인 특성과 무관하지 않다. 다행스럽게도 갤것의 소설은 상투성에 함몰되지 않고 무거운 주제를 가볍게 처리하는 방식을 택한다. 그의 소설에서 유머와 희극적인 요소들과 가벼운 문장들이 중요한 역할을 하는 이유다.

『약속』은 구조적으로도 그렇고 주제적으로도 잘 짜이

고 잘 쓰인 소설이다. 게다가 윤리성까지 갖추고 있다. 소설의 말미에서 아모르가 집을 살로메의 가족에게 넘겨주는 장면은 윤리적이면서도 감동적이기까지 하다. 그의 행위는 아버지의 약속을 지키는 차원을 넘어선다. 농장에서 자신의 몫으로 보내온 유산 전부를 스와트 집안을 위해 평생을 바친 살로메에게 주는 것은 약속 때문이 아니다. 그런 약속은 없었다. 그저 주고 싶어서 주는 것이다. 그는 이후로도 농장에 돌아오지 않을 것이다. 그렇다고 모두가 그럴 수는 없을 것이다. 모든 백인이 아모르처럼 자신의 것을 흑인에게 내어 주는 일은 없을 것이다. 정의는 그렇게 쉽게 실현되는 것이 아니다. 백인들이 없고 흑인들만 살던 시절로 돌아갈 수 있는 길은 없다. 그래서 아모르의 행동은 해결책이 아니라 순수한 몸짓으로 남는다. 언젠가 미래의 어느 시점에서, 어떠한 형식으로든, 적어도 조금이나마, 정말이지 아주 조금이라도 실천이 되면 좋을 윤리적 방향성이라고나 할까.

『약속』은 흥미진진한 이야기를 통해 그러한 윤리적 방향성을 탐색하고 사유하는 아주 좋은 포스트-아파르트헤이트 소설이다. 1999년 부커상 수상작인 쿳시의 『추락』 이후로 이보다 더 좋은 소설이 또 있었을까 싶다.

옮긴이의 말

남아프리카공화국 프리토리아에서 태어난 소설가 데이먼 갤것은 『약속』으로 2021년 영어권을 대표하는 세계 3대 문학상의 하나인 부커상을 받았다. 갤것은 이미 2003년과 2010년에도 부커상 후보에 오른 바 있고 월터 스콧 상 등 여러 문학상을 받았으며 대학에서 드라마를 전공한 극작가이기도 하다. 남아공의 선배 작가인 네이딘 고디머와 J. M. 쿳시가 부커상을 받은 후 노벨문학상까지 받았으니 갤것도 그 뒤를 따를지 기대가 된다.

남아공의 극단적 인종차별정책인 아파르트헤이트는 아프리카민족회의의 의장이었고 감옥에서 이십칠 년 이상 복역한 넬슨 만델라(1918~2013)가 1994년 최초의 흑인 대통령이 되면서 완전히 철폐됐다. 남아공의 인종 비율은 백인이 16퍼센트 정도고 나머지는 흑인 토착민이 주류를 이룬다. 이 소설은 인종차별정책이 철폐된 시기를 전후하여 대략 삼십여 년에 걸쳐 서서히 해체되는 한 가족의 이야기를 다룬다. 그들만의 고유한 언어도 있는 아프리카너 출신의 이 가족은 특이한 성격의 아버지 마니 스와트, 유대계 어머니 레이첼, 아들 안톤과 두 딸 아스트리드와 아모르로 구성되고, 나이 든 흑인 하녀 살로메가 그 가족을 돌보고 있다. 남아공의 복잡한 정치 상황과 맞물리면서 대략 십 년 간격으로 차례로 발생하는 어머니, 아버지, 큰딸, 맏이의 죽음은 서로 다른 종교의식으로 진행되는 장례식 과정도 자세히 보여 준다.

기승전결의 4막 연극과도 같은 이 소설의 중심인물은 막내딸 아모르다. 어머니의 아픔과 죽음에 무심하고 이기적으로 행동하는 다른 가족들과는 달리 코피에 올라 홀로 무기력하게 어머니의 죽음을 애도할 수밖에 없었던 아모르. 아픈 어머니를 돌보지 못한 무능했던 자신을 자책이라도 하듯 결혼도 하지 않은 채 연약하고 고통으로 신음하는 에이즈 환자를 보살핀다. 그녀는 또한 어머니가 죽으면서 받아 낸 아버지의 '약속,' 즉 흑인 하녀에게 자그만 집을 넘겨주겠다는 그 '약속'을 궁극적으로 이행해 낸다. 거기에 한동안 은행 계좌에 쌓아 둔 돈도 살로메에게 고스란히 넘겨준다.

『약속』은 전체 4부로 구성되어 전개된다. 1986년 시작되는 1부는 암으로 고생하던 어머니의 죽음 이후의 상황을 기록하며 이 소설에서 제일 중요한 '약속'이 등장한다. 죽기 얼마 전 원래 자신의 종교인 유대교로 되돌아간 레이철은 네덜란드 개혁파 기독교도인 남편에게 가정과 아픈 자신을 헌신적으로 보살펴 준 토착민 살로메한테 그녀의 집을 주라고 간절히 부탁하고 남편은 어쩔 수 없이 마음에도 없는 약속을 한다. 어쩌다 그 자리에 있다가 이 약속을 들은 아모르는 아버지에게 확인하지만, 약속을 지킬 마음이 전혀 없는 마니는 그저 기억이 안 난다는 식으로 얼버무린다. 어린 딸은 기독교도인 아버지의 '약속'이 반드시 지켜져야 한다고 생각한다. 그러나 나머지 가족들은 그 집 문제(나아가 흑인 차별 문제)에 별 관심이 없을 뿐만 아니라 그때는 흑인이 땅을 소유할 수 없는 차별의 시대였기에 그저 가족 간에 미묘한 긴장과 갈등만 표출된다.

넬슨 만델라의 대통령 취임 후 아파르트헤이트가 공식적으로 폐기된 1995년부터 시작하는 2부에서는 특이한 믿음을 가진 아버지가 독사 우리에서 지내다가 뱀에게 물려 그 맹독으로 사망한다. 아버지와 불화 관계에 있던 맏이 안톤은 어머니의 죽음 이후 군대에서 탈영하고 거의 십여 년을 방황과 고통의 세월을 보내고 있었으며 영국으로 건너가 사는 아모르 외에는 살로메에 대한 '약속'을 이행하는 것에 무관심하다.

아버지의 죽음 이후 영국에서 귀국한 아모르는 남아공 더반에서 에이즈 환자를 돌보며 여자 친구와 산다. 그녀는 살로메에 대한 약속을 지켜야 한다고 계속 상기시키지만, 고등학교 친구의 여동생인 데지레와 결혼한 오빠 안톤이나 바람을 피워 재혼한 언니 아스트리드는 그 문제에 대해 무심하다. 지은 죄를 고백하면 사제를 통해 용서의 은총을 받는다는 사실에 매료되어 가톨릭으로 개종한 아스트리드는 신부를 찾아가 외도의 죄를 고백하지만 신부의 보속을 받지 못한 채 자동차 탈취를 노린 강도에게 살해된다. 아스트리드의 장례식에서 안톤과 아모르는 그 '약속'에 대해 논의하나 결론을 내지 못한 채 헤어진다.

신에 대한 근원적 신뢰가 전혀 없이 혼돈, 불안, 두려움을 알코올에 의존하는 안톤은 과거의 기억과 미래의 기대 사이에서 방황의 세월을 보낸다. 그러던 안톤은 어느 날 이승과 저승에서 용서받지 못할 죄(페카토 모르탈레), 즉 인생을 낭비한 자신의 죄를 깨닫게 되자 4부에서 스스로 자신을 처벌한다. 살로메에게서 오빠의 자살 소식을 들은 아모르는 모든 걸 정리하기 위해 홀로 지내고 있는 케이프타운에서 프리토리아로 돌아온다. 아모르는 뒤늦게나마 살로메에게 법적으로 집을 양도하여 삼십여 년 전 엄마가 아빠에게서 받아 낸 그 '약속'을 실현한다. 안톤이나 아스트리드와 달리 집을 떠나 낯선 곳에서 초탈적 성장 과정을 보낸 아모르는 과거에서 벗어나 미래로 향하는 발전적, 이타적 모습을 보여 준다.

흑인 하녀가 땅을 소유하게 되는 이런 극적 변화는 결국 아모르(사랑)에 의해서만이 모순투성이인 남아공 문제 해결의 실마리를 제공한다는 점을 암시하는 것인가? 아파르트헤이트가 철폐됐다고는 하지만 어떻게 그 뿌리 깊은 차별 정책과 제도들이 하루아침에 사라지고 새 세상이 올 수 있겠는가? 어떤 의미에서 이것은 수백 년간 식민지 토착민인 흑인을 수탈하고 지배한 백인들의 겉만 번드르르한 수혜 정책이 해제되는 순간일 뿐이다. 소설 말미에 늙은 하녀의 아들 루카스가 아모르에게 하는 말에 우리는 주목해야 한다.

> 그리고 아직도 네가 모르고 있는 게 있는데, 네 것을 주는 게 아니야. 이 집은 이미 우리의 것이니까. 이 집뿐만 아니라 네가 사는 그 집도 그렇고, 그 집이 서 있는 땅도 그래. 우리 거야! 네가 정리해서 호의로 나눠 줄 수 있는 네 소유물이 아니라고. 백인 아가씨, 네가 가진 모든 것은 이미 내 것이야. 내가 요청할 필요도 없이. (475쪽)

그렇다! 백인 식민주의자 후손인 아모르가 흑인 하녀

살로메와 그 아들 루카스에게 집을 되돌려 주는 것은 너무나 당연한 일이다. 원래 그 모든 게 흑인 토착민들의 것이었으니까.

이 소설은 끝까지 살아남은 아모르의 일종의 '성장소설'이기도 하다. 사랑이 깨지고 신뢰가 무너진 가족들 사이에서 모두 죽고 아모르 혼자 살아남는다. 격변기 남아공에서 한 가족이, 한 개인이 제대로 살아가는 일은 절대로 쉽지 않다. 작가가 이 소설에서 막내인 이 등장인물만 살려 놓은 이유는 무엇일까? 혼란한 시대와 황폐한 역사를 위해 무엇인가 중대한 가르침이나 비전을 보여 주기 위한 도구나 장치가 아닐까. 이 이야기는 단지 남아공만의 이야기가 아니고 전 지구적인 보편적 이야기로 빼앗고 빼앗기고 억압과 수탈을 당하는 인류 야만의 역사에 대한 하나의 우화다.

이 소설은 영어 원문으로 읽기가 쉽지 않다. 작가의 서사 기법이 독특하고 다채롭기 때문이다. 각 부의 제목이 한 등장인물로 매겨졌지만, 그 시점이 일관되게 진행되지 않고 여러 등장인물의 시점이 동시다발적으로, 중층적으로 제시되는 다성적 소설이다. 게다가 작가는 20세기 초 제임스 조이스, 버지니아 울프, 윌리엄 포크너 등 영미 모더니즘의 소설 기법을 차용하여 '의식의 흐름'과 내적 독백도 등장시킨다. 작가는 전지전능한 시점을 지닌 화자의 '의식의 흐름'뿐 아니라 자유 간접 화법이라는 독특한 서사 방법을 능란하게 사용하며 등장인물들 사이의 다양하고 심층적인 의식과 감정들을 자유롭게 표출하는데 일반 독자는 이해하고 적응하기가 쉽지 않다.

부커상 심사위원들은 이 소설이 20세기의 '포크너의 (문체의) 풍요성과 나보코프의 정확성이 균형을 맞추는 서사 문체는 21세기 소설이 다시 꽃피운 하나의 약속'이라고 언명한다. 작가는 고정된 공간 속에 안정되게 놓여 있는 현실 자아의 불안정한 상태를 보여 주고자 한다. 또한, 일인칭 화자와 삼인칭 화자 사이를 왔다 갔다 하는 것은 단순히 사실주의로 표현하기에는 남아공과 그곳에 사는 사람들의 현실이 복잡함을 보여 주려는 서사 전략이다. 이 소설은 일종의 카메라-아이라는 기법으로 그려지는데, 어느 부분이나 장면에 클로즈업하다가 갑자기 다른 대상으로 옮겨 가는 영화 촬영 기법과 유사하고 등장인물의 감정적 복합성을 재현하는 탁월한 방식이다.

이 소설의 또 다른 걸림돌은 소설 배후에 깔린 남아공의 오래된 백인 식민 통치와 악명 높은 인종차별, 그에 따른 정치적·문화적 혼란을 역사적으로 어느 정도 이해해야 한다는 점이다. 하지만 조금 익숙해지면 크게 긴장하지 않아도 소설 읽는 깊은 재미를 충분히 맛볼 수 있다.

한국 독자들이 이 소설을 좀 더 의미 있게 읽을 수 있도록 참고로 주제적인 면에서 몇 가지 제시한다.

1. 아파르트헤이트 폐지 전후의 격동기(1980~2020) 남아공의 사회적 무질서와 종교의 타락 속에서 살아가는 개인들의 인격 불안정과 부적응증, 인간관계 파탄의 문제
2. 다문화·다민족 포스트 식민 사회에서 가족관계의 해체
3. 토착민 흑인과 백인 식민주의자들의 오래된 갈등과 증오
4. 제도권 종교의 무익함과 폐해: 네덜란드 개혁파교회 신자인 아버지와 죽기 직전 조상의 종교인 유대교로 개종한 어머니, 모태 신앙 자녀들의 종교에 대한 불신, 그리고 사랑을 몸소 실천해야 할 종교 지도자들의 욕심과 부패와 매너리즘적인 신앙생활

이 소설에서 가장 흥미로운 점은 종족 분쟁, 사회 혼란, 가족 해체 과정에서 아모르의 경우처럼 한 개인의 사랑과 헌신이 사회, 가족, 개인을 회복시킬 수 있는가다. 개인의 행복 추구보다 죽음을 앞둔 에이즈 환자 봉사에 전념하는 아모르는 진정한 종교의 교리와 이상을 실현하는 것인가? 아모르는 '타자 되기'라는 공감적 상상력을 통해 사상, 정치,

경제라는 거대 담론이 이루어 내지 못하는 아파르트헤이트 폐지 과업을 진정한 개인의 신념으로 소규모라도 해결하는 것은 아닐까? 이러한 성취는 문학에서만 가능한 '시적 정의'일 뿐인가?

정치가건, 학자건, 작가건 인간은 얼마나 많은 장밋빛 약속을 남발하는가? 약속을 가장 잘 지키려면 약속을 하지 않는 것이리라. 이 소설에서는 아모르라는 한 힘없는 여성이 혼을 울리는 감동을 준다. 모든 약속 또는 어떤 약속이라도 지킨다는 것은 너무나 어려운 일인데, 그것을 줄곧 기억하고 실천에 옮기려고 노력한다는 것은 위대한 일이다. 남아공의 아파르트헤이트 철폐의 진정한 실천은 구호나 정책으로 되는 것이 아니다. 완전한 인종차별 철폐의 '약속'은 백인 아들 안톤이 계속 추진하지만 결국은 끝내지 못하는 소설과도 같다.

소설의 주요인물인 살로메는 목소리도 없고 보이지도 않는 인물로, 결국 아직도 지워지고 무시되는 남아공 토착 흑인의 역사를 상징하는 것이 아니겠는가. 이 소설은 손쉬운 희망을 보여 주기를 거부하는 듯하다. 정치지도자들의 탐욕과 부패, 식민주의라는 역사적 상황, 물 부족과 같은 자연재해 등 여전히 복잡하고 어려운 상황을 보여 주며 어떤 낙관적 해결책도 제시되지 않는다. 사실 그것이 소설가의 책무는 아닐 것이다. 궁극적으로 개인 각자의 현상 파악과 각성, 그리고 의사 표명만이 사회의 쇄신과 변혁을 조금씩이라도 이루어 나갈 수 있다는 게 작가의 메시지일까?

이 소설의 번역은 언제나 그렇듯이 역자에게 쉬운 작업이 아니었다. 다양한 서사 기법과 전지적 화자는 물론이고 심지어 한 문단 내에서도 당황할 정도로 시점과 시제가 여러 차례 바뀐다. 이런 분열된 복잡한 상황에서 어떻게 하는 것이 독자를 진정으로 위하는 길인지, 다시 한번 번역이라는 팽팽한 밧줄의 양쪽 끝인 '직역'과 '의역' 사이에서 위험한 춤을 춰야 하는 번역가의 숙명을 느끼게 된다. 원문의 정확한 '모방'과 번역문의 수려한 '창작' 사이에서 언제나 '고통스러운 환희'를 맛보는 것이 번역가에게는 그저 하나의 작은 위안일까.

약속

1판 1쇄 인쇄 2023년 4월 14일
1판 1쇄 발행 2023년 4월 25일

지은이 데이먼 갤것
옮긴이 이소영

펴낸이 임지현
펴낸곳 (주)문학사상
주소 경기도 파주시 회동길 363-8, 201호 (10881)
등록 1973년 3월 21일 제1-137호

전화 031)946-8503
팩스 031)955-9912
홈페이지 www.munsa.co.kr
이메일 munsa@munsa.co.kr

ISBN 978-89-7012-560-2 (03890)

* 잘못 만들어진 책은 구입처에서 교환해 드립니다.
* 가격은 뒤표지에 표시되어 있습니다.